本丛书由中坤诗歌发展基金赞助出版

孙　玉　石　文　集

寻觅美的小路

孙玉石　著

北京大学出版社
PEKING UNIVERSITY PRESS

图书在版编目(CIP)数据

寻觅美的小路/孙玉石著. —北京:北京大学出版社,2010.11

(孙玉石文集)

ISBN 978-7-301-18010-5

Ⅰ.①寻… Ⅱ.①孙… Ⅲ.①散文-作品集-中国-当代②随笔-作品集-中国-当代 Ⅳ.①I267

中国版本图书馆 CIP 数据核字(2010)第 214319 号

书　　　名:寻觅美的小路

著作责任者:孙玉石 著

责 任 编 辑:张雅秋

封 面 设 计:奇文云海

标 准 书 号:ISBN 978-7-301-18010-5/I·2283

出 版 发 行:北京大学出版社

地　　　址:北京市海淀区成府路 205 号 100871

网　　　址:http://www.pup.cn 电子邮箱:pkuwsz@yahoo.com.cn

电　　　话:邮购部 62752015 发行部 62750672 出版部 62754962

编辑部 62752022

印　刷　者:北京汇林印务有限公司

经　销　者:新华书店

650mm×980mm 16 开本 18 印张 260 千字

2010 年 11 月第 1 版 2010 年 11 月第 1 次印刷

定　　　价:32.00 元

目　录

寻觅美的小路

——谛听无数进行者的心

叫我最难忘的是燕园的小路。

燕园很美:湖光塔影,绿树繁花,画亭高楼,小桥流水,竹林轩阁,草坪雕像,石船古钟,千窗灯火,书声笑语……而这一切,都被编就在那些纵横交错的小路之中。就像一根根绵延不断的丝线,把燕园中美丽的一切织成了一幅色彩斑斓的水墨丹青画。

无论从哪个校门走进来,大大小小笔直或者蜿蜒的路,都会把你引到湛蓝清澈的未名湖畔。碧绿的垂柳和橙黄的小路镶嵌的一池湖水,就像一只盛满了香酽佳酿的酒杯,送到你面前,尽你领略它的慷慨与盛情。只要你在湖边小路上眺望一会儿,一种宁静的美就会流进心中。

常常是黄昏或是夜晚,丢了一天的疲倦和纷扰,我漫步在未名湖边的小路上。明灭闪烁的路灯撒下朦朦胧胧的光晕,如雾似雨。摇曳的树影和轻轻的晚风,送来丁香花馥郁的清香。间或有数点草虫的鸣叫,一缕缕年青人的笑语和歌声,飘到小路上来,与湖面上倒映的灯火,暗蓝的树影,天上的星光,一抹晚霞或一勾淡淡的新月,辉映成有声有色的绝美的图景。真像是一首诗,一首写不尽读不完的诗。

多少海内外友人来访,只要是初到北大,我总是带他们沿着那些连绵的小路逛一逛燕园。都说:"北大真像一座花园!"

是的,北大是一座花园。一座展示自然美的花园,一座铸造人灵魂美的花园!这花园的小路上,有多少美的探索者和寻觅者的足迹。我爱这花园的美,我更爱这印满了足迹的美的小路。

已经32个春秋了。我学于斯,长于斯,教于斯。每当走过这燕园的小路,都唤起我对那些以自己的心血来铸造我们灵魂美的一代师长的怀想和沉思。他们的身影,他们的屐痕,常浮现在眼前。

我常与小路作默契的谈心。

我首先想起了你,诗人何其芳先生。想起你那永远是和蔼微笑的面孔。你好像生到这个世界上就带来一颗美丽的灵魂。你那么年轻,就唱出了无数动人的歌。你以精致的彩笔画下自己美丽的梦,去温暖那些比你更寂寞的心。你同你的诗友,从黑暗的汉园街旁小路的徘徊,终于走到了阳光灿烂的燕园。虽然你已不再写那些优美的诗篇了,但却一直葆有着你那耿直、天真而高尚的诗人的灵魂。

1955年秋,我考进北大之后,在朗润园通往哲学楼的小路上,在伫立着俄罗斯式路灯的未名湖畔,常常看到你那坚实而朴素的身影。一次北大诗社请你在哲学楼101作关于诗歌欣赏的报告。我早早就去占了座位,挤在人群中听你的讲演。讲的什么今天记不太清了。你在青年人面前展开的那颗追求美的心灵,你对爱好诗歌的青年那些创造艺术美的期待,我却铭记在心。我曾模仿着你的《预言》,偷偷地写着那些自以为美的小“诗”。过了两年,那场政治风暴席卷燕园。有的年青人贴你的大字报,标题竟是“何其芳何其不芳”!看了之后我心里十分痛楚。那一夜很久不能入睡。第二天还偷偷地在那张大字报的角落上写了几个小字:“你不觉得该为自己的灵魂痛苦吗?”在以后的学习生活中,你那坚贞的学术品格,你那对艺术美的执著追求,一直给我以楷模和光亮。

这又是谁的足迹呢?啊,是你,我所敬仰的一代美学大师朱光潜先生。我常为没有能够直接聆听你的授课感到遗憾。十年动乱过去以后,你搬进燕南园的一座两层小楼里,孜孜不倦地进行着美学的著述和翻译的劳动。我常常看到,每天下午四点多钟,你步出那座小楼,从燕南园的坡路慢慢走下来,经过三院到一院门前的那条小路,穿过南北阁,一直到未名湖边,再走回来。年纪大了,腰有些弓着,每天都走在那条小路上。每逢遇见,我总是望着你远去的背影,望着印满你足迹的小路,想象着你在桌前伏案笔耕的情景。

一次,学友吴泰昌为你编一本美学论文集,要我帮着复印旧报刊上的几篇文章。当我把印好的东西送给你的时候,你大约生病刚刚好,说话有些吃力。这时你年已八十,还兴奋地告诉我,自己正在进行一项巨大的美学翻译工程。这大约就是那本长达四十多万字的维柯的《新科学》吧。你对我却说:“我做的只能是‘拾穗’的工作了!”说着,又顺便拿起一本天津百花出版社刚出版的你的《美学拾穗集》,你用那颤抖的手,在扉页上写下了“玉石同志指正”几个字。我当时真不知道说什么好。至今,拿着这本不厚的小书总感到有种难以言说的重量。

在那条小路上,后来再遇到你,我不愿打扰你紧张劳动之后宁静的散步,有时就点头一笑,相晤于心了。今天你已离我们而去。那条美的小路上再也看不到你那身影。但我每每走过,总感到似在寻觅你布满小路的足迹,甚至似乎还可以听到你那沉着艰难喘息的声音……

我真想提议,把你常常散步的这条小路命名为“美的小路”。

美的小路在燕园里何止一条!

一位年过八十的老人,常常穿着破旧的蓝布制服,斜背着一个褪了色的绿书包,从朗润园的公寓出来,经过未名湖畔的小路,步履艰难地走到西校门外,然后再一步步挪动似地慢慢走回去。有时碰见了,我们便谈上几句。我总是说道:“您可要多保重啊!”

这就是我熟悉而尊敬的宗白华先生。

为了注释《三叶集》,我多次拜访过你。这样我们便相识了。你的书房兼卧室堆满了书和其他杂物,显得有些零乱。看墙上挂的精美的油画,案头摆着的唐代侍女头像,书架上满满登登中外美学书籍,虽在乱中仍感到置身于一个美学家的生活氛围中的快乐。我向你求教《学灯》时期以及《三叶集》中的一些问题。你高兴地对我敞开了心扉,谈得那样畅快,你没有一点大学者的架子,好像又回到了五四狂飙时代,眼睛放出异样的光亮。只有一次你是那样地怅然,你非常惋惜地说,和郭沫若、田汉通信时,两人在日本,一人在上海,没有同他们见过面。后来他们回上海来,曾有一张合影,一直珍藏了好久,但不知什么时候丢失了!我说,如果把这张照片放到新版的《郭沫若全集》里去该多好啊!大约十分完美的事只是在理想中才能实现吧。看到这样一个闻名遐迩的美学家,这样一位以几十年的辛勤耕耘铸造人们灵魂美的人,并没有一个美的生活环境,我真有点寒心。

然而，我还是珍爱燕园里美的小路。我深深感谢那些在小路上寻觅美、播种美的人。我和我的同窗学友作为北大人是幸福的。因为，我们能够聆听更多老师铸造灵魂美的声音。有的人已经离去，留下他们的风范。有的还健在，至今给我以教诲。杨晦先生从古老的钟鼎文字里奇妙地想象出祖先的那些美的创造。吴组缃先生关于《红楼梦》和古典小说艺术美那些体味入微的讲义，林庚先生讲授唐诗时以诗人气质品评诗歌意境美那些令人陶醉的声音，王瑶先生以诙谐的语言和深警的思索在鲁迅和现代作家领域里为我们打开了一个崭新天地……

燕园美的小路四通八达，纵横连绵。它从蔡元培先生的脚下，跨越一切丑恶与蒙昧，直通向今天，通向未来。总有一天，它会通向整个中华民族的灵魂。因为，一个具有美的灵魂的民族，绝不应该是物质上的富翁，精神上的乞丐。

我所敬爱的诗人冯至先生是真正的北大人。他从红楼的“沉钟”一直走到燕园的湖畔。他那寻觅美的诗人的足迹也洒满了这里的小路。45 年前他唱出“在我们心灵的原野里，也有几条蜿转的小路”那首十四行诗，我至今还非常喜爱。我愿在这里恳请冯至先生，允许我掠美，转借这首诗的最末两行，来表达我在燕园美的小路上的沉思：

> 我们纪念着他们的步履
> 不要荒芜了这几条小路

原载《精神的魅力》，北京大学出版社，1988 年

把真实的历史留传后人

——怀念川岛先生

今年三月里，福建师范大学两位现代文学研究生，到北京来搜集毕业论文的材料。其中一位的研究题目，是关于《语丝》社的。他们要求拜访川岛先生。经我联系约定之后，刚由病重稍渐好转的川岛先生，在病床上十分热情地接待了他们，并一一回答了他们提出的问题。临走的时候，两位研究生还怀着感激之情，嘱愿先生安心养病，多加珍摄，早日恢复健康。

送走他们之后，我又返回先生病榻边，把一篇由他口述，经我记录整理的纪念鲁迅先生诞辰一百周年的短文念给他听。他还是那样认真地一字一句的听了，提出了不少修改的意见，这时，看到川岛先生疲惫的神情，我便很快告辞了。

记得多少次看他，他都说，希望脚上的脓疮好了以后，待春天暖和了，可以起来走动走动，好拿起笔来，回复那些来信和约稿。他总是说："欠的债太多了！"

作为学生和鲁迅的爱好者，我们也多么希望他尽快地好起来，像春蚕吐丝一样，再用他那轻盈流畅而又质朴无华的散文笔调，为鲁迅，为人民，倾吐他不尽的历史的情思。

谁料，就在两个月后，川岛先生竟溘然长逝，永远地离开我们了！

那次拜访，就成了先生生前最后一次接待登门求教的晚辈。

而那短文，就是先生生前留下的最后一篇纪念鲁迅的遗言了。

在沉痛的怀念和追悼中，我想，这似乎是川岛先生后半生生命的一种象征。近几十年来，他对鲁迅先生怀有一种难以用文字表达的特殊的感情，写下了一篇又一篇有价值的记述文章；他对学生和晚辈又始终抱着一种恳挚而不倦的热情。两年前,为了撰写一篇纪念五四运动60周年的文章,他病倒在案台旁边。卧病两年里,他又在病榻边接待了多少研究和热爱鲁迅的晚辈和青年!

站在先生的遗体前,望着他那瘦削但却安详的面容,看着他那轻阖长眠的双眼,我沉重地默念着:川岛先生,您太疲倦了,您休息吧!

十年浩劫中,“四人帮”的黑干将迟群为了炮制他那些“典型经验”,使川岛先生蒙受了不白之冤。如晴天霹雳的灾难,夺去了他一个孩子的生命。他也尝了各种苦头,却坚强地活过来了。他宁肯受累吃苦,也始终没有承认加在头上的种种莫须有的罪名!

粉碎“四人帮”之后,他得到了解放。一位七十多岁的老人,还经常扶杖步行,从几里之外的家里赶到校内,和一些教师学生一起,参加鲁迅杂文集《坟》的注释工作。他亲自动手,写了几篇杂文的注释文字。对于别的同志所做的注释,他仔细阅读,认真提出了修改的意见。就是从这时候起,不知多少同志登门求教有关鲁迅著作的问题;他亲自回复了多少来自各地的信件;又有多少注释的样本,经他过目,把意见送到了编者的手中。

在即将出版的浩浩16卷的新版《鲁迅全集》中,也浸注了川岛先生的心血!

由于去年我进行《野草》研究的工作,这部散文诗集,便成了我常常向他求教的话题。他的一些片断的然而却很有价值的回忆,已经吸收到我那些很不像样子的研究成果中去了。

他告诉我说,《语丝》创办不久,鲁迅就开始发表他的连载的散文诗《野草》,这为《语丝》赢来了很多青年读者,扩大了《语丝》的影响。人们当时是特别喜欢读这些诗一样的美文的。

《野草》中的一些篇章,是他从鲁迅先生那里拿来,送到《语丝》上发表的。他往往是《野草》一些篇章的第一个读者。他说,他当时读了这些短文,觉得写得很漂亮,很美,但是却不懂得其中的意思,又不好意思去篇篇问鲁迅先生,便只好不懂装懂,在鲁迅先生面前,又称赞怎样怎样写得好。川岛先生说,看起来,暂时看不懂的东西,并不一定是不好的作品。《野草》中鲁迅的深刻寓意,到今天也不能说完全弄懂了，理解得对了，但是《野草》不是多少年来人们一直都喜欢的好作品吗？

我在翻阅《语丝》的时候，看到鲁迅的散文诗《希望》发表的同一期杂志上，刊登了川岛先生的一篇题为《药》的散文。在这篇散文里，与鲁迅的《希望》一样，引用了裴多菲的《希望之歌》里的句子，说："'希望'犹如荡妇，在那里蛊惑我们，我们并不想反抗，也许因为我们不知道这是莫大的蛊惑……"这篇《药》为什么会与鲁迅的《希望》同时都用了裴多菲这首诗呢？我问起川岛先生，他对我说：裴多菲的《希望之歌》，鲁迅在写作《希望》这篇散文诗之前就早已经翻译出来了。鲁迅曾经十分喜爱地多次对他谈起过这首诗，但又一再表示不愿意把它发表出来，原因是为了不愿这首诗的过分消极的思想毒害了当时的青年。一直到写作《希望》的时候，鲁迅才把它引用进去了。鲁迅是用否定绝望的"虚妄"，来代替了裴多菲的对"希望"的悲观思想。可见鲁迅当时怎样地反对青年的消沉，又怎样地怕自己的一些消极思想传染给青年啊！

1978年冬，因为要给学生上课，我向川岛先生请教一些问题，谈到了郁达夫。他便向我谈了他记忆中的一些往事和印象。他说："我通过鲁迅先生，与郁达夫认识了，那是1924年到1925年。当时郁达夫在北大教统计学，是经济系的讲师。我认识他之后，觉得这个人很随和，印象很好。达夫才情很高，他的旧体诗写得很漂亮。穿着竹布大褂，很随便，跟谁也能弄到一起。我们原来总以为他也一定有点'创造气'，待认识了以后，觉得一点也没有。"

川岛先生说："在北大教书时，达夫已是有名声的小说家了。他接着《沉沦》之后，又出了一本小说集，叫《茑萝集》，因为写了五四落潮时一般青年的苦闷，出来之后，产生了很大的影响。书里的第一人称'我'，多处喊穷，很多青年读了，便纷纷给达夫寄钱来。有的一元，两元，弄得达夫很不好意思。"

川岛先生讲起了一件趣事："记得有一回，我还是与鲁迅住在八道湾的时候，我最怕小耗子，越小的越害怕，周建人的夫人芳子，不知从那里弄来了一只小耗子，叫我'檀哥'（我的小名），把拿小耗子的手突然

放我的肩上，我被吓了一跳，往外跑了。刚到大门口，郁达夫来了，我对达夫说：‘你救了我！’

“我听鲁迅先生说，达夫的钱全拿去喝茶、喝酒了。他爱喝酒，有时一花就是几十，而一般人只花一两块钱。在上海时，一次我去看他。他屋子里尽是书，中文的，外文的，堆得比床还高。王映霞这次批准他喝酒，说：‘川岛来了，买点酒喝吧！’我问：‘为什么不叫他喝酒？’王说：‘他前两天喝醉了，在马路上睡了一觉。’

“我初从杭州到上海，对上海很不熟。是达夫陪着我，怕我走丢了。1934 年夏天，即刘半农染病死去的那年，达夫曾到北京来，这是我与他最后一次见面了。听到刘半农去世的消息，他在火车上，给我一封信，还嘱托我给刘半农送了一幅挽联。”

一次，《人民日报》的姜德明同志、徐刚同志，到川岛先生新搬的家里来拜访并约稿，我和袁良骏同志也在座。川岛先生谈起了杨度同当时北京大学讲义风潮的关系，善于抓稿的姜德明同志，马上约川岛先生把这事写一篇短文，这就是后来在一九七八年《战地》增刊第二期上发表的《北大一九二二年的讲义风潮与杨度》。

访问结束时，川岛先生还深情地向每个同志送了他保存多年的笔、墨，还有解放前一些特印的信笺。先生对学生及晚辈期望的殷情，于此可见一斑。

在我手里至今保存的，就有荣宝斋刻印的《怡清堂诗笺》一盒，里面为以“不登大雅堂”之名制的《金瓶梅》信笺。关于后者，川岛先生在后来一次谈话中，还特别提及。他有一次向我借一本香港出版的周作人写的《知堂回想录》。看过之后，他谈话中颇不满于周作人美化自己和为自己辩解的态度。对一些记忆失实之处，也多有说明。他翻开书中第 163 节的《北大旧感录》（九），其中周作人写道：马隅卿专门研究明清小说戏曲。“因为这些小说戏曲从来是不登大雅之堂的，所以隅卿自称曰，不登大雅文库。后来得到一部二十四回本的《平妖传》，又称平妖堂主人；尝复刻书中插画为笺纸，大如册页，分得一匣，珍惜不敢用，又别有一种《金瓶梅》画笺，似刻成未印，今不可得矣。”川岛先生说，这里周作人就记错了。《金瓶梅》画笺不仅刻成了，而且印出了。

我多年保存的印有“不登大雅堂制笺”的这盒《金瓶梅》画笺，就是证明。

川岛先生是鲁迅先生的学生和至友。他是五四时代生活的过来人。他翻阅《知堂回想录》，对其中的偏见与失实处颇多不满。我体会先生是想动笔写下自己的一些记述，以把真实的历史面目留给后来的读者。但是疾病夺走了他实现这一愿望的机会。这是不可弥补的损失！

但历史和真理一样，它的光辉是不可玷污、不可掩没的。川岛先生，您是可以放心的了！

1981年7月20日于蔚秀园寓所

原载《鲁迅学刊》1981年第2期

给杨铸同志的信

——悼念杨晦先生

杨铸同志：

在你心中沉痛的时刻，请接受我这来自远离故国的迟到的唁函吧。

先是接着家中来信，告知杨晦先生病危，我心中已有一种忐忑不安的感觉。6月5日中午，日本东京大学东洋文化研究所的尾上兼英教授来我的寓所，告及日本报纸已转载新华社消息，说杨晦先生已病逝。我听到这个不幸的噩耗，心中不禁痛然黯然。8日，又收到我爱人张菊玲的来信，得知已为杨晦先生开过隆重的追悼会，许多文艺界人士和杨先生的学生都去参加了；她还见到你，转达了我的悼念之情。几天来，我在紧张的教学中，心境茫然，想及了许多事情。

杨晦先生是我十分仰慕和尊敬的现代文学作家和评论家，又是我入北京大学之后的领导和老师。多年来，我不仅听过他的讲课，接受过先生的教诲，读过他的许多作品和论著，还多次到先生的家里，聆听他的许多谈话和教导。在我的心目中，他永远是我最亲切的前辈和老师，是我走上治学道路的难以忘怀的引路人。杨先生那种光明磊落、耿直不阿的品格，那种亲切待人、诲人不倦的精神，那种直到晚年仍十分关切我们这一辈人健康成长的慈父般的拳拳之心，至今留给我极深的印象。他治学严谨，孜孜不倦。前年，我一次去看先生，先生还在重读四大厚本的《约翰·克利斯朵夫》，他说，想重新研究罗曼·罗兰，我听了十分感动。他看到我们这些学生们发表的一些东西，又是高兴，又常常对我们说："还是多读些书，不要乱写东西！"先生的这种心情，我们是十分感激的。因为我们虽然人到中年，仍无所成就，总想尽快做些事情，但在先生的面前，我们总有一种还是一个幼稚的孩子的学步时的惭惶之感。他的教育我们要丰富自己的知识，打下更坚实的基础，写东西要宁少而勿滥，这一心境，我们将永远引以为鉴。

近年来，我几次到先生家看望先生，你都是在身边的。先生虽年老体衰，仍然热情地与我交谈，并经常问起我们同学们的一些情况。当我告诉他，许多学生已经取得不少成绩的好消息时，他总是很高兴的。这次出国之前，我带着自己刚刚出版的《〈野草〉研究》这本并不像样的小书去看望先生，也是向先生辞行，虽然先生刚刚从医院里出来，体力已渐衰弱，不像以前那样说话有力了，但仍然高兴地拿着我的那本小书，问起同学们的一些情况，叮嘱我要注意身体。我因行前匆匆，又见先生身体不好，未得深谈而告辞了。我也一再嘱愿先生多多保重。未想这匆匆一次见面，竟是与先生的永别！

杨先生的去世，是中国文学界的一件痛事，更是他的众多学生们的一件痛事。自恨先生在世之时，我们陷于庸庸碌碌之中，不曾更多聆听他的教诲；先生去世之际，我又远居异国他乡，未能亲自去为先生哀悼，实感痛憾之至。现在，只能以这微薄的一纸之言，遥寄我对先生的悼念之情了！

杨先生不仅是我的前辈和老师，也是我的同乡。前年我去大连开鲁迅一百周年祭学术讨论会，路过家乡辽阳。记得回来后，前去看望先生，谈及此事，先生仍然表示，一俟身体好些，还想回家乡看看那里的新的面貌。言谈中看出，先生对家乡有很深的感情。但终于因年老体弱，此行未遂，也算先生在世时的一件抱憾之事吧！但是，可以告慰先生的是，今天的辽阳家乡，虽古老的白塔依然，其他一切均已面貌一新。那里已经成为东北一座化纤工业的重镇。更为可喜的是，先生几十年为中国新文学的发展奋斗不息，为培养学生操劳尽心，已经结出丰硕的果实。如今祖国文学园地里，“沉钟”之声长鸣，先生汗水浇灌的土地上，已是桃李芬芳。这，先生在九泉之下，也是可以深感安慰的了。

远离祖国，教事匆忙，仅写这些话，表示我对于先生的至深的哀悼。在此，也向你并请你向诸位兄嫂亲人，转达我的慰问。恳望节哀！

日本的中国文学研究者对于杨晦先生的逝世，也表示了他们的哀悼之情。东京大学文学部中国语言音韵学家平山久雄教授，特意送我一份6月5日的登有杨先生逝世消息的《朝日新闻》，现附上短讯的剪报，请收悉。

专此　即颂

家祺！

1983年6月11日于东京大学

原载《生命之路》，北京大学出版社，1997年

遥寄的哀思

——纪念铃木达朗同学

在东京我教过的学生中,铃木达朗算是时间最短的一位。可是他那朴实和好学,却给我留下了深深的印象。

我为他的匆匆而突然地离开人世由衷地感到悲恸,感到遗憾,感到迷惘不解。一直到我离开日本已经一年的今天,每每想起我和他相处的短暂的时光,心中仍不免涌起一股酸楚而沉重的暗流。达朗同学离开我们时才只有21岁! 这是一个美好而充满希望的年龄!

我们的第一次见面就是一个美好而充满希望的记忆。

我在驹场的东京大学教养学部讲授老舍的《茶馆》讲读课程。一年的授课已近尾声。在最后的两次课时,教室里突然增加了一个陌生的学生。他身体结实,面孔黑里透红,略微深陷的两眼闪着引人注目的光彩,而前额却是稍稍高起,看上去,完全像个中国广西的壮族青年。他是中国留学生吗? 为什么课近尾声而赶来听讲呢? 我心里疑惑着。

这时,带他前来的另一为我熟悉的同学赖地山角领他到讲台前面来,向我介绍他的姓名和情况。没有几句,就让他自己讲了。他说:“我叫铃木达朗,教养学部二年级的课程已经结束了。我想研究中国语言,已经被录取在明年四月升本乡的文学部中国语中国文学研究室读三年级。我喜欢《茶馆》,又听说老师将来要给我上课,就提前来听您的讲课了。初次见面,请老师多多关照!”听起来,他的汉语讲得还不错,虽然,有时要停下来思索和选择那些恰当的用词和表达方法,但意思表达和发音都是比较好的。早听平山久雄教授对我说过:明年东京大学文学部中国语中国文学研究室只有一名本科的新生,而且是准备研究中国语言学的。没想到,我和这位未来的新学生竟提前见面了。

他那些颇有礼貌的话语和迫切要求学习的心情,是很使我感动的。

这是1983年的12月15日,这节课结束时,几位同学和我商量,待下一周最后一节课后,他们邀请我和我夫人一块儿去吃饭。对于同学们这番盛情,我愉快地答应了。铃木达朗也是邀请我们的同学之一。

12月22日,我讲完了《茶馆》的最后一课,并且重放了最后一幕的话剧《茶馆》录像,以后,大家就一起到了新宿闹市区的东京大饭店。路上和席间,我夫人与达朗同学谈了很多话。饭后,我还拿出相机,摄下了我们这值得纪念的友情的一瞬,我们还约定:来年四月樱花开放的时节,请他们一起到我们东京的家里来作客。他们都高兴地答应了。

四月初,照例东京大学文学部中国语中国文学研究室的一年一度的迎新送旧会,我和伊藤漱平、丸山昇、平山久雄几位教授都参加了。除了研究室的由学部考入硕士生,由硕士生考入博士生的同学之外,达朗同学算是唯一的新生了。他照例被推举出来讲了几句话。我约略记得他说:他喜欢中国、喜爱中国的文化,所以他选择了这个专业。他的兴趣是射箭。他是东大业余射箭队的一个成员。没讲几句话,就坐下来。给我的印象仍然是老实、质朴,完全不像一个日本现代大都市中的青年人,像是东京那些幽静的街畔和庭园中一株无花的树,一棵不愿与人争妍的朴实无言的小草。

他上了我开学的第一堂汉语课和中国现代诗人论的讲义课。汉语口语课间,我问他寒假都做了些什么?他告诉我:到中国旅行去了。在中国看了几次京剧,中国的京剧很美,他非常喜欢。课结束时,我留了作业。修改作业时,我感到他是很认真的,还给他写了一点鼓励性的评语;准备第二次课时,再发给他。

没料到,还没来得及把这些话转达给他,他就在一个早晨,不幸地离开了人世。

第二次汉语口语实践课时,听讲的同学和我一样心情沉寂而黯然。作为一个异邦来的外国人教师,我和中文科的师生们一起分担着悲痛的重压。我默默地把作业分给了同学,也默默地把达朗的作业放在他前一次听课的位置上。

4月22日,按照约定,驹场听我课的几位同学到我家来做客。我们都以沉痛和惋惜的心情谈起达朗同学的不幸离去。我把洗好的照片分给了他们。达朗的一份我留下了。我怕钩起达朗父母的悲痛,没有寄给他们。后来,我把照片和作业放在一起,并写了一封短信,交给了平山久雄教授;信经由他译了之后,转送给达朗的父母了。平山先生还特意向我转达了达朗父母对一个普通的中国教师的谢意。

近日,接到任教于日中学院的朋友郭春贵老师来信说,年已五十的达朗的父亲,一面紧张地工作,一边到日中学院学习汉语,一是继承儿子的遗志;二是将来想到北京去答谢中国老师……读了信后,我心中不禁涌动起一股热流。我在这21岁的年轻学生和50岁的重情的父亲身上,依稀看到了中国人民和日本人民世世代代永远友好下去的灿灿曙光,看到了一种任何力量也割不断的友谊彩虹……

听说这位令人肃然起敬的父亲正在为达朗编一本《悼念文集》。他非常希望儿子的中国老师也能写点追悼的文字。这是我所不能推辞的。于是我写下了上面这些零散的话,隔着滔滔的大海,算是寄上一个异国老师对一个日本学生诚挚的哀思吧!

1985年11月3日于北京大学蔚秀园

载《泰然自若》,日本竹头社,1986年

一块无字的碑将永存历史

——怀念薛绥之先生

灵魂深处的悲哀是沉重的。灵魂的笔也是沉重的吧!

大约一个月以前,袁良骏同志专门托人带信给我,说为了表示对薛绥之同志的悼念之情,他的学生徐鹏绪、张俊才、宋益乔等同志筹资为薛老出一本纪念文集,约我为此书写点东西。我是欣然答应了的。但由于忙于课事,忙于偿还文债,加上身体不好,常常靠药来维持每个白天的工作,来度过每个不眠的夜晚,应允的稿子也就拖下来了。

但我心里总不时想起这件事。我的脑海中总浮现出薛老的样子,那满顶灰白的头发,那流露着充沛精力的目光,那沉着、热情而又洪亮的声音……我总想起我得知他不幸去世的消息时那种愕然而沉重的心境。

那是今年五月三十日。在鲁迅博物馆参加《鲁迅研究》编委会,王世家同志送给我一份他们刚出版的《鲁迅研究动态》第一期。翻开目录,突然看到“薛绥之同志逝世”这个标题。我心中为之一震。这怎么可能呢?我真不相信自己的眼睛。然而这是事实。刊物里面明明写着:“中国鲁迅学会理事、山东大学教授薛绥之同志,因心脏病猝发,抢救无效,于一九八五年一月十五日不幸逝世,终年六十二岁。对他的不幸逝世,本刊谨致沉痛的哀悼。”铅字晃在眼前,沉重压向心底。刊物上其他的文字已无心浏览。一些同志的发言也在耳边淡淡地流过去了。当时我就涌起一个念头:我要用笔写出我对这位为我所尊敬的学者和朋友的悼念和悲哀。一定要写的!

然而直到今天才能坐到夏日的窗前,遥望远天,让这哀思缓慢地流在纸上。而且还是有他热心的学生的好意的催促。

灵魂深处的悲哀是沉重的。灵魂的笔也是沉重的吧!

我知道薛老名字的时候,就已敬佩他那默默耕耘的精神!

1960 年我开始读现代文学研究生。我喜欢搜寻一些史料,在占有史料的基础上得出一些自己不成熟的结论来。这样,我对那些脱离历史空谈理论的文章不感兴趣,而对一些专注于史料整理和工具书编纂的同志却怀有一种钦敬之情。我敬佩他们那种以自己的辛勤为他人的研究铺路的精神。因为这样,当时我很喜欢山东师范学院编辑出版的几本书:《中国现代作家小传》、《中国现代作家目录》、《中国现代作家资料索引》,还有几本主要作家的研究资料专集。那些书虽然由于集体编写,时间短、数量大,也有不少错讹和粗糙之处,但它们为学术研究和教学工作提供的方便以及编辑者那种踏踏实实为现代文学从事资料建设的可贵精神,却是不能泯灭的。

每每拿起那些粗糙的有时还夹杂其他颜色的灰纸装印的书,我总感到那些建设者为此所付出的劳动是多么艰辛,甚至看到他们为了出版而疲劳不倦奔波的情景。

这些资料书的编纂主持者,就是薛绥之先生。没有见过这个人,也没有机会神交,但我对站在这一厚叠的书后面的这个人,却感到由衷的敬慕。

后来我才知道,薛绥之同志 1957 年也和不少同志一样在政治上蒙受了不白之冤。1959 和 1960 年编这些资料的时候,他可能还在心中留着深深的伤痕。他是在含辛茹苦中工作的,像一头忍辱负重的老黄牛!

这时他才只有三十六七岁!

他的朴实和诚挚,他的事业心,留给我深深的印象。

粉碎“四人帮”以后,灾难的岁月过去了,迎来了学术研究蓬勃发展的春天。对鲁迅的共同热爱与研讨,使我认识了薛绥之同志。他的学生董兆初同志在北京大学中文系读鲁迅研究班。通过董兆初同志,我知道薛绥之同志已调到山东师院聊城分院任教。我有些问题写信向他求教,向他索要《鲁迅杂文辞典》,他都及时回复,寄书赠我。后来,他还寄赠我一本他的著作《鲁迅作品注释异议》,他那种为学谨严的态度与认真精神，于这并非宏图大构的小书中，是闪烁可见的。我从中得到了不小的益处。

第一次与薛老见面，是1980年4月，在鲁迅诞辰100周年纪念的学术讨论准备会上。那是在北京体育场的一个招待所。我被分配同薛老住在一个房间里。

他满头白发，精神矍铄，说起话来，在比较重的山东口音中透出坚实而洪亮的气质。他很健谈，有时我们聊得很晚。他长我十余岁，当时已年近花甲，精力却比我还要充沛。当他知道我身体不好，刚刚从小汤山疗养院回来的时候，他对我说："身体是本钱，在我们现在的条件下，只能自己多多保重。搞坏了身体，就什么也干不成了。"谈话和相处中，我感到他是一个朴实和诚挚的人。

他劝我注意休息，可是他自己的生活节奏却是很紧张的。白天开会，他和同来的董兆初同志进行繁忙的录音，整理录音稿。晚上，兆初和另外一位青年人到房间里来，向他谈一天里在北京图书馆查阅材料的情况。听说他们在北图看到了一份叙述鲁迅家世的材料的时候，薛老立刻说："如果可能，就全部复印下来。"会议结束前一天晚上，他放弃大会安排的文娱活动，又匆匆访问唐弢先生去了。

我说："你们太忙了！"

他笑了笑："来一趟北京不容易，尽量多拜访一些人，多搜集一些资料，这叫公私兼顾啊！"

后来我才知道，他们正在进行《鲁迅生平史料汇编》这项庞大的工程。他的匆匆来去的身影，他的孜孜不倦的辛勤，都已汇编进了这个厚重的建筑中了。几大册已出版的黑皮红字的《鲁迅生平史料汇编》，今天依然立在我的书柜中。薛老却匆匆地走了。

在那殷红的大字中，似乎浸染着薛老辛勤耕耘的心血。

1981年6月，在大连黑石礁招待所召开的北方纪念鲁迅诞辰100周年论文交流会上，我们又见面了。他刚参加完天津的鲁迅"国民性"思想讨论会，匆匆赶来的。

我问他天津讨论的情况。他说，会开得很好，集中讨论一个问题，各抒己见，思想与学术观点有交锋。但论文准备得太仓促，有分量的不多。

他说:“我开会前读了你那篇《鲁迅改造国民性思想问题的考察》的文章,这次会上的论文还没有超过那篇的。”对于他过誉的话,我委实不敢领受的。我对他说:“那还是1964年写的研究生毕业论文,虽然花了很大的功夫,但今天看来已经是落后的观点了。”我告诉他那篇论文写完后就来了文艺界的整风和大批判,没有机会发表,15年后才能拿出去与读者见面。他感慨地说:“大家都一样!大好的时光给耽误了,再也不能搞那套左的运动了。”交谈中,我们还讨论了关于《野草》创作方法的意见。过了几个月,在北京召开的鲁迅诞辰一百周年学术讨论会上,我们又见面了。那次会,我有时需要回学校上课,分组又不在一起,就交谈得很少。

这一次的分手,没想竟成了永别。我怀想着这些短暂的但又是值得留恋的晤面与交谈。

他的朴实和诚挚,他的强烈的事业心,留给我深深的印象。

他坦率友好的责备的声音,又响在我的耳边。

薛老给我的印象是他有使不完的劲头。为了鲁迅研究事业的发展他甘愿付出一切。厚厚的几大册《鲁迅生平史料汇编》还未完工,他和韩立群等几位同志又着手主持《鲁迅作品研究资料》多卷本的编辑出版工作了。

他和韩立群同志商议,《〈野草〉研究资料》交给我来做,我答应下来了。本来,我准备1983年春天交稿的,但是,由于教学任务太重,1982年底到1983年春天又匆忙地准备出国的教学工作,任务就拖下来,不能按时交稿了。

我寄上自己的拙作《〈野草〉研究》,请薛绥之同志指教,同时说明“研究资料汇编”,或交给别人来做,或只能我回国以后再进行了。他们原计划此书作为第一本发稿,这样就落空了。

这时,我收到了薛老给我的一封信。是1983年3月11日写的。信是这样的:

> 三月七日晨五时写的信收到。我们原定发的第一本书稿就是《〈野草〉研究资料》看来落空。但我们意见仍由您“承包”。您找一助手,有些事放给他作。听说你爱人也搞现代文学,可否让她助您

一臂之力，两人合作。您有积累，驾轻就熟，出国期间似亦不妨抽空进行。实在不行，就回国后交稿。忙是一直会忙下去，而且会越来越忙，关键是把资料工作放在一个适当地位，不要老被挤掉，我年来编些资料的书，深感此事不受重视，感慨颇多，希能克服困难玉成此事。

读了这封信，我心里也是“感慨颇多”的。一方面，我与薛老的心情有一种同感；一方面，也为自己不能践约而自责。薛老的话像鞭子抽着我的心。许多朋友的信随来就随丢了，而这封信我却一直保留完好。我要记住这一计鞭子！

我预定1984年4月初回国，后来因为接替人选临时改变，又延长半年时间。这样直到1984年10月才回国。回来后，又是忙于教学和杂事，《〈野草〉研究资料》虽已动手，却离完工尚远。心中一直感到惴惴不安。一天，在翻检旧信中偶然读到薛老给我的一封。是1983年12月5日写的。信是这样的：

玉石同志：

听说您已从日本回国，向您问好。

《鲁迅著作研究资料丛书》中的《故事新编研究资料》已发排，《朝花夕拾研究资料》近中亦可发排。今天接许觉民同志的信，社科院对咱们这套书补助伍千元，今后的日子好过多了。您编的《野草研究资料》，复制费抄写费均可寄韩立群同志报销。

我希望您能挤时间早日完成《野草研究资料》一书，早日出版，以此显示这套书的水平。您回国后一定很忙，希望把咱们这本书放在“优先”地位。

敬礼！

薛绥之

读了这封信，我记得曾给薛老写了一封回信。时间可能已是今年春节前后。而这时我竟不知道薛老已不在人世。他永不会读到我的信了。

我惴惴不安的心境更加沉重。重读他的那些话,我有什么好说的呢?

他坦率而友好的责备的声音,又响在我的耳边了!

一块无字的碑将留存历史。

薛老,您还有好多事要做。您不该走得这样匆匆!

您的一些著作,您主持编的一些资料,特别是《鲁迅生平史料汇编》那样浩大的工程,不仅显示了您重视和热爱鲁迅研究事业的精神,也表现了您重视资料工作,甘心为别人铺路的学术品格。

您心血浇灌的果实,已经得到了人们的赞赏。

在日本,《鲁迅生平史料汇编》不仅是各大学图书馆书架上的必备资料丛书,也是每个鲁迅研究者案头的必备书。他们对这项资料建设工作给予了很高的评价。

1983年春至1984年春,我在东京大学文学部给研究生开设《野草研究》课,这本书是一些老师和学生要经常翻阅的。

东京女子大学教授、著名的鲁迅和现代文学研究专家伊藤虎丸先生,很重视中国现代文学的资料搜集和编纂工作,他收集的郁达夫在日本发表的诗词,他主持编纂的十多卷本《创造社研究资料》,都为我们所不及的。他对我说:“现在不行了,现在中国的学者已经重视资料工作了,我们就没有事可做了!”这种学术建设风气的改变,也有您的一份努力在内的薛老!

1983年6月,我去仙台访问鲁迅的旧迹。曾参与《鲁迅在仙台的记录》一书调查并兼任秘书长的阿部兼也教授,在他的研究室里,就拿着《鲁迅生平史料汇编》第二辑《鲁迅在日本》,称赞这项工作做得很有意义。书里收了他们的《鲁迅在仙台的记录》的译文以及他们提供的一些珍贵的照片,他们感到非常高兴。阿部先生告诉我,暑假里他将率领东北大学教养学部学生访华团到中国参观访问。他们要到泉城济南,还预定同您进行座谈。我请他见到您时转达我对您的问候。后来,我第二次访问仙台时,阿部兼也先生告诉我,他们的希望如愿以偿了。他还同您交换了有关鲁迅“幻灯事件”的意见。回国以后,我收到阿部兼也先生寄来的《访问中国散记》一书,收录了老师和同学们写的短文。里面也有关于在济南参观访问的文字。

薛老,您的勤劳的耕作栽培出的花朵与果实,已漂洋过海,芳馨远播。您是可以安息的了。因为您的不倦的劳动的果实,您的勤于鲁迅研究资料建设的精神,人们是不会忘记的。

一块无字的碑将永存历史!

1985 年 7 月 10 日至 12 日
草于北大蔚秀园寓所

缅怀一代宗师

——写于王力先生诞辰90周年

今天是1990年8月10日，是我们尊敬的王力先生诞生90周年纪念日。我们大家从五湖四海，四面八方，冒着夏日炎热，放下手头工作，不辞辛苦，来到这里，举行纪念王力先生90周年诞辰语言学研讨会及王力奖金颁奖仪式，这是北京大学中文系师生的一件大事。

10年以前，1980年8月，学术界曾为王力先生的80大寿和从事学术活动50周年隆重举办过庆祝会。王力先生亲自在大会上表示："誓将努力工作，竭尽我的能力为祖国社会主义文化事业作出贡献。"王力先生正以他晚年的勤奋实现他的誓言，为教育和学术事业发挥他的余热和光辉的时候，却于早几年不幸离开了我们。今天，我们在开会的时候，在座的诸位，作为同行、学生以及晚辈，对于王力先生表示最深情的缅怀。

王力先生是我国近百年文化史上最卓越的语言学家。以现代科学的理论和方法建设中国新的语言科学，还是从本世纪初开始的。这是一个需要开拓者，造就开拓者的一个崭新的领域。王力先生以他渊博的学问，过人的才识，拓荒者的气魄，和坚韧不拔的精神，在这个领域里辛勤耕耘，纵横驰骋，肩起了创造者的重任，获得了举世瞩目的成绩。他在汉语音韵学、词汇学、语法学、汉语史、语言学史、汉语诗律学、方言学、实验语音学等语言学科的各个方面，都进行潜心研究，做出了前人未有的创造性的贡献。他的诸多著作以及他参与主编的教材，已经成为汉语史和语言学领域中具有永久生命力的成果。王力先生在中国语言学方面的成就，使他成为开启一代的学术宗师。

王力先生不愧是我国最杰出的教育学家。他从事教育半个世纪之久。他具有高瞻远瞩的气概和放眼未来的目光。重视教育，培育人才，成为他学术灵魂的最高追求。他对学生胸怀宽广，循循善诱，严格要求，热情关怀，培养了几代语言学队伍的骨干人才和学术带头人。他的教育思想、教育方法、师道人格，都成为我们这些后来者的风范。即使对于素不相识的无名求教者，他也是那么热诚地进行指教。这里，我讲一件小事。“四人帮”粉碎不久，在东北抚顺钢厂工作的我的弟弟，到北京出差，带了一大包手稿，和一封信。这是他们厂里的一位工程师，用业余时间进行的汉字简化研究，多年心血的成果。他写信给并不相识的王力先生，恳求他能一阅此稿，并给予指教。他委托我弟弟让我把这包稿子转送给王力先生。我当时很犹豫。王力先生是个大学者，他又非常忙，怎么好用这样的事去打扰他，耗费他宝贵的时间呢？碍于弟弟的面子，我鼓着勇气，带着那包稿子，到燕南园，拜访了王力先生。出乎我的预料，王力先生竟慷慨答应了，可以看一看这部稿子，给他提出意见。我听了真是很感动的。后来，王力先生还亲笔给那个业余研究者回了信，让人把看过的稿子寄回去了。这虽然是一件很小的事情，但是可以看出王力先生对于青年和晚辈的那种赤诚的关注的心。

今天我们纪念王力先生，召开学术研讨会，不仅仅是缅怀与纪念，更重要的是如何继承和弘扬王力先生的学术精神和学术品格，以利于促进中国语言学研究事业的发展。什么是王力先生的学术精神和学术品格呢？作为王力先生的一个学生，我个人的理解就是：

第一，学术的开拓气魄与创新精神。王力先生从事语言学研究开始的时候，可以说中国语言学还处于开荒时期。他继承了传统的语言学，特别是乾嘉学派中国语文学的优良传统，同时他以敏锐的觉识、眼光和宏大的气魄，引进并创造性地运用西方现代语言学的理论和方法，对中国语言学的各个分支，进行潜心研究，分析、综合、归纳、升华，为建立中国自己的语言科学体系付出了艰巨的劳动。他成为语言科学领域里继承与借鉴、吸收与融合、开拓与创新的杰出代表。我们纪念王力先生，就要发扬王力先生这种精神，不因循旧路，不固守传统，不囿于已有的规范，不拘泥现成的体系，勇于突破，勇于创新，把吸收传统和借鉴最新的科学理论观念与方法结合起来，在语言学领域里有更大的开拓、创造与超越。

第二，我想到王力先生坚韧不拔的韧性精神。人的生命是有限的。王力先生一生把人的生命潜力发挥到了辉煌的高度。所以能够这样，是与他无限忠诚于学术事业和坚韧不拔的精神分不开的。王力先生一生孜孜不倦，分秒必争，能把繁重的教学劳动和科学研究、著书立说很好地结合起来。他从不挥霍和浪费一点自己的生命精力。“四人帮”粉碎以后，不到十年的功夫，他就先后出版了十余部学术专著，年已八十，每天仍在他的一个少人打扰的房间中，工作八小时，真可说为学术事业鞠躬尽瘁。这种惊人的劳动精神，虽为我们这一代人所望尘莫及，但总可以给我们鞭策与鼓舞，而且，它还将会成为下一代人宝贵的精神财富。

第三，王力先生坚持宽宏的学术品格。他不矜己长，不攻人短，致力于创建学派而不搞宗派。他没有一点学术领袖欲。郭绍虞先生在王力先生 80 寿辰时写的《了一先生像赞》中说：“不矜己长，是曰无私；即此美德，经师人师。不攻人短，斯能祛蔽；正义既伸，邪慝自避。无私祛蔽，自畅其怀；致力于学，自尽其材。是真学者！是好风格！威仪棣棣，是法是则。”这样的赞语，王力先生是受之无愧的。别的不说，仅王力先生于 1954 年按照教育部的决定，带中山大学语言学系师生合并到北京大学中文系以后的几十年中，他胸襟开阔，从无派系观念，对所有师生一视同仁，对自己的名誉不斤斤计较，全身心地投入，为北京大学中文系汉语专业的创办，为中国语言学领域学术的发展，为培养高水平的人才，尽心竭力，不搞圈子，不搞宗派，而是以自身形成的卓越的学派，成功地促进了整个中国语言学学科的发展。王力先生的这一精神，在今天尤为珍贵，值得我们认真地继承和发扬。

1990 年 8 月 10 日

原载《生命之路》，北京大学出版社，1997 年

零乱绵远的哀思

——悼王瑶先生

生老病死，悲欢离合，本来是人生的常事。关系不那么近的人，与己关切不大，叹息一番罢了；而自己的亲人、师长、朋友，如果逝去了，心里的悲哀就自然十分沉重，甚至久久不能平复，更何况这逝世如果来得意料之外的突然。王瑶先生就是这样离开我们的。他离开了人间，离开得那么仓促，那么突然，那么震惊了亲友和学生们的心。

从上海办完王瑶先生的遗体告别仪式匆匆归来的第二天，为迎接王师母和学生们护送的骨灰，我独自走进那座熟悉的四合院——镜春园76号。门口那两尊石狮子还是依旧虎视眈眈地趴在那里，眼里自然是无泪的。跨进院里，往日屋里那传出来的笑声和宁静自然没有了。扑进心里的是一片萧瑟之感。地上冬日的花草枯黄地在冷气中瑟缩着。那拔地而起的两株古老的柏树，也暗哑地垂头而立，默然地向着苍天，似乎没有了往日的蓬勃迎客的气息了。走进屋里，看见先我返京的王瑶先生的儿子和学生们已布置好的简朴而肃穆的灵堂，看到墙上挂着王先生亲笔为这间狭长窄小的书房写的“竟日居”三个字，心突然由沉重而变得格外的空旷与荒凉了。书斋里那鲁迅《自嘲》诗和沈尹默先生手书的陶渊明《归去来辞》的条幅，那古色古香的书橱，那围满了四壁的木盒的《四部丛刊》和《二十四史》，那黑漆红穗的高悬的宫灯和被多少客人踏旧了的浅花纯毛地毯，一切依旧，闪着它们昔日的光泽与亲切，唯有在这里日夜生活工作的“竟日居”主人，如今不在了。空旷与荒凉中我沉重的心情变得更加沉重。此时的心境中，自然地想起王瑶先生的学生由北京拍往上海的一个唁电里的话。这唁电只有八个字：“天夺我师，欲哭无泪！”

王瑶先生真是走得太匆匆了。他不该这么突然地离开这个世界。他还有许多事情等着去完成,他还有许多愿望等待去实现。去年 11 月去苏州开现代文学理事会之前,王先生还几次与我谈到他主持的“七五”项目“近现代学者对中国文学研究的贡献”如何保证完成,个别条目撰稿人的变动怎样落实,态度是十分认真的。也是去苏州开会之前,王先生到系里拿报纸,嘴里依旧衔着烟斗,高兴地告诉我车票和送站的汽车都准备好了,然后同我商议,他的两个博士生专业基础考试的事情。他叮嘱我:“考试就在十二月底进行吧,考试的呈报手续和委员会名单由你定了上报,等考完了,再一起同他们讨论决定论文题目。”我说:“等您开完巴金会回来,就把这件事办完。”王瑶先生对现代文学研究,似乎还有很多计划,近几年他还搜集了一些材料,似有志写一些古典文学研究的著述,重返他的“故土”。他的案头上,还摆着一些信,一些草拟的想法,正准备为台湾一家书局编一部《竟日居文存》,工作还刚刚开头。去年五月七日,在京的几位学生,在家里给他举办了一个 75 寿诞的小小的庆祝会。那一天王先生红光满面,精神焕发,同大家一起吃了蛋糕和寿面。以后生了场病,出院以后,体力和精神显然不如从前了。但他仍奔波不息,去烟台改定书稿,去内蒙参加政协视察,在北京参加孔子诞辰纪念暨学术讨论会……他对学术,对生活,还抱着特有的热情,极多的希望。然而,随着先生的突然离去,这些计划,这些期望,也都付诸黄泉了。谁不为此更感到深深的怅惘与悲哀呢。

人的心灵深处的东西是很难被别人了解的。我说先生对学术,对生活,有很高的热情与期望,但这只是一面。其实他那颗饱经沧桑的心里,是有很多伤痕的,也是有很重的孤寂与颓唐在的。不过由于他的性情豪爽旷远,一些不易觉察的东西也就被淡淡地掩盖住了。按着才学和精力来说,王先生本来可以在三四十年的时间里做更多的事情,学术上会结出更多的果实。但是,连绵不断的政治运动和简单化的学术批判,夺去了他宝贵的生命时光。他多次同我慷慨地说,解放军开进北京的时候,自己曾满腔热情去欢迎,骑着自行车从清华到城里,整整跟了一天。以后工资分的是小米,生活虽然艰苦,工作很有劲头。开始教古典文学,文代会后大学里增设新文学课程,王先生是青年教师,他就服从需要，改行从“新”，教起现代文学来了。他那部奠定现代文学研究史基础的厚厚的《中国新文学史稿》，就是在紧张的教学中一边讲一边写出来的。那时心里只是一片明朗的天。没想到在反胡风以及后来的政治运动中，因那本文学史也受到牵连。全国政协委员撤了，《文艺报》编委撤了，后来又突然成了学术阵地上被拔的“白旗”，成了大批判的靶子。十年动乱中，作为一名“反动学术权威”，他所受的心灵折磨和皮肉之苦就更可想而知了。灾难的岁月过去之后，王瑶先生不愿谈过去的遭际。他更多的是劝大家往前看。偶尔提及，也化成淡淡的玩笑了。一次去云南开会回来，他特意送我两瓶白药，并似讲故事一般对我说，“文革”中常常在牛棚里挨打，有时疼得后背不敢贴床，睡不了觉，是王力先生偷偷送他一瓶白药，吃了果然有用，这叫“吃一药长一智”。更使王瑶先生痛心的是自己生命时光的失去。他多次对人谈过，1957 年以前，他差不多每年出一本书，而 57 年到 77 年，却一本书也没出了。这十年里他和中青年同志一样，在努力夺回失去的时光，写了许多高水平的学术著述，在现代文学和鲁迅研究的领域里仍不减当年风采，起了带头人的作用。但毕竟年龄大了，他总感到有些力不从心了。有时我问王先生：“在写什么东西?”他半开玩笑地说：“什么也写不了，也写不出来。中国人平均年龄不到七十岁，我现在已经超过了，是在活别人的剩余年龄了，所以我常常枯坐斗室，无所作为。不写文章，叫做‘坐以待毙’，有任务逼着写点东西，叫做‘垂死挣扎’。”他把自己的小小的书房起名为“竟日居”，“竟”取镜春园镜字的右边，去了“金”旁，“日”字则是去掉了镜春园“春”字的头，合起来大约是取“无所事事，竟日而居”之意吧。是否有其他深意，没有问王先生也不敢妄加猜想了。大家都讲有失落感。王先生内心深处也是有的。一个有才华的学术大家心中的失落感或许也就更大、更深沉些的吧！

除了写作和社会活动之外，王瑶先生这么多年把主要精力用于培养学生身上。从 1978 年招研究生到现在，王先生已培养了几批研究生，有硕士，有博士，有些同志已经成为这个学术领域里的骨干和佼佼者。连五六十年代的学生一起，真可谓是桃李满天下了。王瑶先生是一个宽厚随和的人，但对学生的要求却特别严。我 1960 年北大毕业后开始做王瑶先生的研究生。当时是几个研究生,常一起到王先生家听讲或汇报学习情况。正襟危坐,战战兢兢,我确然有此心境。听了王先生“敲打”一顿,有的研究生回来忍不住大哭一场。81级一位研究生,一次从王先生家出来,到我家里谈谈就哭起来了,他甚至有点丧失了能不能学好的信心。经过大家的鼓励,王先生的认真指教,他学习得很出色。他的毕业论文王瑶先生给予了很高的评价,后来在《中国社会科学》杂志上全文发表了。王瑶先生对学生的严,是包含着极大热情的严格要求。他1989年最后招的两名博士研究生,第一次见面谈话时我作为副导师也在座。王先生开篇就要求他们:要下定心干这个行当,就要把目标搞得宏大一点,不要急于出名,不要去应付临时的急活,千万不要为社会的“千字文”来分心,要甘于寂寞,要有“板凳须坐十年冷,文章不写一句空”的精神。他要求研究生们要踏踏实实地读书,多看现代文学原版本的作品,多翻现代的文学期刊杂志,了解当时的时代风气和作品发表时上下左右的情况。他认为现在的许多文艺论文都太空,不注重史料,先搭一个架子,然后抓一把例子来论证,结果,历史变成纯理论的哲学模式。听了这一番讲话,我作为多年以前的研究生,仍倍感亲切。我感到王瑶先生把自己一生治学的经验都浓缩在一个“严”字里了。这里包含着他的冷峻,也蕴藏着他的热情。还有两个博士生的论文或论文题纲,王先生或坚持要改掉一些东西,或要求进行反复重来,直到通过为止。后来这些论文都作为专著出版了,受到学术界的重视与好评。过后,王先生对我说,我不是思想不解放,也不是故意刁难,我有意摆摆一副“左”的架势,就是要牵制他们不要走得太远了。这心境里充满了对学生的高度热忱、负责和爱护。还有一次硕士研究生毕业论文答辩会上,王瑶先生不同意其中的一些观点,批评十分尖锐,甚至说:你文章中批评的庸俗的机械唯物论,就是我的看法,然而我至今不悔。当时研究生与先生辩得面红耳赤,参加答辩的其他老师也捏着一把汗,怕论文通不过。结果在宣读预先写好的评语时,王先生却是给以很高的评价和最高的成绩。学生和其他老师听了之后,心里只有一种说不出的激动。作为一个老师,能做到这样的境界,我总以为是很难的。许多这样经历过来的学生,回想那番难忘的情景,常常不免热泪盈眶!

岁月的坎坷给多少人心里带来难以治愈的创伤。一些人对自己的伤痛耿耿于怀,一些人却淡然视之,对一些历史风云不去过多埋怨,对伤害过自己的人和事,也弃之脑后,视若云烟,反过来对这些同志一如既往地视若挚友。这需要怎样的一种胸怀啊!在这种心灵的光照下,我常感到自己灵魂的渺小!十年动乱开始后,王瑶先生被关进黑帮大院的牛棚里,他的家也从宽敞的中关园寓所被“赶”到学校附近蒋家胡同大杂院的一间小房里,孩子有插队的,有去北大荒兵团的,家里十分冷清,没有什么人光顾的。我是一个胆怯者。看到大字报上点我的名字,前边加上个“反动学术权威的修正主义苗子”已有些心颤,更不敢去王先生的“新居”看望他了。我读研究生初期,看到同班同学不少在报刊发表文章,心里有些焦急。王先生猜着了我的心思,就对我说:“不要急于去写文章,其实基础打好了,你想文字变成铅字并不难的!”后来我看完《鲁迅全集》,写了一篇《鲁迅对中国新诗运动的贡献》的长篇读书报告,他认为还扎实,有新的见解,就送北大学报在1963年发表了。在“文革”的“反戈一击”的气氛中,我在大字报里杷王瑶先生的话与给我发文章,当成鼓励成名成家的言行加以揭发。这不光是胆怯,已经有悖于做人的良心了。对于这些事情,还有别的同志的其他事情,十年动乱过后,王先生都统统加以原宥,不仅原宥,甚至完全忘记了,不仅忘记了,而且对包括我在内的许多伤害过自己的学生,更是抱着全副热诚地奖掖、提携。这十年我自己如果有一点什么成绩和进步,完全是与王先生的坦诚帮助与热情鼓励分不开的。为人为师,坦诚宽厚至此,实为难得。我为此时常想起鲁迅《野草》中的一篇散文诗《风筝》。长兄摧残了弟弟童年的乐趣,多年后哥哥幡然悔悟了。他求弟弟原谅自己的过失。弟弟却反过来问:“有这样的事吗?”全然忘却,更增加了过失者内心的负罪感。鲁迅先生在揭示人的心灵中的一种美德。我觉得王瑶先生就具有这种心灵的美德。如果有什么在天之灵的话,我愿九泉之下安息的先生能够听到我的这些声音,我的心情也会感到轻松一些的吧!

王瑶先生是抱病去苏州上海开会的。走前,在家里已因气喘而几夜不能很好卧床休息，到医院拿药，医生也劝他住院治疗。但他仍决然南行，抱病主持现代文学理事会。到上海病情已转为肺炎，仍坚持参加庆祝巴老诞辰85周年暨学术讨论会的开幕式，参加一半就因体力不支而住进医院了。我由北京赶到上海华东医院病房里的时候，王先生已因机器插鼻管帮助呼吸进食而不能说话了。我告诉他："中文系的师生都非常关心您的病，我代表他们来看您，希望安心治疗，早日治好病，回北京过年！"他用笔在纸上写："谢谢大家！"在床榻上，他是很痛苦的，但仍然关心着我的住处，要让我休息好。他写了上海许多朋友的名字，让我一一去看望，代表他表示谢意。他首先想到的自然是巴金老人。他让我代表北大中文系，与现代文学馆的吴福辉同志和他女儿超冰一起，去给巴老祝寿，还写道："送鲜花，钱要分开。"在上海作协安排下，我带着一个盛满鲜花的花篮，在红布条上我写了"民族良心，青年至友"几个字，王超冰也带了一束鲜花，拜会了巴老，向他转达了北大中文系师生和王瑶先生的祝愿。王先生事前还写了一段话，大意是：这次来上海参加庆祝您的85寿辰及学术讨论会，我因病倒了，没能参加完，很遗憾。我的两个学生写了研究您的专著。他们的书都是学术研究，没有大批判，我以此为慰。巴老到华东医院看病，特别派女儿李小林到四楼病房来看望王瑶先生，当时就让小林把这段话带给巴老看了，巴老十分感动。王瑶先生是巴老的好友，也是巴老小说著名的研究者，并因此而得到了几次大批判的"酬报"。王先生为"没有大批判"而引以自慰的话里，隐含了相隔十岁的两位老人内心的感慨与辛酸！他们的心与心是相通的！在12月6日于上海龙华殡仪馆举行的王瑶先生遗体告别仪式上，巴老献上了用鲜花编织的一个最大的花圈！

王瑶先生在北京学习工作生活几十年，却患重病于上海。在意识到自己生命垂危的弥留之际，他总是在女儿的手心上写"76号"，即北京镜春园的家里。他是不甘心就这样客死他乡的！

我理解王瑶先生那时的心境。

1936年10月23日，还是22岁的王瑶先生，在他主编的《清华周刊》上，发表了为鲁迅先生的逝世而写的一篇文章，题为《盖棺论定》，署名古顿。文章对鲁迅逝世之后各种舐皮论骨的枉论进行了批驳，之后说:“然而真正哀悼鲁迅的人却是‘送葬者达万余人,多为青年男女’等的没有发表过甚么谈话的人。”

王瑶先生是饮誉海内外的鲁迅研究专家。在鲁迅先生生活、战斗过十年并于此与世长辞的上海,病危中得到这里各界朋友和学生们的真诚关怀,受到最好的一些医护人员的精心照料与奋力抢救;死后又有那么多的朋友与学生们前来含泪告别,寄托深情的哀思,这是王瑶先生九泉之下的灵魂应该感到十分欣慰的了!

为人类奉献了自己生命的人,他的生命将永远在大地上延伸。去年5月7日,为庆祝王瑶先生75寿辰,我曾写过一首小诗送给先生,抄在这里,算是这散乱而绵远的哀思里一片飘向另一世界的烟云吧:

在贫瘠土地上您耕耘播种,
潇洒的白雪飘满您的山峰,
这个世界给您的太少太少,
您拥有的却是绿色的永恒……

1990年2月22日于病中

原载《文学角》1990年第3期

他拥有绿色的永恒

——怀念王瑶先生

一粒种子落在土里了。我已没有眼泪。

心中常有一片风景浮现：年已七旬的王瑶先生，骑着自行车，嘴里衔着烟斗，从未名湖边的小路上飞驰而过。邂逅相遇，有时不愿打扰先生预定的计划，怕误了什么事情，就点一点头，微笑而别。而在他过去的路上，我会闻到一缕淡淡的光明牌烟丝的幽香……

如今走过那里，解冻的湖水依然澄澈碧绿，乍暖还寒中的垂柳也悄语着初春的消息。可是，湖边的小路上，再也看不到王瑶先生衔着烟斗骑车驰过的身影，再也闻不到一路上那飘散的烟香了。

得到王瑶先生直接的指教和熏陶，是我被分配做他的研究生开始的。那是1960年秋天，先生被当做反动学术权威遭到批判，但还未得到彻底“甄别”。在我的心目中，王瑶先生早已“甄别”了。他是我十分仰慕的一位学识渊博的大学者。他的三本关于中古文学史论的专著，见解之新颖与钩沉之勤勉，已经使我读了之后有望尘莫及之感。洋洋两大厚本的《中国新文学史稿》，更是现代文学领域里的开山之作。能够跟这样博古通今知名中外的导师学习，做一名及门弟子，自然是难得的幸运。

进入学习不久，我们几位研究生在高兴之余，就开始尝到“严师”的滋味了。先生开了鲁迅、茅盾等十几位大作家作品的必读书目，此外还经常督促我们写读书笔记、读书报告，然后定期交他检查。一次到他家里，他看了大家交的读书笔记，记得我的是读《呐喊》、《彷徨》的札记，王先生谈了读后的意见。他似乎很不满意，颇为激动地批评起来，严肃的教诲中还夹着一点毫不留情面的申斥的味道。批评的是什么问题，到今天已经全忘记了。但从王先生家里走出来之后大家那种怏怏不快的情景，至今我还留有印象。我回去后委屈了好一阵子，一位女研究生还因此痛哭了一场。从此，对王瑶先生我便产生了一种敬畏之感。在他面前，总感到一种压力和拘束，总怕自己说错了什么，问的问题答不出来，挨一顿训。甚至在内心深处觉得，王瑶先生对自己的学生有点过分的严峻和冷漠了。

后来接触多了，我才逐渐明白：在先生的严峻与冷漠背后，藏着对学生真正的热情和关心，像一块磁铁，当你走进了它的磁场，就会被紧紧地吸住一样。先生关心的不是学生眼前的一点成绩和失误，而是更关注他们未来的成长和发展。我深感到自己的每一点进步都倾注有先生的心血。62 年，看到与我同年级毕业的许多同学，在报刊上纷纷发表文章，自己心里有一种羡慕之情，同时也感到一种压力，有些焦躁。王先生似乎猜透了我的心思，便语重心长地对我说："要下苦功夫，认真读点书，不要着急去发表文章，基础打好了，将来要使自己的文字变成铅字是并不难的。"他指定我认真通读一遍《鲁迅全集》，我按照先生的要求，一边通读，一边做了札记和卡片，并在此基础上，利用暑假写成了一篇万余字的读书报告，交给了先生。先生后来推荐在北大学报上发表了。这篇《鲁迅对中国新诗运动的贡献》，是我最初发表的学术论文，也是我跨进鲁迅研究的第一步。我由此也对鲁迅产生了一种特殊感情。1964 年，我在先生指导下撰写了《鲁迅改造国民性思想问题的考察》的研究生毕业论文，试图在一个尚很少有人注意的领域中做一些拓荒性的工作。写得很不满意。但在论文答辩的时候，竟得到王瑶先生、唐弢先生和川岛先生的肯定，十年动乱之后还得以发表了。为了迎接鲁迅诞辰 100 周年纪念，我动手写《〈野草〉研究》一书，始终得到先生的鼓励和指导，先生那篇界碑性的论文《论鲁迅的〈野草〉》也给了我很多启迪。有些篇章如对《过客》的分析，就是移用了先生论文的见解。这本书出版之后，又得到先生和同行们的好评。自己才疏人懒，几年里成绩甚微，愧对先生的期望，但回想这 30 年与先生接触的前前后后，我真正品味出，先生包容着热情与期待的"严"，乃是他为师之道中的至要了。

十年动乱之后,同先生交谈的机会更多一些。先生同许多中青年人一样在拼命夺回失去的时间。他对自己同对学生一样严格。这是一种真正的科学研究者所必备的品格。这一品格的熏陶比那烟斗的幽香更沁人心脾。一次,我问先生,他的《中国新文学史稿》是怎样写出来的。他对我说,那本书是逼出来的,匆忙得很,但有一点自己很明确,就是完全依照鲁迅先生的《中国小说史略》的体例写成的,多以作品和史实为依据,少写空泛的议论和分析,点到为止,不多渲染,要言不烦,留有余地,这些都得之于鲁迅那本书的启发。前些年,上海文艺出版社要修订再版这部书时,先生让我帮助修订五四时期那一部分,我问先生:"有些章节是不是要多加些理论评价和艺术分析的文字?"先生说:"不必大动,资料要严格核对,错的就改过来,理论文字少加或不加,特别是那种长篇大论的分析更是要不得,史要有史的样子,改多了就会面目全非了。"至今,这部《史稿》仍能于众多的现代文学史教材中卓然不群,独具特色,于国内外葆有经久不衰的价值和影响,是与先生始终如一的严谨科学的治学态度和学风分不开的。

十年动乱之后不久,他有感于一些现代文学史仍然是文艺思想斗争加作家论,没有什么太大的突破,曾几次同我谈到,最好能动手写一部《中国现代文学史论》,以苏联的《联共(布)党史》为蓝本,史料要精炼扎实,对一些文学现象、流派和作家,作精当深入的理论探讨,找出一些真正符合新文学发展的历史规律来。我很赞同先生的构想,也颇感到应当做一名助手协助先生完成这一新的宏愿。但是后来自己教学繁忙,又转入诗歌流派的教学与研究,也就没有为先生实现宏愿尽微薄之力,至今想起来仍是倍感抱憾的。

先生经常告诫我,治现代文学史一个重要的信条:许多作家都还活着,研究文学史要同一些作家打交道,但不要太密切了。太密切了,固然可以得到许多第一手的资料,但是写起东西来,就往往会身不由己地笔下留情,不大容易客观了。不客观,不科学,你的东西是经不住历史考验的。先生反复敲打我,不要研究哪一位作家,就过分地偏爱这个作家,连他的缺点和毛病也成了优点了,不能为君者讳。他常说,学术文章要讲科学性,要实事求是,经得起时间和历史的考验,不能搞成追悼会的悼词,一切尽讲好话。先生这些平平常常的谈话中,体现了一位文学史家具有的精神与风度。

先生最痛恨的是不实事求是,不讲科学的学风和态度。“四人帮”时期,鲁迅“研究”、评法批儒,搞什么工农兵“掺沙子”,同知识分子一同注释《鲁迅全集》,先生也被“三结合”进去了。“四人帮”垮台后,这些掺的“沙子”都走了,王先生却留下了极深的印象。他不只一次对我讲,在《坟》的注释中,一位郊区公社来的农民,硬说《人之历史》中的“黑格尔氏”是个女的,理由是农村妇女过去都叫“××氏”,你跟他说,这个人是个男的,“氏”是文言的用法,他就是不相信,以至争论得面红耳赤,不欢而散,弄得你真是哭笑不得!王先生由此感慨说,“三结合”简直是乱弹琴!搞研究不用科学的方法就根本没有什么科学可言了。先生极盼一些工农出身的作家能够提高他们的文化素质。先生同我讲过一个“笑话”:一次文代会上,他同吴组缃先生在同住的房间里聊天,一位50年代就出名的作家前来看望吴先生,两人正谈论他们的老师朱自清,那位名作家竟问道:“朱自清是什么人?我只听说有个夏志清,从来没听说过还有个朱自清。”王先生讲完这段插曲,便哈哈大笑起来,而且如往常最激动时的习惯,往嘴里“哈,哈,哈”的抽气,然后用手抹抹眼角笑出的眼泪,不无沉痛地说:“我们一些作家文化素养不高,又不肯下苦功夫学习,文学水平怎么能上得去呢。这样下去,倒真是中国新文学的悲哀了!”

1986年6月,在清华大学召开闻一多学术讨论会。会上,我没来得及写学术论文,被逼着做了个即兴发言。我谈到,闻一多先生虽然留学美国,却没有接受西方现代意识的洗礼,而过分地固守偏爱东方文化美,由于他有一种欧化的恐惧病,在美国意象派运动高潮中接受的影响甚微,他的诗歌创作可以达到浪漫主义的高峰,而在现代主义门槛面前却止步了。过分固守民族文化传统的心理使他未能肩起诗歌艺术现代化的责任。会议结束以后,到王先生家里聊天的时候,先生几年里头一次如此严肃地对我说:“我转达一个意思,参加会的许多老先生,都不同意你发言的意见。”我说:“我理解他们的意见。”我知道先生说的话是很婉转的,其实是对我缺乏深入研究而轻率下结论这种非科学态度的批评。我在愧然中又一次感到先生对自己学生出于爱护的敲击。

1985年5月20日，我到先生家谈刚刚去武汉参加闻一多学术讨论会的情况。王先生那天心情非常好，为我打开了回忆的闸门，说了一大篇关于闻一多朱自清两位先生以及自己同他们关系的话。回来后我用两个晚上作了追记。其中特别值得提到的是，王先生对我说："研究历史最重要的就是要实事求是。闻一多先生受罗隆基的影响走上进步道路。罗隆基是搞政治的，皖南事变后他到昆明，同闻一多来往很多，拉闻一多加入民盟。当时陈果夫到云南，来劝高级知识分子入国民党，冯友兰，雷海宗等人都加入了，闻一多也为之心动。他为此找朱自清先生，朱先生不同意，闻一多也就作罢了。闻一多牺牲之后，许多文章都说朱自清先生受闻一多的影响，朱自清先生看了之后很生气。朱先生一直是支持进步的，'一二·九'时曾多次冒生命危险掩护进步学生。"王先生又说："闻一多热情外露，他是诗人，学者，民主斗士，几个阶段很分明；朱自清先生不同，他更内向一些。他一生皆是诗人，一生皆是学者，一生皆是战士。"说这段话时，王瑶先生是很激动的。这番藏在心底的声音，说明王先生不是在为朱自清先生辩护，而是在为历史的真实辩护，在为一种实事求是的科学精神辩护。

王瑶先生对学生的创造精神总是热情鼓励的。即使意见相左，他也抱极宽容的态度。他喜欢说一句话：我可以不赞成你的意见，但是我坚决捍卫你发表意见的权利。此种精神，我深有感触。我1964年撰写有关鲁迅改造国民性思想的毕业论文时，一些观点先生并非完全赞同，答辩之前我心中打鼓，担心通不过。但在答辩中，先生的评语对论文还是作了很高的评价，并认为达到了发表的水平，建议我修改后给刊物发表。可惜那时气候已不允许，整整隔了14年后才得以与社会见面，观点已十分陈旧了。1983年我在东京大学讲学时，曾应邀在中哲学会的例会上作了关于鲁迅改造国民性思想问题的学术报告，后来整理成文，文中引述了我所不同意并与之商榷的许多意见，注明了出处，其中就包括王先生在天津鲁迅国民性思想讨论会上的讲话中的意见。后来这篇文章收在纪念先生70寿辰的论文集中出版了。一次我问先生，有什么意见。先生说，学术上有不同意见是正常的。有了不同意见，既不能依靠某个权势者的命令，也不能等待哪一位学术权威的裁判，学术的真理要自己思考,要允许时间去考验。先生对我发表与他相左的意见,没有丝毫的怨意,即使先生明白我的意见不一定是正确的。前几年里,我研究和讲授象征派诗歌,1982 年将讲稿整理成《中国初期象征派诗歌研究》一书,交给出版社后,出版社担心会不会有什么问题,要请老专家写一份学术意见。书稿送到先生手里,他认真翻阅之后,很快就写了一份意见,对这本书填补学科空白和学术上的开拓性的价值作了充分的肯定。我知道先生一直坚持文学与人生时代联系的以人民为本位的文学观,对于象征派诗向无太多的艺术好感,但他写了热情肯定的意见,还慨允将这篇意见改成该书的序言,这更多的是对发展学术的宽容精神远超过师生之间的私人感情。我常常想起先生对我讲的一件轶闻:当年北大教授刘文典在课堂上讲,陈寅恪每月月薪值三百元,我只值三十元,沈从文连三块钱也不值。先生说,沈从文是讲现代小说的,刘文典瞧不起这门学问,这就太褊狭了,不能以一种尺度来衡量学术研究。你的学问要别人承认它的价值,总要有个多元的标准,有个时间和历史的检验。

这几年的"文化热",先生是十分关注并热情支持的。他的学生,也包括我自己在内,出于对前些年过分强调文学的政治工具作用的反感,轻重不同地淡化政治,只谈艺术与文化。王瑶先生同样出于科学精神的清醒,始终持有异议。在他家里开的一次鲁迅与中外文化的研讨会上,针对这种情况,先生不无批评之意地说:"我们搞现代文学的,不能离开政治谈文化,不能一味地淡化政治。淡化政治,淡到了零的程度是不行的。政治这东西是客观存在,你不找它,它还要找你。现代文学离不开政治,生活里的人谁也离不开政治。这政治过去看得太狭窄了,要把它看做是一个广泛的范畴,但是怎么广,也不能广到没有。严复是文化热中被推崇的人物,他就与政治分不开,不管是进步的政治还是落后的政治,他是一个划时代的人,他译的《天演论》,哺育了一代人。"翻阅笔记,重读这些话,先生的精神与风貌如一缕不绝的幽香,重又缭绕心头。

先生是位学者,一生又是与中华民族的解放事业相联系的。他说到"一二九"运动时自己怎样全身心地投入。闻一多先生作报告劝阻学生不要闹事,他同学生在下面一齐跺脚表示不满。为争取民主和民族解放事业,他曾身陷囹圄。西南联大时他又经闻一多先生介绍加入民盟，从事民主进步的文化运动。他曾对我谈了一个趣事：抗战胜利后，西南联大结束了历史使命，分校北迁。临走时，他曾在联大门口贴了一张小字报，前面是大字："廉价拍卖冯友兰"，底下是双行小字："他的一切著作和讲义。"冯友兰当时是国民党的红人，先生站在进步一边，虽已为教师，年轻气盛之状，历历可见。讲了这个笑话之后他说："我现在同冯友兰先生很好，他的《三松堂文集》出版后，还送了我一部。"先生认真读了这本书，还推荐给我及其他学生。

王瑶先生居住的镜春园 76 号，院里只有两棵古老的柏树，没有松树的。他近十年就在这个家的书房里，除伏案写作、读书看报、会见客人外，主要精力用来培养学生，为现代文学研究事业后继有人呕尽了心血。仅十年动乱之后培养的硕士生、博士生就已有几批，他们都纷纷成材，在各自的学术领域里做出了出色的成绩。

先生内心有时是很寂寞的。但也有最快乐的时候，那就是与学生们聚集一堂，漫天神聊的时候。记得去年 5 月 7 日，先生 75 寿辰时，在京的几位学生在他家里小小地庆贺了一番。那时先生真是红光满面，精神抖擞，和大家一起，吹蜡烛，吃蛋糕，尝寿面，心情非常好。我曾在赠言簿上写了几行散文式的诗句，送给先生：

在贫瘠土地上您耕耘播种，
潇洒的白雪飘满您的山峰，
这个世界给您的太少太少，
您拥有的却是绿色的永恒！

半年之后，没料先生却匆匆地走了。未名湖边，再也见不到他的身影，再也闻不到他烟斗飘出的幽香了。但我想，先生是幸福的。因为他耕耘播种的中国现代文学研究的园地，已经铺满绿色，结出了丰硕的果实。因为先生的事业长青，因为他拥有绿色的永恒！

1990 年 4 月 22 日于北大畅春园寓所

原载《新文学史料》1990 年第 3 期

风雨燕园四十载

——王瑶先生与北京大学

1952 年院系调整以后，王瑶先生由清华大学转入北京大学中文系任教，到 1989 年 11 月因病客故于上海，他在北京大学生活和工作了 38 个春秋，历尽了燕园的风风雨雨。

由中关园花草竹篱掩映中宁静的小院，经过灾难岁月里蒋家胡同大杂院一间陋室的蜗居，到幽静的未名湖畔镜春园 76 号古色古香的四合院，王瑶先生走过了他一生中充满创造的欢乐和坎坷痛苦的生命历程。

王瑶先生是接受北大精神哺育的地道的“北大人”。他的名字，他的学术成就和学术品格的影响，已经同北京大学的名字紧紧联系在一起，超越了燕园的围墙，远播于祖国的各地，远播于异域的四面八方……

王瑶先生曾开玩笑地对我说：“我搞现代文学也是半路出家，不务正业的。”先生原是朱自清先生的学生，留在西南联大任教直至回到清华中文系，研究和讲授的是魏晋文学。据王瑶先生说，1949 年全国第一次文代会后，教育部决定高等学校中文系增设新文学史课程，当时他是青年教师，便服从组织分配，改行教“近代文学史”、“现代文学史”了。

可以想见，王瑶先生面对的是一个丰饶的荒原，涉足者需要有开垦者的气概。他没有畏惧，没有怨言。一旦进入这个簇新的领域，他便以自己的创造锐气，才华和勤奋，夜以继日地垦植，翻资料，读作品，搭框架，写讲义，一边讲授，一边撰稿，在短短的一年多的时间里，就完成了近 20 万字的《中国新文学史稿》上册，于 1951 年 9 月由上海文艺出版社出版。

王瑶先生就是肩负着这一开山者的重任跨入北京大学的。是他在清华和北大中文系率先开设中国新文学史这一课程。在紧张的教学之余,他继续《史稿》的撰写工作。没过一年多,1953 年 8 月,另一本更加厚重的 34 万字的《中国新文学史稿》下册又接踵问世了。

这部中国现代文学史研究奠基性著作的诞生,在国内外,为北京大学,为王瑶先生,赢得了巨大的声誉,同时也为这一学科的建设与发展尽了披荆斩棘的责任。

王瑶先生完全是以一个开山者的姿态,出现于北京大学,出现于中国学术界的。

这时候,王瑶先生才只有 38 岁!

从这时起到 1957 年,可以说是王瑶先生教学和学术生涯中风华正茂的黄金时代。他精力充沛,思想活跃,文思敏捷,为学勤奋,真是浑身充满了创造的活力。

他讲"中国现代文学史"课程,虽是浓重的山西口音,却能于清晰的学理中谈笑风生,时常夹有他特有的幽默和警语,成为当时中文系最有吸引力的课程之一。后来有些学生对这一学科产生了浓厚的兴味,有的留校做王瑶先生的助教,有的走进其他院校和研究机关,至今都已经成为现代文学研究领域中的学术骨干或带头人,这是与王瑶先生当时辛勤的劳动分不开的。王瑶先生最初播下种子的土地上,今天已经是绿树成荫。

王瑶先生兼通古今的特长为他的学术研究带来了广博的特色。他以旺盛的精力和渊博的学识,在古今几千年的文学研究领域中,纵横驰骋。在这期间,他先后出版了《中国诗歌发展讲话》、《中古文学史论集》、《陶渊明集》编注,《李白》、《关于中国古典文学问题》、《中国文学论丛》、《鲁迅与中国文学》。其中 1957 年发表的《论巴金的小说》一篇长文,是解放以后出现的最有分量的有关巴金研究的力作,后来为王瑶先生招来了不公平的批判。王瑶先生还积极参加了批判胡适学术思想与《红楼梦》研究的讨论,在《北京大学学报》,《文艺报》发表了《评胡适的所谓"历史进化的文学观念"》、《从俞平伯先生对〈红楼梦〉的研究谈到考据》,有的文章还得到了中央领导同志的赞赏。回顾这一段学术活动,王瑶先生多次说:任何人也离不开时代气氛的限制,我也参加了对胡适和俞平伯先生唯心史观的批判,这就如同天气冷了,我们大家都要多穿衣服一样。

王瑶先生这期间担任了第二届全国政协委员、《文艺报》编委。对国家的政治生活,对新文学事业的发展,他倾注了自己的关注和热情。

1957 年发生了反右派的斗争,接着而来的是学术界"拔白旗,插红旗"的批判资产阶级学术权威运动,给刚刚跨入不惑之年的王瑶先生带来了很大的冲击,政协委员撤了,《文艺报》编委撤了,《中国新文学史稿》被称为是"剪刀加浆糊"的"伪科学"的代表,在最重要的刊物上以专号大加挞伐。对巴金无政府主义思想和他的作品极不公平的批判中,王瑶先生那篇论文也成了重要的靶子。

王瑶先生在困惑不解中默默地迎接着一阵阵风暴的袭击。他的助手一个个成了右派。他自己心理上承受着极大的压力。自己一生追求进步,相信并努力运用马克思主义,到头来却成了资产阶级学术权威的"白旗",这究竟是为什么呢？心中的疑团给他带采了苦恼,带来了迷惘,带来了冷峻的沉默。

还没有完全从这苦恼与迷惘中走出来,他带着心理的重负,培养最初一批研究生;被"结合"进来,同学生们一起编写《中国现代文学史》。王瑶先生被分工撰写"民主主义作家"巴金、老舍、曹禺的章节。该书后来由人民文学出版社内部出版时,这些章节被随意改动了,王瑶先生看了,他再也忍不住自己心中的积郁,愤愤地说:"我不承认这些东西是我写的!"我是参加了这一编写工作的。我在王瑶先生的冷峻与不平中,第一次感到他是如何坚持一种科学的态度,感到了他那刚直不阿的品格。

1960 年到十年动乱之前,王瑶先生的心情和学术研究,都有了新的复苏。从 1959 年起,先后招收了 5 名研究生。他以严格与热情结合的为师之道,指导研究生打好专业基础,用读书报告、写论文等方法训练他们的写作能力,这些学生后来大都在本学科领域中做出了成绩。他对这些研究生,不仅教学问,教方法,而且教为人的品格。一年春节,几个研究生因为回家，都没去王瑶先生家拜年，先生告到学校统战部，后来系里还批评了几位研究生。这中间就有我一个。我回沈阳看父母，回来听到转达的批评，还有些委屈。但细想起来，王瑶先生的要求不仅符合于传统的师道，也符合现在的为师之道。先生在细小的做人的品格上也如此严格要求学生，这是很难得的。

1961 年，王瑶先生参加了周扬同志主持的《中国现代文学史》教材编写工作，为全国高校教材建设尽了自己一份力量。在此前后，先生注意于鲁迅与五四散文的研究，先后在《北京大学学报》发表了《论鲁迅的〈野草〉》、《五四时期散文的发展及其特点》等学术论文，其中关于《野草》的论文，是为纪念鲁迅诞辰 80 周年在北戴河海滨写成的，见解的深刻新颖，论述的清晰精当，都突破了 50 年代的研究水平，成为一个里程碑式的文章。王瑶先生此期间还为学生开设了"鲁迅研究"的专题课，是北大中文系这门课程的第一个开设者。

1958 年不公平的学术批判得到"甄别"，度过了精神上和物质上的困难时期，王瑶先生在中关园花草竹篱的小院里开始过着一种宁静的学者生活，培养学生，撰写文章，成为他生活中的两大乐趣。我们几位研究生毕业的时候，已是 1965 年春天，刚好是王瑶先生快过 50 岁生日的时候。在小院的竹篱前，几位学生，还有先生的女儿，和王瑶先生一起合影留念，那和谐快乐的情景，至今犹在眼前。

王瑶先生怎么也不会想到，等待他的，是一场摧残人们的心灵和肉体的政治风暴。

"文化大革命"一开始，北大就成了政治风暴的中心。自然，王瑶先生因为成了反动学术权威而被关进了"牛棚"。对于那一段噩梦一般的生活，后来王瑶先生是不愿意回忆的，"噩梦就让如噩梦一样过去吧"。只是有些时候，当做笑料，偶尔谈及。如说红卫兵让人们背语录，他记忆力好，背得流利，挨打就少，一位体育教授，背不下来，挨的打就多多了。十年动乱过去以后，他一次去云南开会回来，突然送我两瓶云南白药，然后便讲了一件小事：在"牛棚"里，挨打以后，背部肿了，夜晚痛得无法睡觉，这时王力先生偷偷送他一瓶云南白药，吃了下去，果然就不疼了。王先生说："从此我知道这药的新用途了！"

“文革”后期,王瑶先生被“解放”了。“四人帮”组织评法批儒,王先生不写文章。后来又搞《水浒》,批判“投降主义”,王先生接受“任务”,但仍不管规定的调子,写了一篇学术性的论文《学习鲁迅论〈水浒〉》。后来又让“三结合”注释《鲁迅全集·坟》,王瑶先生也以踏实的学风影响着大家,对那种不讲科学的做法表示了极大的不满。“四人帮”垮台之日,正是王瑶先生应邀赴厦门大学,参加那里举行的鲁迅逝世40周年及在厦门大学任教50周年纪念大会之时,王瑶先生在会上作了《鲁迅研究的指导性文献——学习毛泽东同志关于鲁迅的论述》的报告,以自己的深刻体会科学地论证了毛主席关于鲁迅论述的正确性,对包括“四人帮”在内的一些歪曲论述进行了有力的驳斥。王瑶先生用充满热情和科学思考的声音,迎接一个新的时期的到来。

多年的政治运动夺去了王瑶先生宝贵的时间。他对此常深有感慨。但他没有停留于感慨和叹息。已经年过60的长者,和中青年的学生辈们一起,在以更大的拼搏精神努力夺回失去的时间。王瑶先生迎来了他学术生涯第二个丰收季节。

他修订再版了《中国新文学史稿》,作为高等院校中文系的教材,这本书重新回到学生手中。

他担任《中国大百科全书·文学卷》现代文学分支的主编,在这一浩大工程中洒下了自己的汗水。

在纪念鲁迅诞辰100周年的时候,他接受大会学术活动组的任务,离家而居,闭门谢客,在助手的帮助下,完成了《鲁迅〈故事新编〉散论》这篇辉煌的论文,把鲁迅这一纷争较多的作品的研究推进到了一个新的阶段。论文收入了《北京大学纪念鲁迅百年诞辰论文选》和全国《纪念鲁迅诞辰一百周年学术讨论会论文选》,获得北京市首届社会科学优秀成果最高荣誉奖。

在《北京大学学报》上,王瑶先生还发表了《鲁迅思想的一个重要特点——清醒的现实主义》、《论鲁迅的〈朝花夕拾〉》、《中国现代文学与古典文学的历史联系》等重要论文,后一篇长文是先生到香港中文大学访问所作学术报告的讲稿,为现代文学与古典文学之间的联系与沟通做了宏观的论述。

除了鲁迅研究之外，对于茅盾、郭沫若、朱自清、闻一多，王瑶先生都发表了研究论文。

多少个夜晚，镜春园76号那间书房的灯光彻夜不息。先生按着平常的习惯，从夜深人静时开始工作，直到凌晨。撰写论文，为学生披阅书稿，书写序言。多少学生从那浸透期望与鼓励的文字中，读到了已经年近70的老人那颗跃动的心。

这颗心，更多地为培养学生而跳动、而不息地劳作。从78年起，王瑶先生开始招收硕士研究生，82年起，开始招收博士研究生。几年里，他已经培养了10名文学硕士，3名文学博士，还有两名博士生没有毕业，先生竟匆匆辞世而去了。这些具有较扎实专业基础和一定研究能力的学生，经过王瑶先生的精心栽培和严格熏陶，已经相继成材，显示了80年代学术新一辈的创造锐气和开拓精神，他们的著作和学术探索精神已经引起了国内外学界的瞩目。北京大学中文系的现代文学研究事业，后继有人，这与王先生的心血浇灌是分不开的。

王瑶先生从79年起被聘为北京大学学术委员会委员，82年起被聘为校学位评定委员会成员、中国语言文学分会委员会委员，81年11月被国务院学位委员会批准为首届博士学位导师，84年12月被聘为校务委员会委员，85年被聘为《北京大学学报》顾问。至于社会上的民盟、文艺和学术界的兼职就更多了。王瑶先生在繁忙中对北大的发展，对中文系的建设极为关心，经常提出自己经过深思熟虑的意见和建议，他在各项活动中，在平常的言谈中，默默地尽着一个“北大人”的义务。北京大学的昨天和今天，北京大学的历史与未来，一直萦绕着王瑶先生那充满智慧的思索。

1987年底或1988年初，王瑶先生参加由党委书记王学珍同志召开的迎接校庆90周年的座谈会回来，兴奋地对我说，在座谈会上他建议，庆祝学校90大庆，不能光搞点聚会、展览、比赛这一类的活动，应该有点学术性，留给人们一点什么东西。为此他建议，编一本历届北大校长在办学思想和学术思想上的贡献这样一本书，可以效仿巴比塞访苏后写的《从一个人看一个世界》，通过某一视点和角度，把北大作为一个典型，来总结中国近百年现代化进程中的历史经验和教训。他设想这本书的名字可以叫做《从历届北大校长看中国现代思潮》。听了之后，我很赞赏王瑶先生的设想，也为他对北大乃至中国现代化发展的关注之情所感动，但是总觉得这是一个宏大的工程，离校庆只有四五个月，弄成一本书已经来不及了。没想到乐黛云同志听了王瑶先生的意见以后，立即组织力量撰稿，经过紧张的奋战，一本15万字的《北大校长与中国文化》，在校庆之日便在燕园与师生及校友见面了。书前，王瑶先生写了一篇序，题目就是《希望看到这样一本书》，这篇凝聚了对北京大学深厚感情的序文，也收在同时出版的北大校友回忆北大的散文专集《精神的魅力》一书里面了。

对于北京大学在中国现代化进程中的地位和作用，王瑶先生有自己透辟的认识。他从鲁迅1925年北大校庆27周年时写的《我观北大》这篇文章，谈到北大的“校格”。他写道：鲁迅认为北大有着优良的“校格”，而且以被人视自己为“北大派”而自豪。鲁迅认为北大的“校格”有两条，“第一，北大是常为新的、改进的运动的先锋”，“第二，北大是常与黑暗势力抗战的”。回顾90年来的历史，北大的经历是同中华民族现代化的进程同步的，充满了鲁迅所说的弃旧图新的改革精神；特别是在学术文化领域，如果考察中国现代思潮的变化发展的脉络和轨迹，是不能忽略北大在其中发生的重要作用的。文章说明了选择视点的动因和从历届北大校长考察中国现代思潮进程的可行性和有效性之后，王瑶先生倾诉了对于北京大学在新的时期所肩负的历史使命的深刻认识和关注。他从一个纪录片的片名《让历史告诉未来》谈到历史的无限启示力量：“历史总是不断前进的，中国的现代化进程是这样，北大也是这样。在今后的年代里，北大当然要发扬自己的光荣传统，发扬弃旧图新的改革精神的‘校格’，才能无愧于时代所赋予的使命。现任北大校长提出要发展基础科学，把北大建设成为世界第一流的大学，这个提法本身就是富有时代特色的，它说明我们的视野已经和过去不同，而是面向世界、面向未来的。”王瑶先生对明天是充满了信心的：“我相信在建设具有中国特色的社会主义新文化的过程中，在促使自然科学和社会科学各种学科的研究都居于世界领先地位的努力中，北大是一定会肩负起它所应该担负的历史使命的。”

王瑶先生在历史与未来中，呼唤着北京大学的“校格”，呼唤着北京大学的精神，呼唤着北京大学耸起走向世界的肩膀，挑起无愧于这个精神宝地的历史使命。这呼唤的声音，将永远回荡在一切北大人的心中！

在对北大精神的热切呼唤中，王瑶先生始终把希望寄于青年一代身上。

王瑶先生常对学生说，我已经七十多了，按着中国人平均的年龄，我是在活别人的“剩余价值”，未来总是属于青年人的。他曾多年担任北京大学五四文学社的顾问，多少青年学生举办的文学活动，邀请他参加，他不以老教授的声名自居，总是骑着自行车，前来参加。一次会上同学们说：王瑶先生虽然满头白发，心却永远是年青的。

1981 年 10 月，为了纪念鲁迅诞辰 100 周年，北大学生会在办公楼礼堂举办了纪念大会，请王瑶先生到会讲话，他爽快地答应了。八百余人聚集一堂，饶有兴味地听着王瑶先生浓重山西口音的讲演，题目是《鲁迅与北大漫谈》。王瑶先生从鲁迅与北大关系讲起，谈到鲁迅概括的北大“校格”和光荣传统，认为这种“校格”和精神，也正是鲁迅精神的精髓，是鲁迅伟大人格的表现。鲁迅是充分体现了北京大学“校格”的光辉典范，是北大传统的伟大代表人物之一。正是鲁迅和蔡元培、李大钊、陈独秀等革命前驱者一起，培育了北大优良的校风，“校格”，开创了北大的光荣传统。王瑶先生由此引出对青年一代最殷切的希望。他说：“当年，鲁迅曾以作为‘北大派’而自豪；今天，我们能够作为北大的一员，同样是应该感到光荣的。”“我们纪念鲁迅，最主要的就是要学习鲁迅的伟大‘人格’，发扬北大的光荣传统，作实现四化的‘先锋’，振兴中华的‘先锋’。这也是历史赋予我们北大师生的光荣使命。”

鲁迅在《我们现在怎样做父亲》这篇文章里，曾经号召觉醒了的老一代人，要这样培养青年一代人：“养成他们有耐劳作的体力，纯洁高尚的道德，广博自由能容纳新潮流的精神。”王瑶先生引述鲁迅对青年一代充满希望的这一段话，作为他给到会青年的赠语。王瑶先生的心与青年人的心贴得很近很近。他语重心长的漫谈赢得了青年人的内心的回响。

1989 年 4 月，王瑶先生为北京大学校刊写了一篇短文《"五四"与青年》，作为纪念五四运动 80 周年之际对青年学生的赠言。他说，重视青年的创造性和历史使命，确实是五四精神的一项重要的内容。李大钊的《青春》文章中认为："凡冲决历史之桎梏，涤荡历史之积秽，新造民族之生命，挽回民族之青春者，固莫不惟其青年是望矣。"鲁迅当时的著名论点之一，就是"青年必胜于老年"，他认为"创造这中国历史上未曾有过的第三样时代，则是现在青年的使命。"王瑶先生说："五四的经验告诉我们，青年人的热情是十分宝贵的，也的确能够有所建树。"王瑶先生说他并不赞成在年龄上搞"一刀切"。但他从历史经验中所得出的结论，他对青年创造精神和历史使命的重视，确实表现了他对青年人所抱的热情之深，期望之切。经验之谈中溶进了他几十年为民族解放与社会进步事业而孜孜奋斗的血与泪。

王瑶先生喜欢北大，喜欢美丽的未名湖，喜欢他那四合院里的一间书屋，但他更喜欢的是后辈学生到他那间客厅兼书房里去做客。因为在这时，他才真正感到他那满头白发下的跳动的心，和年青人的心连在一起；因为在这时，他才可以忘其形骸，神游天宇，与希望和未来作倾心而快乐的交谈。与青年在一起，王瑶先生也变得更年青了。

想起了一个不相干的小事：1987 年夏天，我陪同王瑶先生到长春参加现代中日文化关系史研讨会。会后一起去游松花湖，同船有很多青年学者和研究生，他们纷纷拉王先生同他们合影留念。午饭时，船上餐厅特意做了全鱼席。各种各样的由鱼烧成的菜，端上来了，同桌的几位青年人不断地发问："这是什么鱼？""这个菜叫什么名字？"正在大家答不上来的时候，王瑶先生说："不用问清了，我看还是宏观地吃吧！"惹得满座人都大笑起来。

王瑶先生和青年人一起笑得那么开心！

1990 年 5 月 2 日草于畅春园

原载《王瑶先生纪念集》，天津人民出版社，1990 年

将一块干净的白地留给后人

——怀念唐弢先生

唐弢先生的离去,是中国现代文学研究界无法弥补的损失。这不仅因为唐弢先生对现代文学研究的开拓与建设,作出了重大的贡献和成绩,他对现代文学史、对鲁迅的研究,还有许多充满价值而又未能如愿的设想;更重要的是唐弢先生身兼作家和文学史家这两个角色,而且是把二者合而一达到很高造诣的人。像这样的学者不仅在唐弢先生一辈中是少见的,在我们和我们的下一辈中间,也是难以找到的。他对中国现代文学史、对鲁迅的研究,因为是参与创造者、是接近和受到鲁迅栽培的,而且亲身经历了中国现代文学产生和发展的大半个历史生活,长期的创作又磨炼了他那扎实优美、运用自如的文笔和风格,这样,他的研究文章无论是长篇的学术论著,还是短小的感受随笔,都融进他对历史人物和历史现实的最深的理解和洞察,融进了他在现实中感受和升华出来的有血有肉的真理,也融进了他自身生命真挚的体验。痛苦与欢乐、崇高与渺小、美好与丑恶,都那么深沉地流注于他的笔端。他的研究因此也就不是一种学院式的思辨探讨,而是带着全部情感与生活丰富性的创造性的劳动。他的许多学术论文把论辩的逻辑力量与热情的诗人气质融为一体,有时研究文章就成了一种历史与审美相结合的艺术作品。读了唐弢先生的一些文章,不仅受到学术观点的启迪,也好像走进了他那充满诗意的氛围,受到感染,得到美的享受。

读唐弢先生的文章,读他著名的《燕雏集》,我爱不释手,常常想象这位充满诗人气质的作家和学者该是一个什么样的人哪?最初见到唐弢先生是60年代初,我大学毕业后分配作王瑶先生的现代文学研究生,没有多久被抽调去参加编写游国恩先生主编的《中国文学史》,当时唐弢先生主编《中国现代文学史》,一次在中央党校召开各编写组的聚餐会,王瑶先生介绍我拜见了唐弢先生。他给我的印象是:这是一个非常亲切和蔼的长者。原来想象中模仿鲁迅笔锋写犀利的杂文的作家,一定是一位锋芒毕露的人,唐弢先生并不是这样的,在他脸上看不到"创造气"。1964 年,我完成了研究生毕业论文《鲁迅改造国民性思想问题的考察》,答辩会上唐弢先生很客气地肯定了论文写得很用心,搜寻了很多材料,但他又说:"这个题目是很难作的,作下去会碰到很多困难,要下功夫。"王瑶先生、唐弢先生、川岛先生都表示文章可以修改后发表。没料到,灾难性的岁月来临,一晃就是十几年过去了,直到 1978 年这篇已经陈旧了的文章才得以与读者见面。唐弢先生讲到的这个难题,在新的开放的学术空气下,有很多人进行了更加深入的、科学的探讨,把这个问题的研究提到了新的学术水平。虽然,后来没有再和唐弢先生讨论,我想他看到这种开放的、实事求是的学术空气的出现一定会感到欣慰的吧!近十来年,和唐弢先生一起开会的时候多了,见面的时候多了。为鉴定和介绍新发现的鲁迅佚文,我曾几次向唐弢先生求教,他都非常热情地给我以指导和鼓励。每逢春节,我常与恩和、德厚一起给唐弢先生拜年,他总是那么和蔼亲切地同我们谈天说地。在唐弢先生面前,我没有一点拘束之感。虽然深谈的机会很少,但他的为人品格和学术精神,为我所景仰,是我的楷模,我研究现代文学和鲁迅,始终是把唐弢先生作为自己的老师的。

唐弢先生研究鲁迅,一直坚持实事求是的科学态度。他在鲁迅逝世之后的五十多年里,为《鲁迅全集》的出版,佚文的搜寻和编辑,花了大量的心血。《鲁迅全集补遗》、《鲁迅全集补遗续编》就是永远不会被忘记的丰碑。他对鲁迅小说《呐喊》、《彷徨》、鲁迅的《故事新编》,鲁迅杂文的艺术特征,鲁迅的美学思想都有全面、丰富、深刻的论述。在这些文章中,唐弢先生以他的渊博的知识、深厚的文学素养、敏锐的艺术感受,对鲁迅的精神世界和作品的丰富内涵,做出了深广的开掘,提出了许多开创性的、发人深省的见解。

文学理论界风云变幻,唐弢先生常常能够坚持他实事求是的学术品格。给我印象最深的，首先是他一贯坚持用历史唯物主义与辩证唯物主义的思想方法去分析鲁迅作品。1956年他的一篇《鲁迅杂文的艺术特征——纪念鲁迅逝世二十周年》，对鲁迅杂文的论述深刻、全面，充满辩证观点，为前人所不及。唐弢先生肯定了鲁迅杂文贯彻着照耀时代的战斗精神，而同时又指出："我们对于这种精神的理解常常是有缺陷的"，"鲁迅的杂文不同于李逵手里的板斧，不同于现代的机关枪，也不同于政治和科学的论文，它是一种特殊的武器——艺术的武器，杂文的战斗精神首先根植于正确的思想内容和强烈的艺术感染力量，它是逻辑思维和形象思维，通过具体材料的有机之结合"。唐弢先生引用鲁迅自己说的话："杂文必须生动，泼辣，有益，而且也能怡人性情"，杂文必须"是匕首，是投枪，能和读者一同杀出一条生存的血路的东西；但自然，它也能给人愉快和休息"。由此，唐弢先生论述说，我们一向强调杂文的生动和泼辣，这是对的，却往往忘记了它的"也能怡人性情"；我们一向把杂文比喻为"匕首"和"投枪"，这也是对的，但又往往忘记了它同时还要"给人愉快和休息"，我们对鲁迅这一卓越的言论理解得不够全面，在某种程度上也就妨碍了对他的杂文的认识，妨碍了我们去学习他在思想方法和艺术创造上的伟大成就，因而只是把鲁迅杂文从政治价值和社会作用上归纳成简单的几条，却不去研究作为文学家的鲁迅的风格，和鲁迅杂文的丰富、鲜明、强烈的艺术色彩。在当时情况下，唐弢先生提出的这种充满辩证法的观点，提出对鲁迅杂文审美功能把握的见解，可以说是具有拨正方向的作用的。1960年他在《故事的新编，新编的故事——谈〈故事新编〉》和后来写的《〈故事新编〉的革命现实主义》等文章中，既论述了《故事新编》的现实主义的创作精神，也论述了其中的浪漫主义的表现方法，对当时流行的一种理论框框鲜明地表示了自己不同的意见，他认为"倘说这就是革命现实主义和革命浪漫主义相结合的创作方法的标本，那就无异于刻舟求剑，缩小艺术创造在我们文学事业上可能产生的无限开广的意义"。在两结合的理论被奉为经典的普照一切的理论的时代。唐弢先生这种坚持实事求是的学术勇气是难能可贵的。

其次是唐弢先生的研究始终注意对文学艺术特征正确的理解和全

面的掌握，从作品实际出发，不为一些理论套语和理论公式所框束。他1961年发表的、至今尚很难超越的《论鲁迅美学思想》，从头到尾都贯彻这种精神，就在这篇论文结尾，他引述了《恩格斯致康·施米特》信中的一段话："无论如何，对德国的许多青年作家来说，'唯物主义的'这个词只是一个套语，他们把这个套语当作标签贴到各种事物上去，再不作进一步的研究，就是说，他们一把这个标签贴上去，就以为问题已经解决了。但是我们的历史观首先是进行研究工作的指南，并不是按照黑格尔学派的方式构造体系的方法。"可以这么说，恩格斯反对的，也是唐弢先生反对的。对鲁迅美学思想的论述如此，对鲁迅其他问题的论述也是这样。比如关于象征主义问题，近些年有的研究者研究鲁迅作品中象征主义的表现，有人过分夸大象征主义对鲁迅作品的影响，认为《狂人日记》也是象征主义作品，唐弢先生认为，象征主义是有严格的界说的，鲁迅自己对象征主义、象征手法也有过界限严明的定义，鲁迅爱好过俄国的安得烈夫，认为安得烈夫的特点是深刻、纤细、严肃、有现实性，使象征主义与现实主义合成一体。看来，鲁迅感兴趣的不是安得烈夫的象征主义，而是他的作品的现实性；或者更准确地说，是在安得烈夫的笔下，消融了内部世界与外部表现之差，灵肉趋向一致，原来的平面的、静止的、冷冰冰的现实性画面，在内部精神触动下，终于活了过来，动了起来，似乎获得了另一个生命。他没有把这个叫做象征主义，而称之为象征主义和现实主义的合体。唐弢先生指出，《狂人日记》虽然可以说用了一些象征手法，但既不是浪漫主义，也不是象征主义，因为这个作品所包含的内在因素——深刻的现实主义的格局与客观的日常生活的描写，决定了这部小说是鲁迅严格遵循现实主义的原则创作的一篇杰作。唐弢先生既不回避象征主义、弗洛伊德的非理性等在鲁迅作品中的影响，对象征主义没有那种理论的褊狭与恐惧，但同时又时刻不离开作品本身，不用既成的框框和套语去曲解作品，他不为一时的理论风气所左右，始终保持着清醒的、独立思考的意识，因此他的一些见解都能体现创造与独异的特征，他的理论和他的表述方法只能是属于唐弢的"这一个"，是无法为别人所重复的。

第三是唐弢先生具有一种真正理论家的开阔胸怀，他对自己由扎实的研究中得出的理论见解常能坚持不移，在学术历史的不断发展中，又勇于吸收新的东西，达到新的境界。唐弢先生为汪晖著《反抗绝望——鲁迅的精神结构与〈呐喊〉、〈彷徨〉研究》写的代序《一个应该大写的文学主体——鲁迅》，读了这篇文章我很有感触。唐弢先生讲到一件半个世纪以前的事情，1939 年唐弢先生为《鲁迅风》写的一篇文章中谈到尼采对鲁迅的影响，其中说道："我想，鲁迅是由嵇康的愤世，尼采的超人，配合着进化论，进而至于阶级革命论的。他读了许多中国的史书和子书，读了更多的辩证法和其它的社会科学书，他并不搬弄这些名词，却加以活的运用，所以，即使是在最简短的文章、最平凡的问题里，也可以见到他的正确的和进步的见解。"唐弢先生的话里包含了尼采对鲁迅的影响，也包含了鲁迅对尼采看法前后的变化。一份提纲式的文章当然不能详论。当时有的批评家曲解了唐弢先生的意思，把他的上述提法和巴人说的"初期的鲁迅是以尼采思想为血肉"并举，指责为把尼采主义和鲁迅的初期思想放到平行的地位，并对唐弢先生重点进行批判。当时文坛的气氛可以想象。批评文章的执笔者又是唐弢先生熟悉的朋友，唐弢先生因此保持沉默，没有做任何的申辩和解释。几十年过去了，直到 80 年代初，乐黛云同志发表了《尼采与中国现代文学》一文重引了上述那段话的前半句，给予肯定，才使他长长地透了一口气。唐弢先生借着写序的机会，重新谈了自己这段公案，并详细地阐述了关于尼采对鲁迅的影响及其变化的看法，唐弢先生还批评了脱离具体的时代条件和生活环境来研究问题的错误的方法。他进一步论述了尼采的影响在鲁迅身上，虽然后期有很大变化，但是"发挥主体作用，在客观描述中渗透着主观意识，却又始终贯穿于鲁迅的一生，甚至连非理性、无意识的描写，也时而可在他的作品中发现，以表示一种特殊的心理状态，使我们惊异，使我们欢喜，使我们感到事物的复杂性，有时也使我们恍然憬悟"。"有人说，尼采对鲁迅的影响仅仅限于早期，特别是小说，对后期的杂文却什么影子也没有了。诚然，我已经说过，鲁迅对尼采的看法前后有过变化，他在杂文中，从启蒙主义的直接议论出发，比较强调理性原则，这一点也完全可以理解。但又说什么影子也没有，却不是实事求是的态度，不过，他咀嚼得更细，消化得更透，思考得更为周详和缜密，那倒是实在的。例如，对自由，对反抗，对命运，对悲剧，对偶像崇拜，对由虫豸到人的路，莫不从尼采的思想出发，而表示了更精辟的见解。”唐弢先生是一个真正的学者，他追求、探讨科学的真理，他坚持独立不移的学术品格，他坦然地承受同志的误解，他执著地探讨更新的更深刻的学术见地，对于一些年青人的簇新的见解，他给予高度评价，虽然，不尽完全赞同，却表示“我完全支持他们的研究和探索”，唐弢先生说，“尽管自知十分浅薄，我向来只顾走自己的路，认定了一步一个脚印，既不愿苟同别人的意见，也不强求别人附和我，我以为只要持之有故，言之成理，不妨各执一词，这才有利于自由讨论，有利于活跃思路，使学术研究得以进行和发展”。唐弢先生以一个学术前辈最宽阔最坦然的胸怀，为青年学者在鲁迅研究方面的努力感到高兴，也为自己能充当独立不倚的学术的桥梁而欣慰。读到下边这段话的时候，我感动得不能自持，愿意在这里抄给大家，也抄给自己：

> 至于自己，老不长进，一个世纪我已活了四分之三，世界新思潮日新月异，我却还在喋喋不休地谈着五十年前的事情，难怪一个中年朋友在别人面前批评我说：
>
> “让老头儿去殉葬吧！”
>
> 朋友，你说对了。这正是我的精神！如果我的艺术研究方法——包括鲁迅研究方法的确陈旧、而又必须有人为之殉葬的话，我将毫不犹豫，从灵魂到肉体赤裸裸一丝不挂地去为它殉葬，而将一块干净的白地留给后人。

这段话写于1988年5月2日。我不相信鬼神，自然也不愿意把这段话看做谶语。但是，我愿意把它当做唐弢先生留下的最后遗言。在这里我听到和看到了一代学人的心声和风范。历史把最沉重的岁月压在了中国20世纪知识分子的肩上。他们成了痛苦的追求者、欣慰的殉道者。为了这个民族的新生与希望，为了理解和阐释这个民族的灵魂——鲁迅的精神，为了雕塑承继精神事业的新人，唐弢先生这种品格与襟怀将使后来者的心灵得到净化,得到升华,得到艰难前行的力量。

1992 年 3 月 14 日于北大畅春园

原载《鲁迅研究月刊》1992 年第 5 期

他无愧一个无私的学者

——怀念包子衍同志

听说子衍生病，手术后已康复，似乎还在《鲁迅研究动态》上读到他的文章，作为朋友，是很高兴的。突然接到上海寄来子衍病故的讣告，心中一震。苍天就是如此无情吗？为什么偏偏要将又一个好人的生命夺走？真的如人云：现在该轮到我们这一代人凋零了吗？这样的时刻过早到来，造化太不公平了！

记得那天上午，我拿着讣告，怀着沉重的心情，走向海淀中关村邮局，买了两张电报纸，拟了一段从我心底挤出来的文字，发到上海。归来的路上，我的心情并未因此而轻松多少，恍惚中蹒跚的步履是沉重的，心中的步履也是沉重的。

子衍是我学术同行中较晚结识的朋友。他给我的印象是质朴、耿直、勤苦、热情。

大约在1978年左右，子衍还在近代史所工作的时候，经人民文学出版社伯海同志介绍，我们初次相见。他为李新先生主编的《民国史人物传》约稿，辗转找到我，请我为该书写两个条目：徐志摩、朱湘。我将稿子寄给他，有篇收入正式书稿出版，有篇发在征求意见稿上。大约他还在一封信中，很客气地说，李新先生赞许我有一篇稿子写得很好。当时我还算“年青”一点，得到他这份转达的好话，自然是高兴的。

以后为注释《鲁迅全集》和纪念鲁迅诞辰百周年的活动，来往见面机会多起来了。有一段我参加《坟》注释定稿工作，就住在人民文学出版社招待所，他常常来那里，聊的就多一些。谈学问，也谈生活，我对他那朴实而勤奋的印象更深了。后来，我完成任务回校，他负责注释难度很大的《鲁迅日记》，也住到出版社现代室的一间办公室里。我有时去出版社，便一定到他房间里坐上一阵子。他不讲究穿着，不修边幅，有时头发、胡子都不理，只见满床、满桌的卡片箱和稿子。每次进去，他都在埋头工作，几乎是在资料堆里讨生活。我看了之后，对他近乎苦行僧式的勤奋精神，是十分钦佩的。他看起来严肃有余，书生气十足，但稍稍坐一会，谈起话来，却颇有些乐天派豪放的样子。我早从伯海同志处知道，他是山东大学的才子，五七年后曾有过一段坎坷经历，受到许多不公正的待遇，可在我们的接触与交谈中，他从来未谈过去的事情，未倾吐那些苦辣酸涩岁月留给他心灵的创伤。一切恩恩怨怨似乎都成过往烟云，心中好像只装着眼前与未来。我知道，他对事业是那么执著，他在奋力夺回失去的时间和生命。每想到这些，我于钦佩他的治学精神之外，又增添了几分对于他品格的敬意。一个忘却了一切痛苦而全身心投入事业的人，他应该享有更广大的快乐。

为了奋力抢救一些活的新文学史料，他常带一两个助手，在北京、上海等地，访问一些文艺界老前辈，将录音整理之后，已陆续发表于《新文学史料》上。他的辛劳为研究新文学史留下了相当珍贵的历史足迹。有一次他和助手到我家小坐，很兴奋地讲到他在这方面有一个宏大的计划，我听了很感动，觉得他在默默地做着一件十分有意义的事情。当我看到他这位年过半百的学者与两位年青同志风尘仆仆、整日奔走、不辞辛苦的样子，真是不由肃然起敬。倘有一天，谁把这些录音访问记录全部整理出版，我想，这将是为子衍树立的一块最好的纪念碑。

子衍为注释《鲁迅日记》倾注了极大的心血，有新版《鲁迅全集》两大厚本《日记》在，它们将可作证，子衍的辛勤汗水播下了不朽的种子。子衍的《〈鲁迅日记〉札记》是他的一本力作，这里的每一条材料、每一篇文章，都来之不易，它们将同《日记》注释一起，在鲁迅研究史上具有永恒的价值。这里闪烁着子衍勤奋而严谨的学术生命的光辉。子衍看似冷静，实是一个热情的人。一次我去上海，子衍特别领我到他家做客，边走边介绍上海一些30年代的文化遗迹，一直到他家，走进的是一个长长的弄堂，他似乎还讲到此处与许广平被捕有关。他家很挤，堆的都是书与卡片，没有多大活动天地，我看了，为我们这一代知识分子的境遇感到酸楚。好在,他那天很兴奋,同我谈了许多话,是我那次在上海最快活的一天,至今不忘。

子衍一生对雪峰的人格与作品十分崇拜。他跟雪峰长时间来往,在雪峰最困难的时期,给他以温暖,也得到雪峰直接而热情的指教,他称雪峰是自己永生难忘的老师,他的《〈鲁迅日记〉札记》扉页题有:"谨以此书奉献冯雪峰同志",感情之深由此概见。我仿佛在子衍身上看到雪峰精神的影子。子衍以极勤苦的精神搜罗扒梳,为《雪峰年谱》的写作和《雪峰文集》的编选,贡献了自己的力量。1986 年 3 月,预定在北京召开第一次雪峰纪念会和学术讨论会,他和人民文学出版社的王永昌同志一定要我参加,并让写一篇关于雪峰诗歌的论文。我当时身体不甚好,又有别的事情,为了子衍和永昌同志,也为了我十分热爱与崇敬的雪峰,便在假期动笔写了一篇论文,算是了却一份心愿。在讨论会上,子衍很忙,我晚上又常回学校,未及深谈,会议结束时,还特意拉着我与人民文学出版社的同志们一起照相,留作纪念。

前年为了写一篇文章,我重读《语丝》杂志,偶然发现了雪峰在北京读书时写的一篇短文,是雪峰刚入党时写的一篇充满战斗性的杂文,我对照子衍的《雪峰年谱》,写了一篇文章发表在《鲁迅研究动态》上,其中还补充纠正了《雪峰年谱》的个别缺讹。文章出来后本想寄给子衍请他指正,未料听说他得了癌症住院,此事也就作罢了。现在,我总为这最后一次友情与学术的交流未能如愿,而深感遗憾。

最后一次见到子衍,是在上海开的中华文学史料会上。1989 年 12 月王瑶先生突患重病住上海华东医院,先生病中还惦记上海学术界朋友,口不能言,用笔一一写下他们的名字,让我代为前去看望,其中就有子衍。可惜,先生仓促离世,我也心力交瘁,未能如愿,这样就失去了与子衍见面的机会,我因此深以为憾与自责。

子衍一生光明磊落、备受艰辛,不幸过早离世,如今有何可说的呢!子衍唯可自慰的,他无愧一个无私的学者。荀子曰:"古之学者为己,今之学者为人。君子之学也,以美其身,小人之学也,以为禽犊。"子衍是位"今之学者"中的"君子",子衍是以学问为别人、不为自己着想的人。他的学问,不但是他终生的精神追求,是他心灵的慰藉,也必将永昭后世。他用自己的生命为后来者铺路架桥的业绩,是永远不会被泯灭与遗忘的。

1991 年 4 月 5 日于北京
载《包子衍纪念集》,1993 年

一份遥远的哀思

——怀念朱德熙先生

四季如春的旧金山。在斯坦福,朱德熙先生住处入口的地方,那一排洁白挺秀的马蹄莲花,一定还在宁静地开放着吧?

我爱那排马蹄莲。

我向安息在那里的朱德熙先生的灵魂,一个不甘离去而又不得不匆匆离去的灵魂,写下我的一份遥远的哀思。

朱德熙先生是我最敬仰的老师之一。

还在中学读书的时候,从《人民日报》连载的《语法修辞讲话》那篇重要文章里,我就知道朱德熙先生的名字了。我想象中,他和吕叔湘先生一样都是年长的教授。等我考入北京大学中文系读书的时候,朱德熙先生刚刚从保加利亚讲学回来,那时候我才知道,这位全国知名的语言学家,原来是一个才华横溢又十分风趣的青年教师。当时朱德熙先生只有 35 岁。

后来我们有幸聆听朱德熙先生讲授的现代汉语语法修辞课。一切都是那么出乎意料。我们这些喜欢文学的学生,不知道学问的深浅好赖,对一些枯燥的语言学课程,往往不那么感兴趣。上课的时候,或者精神溜号,或者偷偷地看别的小说之类的东西。有的喜欢音乐创作的学生,还几乎堂堂课坐在最后一排,在那里画他一行行的“豆芽菜”。朱德熙先生的课开讲以后,情形就大不一样了。他简直像一位语言的魔术师。什么枯燥的问题,经过他一讲,都变得妙趣横生。他善于把严肃的学术道理变成最富吸引力的逻辑语言,轻松而又自然地传达给自己的学生。他从不向学生生硬地灌输一大套现成的理论,而总是先把一些从生活中、书本中找到的例句,或印成片子,或写于黑板，交给学生，然后从大量有趣的例句里，一层一层地推引出想说的结论来，使你在自觉或不自觉中接受了他的意见或看法。可是，在你还刚刚集中精力思考他举出的例句的时候，在你悟出他那些简要明晰的理论结论的科学性与合理性的时候，他又会举出一些相反的例句，说明自己归纳的结论，总是有例外。然后又进一步告诉大家，例外是科学归纳的必然现象，问题在哪一种理论归纳例外更少一些，更合理一点。一种严谨、求实而又富于创新的做学问的思维和方法，便在妙趣横生的课堂讲授中自然而然地传达给大家了。我此后的讲课与研究虽然与朱先生并非同行，但朱先生的治学态度和讲课方法，却使我受益无穷。

我永远忘不了朱德熙先生讲课时的强大魔力与风采。即使是信手拈来的例句，也那么熟悉而陌生，平凡而具深味，令人听了感到新奇难忘。比如他讲过，我们出门坐公共汽车，不说："我买一张去动物园的票"、"我买一张去万寿山的票"，而说"买一张动物园"、"一张万寿山"，你看，口气多大！可是在一定的语境里，汉语句法的省略方式，便在约定俗成中形成了。一经浅明的点化，学生们悟得了一些深刻的道理，也得到了一种讲授艺术的感染。一次春节，王瑶先生邀朱德熙先生和师母何孔敬到他家里过年。王瑶先生开玩笑说：你们搞语言学的就有这种职业敏感。院系调整以后，我和吕叔湘先生住一个院里，系里来人贴了一张条子"下午两点半开会"，我看了，没觉得有什么新鲜，吕先生却琢磨说：这话很有意思，是人开会呢，还是钟点儿开会，句子省略了些东西，看来不通，可中国人一看便懂，真是有意思！听了王瑶先生的话，朱德熙先生说："这是我们的职业病，是一种怪癖！"

为了这种职业的"怪癖"，朱德熙先生在"文化大革命"期间是吃了不少苦头的。记得他的一条罪状就是一个例句引起的。他在自己的一本书里，引用了《在延安文艺座谈会上的讲话》中毛主席讲自己思想感情转变时说的一句话："知识分子的衣服，别人的我可以穿，以为是干净的；工人农民的衣服，我就不愿意穿，以为是脏的。"在那个鸡蛋里挑骨头然后就是无限上纲的年代里，有人居然颇费苦心地把这个例句挑了出来，他们谁也不去思考一下朱先生在语法上运用的原意，硬是造出一条弥天大罪:恶毒攻击伟大领袖,往红太阳脸上抹黑。怎么能说毛主席嫌工农的衣服太脏而不愿意穿呢!当时听着那些煞有介事的批判,人们只是哭笑不得!好在朱德熙先生有一副硬骨头。他拒绝承认强加给自己的罪名。为此朱先生在牛棚中所受的皮肉之苦是可想而知的。朱德熙先生走了。愿他对那场噩梦一样灾难时代的记忆,伴随着他的离去而永远埋葬于不再复返的历史尘埃中。

那个灾难时代结束之后,朱德熙先生迎来了学术生命的又一个金色的季节。因为各自忙碌,我与朱德熙先生的接触依然很少。偶有往来,也往往通过王瑶先生。一次,王瑶先生转来朱德熙先生给我的一封短信,为的是一件很小的事情。美国驻华大使夫人包柏漪女士,要将她自己的一部长篇小说译成中文。其中引用的一段中国古文,原文如何,原来出处在什么地方,作者自己忘了,又不能依照文字的大意随便译过来,便请她的朋友赵萝蕤教授帮忙。朱德熙先生是赵萝蕤教授的先生,已故诗人、考古学家陈梦家的学生。受赵教授的委托,通过王瑶先生,朱先生找到我,让我帮忙去找一下原文及其出处、作者。我拿到朱先生的信之后,便到图书馆里去转悠。一段话,没有作者,没有出处,又是译过来的意思而非原文,大海捞针似地翻了几天书,还是没有结果。我真怕完不成任务,不好向朱先生交代。后来经一位朋友指点,去翻晚明文人小品的一些案子,终于找到这句话的中文原文及作者。我把那篇文章复印好了之后,交给了朱德熙先生。过后,朱先生还特意称赞我帮了他的大忙。他还代表赵萝蕤先生向我转达她的谢意。王瑶先生后来也转告我朱先生的赞许和谢意。其实我的感觉正好相反。我暗暗责备自己的知识贫乏。不是朋友的指点,我也只能充当一次家乡的张铁生:交白卷。

朱德熙先生是以知识渊博、治学严谨、勇于创新而闻名的。他也用这一标准要求自己的学生。他曾多次讲过,青年人不要急于求成,不要走捷径,不要下笔千言、空洞无物,动不动就能建立自己的学说和体系。北京大学学报改组编委后,朱德熙先生担任主编,我被定为编委。在第一次编委会上,他直率地提出学报要少一点紧跟形势的时文,多一点学术味道的原则。他认为文章发表出来,要有永久性的学术价值。多少年以后还要有人来翻阅和引用。后来,即使有这种那种压力,他也还总是坚持自己的思想。对那些自视甚高而漏洞百出的夸夸其谈的学风,他总有一种疾恶如仇之感。在王瑶先生家里过春节那次,老哥俩在酒兴正浓的时候,谈起社会上不正常的学风泛滥的情况,王瑶先生说,现在青年人的文章,动不动就是什么“性”、什么“感”,什么“意识”,我们年老了,跟不上新潮,没有那么多“性感意识”了。朱先生和我们开心大笑一气之后,一边喝酒,一边说:现在有一个青年人,写了一本谈诸神起源的书,对音韵学、文字学、考古学一窍不通,书里面漏洞百出,有些是大胆胡说,简直要不得,看不得!他转过来对我说,你现在教本科生、研究生,要告诉他们,北大的学生可不能搞这一套东西。“做学问来不得半点侥幸!”这是朱德熙先生常爱说的一句话。朱先生一生的学术实践为我们做出了最好的榜样。

1989年春夏之交,十几万学生在广场上绝食了几天。老师们都忧心如焚。几位老师起草了一份北大名教授的呼吁书,请十几位教授们签名,请朱德熙先生转呈人大常委。先生正好有事来五院。大家便把他拉到系主任办公室,他马上坐下来细看了那份稿子,很快表示,没有什么意见,可以签名。等写完字之后,他又像沉思什么似地说:“看来这种呼吁书一类的一纸空文,似乎已经无济于事了。”他是过来人,经历的事情很多。那时的心情我体味比我们这些年轻一些的人更要沉重,也更实在一些。不久,他一生中未曾经历过的事情发生了。那些日子里,我忙着处理学生方面的事务,没有去看望朱先生的机会。6月8日,朱先生突然告诉我,签证手续已经办好,第二天就要去美国,进行合作研究。我是在系里向朱先生告别的。我感到他心里像是有许多话,但没有说出来。我也只是说了几句不痛不痒的客气话。有一句是伴着泪花从心底掏出来的:“希望您多加保重!”

在西雅图,在斯坦福,朱先生给我写过几次信。都是为了办手续和一般事务的,没有太多的话。他知道我犯了心脏病,嘱咐我多自珍摄。王瑶先生客死上海的消息,朱先生得知以后,心境一定很不好。他们两家几乎是情同手足的朋友,每年春节几乎都在一起团聚。分别仅仅六个月,又是远隔重洋,听到老友突然离开人世的噩耗,那种心情和滋味,我们晚辈和学生并不能完全体味。编《王瑶先生纪念集》时,写信请朱先生写篇悼念的文字,朱先生答应并很快寄来了。他说了一些他想说的话。那些真情的话,是颇为动人的。

1990 年夏天,朱先生服从需要,不顾身体劳累,从斯坦福匆匆赶回北京,主持世界汉语教学国际学术讨论会。这是一次超负荷的短期加速运转。会上已经够他烦劳了,会后,他又拜访老师,朋友,亲戚,几乎每天日程都排得满满的。朱先生太累了!一次外事接待之后,我和学校几位领导一起到朱先生家看望他。女儿说,有一点空,爸爸就进城看朋友了。他回来后几乎很少待在家里!朱先生返回美国的手续,因为对方的邀请书在我手里压了几天,办起来后,没能按期返程。最后成行前,我向朱德熙先生送别,向他解释,我没有及时把文件交外事处,误了几天,是应该表示歉意的。朱先生开玩笑说:"这回多亏你帮了我的忙,使我有机会多呆几天,也多喘几口气!"其实,朱先生哪里真的休息了一天呢!

我不大相信命运和天意。有时我又不得不感谢命运和天意的安排。

1992 年 3 月,我应邀到美国加州大学洛杉矶分校开会,并到一些地方顺访和讲学。分别了整整一年半,又得知十月份查出癌症的朱德熙先生,我有机会前往大洋彼岸去与他见面,能代表系里他的朋友和学生去看望他,这真是天赐我的幸运。到洛杉矶的第二天,在李欧梵教授的研究室就与朱先生通了电话,我转达了大家对他的情谊和问候。朱先生的声音有些苍老。自己的病情他说见面再说,反倒嘱咐我要休息好,多保重身体。4 月 1 日,我乘飞机到旧金山,马上与朱先生通电话,约好晚上他女儿到我的住处来接我。因为电视录像讲座,搞得太疲倦了,回到旅馆,便躺下睡着了。一醒来已是晚上八点多。我担心朱先生打电话来没听见,马上惶恐地给朱先生打电话说明情况,反而是朱先生说:我知道你一定很累,所以没打扰,过两天再接你来家里吃饭。我迫不及待地想看朱先生。4 月 4 日下午四时多,我到了斯坦福朱先生家里。这是斯坦福大学附近的一条宁静的街道。拐进去不远,下车往左手走,就进了一个狭长的院子,墙边长着一排茂盛的马蹄莲,碧绿的叶子,洁白的花朵,在那里静静地散发出一股幽香。到屋里之后,见朱先生拄着手杖起来迎我。客厅不大,围一圈沙发。看着朱先生同病疼斗争显得苍老的样子,我心里有些酸楚。朱先生拉着手跟我说:很想回国,很想回北大,这里不是我长呆的地方。当时病已转移,腰腿疼得厉害,只能靠吃止痛片过日子。虽然朱先生还不知病情转移,但我想他心里是有数的。他告诉我,一俟病情稳定,疼痛稍轻,就动身回国。他还说,经他推荐到美国来的几位教员,都超期未归,应该向系里表示歉意。我说,这不能由您负责,人各有志,别人是强迫不得的。后来他详细询问了系里一些老教师的身体情况,系里一年多的变化。朱师母做好饭菜后又一起吃了晚饭。到将近九时多我才离开朱先生家。4 月 5 日,拍完录像讲座之后,南海公司的施旭东女士又用车送我到朱先生家,正好丁石孙校长也在那里,还有北大的马希文教授,一起畅谈了很久。施旭东女士正在筹办北加州北大校友会成立大会,她邀请朱先生到时候参加。朱先生虽然腰腿神经疼痛难忍,他还是愉快地答应了,说届时和丁石孙先生一起参加。他关怀北大,关怀北大在外边的学生,那一份深情,十分令人感动。4 月 8 日我去伯克莱分校参观访问,晚饭后,比较文学系的刘禾博士和在那里任教的作家李陀,驱车送我到朱先生家。这是向朱德熙先生告别,第二天我将返回洛杉矶,到东部去访问参观。在座的还有北大中文系的毕业生王友琴博士。随便谈了一些别的事情,我不想再细问朱先生的病情。印象最深的,是我讲了到斯坦福大学和伯克莱大学之后完全不同的感觉,一个围墙整饬,宁静肃穆,一个四通八达,生动活泼。朱先生说:两个学校的风格完全不同,斯坦福有点像过去的燕京,伯克莱有点像过去的老北大。伯克莱是思想活跃出人才的地方。晚上告别朱先生,他拄着手杖,直送到门口,还特别让女婿把我送回旅馆。走到那座小楼的入口处,我又看了一眼那排洁白迸放的马蹄莲花。没想到这最难忘的一面就是与朱德熙先生的诀别。以后在美国,回国以后,还与朱先生通过几次电话,那声音只能存留在我的记忆中了。

马蹄莲,一个富于象征寓意的名字。它有马的奔腾不息,又有莲的朴素高洁。这不是一个最令人企盼与追求的生命的最高境界吗?

愿那个安息了的灵魂长有洁白的马蹄莲相伴。愿那洁白的馨香飘进每一个正直人的心灵……

1993年1月2日于畅春园

原载《朱德熙先生纪念文集》,语文出版社,1993年

深切的怀念，沉痛的哀悼

——写于朱德熙教授追思会

敬爱的朱德熙先生离开我们了。巨大的悲痛和深挚的怀念，一直交织在我们心中。他是在远隔万里的异国他乡离去的，他是在不该离开这个世界的时候匆匆离去的，他是在怀着强烈的生的渴望决心尽早回到自己故土而未能如愿的心境下离去的，这一切更增加了我们内心的痛楚。今天我们在这里召开追思会，对朱德熙先生表达我们最深切的追怀和最沉重的哀悼，盼在九泉之下的朱德熙先生能够听到我们的声音，这是朋友的声音、同事的声音、学生的声音，一切说出来的和未说出来的发自每个人心底的声音。愿这声音使他那飘零于大洋彼岸的安息了的灵魂，能够得到更大的慰藉与宁静。

朱德熙先生是我国蜚声中外的语言学家、古文字学家和教育家。

他 1920 年 10 月出生于人杰地灵的江苏省苏州市。幼年时代接受了新文化、新思想的熏陶。在民族陷于黑暗与战争的灾难岁月里，他在著名的南京钟英中学、上海正始中学、上海大同大学附中等学校读完了中学的课程，于 1939 年考入昆明西南联合大学物理系，1940 年 9 月转入中文系学习。1945 年毕业后，在昆明中法大学中文系任教。1946 年任教于北京清华大学。1952 年任清华大学中文系副教授，并应邀赴保加利亚索菲亚大学任教。1955 年回国后，于北京大学中文系执教。1979 年任北京大学中文系教授。朱德熙先生曾先后担任北京大学中文系副主任、北京大学计算语言学研究所所长、北京大学副校长兼研究生院院长、中国语言学会副会长、会长、世界汉语教学学会会长、中国古文字研究会理事、国务院学位委员会委员、国家语言文字工作委员会委员、国务院古籍整理出版规划小组顾问、《中国大百科全书》总编辑委员会委员，第五、第六届中国民主同盟中央委员会常务委员会委员，第六、第七届全国人民代表大会代表，第七届全国人民代表大会常务委员会委员、文教委员会委员等职。1989年6月，应美国华盛顿大学邀请，前往进行合作研究，后又应邀到斯坦福大学讲学，直到去世。

朱德熙先生在语言研究方面具有很高才华。他长期从事现代汉语和古文字的教学和研究工作，为祖国的语言学事业作出了突出的贡献。

50年代初，他与吕叔湘先生合写的《语法修辞讲话》，在《人民日报》上连载，以通俗而又科学的形式，阐述了现代汉语语法的规范，在全国产生了广泛而深远的影响，对于促进祖国语言的健康和纯洁，推动汉语研究和教学的发展，起了重要的作用。

朱德熙先生是一位有世界眼光的思想开放的学者。善于吸收、善于创造，成为他卓越的学术品格。他非常注意吸收国外语言学的新理论、新方法，将其创造性地运用于自己的现代汉语语法研究工作中，不断为这一领域的研究开辟新的途径。早在1956年，他就发表了《现代汉语形容词研究》一文，以崭新的研究角度、独特有效的研究方法和出色的结论，引起国内外同行的瞩目。60年代，他运用西方描写语言学的理论方法，分析汉语语法现象，连续发表了《关于动词形容词“名物化”的问题》《说“的”》《关于说“的”》和《句法结构》几篇论文，对现代汉语描写语法研究的发展，起到了积极推动的作用。粉碎“四人帮”以后，他一度中断了的学术研究又在勤奋的开拓中结出了新的果实。70年代末，他连续发表了《“的”字结构和判断句》《与动词“给”相关的句法问题》《汉语句法中的歧义现象》等重要论文，运用变换理论和方法，分析汉语语法问题，第一次揭示了汉语中隐藏在显性语法关系后面的隐性语法关系，为更深入更细致地分析汉语的句法结构和语义结构及其关系打开了新的思路。1982年，他出版了《语法讲义》一书，这是一部有关语法研究理论、方法同具体语法规律的描写相结合的语法专著，提出了不少新颖而有创造性的理论观点，推动了汉语描写语法研究的发展。1985年他出版了《语法答问》，提出了以词组为本位的重要语法观点，有很高的学术价值。进入90年代以后，朱德熙先生又成功地运用了语义特征分析法和关于在语法研究中将横向的汉语方言之间的比较研究、纵向的古今汉语之间的比较研究，与对标准语的研究相结合的观点方法，取得了杰出的成果。

朱德熙先生在古文字学研究特别是战国文字研究方面，也有很深的造诣。在西南联大读书的时候，他接受唐兰先生的指导和影响，学习研究古文字。70 年代以来，朱德熙先生先后参加了江陵望山楚墓竹简、山东临沂银雀山汉简和湖南马王堆帛书的整理研究工作，作出了重要贡献，并发表了一系列有创见的学术论文。朱德熙先生的杰出成就，为战国文字的研究开辟了一个新的阶段。

朱德熙先生无限热爱和忠诚于教育事业。他几十年如一日，坚守在这个平凡而光荣的岗位上，为培养一代又一代的学生，呕心沥血，无私奉献，言传身教，耕耘不止。他在任北京大学副校长兼研究生院院长期间，兢兢业业，认真负责，为学校文科、语言学科的建设，为培养高水平的人才，做了大量的工作。他着眼未来，爱护青年，重视人才，奖掖后进，十分注意培养学术研究的新生力量，为造就现代汉语和古文字学方面的人才，付出了大量的心血。

朱德熙先生是声望很高的专家，他对于语言普及教育和其他有关琐细工作，同样倾注了自己的热情。几十年来，他一直关心中学语文教育。朱德熙先生非常关心对外汉语教学的研究和实践，积极参加这方面的学术活动，被推举为世界汉语教学学会会长，亲自主持了两届国际汉语教学讨论会。1990 年，他在美国接受斯坦福大学邀请，正由西雅图往斯坦福搬家，研究工作繁忙，身体也很疲倦，这时，有关部门要求他回国主持第三届国际汉语教学讨论会，他不顾自己的身体劳累，匆匆回国，圆满完成了主持会议的任务，然后又匆匆赶回美国任教。朱德熙先生这种为了维护祖国的荣誉，为了世界汉语教学事业的发展，顾全大局，献身学术的精神，是十分令人感动的。朱德熙先生多年来还一直关心高考的语文考试工作，他不断总结经验，深入思考，提出宝贵的意见，并亲自参加命题。

朱德熙先生杰出的学术成就和精湛的语言学论著，在国内外享有很高的声誉，近几年来，他曾先后应邀赴美国、法国、泰国、香港、新加坡等国家和地区讲学，从事学术研究，或出席国际会议。1986 年，他被法国巴黎第七大学授予荣誉博士学位。多年来,他以自己渊博的学识和不懈的热情,为促进中外人民的友谊与学术交流,扩大汉语在世界的影响,提高世界汉语研究的水平,作出了重要的贡献。朱德熙先生不愧为中国语言学领域里世界性的学者。朱德熙先生的学术成就和品格,赢得了国内外学界朋友、同行和晚辈的钦敬与爱戴。

朱德熙先生72岁的一生,走过了中国现代进步知识分子典型的道路,为人,为师,都可以作为我们的楷模。在艰难黑暗时代,他度过了29个春秋。青年时期他就曾接受时代先进思潮的影响,追求真理,追求光明,在西南联大读书时期,曾积极投身学生运动。毕业后不久,26岁的时候,参加了为争取中国民族解放和人民民主而奋斗的中国民主同盟。祖国解放以后,朱德熙先生一直坚持在教育的岗位上,像一条老黄牛,默默地耕耘,无私地奉献。朱德熙先生有过身处逆境的坎坷经历,但是无论在什么情况下,他总是葆有他那坚定而高尚的灵魂与品格。他热爱祖国、热爱社会主义;他襟怀坦白、光明磊落;他严于律己,爱憎分明;他追求进步,实事求是。为了祖国的进步和繁荣,为了人民的自由和民主,为了社会主义建设和教育事业的发展,朱德熙先生献出了宝贵的精力和心血。"四人帮"粉碎以后,他不计较在那个灾难的岁月中自己身心所受的种种折磨,衷心地拥护党的十一届三中全会以来的路线、方针和政策,紧张地投入了生命和事业的新的征程。他决心夺回失去的宝贵时光,以最勤奋的劳动,在学术研究和教学领域里创造不息,作出了令人瞩目的杰出成就。在国外进行学术研究和教学的最后两年中,他远隔万里,仍然魂系祖国,魂系北京大学中文系。朱德熙先生在一封封信中,以及和前往美国的教师的晤谈中,始终关心语言学事业如何吸收西方最新的理论向前发展,关心语言学如何进一步同自然科学最新技术相沟通,推动有民族特点的计算机语言学科的建立与完善,他还特别关心如何创办北京大学中国语言学系,以期造就更多的有更高水平的中国语言学研究人才。今年四月上旬,我到斯坦福朱德熙先生的家里三次看望他,当时他的病症已经转移,腰腿神经的疼痛难忍,只能靠吃止痛药减轻一点痛苦,他坐在躺椅上休息,或拄着手杖在屋子里走动,还热情地让师母招待我吃饭。在谈话中,他十分关心北大中文系的发展,关心系里其他一些老师的身体健康,并对于经他推荐的青年教师出国研究和参加学术会议至今滞留未归,表示内心的歉意和遗憾。他关心中文系的学风建设,对于一些所谓“学者”连起码的小学和一些概念范畴都不清楚而大谈神话起源和理论问题,十分气愤,并让中文系教师引以为戒。他还表示:一俟疼痛稍有好转,病情稳定,自己就动身回国。朱德熙先生未能实现他的这一愿望。他的那颗热爱祖国、热爱北大、热爱毕生从事的语言学研究和教育事业的拳拳之心,却永远鲜红地跃动在我们的眼前。

朱德熙先生的不幸逝世,使我国语言学界失去了一位带领大家开拓前进的杰出学者,我们中文系失去了一位备受尊敬的亲切的导师。这个巨大的损失是永远无法弥补的。

我们悼念朱德熙先生,缅怀他的业绩,就是要化悲痛为力量,继承和发扬朱德熙先生的高尚品格和学术精神,在各自的岗位上,加倍地做好工作。我们要像朱德熙先生那样,无限热爱自己的祖国,无限热爱与忠诚于教育事业,为培养高水平的人才倾注我们的心血;我们要像朱德熙先生那样,坚持真理,实事求是,以爱憎分明的科学态度,对待一切事业,不断为促进社会的发展前进而努力;我们要像朱德熙先生那样,心胸坦荡开阔,处事光明磊落,不汲汲于声名,不戚戚于贵贱,老老实实地做事,清清白白地做人,把自己的生命化入人民的事业之中;我们要像朱德熙先生那样,努力攀登学术事业的高峰,不闭关自恃,不故步自封,勇于吸收西方新的理论方法,大胆实践和探索,在不断的开拓中创建自己具有民族特色的学术思想和理论体系。让朱德熙先生的精神和业绩在一代又一代人的身上得到绵延和发扬。

敬爱的朱德熙先生,您安息吧!

原载《朱德熙先生纪念文集》,语文出版社,1993 年

一个光亮的灵魂

——怀念吴组缃先生

吴组缃先生走的时候,是一个寒冷的冬天的夜晚。

1994年1月11日,吃过晚饭后,我忘记是在做什么了,忽然电话铃响起来了。我得到了我不愿听见而又早有预感的不幸的噩耗:吴先生已经于今晚八点三十分逝世。

当我赶到医院,已经是夜里十点钟了。几个人都心情沉重,没有什么话。我的心也沉默着,没有言语。北医三院高干病房的电梯停了。走路吧。一口气,爬上了九层楼。心里想,人的生与死,离得很近,又隔得很远。到了病房里,才实在地感到,吴组缃先生真的离开了我们,离的是那么遥远!

家属已经给先生穿好了衣服。家属说:“爸爸平常喜欢穿中山装,临时买不到中山装,只好给爸爸穿了一件夹克服。”看上去,还合身。脚上穿的是一双新买的布鞋。按旧的习惯,两脚向上并拢,扎着一条红的绒绳。先生的脸瘦削,安详。轻轻地闭着眼睛,像睡着了一样。头上没有戴帽子,早已脱了头发的额顶,似乎依然闪着智者的光芒。

一个星期以前,先生因为无法自己将大量的痰吐出,危及呼吸和生命,医生采取抢救措施,割开喉管。我来看望的时候,先生已经不能说话了。他神智很清醒,眼睛看着我,点一点头。我握着他的手,他把我的手也握得很紧很紧的。没办法用语言交流。他什么都可以听见。但我没有勇气再说一些空洞的安慰的话,去欺骗一个一生都恪守着真诚的老人。在那手握着手的十几分钟的沉默里,我深深感到了,一个历尽沧桑的老人,在清楚地知道自己即将离开人世间的时候所有的那种强烈的生的渴望,感到了他对于一个学生和晚辈的淳厚的感情。他很想活。他不能说话。他只能用极度颤抖的手，给身边的孩子，在一张纸上反复地写下歪歪斜斜的两个字。大家无法辨认。几经揣摩后，才弄明白写的是“措施”两个字。他是多么真诚地渴望着，医院的大夫能采取更有力的抢救措施，给他以延长生命的机会啊！看他的眼神，他有很多话想说。但是，此时俩人只有默默无言而已。他每喘一口气，都似乎要忍受一生的痛苦。我看了，心里非常难受。

现在，站在已经宁静地安睡了的先生面前，我内心里由衷地产生一种感觉：“先生，您终于解脱了。您再也不用忍受那些生之痛苦了！”

外面是漫长而寒冷的冬夜。从病房至太平间，要由九层楼上下来，然后再推一段路，才能到。午时，这一点路，感觉肯定没有多远。那天晚上，我陪着家属送先生，觉得好像走的路很长，很长。真好像走了整整一个世纪！

先生是从一个世界走到另一个世界去了！

一切料理完了。在返回学校的路上，我独自坐在黄色“面的”前面座位的靠背椅子上，不想说话。心里似乎分外的沉重和寂寞。

在冷寂的冥思中，我真切地感到了一种巨大的悲痛与失落的空虚：我自己失去了一位慈父般的良师，中国文学界失去了一位杰出的忠实于人民的作家，中国学术界失去了一位勤于耕耘蜚声海内外的学者。

我们这个多灾多难的时代，失去了一个永远热爱着人民，热爱着生活，永远坚守着自己的高尚品格与操守的“真人”。

一个伴随这个世纪走了86个春秋的屹立着的生命，在我们赖以生活的土地上，走完了他艰辛而丰富的旅程，匆匆地倒下去了。吴组缃先生永远离开了这个世界，但他给这个世界留下了一个光亮的灵魂。

1955年进入北京大学中文系以后，我就有幸一睹这位国内外著名的作家和教授的风采了。

在大学期间，吴组缃先生就给我们讲过“《红楼梦》研究”、“贾宝玉研究”和“中国古代小说史”、“鲁迅小说”等专题课程。我终生难忘那些课程给予我的一切。

吴先生是中文系里作家兼学者的少数几个人之一。他像30年代写那些高度忠实于生活的小说一样，以他的全生命和心血，投入培养学生的教育事业。他以高度认真的精神对待教学，备课非常认真，他的讲稿，每次都写得特别细心，工整，字又写得好，每一页都像是一份漂亮的书法珍品。有时连一些开场白、关联的语气词，也一字不漏地写在讲稿上。讲课中间，他能以一个作家的丰厚的生活经验和艺术素养，体味和感悟古人和今人的作品，常常能从人物的一个动作，一句对话，故事的一个细节里，讲出别人所体味不出的真知灼见来。他从来不干巴巴地叙说一些学术的大道理，也不去追求一些耸人听闻的观点和术语，而是信手拈来一些生活中的小事，如在读文学作品时，怎样要像吃花生米一样，慢慢地剥开来，细细地咀嚼；要像喝茶一样，沏上水，花工夫，去慢慢地品味；这样，才能读出作品真的味道来。他用这些不起眼的生活小事作比喻，然后再把他的一些独特的见解非常自然地娓娓动听地讲出来。听了吴先生的课，不仅会得到学术上的启迪，每一堂课，简直又都是难得的艺术美的享受。真像嚼花生米，品尝龙井、碧螺春一样，会感受到有一种无穷的余味。

1964年秋天，我现代文学研究生毕业之后，留在学校做助教。吴先生给本科生、留学生和进修教师讲授"明清小说"专题课。教研室安排我临时去做一点助教的工作。这样，在将近半年的时间里，我同吴先生的接触就多起来了。我再一次系统地聆听了吴先生那些充满魅力的讲授。他总是用他那亲切的安徽口音，慢条斯理地讲着他对作品的独到的理解。有时穿插一些笑话和文人的趣事，引得大家开心地大笑起来，笑完了，听课的人们，才由这里更深地悟出先生所讲的道理来。有时候，吴先生也离开题目，海阔天空地讲一些自己的感慨，如在说到宋江任人唯贤、为政清廉时，他就毫不客气地直言说道："这一点，连我们共产党的一些干部都不如他。"但是，他最反对老师在课堂上向学生炫耀知识和故弄噱头，他几次语重心长地说："真理是朴素的。要给学生真正的知识。靠炫耀和噱头，哗众取宠，取悦于学生，对于大学的教师，是要不得的！"他常常以此告诫我们，要努力改进自己的讲课的艺术。

80年代初，被耽误了最宝贵的青春时光的"大龄"学生和研究生们，走进北京大学的课堂，他们多么渴望能够听到一些学术名流给他们讲课啊！为了满足他们的要求，年已古稀的吴组缃先生，不顾体弱多病，又率先重新走上他告别了14年的讲台，给学生们讲授《红楼梦》和中国古代小说史。他那种极端认真的态度，独到精辟的见解，细腻入微的分析，充满风趣的语言，使挤得满满的化学北楼的一间最大的教室里，气氛显得十分严肃而活跃。今天，当年的一些研究生，已经成了有名的教授与作家，他们回想起吴先生讲课的情景，还赞叹不绝，十分珍视那段难忘的时光。有的人还感慨说："那真叫是'此曲只应天上有，人间那得几回闻'。像这样一个世界著名的作家兼教授的大家风范的讲课，在北大，恐怕是再也听不到了！"

我想，随着时间的推移，人们会越来越感觉到：吴组缃先生的去世，似乎标志着北京大学中文系一个辉煌时代的结束。这一损失，将是永远无法弥补的！

在系里待得时间久一点的人们都知道，在北京大学中文系的老先生中，吴组缃、林庚、王瑶三位前辈老师，是多年莫逆之交的老友。有一次，我同吴组缃先生、王瑶先生一起进城去开会。在汽车里，忘掉是谈什么话题了，随便地就扯到教学和写文章上来了。大约是在1981年秋天，鲁迅诞辰一百周年前后。谈话的大概意思是：王瑶先生说："我比不上你，你是作家。你讲课，总是把作品还原，好像钻到作家的肚子里去了，让人家看到，作家的作品是怎样创作出来的，他为什么这样写，而不是那么写。我们不行，我们只能从他们的作品进行分析，归纳，尽说一些隔靴搔痒的外行话来。你们这些作家会笑话我们的。"吴组缃先生回答说："要论写文章，我不如你哩！你在《文艺报》上刚刚发表的那篇论鲁迅关于大众语讨论的文章，我看了，我真佩服你，不知道你从哪块儿弄来那么多的材料，又记得那么清楚，我没有这个本事。"在这一段半开玩笑的谈话里，我似乎感觉到了两位先生研究文学史的不同方法和路子。一个是富有严格治史的"作家"的眼光，往往在广阔的背景下，依据自己深厚的生活和艺术体验，重在对于作品艺术的感悟和体味，进行深入的历史与审美的分析；一个是以严格治史的"史家"的眼光，更重视对于作家创作与文学现象大量史料的收集和归纳，在宏观上把握文学历史发展的脉络，进行作家作品的历史把握与评述。两位先生的研究和治学的方法和路数，都给予我很深的启发和影响。

吴组缃先生是一棵独立不倚的大树。几十年里，任凭什么风吹雨打，他都无所畏惧，始终葆有自己刚直不阿的品格。

从30年代起，吴先生就用他的那些呕心沥血铸造的文学作品，为农民的深重苦难，为他们的身心的解放，和整个中华民族的新生而呼号。在将近十年的时间里，他断断续续作为爱国将领冯玉祥将军的秘书和国文老师，为党和民族，做了许多有益的工作。抗日战争开始以后，他同老舍先生一起，在重庆中华文艺界抗敌协会工作，于艰难的生活中，为民族的生存，辛勤地操劳。他同我说，他和老舍先生当时住的房子，很简陋，屋子里地上长着青草，一下雨，就有青蛙进来，叫个不停。敌人飞机来轰炸，他同老舍先生一起躲防空洞，没有事做，就用现代作家的名字，联在一起作旧体诗，互相唱和，一卷蝇头小楷抄成的诗卷，至今还保留在他的身边。有一次，他把自己保存的冯玉祥将军画的一幅小画拿给我看。画上是几个茄子萝卜一类的东西，有一种农家的生活情趣。几十年生活的风风雨雨，养成了吴组缃先生正直纯真、刚毅不屈的性格。他常告诉我们，孟子说的话，讲起来是容易的，“威武不能屈，富贵不能淫”，要做到，很不容易。做人要真，敢说真话，不自欺于自己，也不取媚于他人。对于那种见风使舵，逢迎权势的人，先生是看不起的。他有一身像鲁迅先生说的硬骨头。

1956年，吴先生实现了他多年的宿愿：加入中国共产党。他真心地爱我们的党，爱我们这个新中国。对于一些看不惯的毛病，他总是毫不保留地说出来，从不闷在肚子里。1957年，党组织让知识分子“交心”，吴组缃先生有感于解放以来针对知识分子的运动太多了，一会儿整知识分子过了头，一会儿又来落实政策，知识分子对于党的政策缺少一种稳定感。他真诚地希望能改变这种情形。在一个征求意见的场合，他襟怀坦白而又富于幽默感地说了一句话：“我们党，对于知识分子，有些时候，像大人哄小孩子一样，是打一下屁股给一块糖吃。”急风暴雨似的反右派斗争开始以后，先生这句发自内心的爱护党的良药苦口的诤言，竟成了他的一个罪名。他的预备党员的资格，也因此被取消了。这种意想不到的遭遇，对于大半生是在黑暗的旧社会度过而又为合理的社会奋斗不息的一个智者来说，是多么大的打击！他内心忍受着深重的痛苦，没有更多的表白，没有一句懦弱的忏悔。他全身心地投入教学和研究之中。后来，他开玩笑地对我们说："庆幸的是那时没有给我划成右派，这也算是一种落实知识分子政策吧！"

史无前例的"文化大革命"开始以后，吴先生自然免不了更大的灾难。他被关进了"牛棚"，受到的不仅仅是精神的折磨，还有随时被鞭打的皮肉的痛苦。大约已经到了那个灾难时代的后期，有一次，不知道是在一个什么场合，他说了一句真心话："想起那些情形，就有些毛骨悚然。"这句真话，又构成了他"恶毒攻击文化大革命"的罪名。他为此又大大吃了一番苦头。先生和过去一样，没有作检讨，没有低头认罪，坚守着他一贯的无悔于自己为说真话而受难的高尚人格。

前几年，文学创作中对各种现代主义的探索很流行，有的作家还是吴先生熟悉和尊敬的好朋友。我去他家里谈天的时候，他总是毫不客气地跟我说："我不喜欢他们那些古里古怪的作品。生活不足，尽弄些新花招，叫人看了莫名其妙。我顽固地认为，还是现实主义的作品好，有生命力。"谈到茅盾的小说，他多次直言不讳地说，茅盾缺乏生活的体验，他不熟悉农村养蚕的事，也不熟悉上海证券交易所的情形，他的《春蚕》、《子夜》，就有很多概念的描写。后来，吴先生还把自己多年形成的代表他真心的看法，写成有说服力的论文，在刊物上公开发表了。

吴先生住在学校里的朗润园，离老友王瑶先生的家镜春园76号的四合院没有多少路。有时候他到未名湖散步，走几步路，就到王先生家了。过去，他们俩人常常到一起谈天。有时去出席文联或作家协会的一些会议，也多住在一个房间里，真可谓是无话不谈的挚友了。

一个郁闷难过的夏天里，王瑶先生因故离开家，住到别的地方去了。一天傍晚，已经年过八旬的吴先生，心情郁郁不快，想念起王先生，便拄着手杖，一步一步很沉重地走到王先生的家。王先生的女儿告诉他说："爸爸不在家，天气不好，您也要多保重！"他心里感到一种痛苦和怅惘，对王先生的女儿说："天气不好，闷热得很哩！我不怕，只有那些虚弱的人才害怕呢!”然后,他独自走到未名湖边,望着学生们都已经离开校园,显得空荡荡的死寂一般的湖水,无语地独坐在夕阳照耀之下的木椅上,久久的没有离去。

此时此刻的吴组缃先生,更像是一棵独立不倚的大树了!

吴组缃先生性情刚直,做事又十分认真,无论讲课,写文章,都一丝不苟;答应做的事,他决不马马虎虎,总是到他自己满意了,才肯交差了事。

1960 年大学毕业后,我做王瑶先生的研究生,我的爱人张菊玲,做吴组缃先生的研究生。吴先生精心地指导她完成了有关古代英雄传奇小说的毕业论文。后来,我留在学校里,她到民族学院任教。我们因为没有做出什么成绩,常常羞于去拜见先生。我由于在系里,忝列讲授现代文学的教员,对于吴先生的小说与散文都非常喜爱,有时就去请教吴先生,听他讲对于现代文学史上一些问题的看法和许多作家的掌故。吴先生写得一手好字。我平时从不敢向名人要字和画。这是 1986 年,有一次到吴先生家聊天,临走之前,我壮着胆子,向吴先生开了口,请他给我们俩人写一幅字,先生慨然应允了。

过了许多时日,有一天,帮助吴先生整理作品的方锡德同志,突然把吴先生亲笔写的一张条幅送到我家里,并说是吴先生特意让他送来的。条幅上面是吴先生自己为我们作的一首诗。据方锡德同志说,为了写这首诗,吴先生花了很多工夫,里面的一些句子,在他的一个小本子上,改了又改,不知改了多少遍,直到他觉得可以拿得出手,才动笔写出来,送给我。我拿着这一尺见方的宣纸,赏看吴先生的一笔清秀的中楷墨迹,细读他精心构思而成的佳作,真是有点喜出望外。条幅上写的是一首七言律诗:

神州送暖来春风,连理枝头意正浓。
笔铨典著文堪艳,根索辽源路始通。
勤摘稗丛珍片叶,乐莳桃李佳园工。
山泉汩汩呈深碧,归海河江取次同。

当时,我们读着这首诗,深深为他的一片真情所感动。诗里表现了一位洞悉世事的长者和师辈对自己学生的最深的理解和瞩望。人与人之间,还有什么比这种理解的感情更为珍贵呢!

诗里的第二联:"笔铨典著文堪艳,根索辽源路始通",在精心对仗的句子中,说出了先生对于我们治学坎坷之路的心里话。前一句是讲我,用力于鲁迅著作的研究,仅仅是取得了一点微不足道的成绩;后一句是讲张菊玲,由用心于收集明清小说批评的史料开始,后来,进入对于满族文学的研究,终于走出了自己的学术路子。先生对于自己学生关注的深情,鼓励和期望的殷切之心,闪烁于诗句之中。前两年,这首诗在《光明日报》上发表的时候,不知是谁给加的注解,依据其中"根索辽源"一句,说我"近习满文",弄得一些朋友或见面,或写信,正经八百地问起我来:"你满文学得怎么样了?"我哈哈大笑。这也算是由先生的诗引出的一个插曲吧。

先生的墨迹,经荣宝斋精致的装裱,一幅淡黄色的长轴,朴素、高洁、大方,至今挂在我们书房的墙上。此时再看这个条幅,声音犹在,墨迹依然,人却永远地离去了!

吴先生晚年,亲生的子女都不在自己身边。只有一个外孙子与他住在一起,也很忙,没有办法更多地照顾他。我们作为学生,曾经几次提出,要不要把哪个孩子调到北京来。吴先生都非常干脆地拒绝了。他总是说:"孩于是国家的,是党的,不是我个人的。他们都有自己的事情要做,不能叫他们放弃自己的工作,来陪着我这个没有多少用处的老人。"先生还说:"我是共产党员,我不喜欢像有的人那样,总想把自己的孩子都弄到身边来。"吴先生最反对说假话,他的这些话里没有一点儿矫情。他完全出自真心。严于律己,这是先生一贯恪守的人生准则。

唐山地震时,他的最小的儿子葆刚夫妇在那里当教员。两个孙子都不幸遇难了。我们知道,吴先生心里是很难过的。但他没有提出任何要求。我们谈起这个话题,他反而安慰我们说:"人生一世,经历的天灾人祸,多得很。我在旧社会,吃的苦很多,现在的生活,好了不知多少倍,国家好了,个人的一点悲痛算得了什么!"

去年,在美国工作的葆刚,想请爸爸到那里去休息一段时间。吴先生经过考虑,决定不去。他说:"他们都忙得很,我去了,没有事可做,还得他们照顾我,给他们添麻烦,我不去影响他们的工作,还是待在家里好。"其时,他心里想的,还是自己的研究工作。他正在整理过去的讲稿,要完成《明清文学史》的写作的宿愿。他主持的《中国古代小说史》的科研项目,还没有个眉目。他最近又动手《吴批红楼》的工作。他有许多事情要做。

住进病院以后,心力极度衰弱,呼吸困难,难于说话,在医生给他装上了心脏启搏器的当天,他感觉稍好一点,就同前来看他的学生兴致勃勃地谈起写作《吴批红楼》的一些想法。这离先生去世只有十多天。直到生命的最后一息,先生都坚守着一个圆满的自我追求:以最高的标准严格要求自己,从不敷衍应付,从不仓促成篇,也从不让别人代笔替自己写文章。他一直认为,至今,很多人没有真正地读懂《红楼梦》。他要尽生命的最后一点余热,写出自己的《红楼梦》新解来。先生走了,《吴批红楼》留给我们的是一个美丽的梦。我们没有可能看到先生的这一思考的果实,这是一个永远的遗憾。

吴先生对于子女,对于学生,对于自己,一向十分严格;对于老伴儿,却可谓是一往情深,生死与共了。

他常对我们讲,自己还在念大学的时候,还很年轻,就结婚了。老伴儿同他共患难,一生吃过很多的苦。"文化大革命"开始以后,吴先生成了反动学术权威,住进了"牛棚";师母仅仅因为是在家属委员会里负点责任,也被打成了"牛鬼蛇神",挨批挨斗,又一次跟先生吃了更大的苦头。她心里想不通:自己退休下来,不愿意闲着,只想给大家做点儿好事,怎么竟会成了黑帮?后来,吴先生对我们说,每次师母被批斗以后,回到家里,看不到一个人影儿,有时候对着镜子自言自语,有时候就对着院子里的鸡说话,反反复复的只有一句:"我不是黑帮!我不是黑帮!"由于那个想起来就令人"毛骨悚然"的时代的刺激,师母精神有些失常。前几年,不幸逝世。在香山南麓的金山公墓里,吴先生为师母立了一块碑。墓碑的石座上,镌刻着先生亲笔写下的深情的挽联和诗句。两旁的挽联是：

竟解中华百年之恨
得蒙人民一世之恩

中间的挽诗是：

炉边北国寒冬暖
枕上东川暑夏凉

挽诗的前一句，是说在北京一起生活的日子，后一句，是讲在四川重庆共度的患难时光。两段挽联与挽诗，概括了这一对老人一生的经历和爱情。他们历尽了世道沧桑，饱尝了人间的冷暖，相濡以沫，恩爱情笃，用心与心联结的光亮，互相支撑着，照耀着，走过了漫长的人生之路。先生刚刚过世，他的孩子们说："妈妈去世之后，爸爸总想写一篇题目也叫《悼亡妇》的散文，一直未能如愿。"我想，先生写下的这些文字，该就是一篇最好的悼文。它将永远铸刻在我们的心中！

先生还健在的时候，我曾去过金山公墓。在寒风瑟瑟中，我站立于师母的墓前，默默诵读着先生那些深情的文字，而且更清晰地看到，墓碣正上面的横幅写的一行字："愿生生世世为夫妇"，心中涌动着一种难以抑制又无法说清的情愫。

今天，先生已经随师母而去。一个令人尊敬的光亮的灵魂，可以在另一个世界里，继续实现他那真切的心声了："愿生生世世为夫妇！"

先生走了。他在这个光明与黑暗交战的世纪里，在 86 个春秋中，奉献了自己的一切，却从不向人民索取一点多余的奢望。

一次，开完全国文代会回来，先生对我说："住那么豪华的房子，吃得那么好，没有解决啥问题，纯粹是浪费。"他心疼！先生心里始终装的是人民！

背着因袭的重担，肩住黑暗的闸门，放后来者到宽阔光明的地方去。

这大约是每一个先觉者甘愿承受的重任吧。

在八宝山，最后告别先生的时候，我心中默默念着献于先生灵前的我的那几句苍白的悼诗：

在寒冷的冬夜里离去了您那光亮的灵魂
卸下一千八百担的重负还一颗轻松的心
多少句情谊多少甘露点滴进我们的心底
湖边小路上悠长的思念里您永远的声音

1994年2月17日于北京大学畅春园

原载《中华散文》1994年第4期

“人活在世上就是口气”

——为北京大学中文系吴组缃先生追思会作

我们非常尊敬的吴组缃先生，离开这个喧闹的人世，已经将近三个月了。

匆匆逝去的是时光。时光抹不去的是我们心中的悲与爱与无法弥补的怅惘感。这悲与爱，这怅惘，已经化成了内心的无尽的思念，化成了挖掘吴先生的精神力量和人格力量，发扬他一生劳苦坚韧的创造精神的强大压迫感。我们每一个吴先生的朋友、晚辈和学生，都热切地期待着，能够聚在一起，倾吐我们对吴先生深深的感情，说不完的思绪，让我们用哪怕是短短的几句发自内心的言语，寄托我们悠长的哀思与怀念。

基于这个要求，基于我们的一种共同的愿望，今天，在吴先生诞辰86周年，离世近一百天的时候，我们召开这个隆重而简朴的北京大学中文系缅怀吴组缃先生的追思会。

吴组缃先生是本世纪中来自农村而又非常了解与热爱农民的少数中国现代杰出的作家之一。他的小说《一千八百担》、《樊家铺》、《鸭嘴涝》（后改名《山洪》）等等，生动地画出了多灾多难的中国农村的时代风貌，为中国农民善良而质朴、坚韧而奋起的灵魂，留下了多姿多彩的记录。吴组缃先生的散文，在富有个性而又质直亲切的笔调中，刻下了自己，也刻下了中国农民饱尝时代风风雨雨的心理和思绪。他的创作在国内外赢得了为别的作家所不可代替的声誉。

吴组缃先生以这个世纪中一个正直而富有使命感的知识分子的宝贵的精神，热诚地投入争取民族解放和人民民主的事业中。无论是在重庆从事抗战文协的工作，无论是担任冯玉祥将军的国文教师，陪同冯玉祥将军到美国考察水利,也无论在1949年以来大量的文艺界和民主党派的社会工作与活动中,他都置个人的名声与安逸于度外,默默地为他所热爱的国家和民族,尽了自己的一分应尽的责任。

吴组缃先生用他自幼养成的深厚的古代文学的功底,一个经验丰富的作家对于生活与艺术的独特眼光和体验,长期从事于中国明清文学史,中国古代小说,特别是世界文学巨著《红楼梦》的研究工作和教学工作,他以心血所凝成的自成体系而又非常独到的学术见解,在这个领域里产生了同样是别人所无法替代的广泛而深刻的影响;他留下的遗产远远不是印在铅字上的那些著述所能显示清楚的。他所直接或间接培养的学生的事业的进程和每一步成长的足痕,都是他全副心血浇灌的葱郁的园地的一个组成部分,是他学术生命在这个清贫而高尚的领域里的合乎逻辑的历史的扩大和延续。

吴组缃先生忠诚于自己献身的教育事业。他为培养高水平的学术人才和教师,呕心沥血,兢兢业业,直到生命的最后时刻里,也没有停止这种热切的思考,仍然关心他的博士研究生的业务水平情况和培养的前景;他病情稍有好转,就同到病院前去看望他的学生谈起自己深思熟虑的有关《吴批红楼》的许许多多的想法。

吴组缃先生86岁的一生奉献于人民的生活道路和学术业绩,将永远存留于这一个最难忘的世纪的中华民族的革命事业、新文学事业、学术和教育事业的光辉史册。

在这一个难得的机会里,我想多用一些话,讲一讲吴组缃先生的业绩和他的人格的关系的一些想法。在与吴先生的接触中,我觉得比起他的创作和学术来,先生的人格和情操,更使我深深为之感动而又觉得具有一种不可企及的光彩。这种人格与情操,我所感到的,主要是这三个方面:真诚,耿直,严格。

吴组缃先生还在清华大学读书的时候,刚刚走上创作道路的开始,就以最坚实的生活描写和诚实的人格显示,出现于广大读者的面前。他的引起文坛知名之士高度赞赏的著名的小说《一千八百担》,他后来写出的很多小说和散文,都自觉接受了五四以后以鲁迅为代表的新文学现实主义传统的影响,真诚地站在中国最穷苦的广大农村劳动人民一边。他用他那支对安徽农民满怀感情的真诚的笔,真实地写出了农村的宗族关系与社会矛盾,写出了农民生活中的痛苦与欢乐,美好与丑恶,善良与贪婪,麻木与愤怒,觉醒与无知。他不但追求一种生活层面的真实,而且更强烈地探求人们心灵底层蕴藏的喧嚣和骚动。苦难农民心灵中无言的坚忍和凌厉的风暴,在吴组缃先生的笔下,被写得那么亲切、真实而又尖锐。一切虚假的伪饰都无法躲藏。他有一颗执著于人民与执著于艺术相统一的跃动的心。他坚守着自己的追求。为了这一追求他付出了辛勤的劳动。有几次,他曾对我谈起大学时的生活。他说,那时清华的同班同学们,都怀抱着一种真诚的理想,各自艰辛地走自己的路:乔冠华啃他的大部头的《资本论》,曹禺整天闷着头写他的剧本,有的同学骑着毛驴逛香山,我那时拉家带口,躲在房间里,埋着头写我的小说。在这“埋头里”,吴组缃先生走上了自己作为一名作家的真诚之路。不粉饰,不呼喊,不虚夸,不躁动。他用热爱人生的眼和忠实于生活的笔,给中国新文学送来了一颗真诚的心。许多故事可以化为乌有,许多名字可以淹没于灰尘,许多褒贬毁誉也可以随着岁月的流逝而淡如轻烟;但我相信,活在他的作品中的那颗真诚的心,那颗农民之子的心,将永存于文学的史册,永存于一代又一代人的心中!

最近,重读吴先生的《山洪》的时候,在后记里看到,他多年以后仍深抱歉意地说,我写了我不熟悉的农村抗战的生活,自己是多么的犹疑,是老舍先生的鼓励,才得以完成这个艺术成果。话说得很平常,但就在这平常之中,我读出了吴先生的品格。他从来不是那种自吹自擂的人。就连他的自谦自责之中,也满是一个正直的知识分子的心灵的真诚。

吴组缃先生一生为人耿直坦然。在他的小说《山洪》里边,有个憨厚的青年农民章三官。面对日本侵略中国,欺压屠杀中国人民的时候,章三官说过这样一句话:“人活在世上就是口气。”这话里包含了吴先生对民族内在力量的理解,也包含了他自己恪守的性格的质素。这里讲的是民族争取自身生存的正气,也是个人坚守自己尊严的骨气。吴组缃先生在他的一生中,就是凭着这“口气”,在艰难黑暗的条件之下,为进步的文艺事业献身,不汲汲于个人名利,不取媚于当权有势者。他曾先后十年里断断续续做过爱国将领冯玉祥将军的国文老师。他为我们的党和民族做了许多鲜为人知的事情。但是他从不去对人表白什么,也没有借此去追求什么。可以爬上更荣耀的道路在他的面前不是没有。但他安然泰然地置身于文艺的圈子之中,始终过着辛勤而清贫的笔耕生活。

他对我说过,1949 年文代会的时候,周恩来总理问他,你准备做什么?你可以留在文联或者作家协会里工作。在一些人眼里,那不失为一种当官的途径。但是当时他的回答是:“我干不了别的,我还是适合于去教点书。”于是他到了清华大学中文系,做了解放以后清华大学中文系第一任系主任。院系调整以后,他不做了,杨晦先生当系主任。他从来没有什么不愉快的表示。

吴组缃先生对于人事纷争,仕途升沉,看得很淡。而对于一些他看不过去的事情,却总是披肝沥胆,敢进诤言。1949 年以后,知识分子总是处在被改造的运动之中。一会儿挨整,一会儿落实政策,一会儿又挨整,一会儿又落实政策。吴先生深有所感。1957 年整风运动中,已经是预备党员的吴组缃先生,出于对党的一片爱护之心,大约是在一次征求意见的场合,很严肃地说过一句比喻的话:“党的知识分子政策,像大人哄小孩子一样,打一个屁股,给一块糖吃。”回想知识分子几度浮沉的命运,这确是一句良药苦口的诤言。别人不敢说的,他说出来了。为此,在随之而来的那场摧残知识分子的运动中,他虽然幸运地没有被打成右派分子,但还是被取消了预备党员的资格。这种直言敢谏的性格,他真可谓是从不改悔。“文化大革命”的风暴来了,吴先生被打成了牛鬼蛇神,他的生死与共的老伴儿被折磨得精神失常。他仍然不掩藏自己的真心,在公开的场合说:“想起这场革命,我就有一种毛骨悚然之感。”一句出于真心的实话,又成为他的罪名,使他再受一次皮肉之苦。声讨也罢,批斗也罢,吴组缃还是那个吴组缃!我想,只要他活着,他总是那句话:“人活在世上就是口气。欺人太狠了,哪个也咽不下这口气!”就是在有更大的风暴吹到他的面前的时候,他仍然无所畏惧地直言道:“害怕的人,是那些没有真理的人。我什么都不害怕!”

鲜明的爱和鲜明的憎是真诚的人格的灵魂。吴组缃先生对于改变整个民族历史命运的进步的社会力量，一直毫不掩饰地袒露自己的感情。他热爱自己的祖国和人民。这些近于被人视为套话的声音，在他却是那么真诚地铭记于心。他把这种感情一字字地刻在自己的亡妻的并准备留给自己的墓碑上。

几年前，在寒风中，我曾站立于碑前，读到先生亲笔书写的几行碑铭：“竟解中华百年之恨　得蒙人民一世之恩”、“炉边北国寒冬暖　枕上东川暑夏凉”、“愿生生世世为夫妇”。我当时心里有说不出来的一种情感激动着。在吴先生的心里，重庆和北京的日子是他们夫妇一生中最难忘的岁月。他坦然地承认，个人的爱情与命运是同他对于整个民族的深情厚爱那么不可分割地纠结在一起。以他的奉献和经受的折磨，他比谁都有理由对社会发出自己的怨言。但是他没有。他比那些向民族和祖国吐出廉价的唾沫的人耿直得多，高尚得多，也坦诚得多。据家属说，他们要爸爸给妈妈的碑上题几句话，但爸爸总是拖着没有写。一天，他们说，就要去办了，正在午睡的爸爸立刻从床上爬起来，挥笔很快就写下了这些话。这是经过他的深思熟虑而给后世留下的发自内心的遗言。在这些充满感情的写给未来的留言里，同样闪烁着他的耿直而真诚的精神光辉。

吴组缃先生的为人品格中还有一个闪光的亮点，那就是严格。他严于律己。他时时以一个高尚的为人品格的尺度来衡量自己。有些中国传统士大夫的美德，因为引入了共产党员的觉识，使得他固有的严于律己的品格，闪出更为动人的光辉。他多次参加文代会和其他全国性的会议，住的是高档宾馆，吃得好一些，在人们看来，这是理所当然的事情。有的人还可能把这当一种“享受”。吴先生不这样。开会回来，他总是对我说：“住得那么豪华，吃得那么高级，没有解决什么问题，有什么意思！”不是他不愿意享受，而是他的尺度不同。在他的心里装的是人民。他的血管里始终流着背叛了自己阶级之后的农民身上的血液，中国那种“先天下之忧而忧，后天下之乐而乐”的爱国而又不忘“以民为本”的知识分子身上的血液。

他是世界知名的学者、教授。上年纪了，身边没有一个儿女照顾。他有权提出要求，把有的孩子调到北京来。但他从不开口。问到他是不是想把孩子调回来,他都拒绝了。他几次说:“我不喜欢一些人总想把孩子弄到自己身边来。他们是国家的,不是我个人的。他们有他们那里的工作,到这块儿来,老守着我,做什么!”他不是通过完善自己的人格来获取一种给别人的什么印象,这就是他的品格自身固有的质素,就是他一生为人处事品格的一部分。他不只一次地对我说:“你们搞现代文学的,不要同文艺的圈子太远,也不要同那个圈子太近。太远了,谈问题就会隔膜,太近了,有很多矛盾纠缠不清,说起话来,也就不容易客观了,做人做学问,都要严格才好。”对自己这样,对别人也这样。有一位七八级的学生,曾多次向吴先生请教《红楼梦》的问题,又经他推荐,办成了出国留学的手续。行前,这位学生抱着真诚感谢的心情,带一只活的母鸡,去送给吴先生,想让先生补一补身子。吴先生怎么也不肯收下这份礼。他的断然拒绝,使送礼的同学急得哭起来了。即使这样,吴先生仍然没有动心,还是让那个学生把鸡带回去了。他对于这一类事情,好像不讲一点情面。1961 年初,系里给他从外地招了几名研究生,但没有经过与他商量。他向系里提出,坚持要把已经来校的几名研究生退掉。他要一个导师应有的尊严。他尊重自己的尺度。严格在什么时候对于他来说都适用,有时看来有些不近人情的冷酷。可是后来,这些学生学习非常认真刻苦,他还是尽自己的全力来严格指导他们,直到他们毕业。以后,他们在自己的岗位上作出了成绩,每次来北京看望,他都同他们亲切交谈,如同自己的孩子一般。

同吴先生接触多了,学生们都会感到,吴先生是最严格的人,吴先生也是最亲切的人。严格与亲切构成了他品格的晶体的两个侧面。这两个侧面,都在自己的学生的心中闪着温馨的暖流。他多少次带着亲切严肃的语气提醒我:“你是研究文学的,一定要对作家的作品有深厚的体味和真正的艺术感受,不然的话,写起文章来,老是那么几条思想性和艺术性的分析,人家读起来,干巴巴的,一点用处都没有!”先生是以自己的全生命作学问的体悟,来规范自己,也教诲学生。由于自己的素养,由于自己的疏懒,每每使先生感到失望,这是我所十分惭愧的。

吴先生远离我们而去了。他的一生文学创作和学术研究的业绩,将永存人间,昭示于未来。他的灵魂于九泉之下倘有可能听到我们的怀念与哀思之情,我们将会再一次围坐在他的面前,像孩子一样,与他促膝交谈,向他倾吐我们平时不会倾吐的心里话:您的人格的光辉,将与您的业绩一样永存!

在我们的心中,将永远珍贵地镌刻下这样几个字:真诚,耿直,严格。

这原因,您是知道的:在今天这个世界上,如您在小说里所说的那样坚持“人活在世上就是口气”的人,不是越来越多了!

1994年3月31日写于南京首宿园

原载《吴组缃先生纪念集》,北京大学出版社,1995年

寄自遥远的声音

——怀念温小钰

小钰是个风风火的人。她不该得那种病:帕金森氏症,她更不该这么早的就离开这人世,离开浙成,离开她心爱的女儿!

前几年,小钰在北京治病的时候,菊玲去看过,我因为那时也在病中,没有去成。听菊玲回来讲,情形是很惨的。自己这次欠下的情谊是无法弥补的了,但是我暗自安慰自己:也许没去看更好一些。我愿永远保持小钰那个风风火火的形象,在我心中。

小钰是我们1955级的才女。刚入北大,我们分在一个班里,就知道她有与我们不同的另一番高考的经历:她是云南一所有名中学的高材生,她喜欢戏剧,先考的是中央戏剧学院表演系,成绩不错,但因为个子太高了,没有录取;然后她就考取了北京大学中文系。是命运的安排,她和我们一起度过了大学的青春时光。命运安排她,在北大这块精神圣地上,汲取雨露阳光,走向她的茁壮成长的生命之路,在她成为有名的作家以后,我常对学生和别的人说:"温小钰是我们同班同学!"这一句介绍里,带一点真诚的"北大人"的自豪。小钰高高的大个子,头显得小些。她那额头,略微突出。额头下的那一双充满智慧的眼睛,总是闪着神奇的光芒,像宁静的夜空中的两颗星星。她一入学,在我们班里,就像一团火,自己在燃烧,也照亮了别人。集体聚会的时候,她常常挥舞手臂,摇着拳头,"嘿,咱们唱一个吧!"她起了头,于是响起了欢快的歌声。那时评选先进班集体,一个条件,就是参加交谊舞会的出勤率。忘记她是不是班上的文娱委员了,她总是带头领着大家到小饭厅去跳舞。我不善于此道,不是站在旁边看,就是进了门之后,在哪个角落里站一会儿,就溜号了。小钰可是把好手。舞跳得漂亮，认识的人也多，常常是尽兴而归。有一次，她被通知去人民大会堂，参加一个文娱晚会。回来之后，她兴奋地告诉我们，她同周恩来总理一起跳舞了，周总理舞跳得很好，还问起北大学生的生活怎么样？小钰喜欢话剧，她写剧本，开始就在班上同学们办的手抄的墙报《小火星》上面连载。一次就一小块儿，她和大家却都那么认真。她是学校话剧队的队员。在全校最大的演出地“大饭厅”（现在改建后叫大讲堂）里，观众满满的，她扮演高尔基的《夜店》中的那个下层社会的妓女，那副半疯癫、半落魄的样子与神情，叫人看了，真想落泪。下来，我们都为小钰叫好。

小钰的记忆力惊人。入学的第二年，大约是纪念鲁迅逝世20周年的时候，学校要开一个纪念会，临时要小钰朗诵鲁迅的小说《祝福》。头一天给她的任务，第二天就上台。小钰准备了一个晚上，第二天，面对一两千人的观众，竟一字不错地朗诵出来了，而且是那么的充满了感情，那么的进入角色，听下来，我打心里佩服她的才华。那几乎是不可企及的才华！至今，每读起《祝福》的时候，似乎仍然忘不了，她用低沉而清亮的声音，朗诵着小说中祥林嫂那一段话时候的情景：“我真傻，真的”，她说。“我单知道雪天是野兽在深山里没有食吃，会到村里来；我不知道春天也会有。”……

毕业的时候，出于一种时代的热情，许多的同学，报名去边疆工作。那时浙成已先一年去了内蒙古，小钰自然也报了去内蒙古。大家心里知道，真心要去边疆的，还是小钰。她被分到呼和浩特内蒙古大学。临走的时候，大家为她送别，叫做“送小钰出塞”。说了什么话，都不记得了。只是忘不了小钰那时没有一点惆怅之感。她谈笑风生，仍然挥舞手臂，指挥大家，唱起了当时大家爱唱的那首歌曲：“同志们来吧，让我们举起杯，唱一曲饮酒之歌。让我们回忆起，最珍贵的一切，唱一支再唱一支……”

在内蒙古，小钰教学生，搞创作，又经历了那场灾难性的“文革”。她的“丰富的痛苦”，一定是一部我们还没有读到的书。“文革”结束后不久，她带着女儿，到北大燕东园我们的那间小屋里，还是那个豪放潇洒的性格，高声谈笑，谈自己，谈内蒙古在“文革”中的诸多灾难，谈大草原中的传奇般的故事,谈她参加乌兰牧骑体验生活的情景……多年不见,同窗相聚,她是那么的快活,那么兴奋,似乎又回到大学时候那无忧无虑的时光,这时,她不管孩子在身边,又像 20 岁的年轻人,放开喉咙,唱起歌来。再后来,她和浙成联笔,成了有名的作家,当了作协理事,当了人大代表,几次来京,一直没有见面的机会。后来又南调,主持浙江文艺出版社的工作,更少联系了。她名声大了,地位高了,不知谈吐是什么样子了。但我心中的小钰,还是那个风风火火的样子,还是笑声不离口的小钰。

在北京治病时,她已经生活不能自理。但是她还在写,写一些散文,写下她生命的酸甜苦辣。她顽强地在同病魔搏斗,直到最后一口气。

得到小钰病逝的噩耗,心中的第一句话是:一代才女就这样匆匆离开我们了。

那天,受在北京的十几位老同学之托,我与菊玲,默然无语,徒步走到中关村邮局,给浙成发了一份长长的唁电,这是我们一生中写的最长的一份电文。完了,还觉得心里头有好多没有说的话要说,觉得好像在一个美丽的东西坍塌之后,有说不完,又说不清楚的怅惘,连夜,我又动手,写了一封长信,寄给浙成,更算是寄给小钰吧。

在另一个世界里,小钰,你该会听到了这些曾经与你患难与共的同窗们寄自遥远的声音了吧?

1994 年 4 月 12 日于北大畅春园

原载《大地》1994 年第 8 期

这声音又在我耳边响起

——缅怀周祖谟先生

周祖谟师，离开我们，已经一年多了。那时，我正客居神户，遥隔大海，不能亲至先生面前，作最后的告别。此后不久，即遇这里千年未有的大震灾，惶惶之余，也没有心境给师母写信。就这样拖延下来。感情的欠债，拖得愈久，也就愈觉得沉重了。现在，课事已完，准备回国，稍有余暇，我想，还是写点什么吧，在这淡淡的缅怀中，或可减少一些内心的沉重感。

1955 年，我们考上北大中文系的这些人，真是幸运。那时给我们上课的，都是一些国内外一流的知名学者。周先生就是一位。他是著名的古音韵学、文献学专家，却亲自给我们上最初步的现代汉语课。

最难忘的是先生在语音课上教我们说普通话。那时我们这些毛头小子，来自四面八方。说的话是南腔北调。第一次中秋节晚会，班上的同学，每个人都用家乡话，说一句“爸爸妈妈，节日好！”结果是，千奇百怪，天差地别，弄得大家满堂大笑，面对这样一些学生，先生上课时，操一口清晰准确、非常动听的北京腔的普通话，慢条斯理，沉着耐心，从理论讲解，到带领朗读，纠正发音，真是做到了“苦口婆心”，掰着手指头教我们。他一个同学一个同学地叫起来，让他们朗读课文，一一纠正他们的发音不对的地方。针对同学们来自不同的语区，对有些字发音困难，先生特意选了一些不同的绕口令，让同学们站起来读，下课后去自己练习。比如，江南吴语区来的学生，“N”“L”不分，常常把“老刘”念成“老牛”。先生就让他们起来念：“有个六十六岁的刘老六，牵着六十六头老黄牛……”，“门口有六十六辆大车，你爱拉哪两辆就拉哪两辆”；我是从东北来的，说话中“Zi，Ci，Si”和“Zhi，Chi，Shi”分不清楚，

“四”、“是”和“十”说话总是混淆不清。先生就常常叫我起来读“十四是十四,四十是四十,十四不是四十,四十不是十四”等等。先生越要我们快一点读,我就越紧张,尽是闹笑话。我是个不好的学生,虽经此训练,至今说话,仍然常常分不清楚。等别人指出,开我的玩笑时,我总是想起先生当时对我们那种诲人不倦的心境来。那时,作为一大学者的先生,刚刚40岁。

为了让大家有更多练习朗读的时间,先生上课时,带一台老式录音机来,他特别亲自录制一些有趣味的短文,让大家跟着念。我清楚地记得,先生预先特意录制好了他自己朗读的伊索寓言,有一篇是《狼和小羊》。原文早已忘掉了,而那用清晰动听的北京话朗读的故事大意,却怎么也无法从我的记忆中抹去:有一天,一只小羊到一条小溪边去喝水,一只恶狼走过来。它凶狠地对小羊说:“你为什么到我的小溪里来喝水?”小羊说:“这小溪是大家的,怎么是你的呢?”狼凶恶地说:“看你,为什么把溪水全给弄脏了呢?”小羊说:“我在小溪的下游喝水,你在小溪的上游喝水,怎么是我把水给弄脏了呢?”最后,凶狠的狼向可怜的小羊扑过去,说:“不是你弄脏的,就是你爸爸弄脏的,反正我要吃掉你。”时间已经过去40年了,很多事情都忘记得一干二净,不知为什么,先生教过我的这个简单的寓言,先生朗读时那清晰的声音,却还时时在我的耳边响起……

做学生的时候,很少去过老师的家。周先生的家,当然也如此。但是有一次光临的机会,至今记得。他的家,住在学校外边的中关园一座平房里。1958年,伟大领袖号召“除四害”,平时唧唧喳喳叫个不停的小小的麻雀,忽然被确定为“四害”之一。于是一场轰打麻雀的全民战争展开了。我们班上的一些人,轰打麻雀的地方,就是周先生的家。我也在其中。有的手持竹竿,竿头拴红布条,站立于先生家的屋顶上;有的手持搪瓷脸盆,在地下使劲地敲打,呼喊,只见麻雀在一片杀声中,如惊弓之鸟,满天乱飞,有的疲劳不堪,便坠地而死。此时,正是学术界所谓“拔白旗,插红旗”的时候,教授之多数者,被列为“白旗”,先生概也属被批的学术权威之列。值此处境,看到他家屋顶,院内,这个围轰麻雀的场面,不知经历过世事沧桑的先生,此时曾作何想?后来,在与先生往来中,偶谈起此事,先生只是淡然一笑而已。

大学毕业以后,我做现代文学的研究生。和先生来往很少,只是从与我同窗的他的研究生鲁国尧处,偶尔听到先生的学术研究成就的消息。“文革”中,先生受到怎样的冲击,也很少得知。待“四人帮”粉碎后,我们又照例,每年春节到先生家拜年。先生待人非常亲切,视学生如兄弟手足,当我们面,从不议论系里别的先生,也从不摆出先生架子教诲一番,他的渊深学问,他的严谨学风,都是在身教中,使人感染,令人得之。先生身上有传统学者的厚道和老北京人的客气,与先生来往中,从没见他跟人发过火。倒是有一次,我因回东北过春节,未去先生家,正月初五,先生特意从中关园步行 20 分钟,到燕东园我的家里,前来给我拜年。那时,我刚四十出头,先生已 60 岁。我在惭愧之余,甚为先生待人之情真诚挚所感动。我的邻居是学校的一个普通的行政职员,他爱好书画,先生还热心教他书法,与他成了朋友。

1978 年,我去南方出差,经南京大学,看望他的高足、我的同窗鲁国尧。当时,因一些人事的原因,他心情甚不愉快,在离开南京时,我们于火车站边的玄武湖畔,坐谈良久,情绪低沉。回北京后,我到先生家聊天,将此事说给先生。先生甚为关心,除继续指导他的研究外,对他尽力提携,给予很大的精神支持,后来鲁国尧教授学术成就斐然,连续两次获王力语言学奖,晋升为博士生导师,现在已经成为中国古代音韵学研究的国内外著名的学者。此后,我再到周先生家时,周先生总是说,国尧的学术功底深,很有前途。

和先生更多的交谈,是从 1984 年在日本开始的。那时,我应邀到东京大学文学部任教,先生应邀来日本作半年的学术研究。三个月京都生活之后,先生到了东京,住大田区五反田一个日本朋友暂时不用的房子里。这是一个不太大的日本式庭院。我曾应先生邀请,到他的住处作客。师母给我做了道地的中国菜。这对一个已离开北京一年多,客居异邦的人,无异是一次最亲切的享受。先生那时精神很好。他谈了很多来这里后的一些新的感受,还当场挥毫为一位朋友写下了一个条幅。

周先生写得一手很漂亮的书法,诗写得好,字更隽秀遒劲,清丽有神,但是,看他忙碌的样子,我不忍心再要先生给我写字。当时说:“等回国之后,一定请先生给我写一条幅。”周先生痛快地答应:“一定,一定!”但是,归国后,先生仍甚忙。我有时去他家里,轻轻推开房门,见他常常是在暗暗的灯光下,正伏案写作。我不忍耗费先生宝贵的时光,始终不曾开口索字。今天,这是一个永远的遗憾了。

在东京,一次先生要到宫内省书林部看一本珍藏在那里的中国善本古书。日本著名中国语言学家、东京大学的平山久雄教授,预先代为提出申请,得到允许,他又带领先生、师母,让我也作陪,前往书林部看书。

那天,先生穿一身西装,精神矍铄,走进皇宫御苑,到书林部的读书室,桌上铺着红毡,要看的书,已经放在那里,先生很有精神地坐在那里,认真看了几个小时。走出来时,已下午四时左右,院内绿树成荫,宁静优雅。平山先生带我们信步观览,途中,遇一种矮的灌木,葱绿的叶子,满树正盛开着白花,一缕淡淡的幽香,扑面袭人。我问平山先生:“这是什么花?”他告诉我说:“是栀子花。”周先生说:“这是中国江南的花,我很喜欢这种花。”我生在北方,只是在文学作品中读到过《栀子花开的时候》,于此花,虽向往已久,却从未亲见。我说:“这还是第一次见到。”平山久雄教授提议,给先生、师母和我三个人,在那棵栀子花前面,拍了一张相片,留作纪念。

先生要在东京大学的礼堂作学术讲演,东京的和日本各地的学者、研究生,很多人要前来听讲。前一天晚上,平山先生忽然打电话给我,要我帮一个忙。我问:“作什么?”他说:“明天周祖谟先生讲演的时候,请你给拍一些照片。”我一介书生,怎么能完成这个“重任”呢?但我当时还是不容推辞地答应了。

第二天,进会场一看,赫!满满一个大讲堂,足有上千人。我从来未有在这样的场合出头露面,众目睽睽之下,走前走后,作拍照工作。那天,我真是有些胆战心惊,不时在会场的后面,台前,两旁,中间的过道上,弯着腰,走前走后,给在东瀛最高学府的讲台上的先生,拍了一些照片。为了拍几张特写的镜头,我壮着胆子,几次走到台前。有时要拍听众席的情景,更要面对多少听众的眼睛,打亮我的闪光灯。先生报告的内容,今天已经忘得一干二净,但是,那天拍照片的紧张心情,我至今仍然记得清清楚楚。后来,我对平山先生说:“这是我所接到的最艰难的一件工作了!”

后来,我把这次拍的照片冲洗出来,给平山先生一份;另一份,和我给先生在东京拍的其他照片一起,装在一个小的相册里,于先生归国前,送给先生和师母,算作一份纪念。

1989年3月,我做中文系主任后,和先生的来往更多了一些。每年春节,要去拜年,平时有事,或骑车路过,也要到先生住的那个小院里串门,光顾一番。先生与师母,总是如对朋友和自己的孩子一样,香茶热水,古道心肠,无拘无束,开怀畅谈。晚年,一到冬天,先生的气喘病,经常犯,有时说话,咳嗽得很厉害。那时先生正伏案写作,也会停下来接待我。先生提出来,住在这平房,冬天太冷,房间又多,生上好几个炉子,也不暖和,难以过冬。入冬,气喘病常犯,跟这个有关系。他要求系里帮助他搬到楼房里去。我没有理由不答应先生的要求,表示尽自己的努力去办。后来,经过系里几个人的努力争取,几经周折,学校总算开恩,给先生分到学校里朗润园公寓的一套房子,是在一个小湖的边上,二层,有暖气,走不远,就可到美丽的未名湖了。搬家后,我去看先生,先生似乎很动感情,对我说:“这样,对我的身体,好多了,哮喘也不那么厉害了。真不知道怎样感谢你们才好!”先生说话的时候,眼里含着泪水。中国的知识分子,太可怜。自己应该得到的,却迟迟不能得到。一旦得到了远比应该给予他的更少一点的照顾,就会由衷地吐露感激之情。我当时对先生说:“这是早就应该解决的,拖得太久了,现在总算实现了愿望,先生可以多多保重身体,再安心地做一些自己的事情。”

1994年9月,我来神户之前,忙着还一些文债;临行前一周,又感冒发烧,卧床几天,好了之后第三天,便匆匆而别,没有抽出时间去看先生。但怎么也没想到,我刚刚离开先生三个月,先生就猝然离世了。这是永远的遗憾。先生在这个温暖一些的房子里,住的时间,大概还不到两年吧!

先生读书于30年代的北京大学。据说,在北京轰轰烈烈的“一二·九”运动的时候，很多学生上街游行，先生仍安坐于图书馆中读书。人说，有点像《青春之歌》中的余永泽。按照十多年前的观念来看，此为“不关心政治”者。但今天我想，我们国家这样能于热烈中仍浸身于书斋里的知识分子，不是太多，而是太少太少了。我们尊敬那些后来成为政治家的人物，但我们也更尊重如先生这样能于众人热烈中坐得住冷板凳的读书人。如果没有先生这样的人，我国自己的古音韵学研究，文献校勘学的研究，就出不了先生这样的大学者，相反，可能要跟在外国人的后边，成为别人的一个影子。

去年一月，神户地震，我们夫妇到东京避难，在平山久雄先生家里，看到一进门的墙上，挂着先生为平山先生写的一幅自作旧体诗立轴，诗情真切，字迹漂亮，我们与平山先生共话旧事，欣赏甚久。那时，先生刚刚过世。平山先生挂此字幅，大约也是寄托一点悼念和缅怀之情吧。

先生匆匆走了。客居扶桑，远隔大海，想起先生瘦削的脸，亲切的笑容，慢条斯理的一口京腔，以及与先生在此异国土地上栀子花前的合影，似乎于四十年前，先生朗读《狼和小羊》故事的声音，又响在我的耳边：有一天，一只小羊到一条溪边去喝水，一只恶狼走过来。它凶狠地对小羊说：“你为什么到我的小溪里来喝水？”小羊说：“这小溪是大家的，怎么是你的呢？”狼凶狠地说：“看你，为什么把溪水全给弄脏了？”小羊说：“我在小溪的下游喝水，你在小溪的上游喝水，怎么是我把水给弄脏了呢？”最后，凶狠的恶狼向可怜的小羊扑过去：“不是你弄脏的，就是你爸爸弄脏的。反正，我要吃掉你”……

1996年3月10日于神户

原载《生命之路》，北京大学出版社，1997年

“爬坡”

——怀念佘树森

来神户后，住在神户大学附近的一个公寓里。房子坐落在六甲山的山坡上。周围多为一幢幢小楼的高级住宅，或者是比较讲究豪华的公寓。多数人家，为有汽车者，附近不但没有大一点的超级市场，就是一些小商店，也得往山下走一段路，才能看见。风景是好了，背山面海，一曲山溪流过窗前，杂树常年绿于楼外，可眺城市灯火，可听树间鸟鸣。唯一不方便者，是购物要步行下山，走路约二十分钟，这还算轻松，回来就难了，得爬坡。有的坡不太陡，权当锻炼；有的坡就比较陡些，上年纪了，再加上提着买的东西，真够得上是负重登山了。

一年半的时间里，均于此环境中度过的。春天到秋天，这当然是难得的锻炼机会。到了冬天，中午有时要准备上课，即无课，难得那个休息机会，按中国人的习惯，还是想小睡片刻。到下午工作结束，再出去，太阳落山，就冷起来了，不愿再出去爬坡。但尽管如此，爬坡的时间，这一年半里，大约比我一生所经历的都要多。因为尝到了一点甜头，我们夫妇常说：“回国后，购两张颐和园的月票，常常去爬一爬那里的山。”

夏天，五时半出去，或下山散步，或到市场购物，给自己规定回来一律不乘车：爬坡。开始是轻松自如，走一段路后，就有些气喘吁吁，再到爬两三陡坡，已经是步履维艰，等到了家里，竟然是满身大汗了。每当此时，我常常想起逝去的我的朋友佘树森来，想起他的一篇散文，题目就叫《爬坡》。

佘树森原就读于山东大学中文系，有写散文的才华。毕业后长时间在北京有名的八一中学当语文老师。“文革”以后，似乎在海淀文化馆工作。不久，调到北大中文系当代文学教研室任教。因为是新进大学当教师,不是原来北大毕业的,心理上就有一种很重的压力。加上,那时的同龄人,均于"文革"中丧失了学术研究的黄金时光,为了"抢回失去的青春",大家都在同一个起跑线上,拼命地往前赶。这是一种无声的竞争。佘树森当然不甘落后,他又开拓了中文系从来没有人研究过的中国现当代散文研究的领域,既要上课叫座,又要多出成果,还要编一些书,赚点钱,使日子过得去。他深深感到了生命的拼搏与竞争,紧张和疲劳。在北大校庆90周年的时候,他写了那篇《爬坡》的散文,收在北大出版社出的《精神的魅力》那本书里。我读了之后,很能够体会他的生命深处感受的种种滋味。

他几年里,编辑出版了好几本散文选的书,销路都很好。他主编了散文鉴赏的辞典,也很有影响。他撰著的关于散文艺术研究的专著,在国内出的同类著作中,也属上乘。他在身体病弱的情况下,开始了撰写《中国现当代散文史》的工程,可惜未写完,他就离开了人世。此事,留给了他的学生,来完成他一生最大的宿愿。在中国现当代散文研究中,树森的业绩,是为同行们所公认的。

树森自甘清贫。他除工资、稿费外,别无收入。一次,他为与我合作给一个出版社编一套《现代散文八大家》和《当代散文八大家》的散文选,到我家里来。是晚上,我们除谈书稿体例等事外,还谈起他的个人工作和生活。他当时担任当代文学教研室主任,别的很多人出过国了,生活改善了,他还没有机会。我当时是系主任,我谈了对他的安排的一些想法,并一再要他多保重身体,有机会,就会派出去的。他当时似乎对于此事,看得很淡。他对我说:"这一类的事情,有机会么,就去;没机会,你也别总放在心上好了。"我听了他的话,很感动。

这次谈话,没有过一年多,他刚刚料理完父亲的丧事,不但为此花了很多的钱,自己也很快病倒了。而且判断是不治之症,大出血,住进了北京医院。一次,我们夫妇和谢冕夫妇一起,前去探望,他已瘦得不堪一看,当时,正要开系学术委员会,树森的夫人杜雪琪,把我和谢冕兄叫到走廊里,哭着说老佘的唯一的一个憋在心里的愿望,就是能在他活着的时候,解决他的正职称问题。我们当时除了安慰之外,只能说,这次给的名额仍然很紧,回去尽我们的努力。第二天,系学术委员会上,我们如实地说明了这些情况，大家也考核了佘树森的研究成果和教学实绩，经投票通过，同意他晋升教授。后来，医院无法治疗，树森回家休养，告知学校已经通过他的教授职称的消息，他已是半昏迷的状态，稍微清醒过来，他只能点头，表示自己的欣慰之情。本来应该早就得到的东西，非要到临死了才给予，而且这给予竟是没有什么更多实惠的空虚。中国的这一代知识分子，命运就是这样的悲惨。

他病故的那天晚上，我从电话里得到通知，因身体不好，不敢骑车，便从畅春园步行到中关村医院。因为心情沉重，思想走神，走错了一条街。等我转回来，到他住的病房里，看到的已经是一张空空的白色病床。医院说，人已送太平间。我又徒步走到远在北大附中的他的家里，看望杜雪琪，这时候，有什么话可说呢！唯有几句“自己要多保重”这样的空话而已。

树森过世后，系里的同事，他所在的当代文学党支部，中文系，学校，他生前教过的泰国留学生，都给了他家里热情的支援，为了树森，为了树森喜爱的孩子。

杜雪琪在靠近长城那边买了一块墓地，将他的骨灰和即将出版的一本散文研究著作的清样，埋在那块黄土里……

记得树森曾在《人民日报》文艺副刊上发表的一篇很短的散文，题为《飞》。是讲80年代，到南方一地去开会，他第一次有机会坐飞机，心里甚感新鲜，蓝蓝的天空，飞驰涌动的白云……但是，当他降落在机场之后，他说，比起那天上来，我还是觉得在地上，在人间，更好一些。

在想起树森关于“爬坡”的感叹的时候，我总忘不了他是一个多么喜欢生活在地上的人。

1996年3月11日于神户

原载《生命之路》，北京大学出版社，1997年

还原了一个平平常常的我

——忆季镇淮先生

几年时间里，中文系一个个熟悉而尊敬的老师先后离开我们走了。生死的离别留下的是永远的追怀。虽然出于真诚的师生之情陆续从心底抽出一些零乱的悲哀和思念，写在纸上也写在心上，但越来越感到写下这些话留给我的不是精神负债的解脱，而是神经麻木的怅惘。每写一篇文字就增加一份心灵的沉重，我决意不再写这一类的文字了。季镇淮先生去世后，我一直没写什么东西，似乎也很有些心安理得，于平静中度过更多是面对自己的日子。

没有想到，先生的及门弟子夏晓虹女史，一天晚上到我家里来，忽然向我约稿："孙老师，请您写一篇吧！"原来她要编一本《季镇淮先生纪念集》。已经打好又一起推敲的约稿信送到我手里。我不能拒绝晓虹的好意。且关于季先生，我确是很有感情的。很多话想说但又觉得什么话全都忘记了似的，一直无从下笔。

这是一次非常寂寞的诀别。

去年三月十四日上午十一时多，副系主任温儒敏突然来电话，说季镇淮先生于今天早晨去世了，家属意见是丧事从简，今天中午就火化，遗体已运八宝山。问我："你要不要去八宝山送别？""我去！"放下电话，我步行至西校门，上车往八宝山公墓。同去的只有三人：代表系里领导的李小凡，古代文学教研室副主任张鸣，行政办公室的副主任杨强。这一天来向季先生作最后告别的系里人不多。我感到一种说不出的寂寞。似乎为了让更多季先生的学生和系里教师了解那天的情况，也由于这种过分的寂寞感吧，归来第二天我补打了下面的文字：

到八宝山时，看到这样的情景：于第四临时告别室一间非常狭小的房里，先生卧于灵床上。头朝北，脚朝南。一块白布，盖在先生身上。靠墙的一面，有两个纸扎的花圈，上面是先生家属送的挽联。先生躺着的左边地上，有家属送的三个小鲜花篮。

一位家属在门口等待。他说，其他家属去吃饭了。得等到一点多钟，再举行火化前的告别。

我约小凡、张鸣往墙外的花店，购一鲜花篮，中为黄色菊花，两边有淡红色三四株菖蒲花。因为先生享年八十四岁，亦可谓高寿，我们嫌花色太素，即要卖花者加两朵红玫瑰在菊花中间。后往路对面一家小店，请代写挽联。然后即将鲜花篮送至先生灵前。花篮上挂有两个白色绢带，上面写着："季镇淮先生千古北京大学中文系全体师生敬挽。"

一时半左右，家属归来。我们四人和前来参加告别的校党委副书记赵春生，一起前往告别室。

告别仪式前，家属与杨强拉开盖在先生头上的白布，至胸部以上露出。一片难过的宁静。

在短暂的时刻里，我端详着先生的装束与面容。先生头上戴一深蓝色的中山帽，帽子是60年代的，旧得已经发皱了。身着同样颜色——藏青色呢子中山装，也似20年前所作，半旧的样子，皱纹很多。先生的脸，两眼轻闭，很安宁，很慈祥，如他生前我每见时一样。脸上没有胡子，大约已经子女修过了，脸色苍白，瘦削，在我站着的地方能看到的先生左边部分脸上，帽子压下的鬓角处，有长长的灰色的头发，与灰类色鬓角相联结处的脸部，是密密麻麻的黑斑点，有的大些，有的小些，像一片苍白的黎明前的天空中闪烁的星斗，这大概是先生84年的岁月风霜留下的记录吧。

简短的仪式开始。小凡主持。在三鞠躬，默哀之后，在向家属表示慰问前，我走近睡着了的先生，再一次静静地望了先生一会儿，以默默的敬意向先生作最后的告别。与家属们握手之后，就走出那间小屋了。

归来路上，思绪颇多。

先生是著名的中国文学史家，近代文学研究专家。近几年里，一直在病中。每月工资少得可怜，又很少有文章发表，稿费不多，看病也得花不少钱，生活过得很拮据。听说，有时甚至要向他的学生借钱。一位名教授，生活至于此，使人心酸。

1994年夏天，我出国任教之前，到家中看望先生。白天没有别的人在家。我敲门后，他缓缓地走来，亲自给我开门，领我到他住的小屋里。先生害的气喘病仍很重，怕他累着，我没有多坐就告别了。先生又一步一步缓缓地走到门口，送我离开。

去年十一月，闻一多牺牲50周年纪念会，在北大勺园七号楼的楼上多功能厅召开。先生在年青人的搀扶下，前来参加会议。因先生来晚了，会已在进行中，他又坐在主席台上，我没有敢前去打招呼。会开到中间，先生大概实在坐不住了，提前被搀扶着慢慢走出会场回家了。这，是我与先生最后一次见面。没有来得及谈一次话的见面。没料此见即为永别。

春节我到南京过年。回来后听说先生病重，已经出院住到清华大学的女儿家里，就没有去看望。这样，由于我的疏懒，我永远失去了与先生再见一面的机会。

生前，先生经过许多折磨，精神的、疾病的。先生的安息，也许是他生命获得的一个永恒的安宁吧。

……

大学期间，听过季先生的近代文学史和龚自珍研究的课。他那浓重的淮安口音，他对历史现象和文学作品清晰而鞭辟入里的分析，给我留下了很深的印象。1958年五五级编写《中国文学史》的时候，因为不是“拔白旗，插红旗”被“拔”的对象，先生是与冯钟芸教授一起参加了的。我虽然是唐代文学组的组长，与冯先生接触较多而与季先生接触很少，但一年多时间里的交流，他们的指导热情和扎实冷静，都给了我很多的启迪。文学史完成后，先生又参加并指导了《近代诗选》的编注工作，撰写了序言。这书成了我最喜爱的读物之一。在我们的心中，先生始终是一位很亲切的长者。

大学毕业我被宣布分配做王瑶先生的研究生。不多久,于 1961 年初,几位古典文学的研究生被抽调去参加《中国文学史》的编写工作。我因大学里一直参加由“红皮本”经“黄皮本”再到“白皮本”(此本仅内部出版)《中国文学史》唐代文学部分的工作,虽已是现代文学研究生,也被抽去参加这部教材的编写。当时作为主编的,属于中国古代文学史研究方面全国最著名的学者,有游国恩、萧涤非、王季思、季镇淮,此外还有一些从各大学抽调来的中青年专家学者。我们几位研究生,在那里只能算是小字辈的学生了。在这里不仅目睹了他们这些大学者的风采,而且同他们朝夕相处一年多,得到他们亲承音旨式的指导,确是难得的机会。在工作中我们常感到有一份压力,同时也怀有一种难得的幸福。

我们住在未名湖北边刚建好的十三公寓里。我与北京师范大学的廖仲安先生、中山大学的裘汉康住在一个套间里。游先生、季先生和萧涤非、王季思几位主编单独住。他们待我们年轻人很和蔼可亲,像对待自己的孩子一样,没有摆一点大学者的架子。我们不仅在讨论问题的会上听到他们珍贵的意见,有时还常常到他们住的房间里请教一些问题,闲聊天。季先生是这里面最容易接近的人之一。我们常常感到他非常平易、可亲,不讲究衣着,也不说一套一套的大道理。他更像是我们的父亲,而不像一个严肃的学者。

从十三公寓,到我们每天用餐的未名湖边的教工食堂,中间要走一段绕朗润园湖边的弯弯曲曲的小路,每次大约需七、八分钟。我们这时常常能够和季先生等一些老师辈的先生聊天。经过十三公寓西侧竹林掩映中的一座外国教师住的古式房子,往西走一点路,经过一座石板铺的小桥,有一个弯到里边去的小小的院落,里面种满了各种花草和青菜。读大学时,我曾多次到这里,知道里面住的是一个在中国待了很久的美国人,他在西语系教书。我们在从十三公寓到食堂去吃饭时的路上,常常会遇见他。大概因为知道我是研究现代文学的研究生,或是出于对闻一多先生的感情,一次,经过这个小院的门口,季先生便一边走一边告诉我:“这里住的是美国温特教授,他是闻一多先生在美国留学时认识的一个最好的朋友,他特别喜欢中国,喜欢中国古代的文化,是经过闻一多先生的推荐，来清华大学任教的，后来又到北大。这已经三十五六年了。他一辈子没有结婚，他把自己的一生都献给了中国。他很进步，解放以前，还在他的家里庇护过北大清华的进步学生。他是中国人民的老朋友了，张奚若等领导人经常专门到这里来看望他。"

后来，我查阅《闻一多全集》，闻一多在1922年11月26日从芝加哥写给梁实秋的信里，果然有这样一段非常详尽而有趣的叙述："我近来认识了一位Mr. Wenter，是芝加哥大学的法文副教授。这人真有趣极了。他是一个有'中国热'的美国人。只讲一个故事，就足以看出他的性格了。他有一个中国的大铁磬。他讲常常睡不着觉，便抱它到床边，打着它听它的音乐。他是独身者，他见了女人要钟情于他的，他便从此不理伊了。我想他定是少年时失恋以至如此；因为我问他要诗看，他说他少年时很浪的，有一天他将作品都毁了，从此以后，再不作诗了。但他是喜欢诗的。他所译的Baudelaire现在都在我这里。我同他过从密。我每次去访他，我们谈到深夜一两点钟，我告辞了，我走隔壁一间房里去拿外套，我们在那间房里又谈开了，我们到门来了，我们又谈开了，我们开着门了，我们在门限上又谈开了，我走到楼梯边了，我们又谈开了；我没有法子，讲了'我实在回去睡觉了！'我们才道了'Good night'，分散了。最要紧的他讲他在美国呆不住了，要到中国来。一星期前我同张景钺（在从他学法文）联名替他写了一封介绍信给曹校长了，荐他来教法文。只不知道他的运气怎样，母校的运气怎样。你们如果有浪子为他push一下，那就为清华造福不浅了。我从来没有看见这样一个美国人！还有一件有趣的事，他没有学过画，他却画了一张老子的像。我初次访他，他拿着灯，引我看这幅油画，叫我猜这是谁。我毫不犹豫地说：'是老子？''果然是老子！'他回道。他又copy了几幅丈长的印度佛像画，这些都挂在他的房子里。他的房子里除几件家伙外，都是中国、印度和日本的东西。他焚着有各种的香，中国香，印度香，日本香。"

由于闻一多先生等人的推荐，温特于第二年就到了中国，先是在南京的东南大学讲学，第二年就到了清华大学教法文。院系调整时到北大西语系任教。后来季先生还告诉我们，温特对闻一多的诗和献身民主事业的精神是很赞赏的，也深为先生的牺牲而惋惜，闻一多牺牲后，一部分骨灰带回北京，当闻先生夫人高孝贞和孩子们去解放区时，这骨灰几次辗转存放在温特的家里，北京解放的时候，温特教授把骨灰还给家属。温特喜爱游泳，技术很高，以后我常在“五四”游泳池中遇见这位老人，看到已经八十多岁的温特，很轻松地将全身一动不动地漂在水面上，闭起眼睛像睡觉一样轻松自如，许多学生们跟着他练习，有时又常围着他谈天说地。每当这时候，我经常想起经过温特门口的弯弯小路时听季先生讲那些话的情景来。季先生是闻先生的学生，他对温特教授的叙述中饱含了对闻一多先生的感情。

编写教材那一年里，正是困难时期。粮食还是勉强够吃的，但油水很少，几乎吃不到肉，国家为了照顾我们，不让大家饿着肚子干活，特别从南方运来冻的带鱼，由内蒙古调运来一些冻的黄羊肉，给大家增加营养。在一起吃饭的时候，季先生有时开玩笑地说，我们这是在被搞“特殊化”，编不出好的教材来，真的是白吃了“皇粱”（黄羊），愧对国家！虽是玩笑，但也隐含了先生的真情。

“四人帮”粉碎后没几年，季先生接替杨晦先生做中文系主任。系里派我到东京大学讲学。临行前的1983年3月底，我特意到先生家里去告别，先生那时身体还好，哮喘病尚不那么厉害，他泡了杯热茶，同我开心地谈了很长时间。他并没有什么以系主任身份的说教，也没有一些政治性的“打预防针”式的叮咛嘱咐，而是同我谈了很多关于治学的问题。我将刚刚出版的很幼稚的第一本书《〈野草〉研究》，赠给先生一册。先生翻着这本书，看着后面的《〈野草〉研究五十年》上下两章，和附录的《〈野草〉研究索引》，若有所思地对我说，现在开放了，很多新方法传进来了，宏观的研究，时髦的观点和方法，多起来了，不仅冲击着你们现代文学研究，也冲击着古代文学的研究。现在如何研究文学史就成了问题。过去那一套老办法，不能说都不行了。讲“以论带史”是不对的，但纠正了那个“以论带史”，今天有没有新的“以论带史”的毛病？研究文学史总要贯彻实事求是的精神和方法，从作家作品的实际出发。文学史研究要有点历史的意识，做学问不能离开学术研究的历史，不能够脱离前人的研究成果，什么都是自己“开天辟地”，自己的体系最正确，一切都是“前不见古人”，那怎么行？文学史的研究必须从史料收集整理入手，扎扎实实地去解决一点问题，不能连史实都没有搞清楚，就去谈艺术，谈欣赏，谈国学。闻一多先生就是最重视史料和考证的功夫的，但他又能有他的史家眼光的研究。先生说，闻一多先生很大胆，他把鲁迅和韩愈并列，认为他们都是除了写文章以外还要顾及到国家民族的前途，他们不劝人做好事，而是骂人家使之不敢做坏事。闻一多就是以文学史家的眼光看待韩愈和鲁迅的。关于闻一多先生于鲁迅逝世的时候在清华学生举行的追悼会上的讲话，我过去是读过的，但听先生这次讲，对什么是真正的“文学史家的眼光”我又有了新的理解。那次谈话，很多内容我都忘了，但先生对于治学严谨的要求，对于“文学史家眼光”的反复强调，印象很深，使我更加感到先生对晚辈的殷切关注。

和先生第一次一起外出开会，是 1985 年 5 月。那是去参加在武汉召开的“全国第二届闻一多研究学术讨论会”。当时系里前往参加会的，除季先生外，还有彭兰先生。因为他们身体均不甚好，为了放心起见，系里让我负责保护他们的安全。这次先生与我谈了些什么，已经完全记不起来了。会上先生被选为闻一多研究会会长。会议期间，先生和大家一起到刚刚重建好的黄鹤楼参观，我还给他与日本朋友中岛碧一起照了一张纪念照片，留下了两国两代学者友好交流的纪念。

这一年的 7 月，我和季先生、王瑶先生同行，到山东荣城县的石岛，参加《中国大百科全书·中国文学卷》的定稿会议。那次有程千帆、钟敬文、王元化、姜椿芳、周振甫、马学良等好几位七八十岁的老先生参加。从烟台下火车，乘一辆面包车直开到石岛，走了好几个小时的路，而且是夜里行车，很晚才到住处。路上我真为《大百科》的人捏一把汗：万一出点什么毛病，哪位老先生突然病了，就不得了。这次季先生的精神很好，不仅出席讨论大会，从头到尾主持了近代文学卷的定稿，还兴致勃勃地一起观赏了石岛美丽的风景，登上了“天尽头”。那天我是负责照顾先生的。我们看到了胡耀邦书写的“天尽头”三个大字的石碑，在高耸的岩石上远眺大海苍茫的景色。今天，翻开近年出版的《王瑶文集》第五卷，看到先生与钟老、周振甫老、王瑶先生四人在“天尽头”上面的合影,那时的情景恍如昨日。先生精神矍铄,着白色衬衫,戴墨镜,持手杖,迎风而立,凝望远方,不知先生此时可否会有龚自珍说的“天风吹我……回首苍茫无际”的感觉?

1989年春天,我被迫肩起系主任的十字架之后,曾多次到地处幽静的十二公寓去看望先生。这不是出于例行公事,而是一个学生对于长辈的一份真情。那时,学潮已经开始,他说:“你受命于危难之中,要多保重自己的身体。”他叮嘱我当系主任,重要的是要抓好教师队伍和学风建设,不能“滑坡”,对老一辈的期望,我几年里始终不敢懈怠。那年冬天,王先生在上海去世了,为了季先生的身体,我没有立即将噩耗告诉他。在上海开完追悼会回来,我因心绞痛卧病在床,不能参加八宝山的追悼会,我也告诉系里不让季先生冒着寒风去八宝山参加追悼会。我说:“更要紧的是保护好健在的老先生,不让他们再出事了。”可是先生出于同窗和老友之情,还是为这位同师的“学长”写了一首挽诗:

> 烽火遍华夏,滇南始识荆。
> 感时崇大德,积学绘群英。
> 著论宏明世,协商议政情。
> 牛棚何足算,昂首见雄心。

我们要编辑一本《王瑶先生纪念集》请他撰稿时,他立即答应,很快给我们写了《回忆四十年代的王瑶学长》一文,文中将挽诗附后,还作了很长的说明。先生与王先生,同为闻一多、朱自清的学生,又一起留西南联大,一起经清华到北大。王先生对我说过,季先生跟闻一多,常从考据一个字,一个习语入手,找很多的材料,要费很大的功夫,出来的结果,有时是正确的,或自圆其说,有时费很多功夫,自己却推翻了自己最初的设想。所以为文审慎,谨严,苛刻,不轻易发表文章。我主要是朱自清先生的学生,也有考据,也重视史料,但更多的是阐释历史,有一定的史料就够了,写起文章就随便多了,所以废话很多,量胜于质。我也听到先生自己对我说过,一篇文章开头颇费思索,总是花了很多功夫,稿子没写几行字,觉得不满意,就撕掉了再重来。《来之文录》的后记中说:“但文章无论长短,也无论关于古人或今人,在我都是用力作的;每写成一篇,即使只有千把字,也是一次战斗的结果。”此话确然。

先生身体不好,需要连续到医院就诊,我和系里几个管事人研究决定,系里怎样困难,也要给先生从学校要车。一次我到机场接外国友人,遇到一位经常给季先生开车看病的司机,对我说:“你们系的季先生真是个好人,他那么有名的老教授,待我们很平易,每次去家里接他,他腿不好,都自己从楼上走下来,总怕麻烦我,而尽量不让我多给他帮忙。”先生就是这样一个人。他生下来就好像准备为别人操劳,自己吃苦的。他虽然并不高倡国学,却有着明清以来国学家的风范。他的爱憎那么鲜明强烈。倘若有机会让他去像闻一多那样献身,他会毫不犹豫地挺身而出。他的血管里流着“士为知己者死”的“士”的精神。在他身上我们看到了很多传统的知识分子的憨厚与自律的美德。1993年,欣逢先生80寿辰,系里和学生们要给他祝寿,先生怎么也不同意。没有办法,当时适值《中国文学史》出版30周年,我便和费振刚一起张罗,我们系里的部分学生和参与《中国文学史》编写的在京一些朋友,在勺园二号楼二楼小会议室里,召开了一个小小的庆祝和纪念会。多年没有相见的友人、先生的学生都来参加了。游国恩先生过早去世了。王季思先生和萧涤非先生也于近年离开了人间。30年沧桑岁月,匆匆而过,四大员长辈主编,硕果仅存。当年属小字辈的我们,也多近花甲之年。师生与同学们聚集一堂,没有感伤,没有叹息,更多的是对于那个经济生活十分困难而精神生活非常丰富的日子和友情的快乐回想。在会上我说了一些话。我们感动于先生的甘于清贫,刚直不阿,严于律己的精神。我在讲话中谈到一件事。记得“文化大革命”结束后,在一次批判聂元梓的什么场合中,先生说,自己虽为民盟盟员,但又是不公开的共产党员,“文革”开始,党组织已经瘫痪,他仍找到当时的革委会的头头聂元梓,秘密地每月按时向党交纳自己的一份党费。而聂元梓却将此事向工军宣队公开了。他认为聂元梓做了一件违背党的纪律之事。这时候我们才知道先生身为共产党员的双重身份。先生一生以闻一多、朱自清先生为楷模。在十分黑暗的时代里,冒着生命危险,为《闻一多全集》的出版编写了《闻一多先生年谱》,后来又编了《朱自清先生年谱》，这“双谱”已经成了两位学者战士的纪念丰碑。那里面浸满着先生对两位师长的深厚感情，也表现了先生搏击黑暗褒扬正气，无私无畏的高尚品格。先生说，王瑶先生对闻一多先生“赞扬备至，正确树立闻先生奋起投身革命的大无畏形象”，他挽诗中讲的“崇大德”即指此。季先生同样更是一个“崇大德”的人。这里有司马迁的严峻的史家精神，韩愈的战斗反抗的态度，龚自珍的关注国家民族命运不为己忧的人格光辉。季先生一生对于这三个历史人物研究关注的学术选择，也正是他自身精神人格铸造方向的追求。这里更融进了一个博取光明力量的“知己”者的斗争品格。我在季先生身上看到了20世纪一批有时代良知的知识分子身上那些最可宝贵的东西。

先生离开我们整整一年了。翻开我的日记曾这样记载：

> 1997年4月22日，星期六。晴。上午九时三十分，从勺园二号楼前上车，往香山金山陵园参加季先生骨灰安葬仪式。前往的均为系里同辈的老师，年轻教师甚少。车经新修好的香山公路，于植物园对面的路口往南，过清代团城演武厅旧址，往回走有一上山车路，甚狭窄。车沿路而上，至一平台，为停车场。再下车换乘小面包车，沿着弯曲的水泥路，盘旋上山。几年前，陪着先生给师母安葬时，我主持仪式，也是沿此路上山。到陵园旁下车。等候一会儿后，即登石阶上去，那里是仪式的小场所。
>
> 在陵碑的空隙间，一个为家属前来安葬休息或扫墓时用做放供物的石圆桌上，布置了季先生的灵堂。天为帐幕，松为支架。在绣有花纹的红布盖着的骨灰盒上面，是季先生放大的一张黑白照片。上面缠有结一花朵的黑纱，黑纱向两边垂下。照片上的先生，着白衬衫，约是十几年所摄的生活照。两旁地上放着一些家属、单位或个人送的花圈，有民盟中央和北大校党委的，校统战部的，中文系以及各教研室的……个人送花圈的，有费孝通、钱伟长、丁石孙等人。
>
> 十时五十分，仪式开始，三鞠躬和默哀后，念悼词。后为校党委副书记献花。然后，参加仪式的人向家属一一握别。这里有民

盟中央代表、市民盟代表等人。

家属捧骨灰，沿石阶下，参加的人随其后，在下面层地上，先生的墓碑前，进行安葬。

1990年，寒风中，我曾搀扶季先生，在此为师母安葬。等候安葬施工的空隙，看望周围的墓碑，看到吴组缃先生、林庚先生给师母所立碑。碑上故去的师母，名字是石头的原色，活着的两位先生，名字涂的红色。归来路上，有人开玩笑，中文系可以在这里购一片地，等将来，可在另一个世界聚会了……

那时，碑上季先生的名字，也涂的红色。如今，敬爱的吴先生走了，敬爱的季先生也走了。老一辈的先生在凋零，同辈的师友也在凋零！

下山前，于春风中，眺望远方，城内一片苍茫。玉泉山上，桃花开得满山满树，似一片淡红的海……

写到这里，想起先生同我谈到过他所喜爱的朱自清先生的长诗《毁灭》中的话："什么影像都泯没了，什么光芒都收敛了；摆脱掉纠缠，还原了一个平平常常的我！"我们幸福的是我们曾经拥有过许多平平常常而又异样的不平平常常的一代师长与学人。他们共同创造了一个世纪精神的辉煌。他们经历的丰富多变而大都难免悲剧色彩的心灵历程，他们的人生风范，在我们一代人甚或是后几代人心里将铭刻下永不磨灭的印痕。写罢对于先生以及我的老师辈的一代学人的几许怀想，更感到心中缕缕思念的永恒。我要说这不是对一个而是对正在消失的一代人的追想。我愿我个人苍白的文字即使能为他们这个精神集体的雕像留下一点边角，也就足矣。他们的生命如星辰之光将闪烁于未来世纪的夜空，昭示着民族文化精神铸造的明天。作为接受先生一代人光泽照亮的晚辈，只要光明磊落地尽了生命追求价值的责任而总有一天也会"还原了一个平平常常的我"，那时我将如先生们一样无怨无悔！

又是燕园内外桃花盛开季节，夜深人静，灯色昏黄，打开《来之文录》，看到先生在书的扉页上苍劲有力的毛笔字："玉石同志　指正

季镇淮　一九九二　十二月七日",重温先生几十年心血凝成的一篇篇坚实的文字,似乎此时一切心中的声音均可"尽在不言中"了。

1998 年 3 月 17 日至 19 日季镇淮先生
逝世一周年之际写于畅春园寓所
原载《文教资料简报》1998 年 6 月

一缕温馨与痛楚的回忆

——怀念我的中学语文老师皮杰

记得1955年高考的时候，语文试卷的作文的题目是：《我怎样做一名大学生》。面对这样一个十分枯燥的命题，我有些束手无策，当时究竟胡乱地写了些什么，已经全然不记得了。至今能留在我不断逝去时光里的一缕温馨的记忆，就是我在作文的结尾，随意地加上的一段编造的故事：

> 一个秋高气爽的假日，我们的老师，带领我们全班同学，到郊区去爬山。山其实并不很高。但我个子小，论体力，比不了班上那些“大汉”。到了半山腰，我已经累得有些气喘吁吁，汗流浃背了。望着迢遥的山顶，我矗立在一棵小树下，心里有些犹豫。一个声音忽然在我的耳边响起：“继续上啊，再加一把劲儿，就会爬到山顶了！”这是从后面上来的老师熟悉的声音。他已经到了我的身边。他擦着脸上的汗水，告诉我说：“再咬咬牙，就到了。不要半途而废。到了山顶上，你就会看到，一切都是很美的。”在这声音的鼓励下，我跟着老师和其他一些同学一起，奋力地向上攀登，攀登，终于到达了那个可以远眺全鞍山城美丽景色的山顶。

故事当然是虚构的。这故事里所写的老师，却是真的。他就是我的高中语文老师皮杰。

1952年夏，我考入鞍山一中。皮杰老师教我们语文课，一直到毕业。他是湖北人，刚刚从武汉一所大学毕业，为了支援文化比较落后的东北，同一批年轻的技术人员一起，离开自己的家乡江南，来到了寒冷的东北钢城鞍山。

他大约比我们大七八岁的样子,瘦瘦高高的个子,短短的分头,稍稍有些凹进去的双眼总是那么炯炯有神,宽宽的前额上,仿佛焕发着散不尽的青春的光亮。他讲课非常认真,作品体味细腻,常说出一些自己的见解来,讲评作文,也非常有吸引力。他说得有时嘴角净是白沫,同学们却常常听得津津有味。我因为喜欢文学,做班上的团支书,又兼了一段语文课代表,很快就和皮老师熟悉起来了。

当时的一中,高中有七八个班。爱好文学的同学,都喜欢上皮杰老师的课。即使不上他的课的,也喜欢到他的单身宿舍里去,讨论问题,聊天,借书看,得到他的指导。慢慢地,这些同学,自愿组织了一个文学小组,请的指导老师,就是皮杰。大家在一起讨论问题,读作品,办墙报,把抄得清清楚楚的稿子,一篇篇地钉在墙报上,有短诗,有散文,有杂记,还有一沓一沓稿纸的"长篇小说"连载……我当时曾写了一首小诗,是读了鲁迅的文章,受到"遇见沙漠,可以开掘井泉的"那段话的启发,试着写一点人生的感悟,很浅薄,发在墙报上,还得到皮杰老师热情的肯定和指导。

皮杰老师精力旺盛,热心培养学生的文学兴趣,组织了学生课余演剧小组,从选剧本,定演员,弄布景,到指导排练,都是他亲自参与。同学们演出了京剧《打渔杀家》,郭沫若的《棠棣之花》的片断,那些幼稚而认真的情景,至今好像还在眼前。

我很喜欢诗,后来走上研究诗歌的路,或许是与皮杰老师的影响分不开的。皮杰老师是个诗人。一次,在我们高一的时候,他在课堂上,拿着一本刚刚出版的《解放军文艺》杂志,给我们朗诵了他发表在那上面的一首诗,是送给志愿军赴朝慰问团的,题目和内容,现在都记不清了,但那时引起我内心隐秘的羡慕、激动和诱惑力,至今都还没有忘记。在一种莫名其妙的力量的蛊惑下,课余时间,我经常胡乱地找一些诗集来读。一次,课堂自我阅读,我看的是从哥哥的书里找到的一本伪满洲国作家的小诗集。皮杰先生看到了,拿起书翻了翻,又放下,他轻轻地跟我说,这种书,不要去看了,应该读一些更好的书。在他的介绍与鼓励下,我偷偷地学着写诗。我如饥似渴地读着普希金、莱蒙托夫、拜伦、雪莱、艾青、郭沫若、闻一多的作品，自己涂鸦的习作，有时也大着胆子，羞怯地拿给他看，他认真地给我提出意见，告诉我怎样努力。他好像总是严肃地告诉我说："你对于诗，好像还没有入门儿。"但他总是鼓励我去写。我们毕业的时候，皮杰老师找我，要我写一首诗，准备在全校的毕业典礼上朗诵。我很害怕完不成这个任务，花了整整一天多的工夫，模仿郭沫若《地球，我的母亲！》的调子，写了一篇《教师，我的母亲！》交给了他。后来，由一位很会朗诵的高个子女同学，在隆重的毕业典礼上朗诵了。一直到上了大学，我在 1957 年北大出的《红楼》杂志上，发表了一组小诗，题为《露珠集》。我将杂志寄给他，他读了后，马上给我写了一封信，说了一些鼓励的话，大意是，从这些"作品"里，看到你对于诗的领悟，好像有一点"入门"了，但还要多读一些名家的东西，要有更多的生活体验和艺术的大器。

他带领我们一遍一遍地背诵课本里的《桃花源记》。我们那年高考的试卷里，果然竟神奇地出了这个题目：全部标点这篇古文。我们当然是快意了好一阵子。至今，我还能用一种音乐式的吟诵调子，背诵出那些字句："晋太元中，武陵人捕鱼为业……缘溪行，忘路之远近，忽逢桃花林……"

有一次，是在语文课上，皮杰老师给我们讲评作文，题目好像是"记一件事"。我写的是一个叙事的东西，讲自己小时候在农村的一段生活经历。我根本不会讲故事，这个瞎编的最简单的"好人好事"，也叙述得很笨拙。讲评中，皮杰老师第一次当着全班同学，对我说了很多严厉批评的话。虽然没有说我的名字，但我听了，脸直发烧，都不敢抬起头来看老师一眼。记得这次，他给同学们讲了这样一段话：我们的学校外面，右面靠的是市立医院。他来上课的时候，总从那里走过。他常会看到一些死亡者从医院里被拉出来，站在周围观看的人群，因为年龄的不同，都有各自不同的表情：孩子的、青年人的、中年人的、老年人的，都不一样。特别是有的老年妇人，拄着棍子，立在粗壮的大树边上，她脸上的那种表情，那种眼神，那种内心的最轻微的颤动，让他看了很久，很久，是那样的令他难忘。他大概是想告诉我们，写东西，写人物，要注意人的性格，注意观察和挖掘人的内心更深的东西。

后来,他向我推荐一些外国作品,要我读果戈里的《狂人日记》、《狄康卡近乡夜话》,读屠格涅夫的《木木》,读陀思妥耶夫斯基的《穷人》、《罪与罚》和《地下室手记》,读契诃夫的《醋栗》和《套中人》里许多灰色的小人物,读梅里美《嘉尔曼》里那些描写吉普赛女人的优美文笔,读《约翰·克利斯托夫》、《高老头》和《安娜·卡列妮娜》……这些阅读,使我开始懂得了什么是真正的文学,懂得了人生的价值与追求,懂得了个人奋斗的意志和艰辛;同时,也都是在告诉我,要了解文学,必须要了解人,了解不同的人的性格和他们丰富多彩的内心世界。我后来的对于外国文学的兴趣和迷恋,就是从这个时候开始的。

皮杰老师的宿舍,在我们学生寝室的楼上。我常到他房间里做客。在我这个中学生的眼里,那个很小的屋子,好像就是一个知识的宝库。我永远记得在进屋后房间的门楣上,挂的是学校一位美术老师给他画的一张炭笔的头像:前额是那样开阔,两眼在炯炯发亮。我或是为借书,或是请教问题,有时在他房间里,有时夏夜到三楼顶上的平台上,我们常会天南海北地交谈,聊天,有的时候直到深夜,像师生,像朋友,也像一位兄长与自己的小弟弟。我的家,这时候已经随着爸爸的调动,搬到哈尔滨去了。就我只身一人,孤独地留在鞍山读书。假日里,除了市立图书馆,旁边的游泳池,没有别处可去。皮杰老师几乎成了我唯一的亲人。

接到北京大学中文系的录取通知书后,因为不想给家里增加负担,没有去我非常向往的哈尔滨、松花江,直接到了北京。临行的前夜,我去他那间小屋里告别。皮杰老师好像非常兴奋,我也有些依依不舍。他说了许多关怀和期望我的话。到今天还记得清清楚楚的,他对我说:到了大学,应该更多读一些世界文学名著,如果三年级的时候,莎士比亚的全集还没有读完,就没有希望了……

后来,大约因为写诗的关系,反胡风"反革命集团"的时候,皮杰老师受到了牵连,被无端审查。到了那个黑色的 1957 年,他又被错划成右派分子。他在长期极度沉重的劳动中,耗去了自己生命最美好的时光。

我们在鞍山再次见面的时候,已经是 25 年后的上个世纪 80 年代初了。我到大连参加纪念鲁迅诞辰100周年学术讨论会,在鞍山下车,想看看自己的母校,更想看望自己多年想念的老师。

这时我已经45岁。皮杰老师也年近花甲。我到他家里做客,没有去询问他所受到的种种折磨与创伤。我看到他已经有了一个美满的家庭,有自己相依为命的老伴,有几朵可爱的“金花”,给他晚年以颇大的慰藉。我不愿叩动他内心深处的伤痛。但我心里知道,他有很多的话想说。他失去了很多很多。

他失去了自己展示诗歌创作才华的黄金岁月,失去了自己所热烈追求的最绚丽的梦。

90年代中期,鞍山一中在哈尔滨的同窗们,在美丽的江城举行校友聚会,我和皮杰老师,也被盛情邀请参加了。一别再见,匆匆中又过了15年,皮老师已年逾七旬,我也已是年过花甲。在会上会下,在美丽的太阳岛上,我们谈了许多许多。在漫游于松花江的船上,迎着阵阵北国的江风,我们一起豪情满怀而又略带悲怆地引吭高歌:“我的家,在东北松花江上,那里有,我的同胞,还有那……”

歌声中,我默默地想着,他这个聪慧的长江之子,把自己的全部青春,都献给了大东北,献给了太子河与松花江养育的无数个后来者,献给了多少个今天也都像他一样已经衰老或尚未苍老的青春。而这个时代,他自己拥有了一些什么呢?这时候,是动情的歌声,或是别的一些什么,使我两眼里禁不住满含泪水。

长歌将罢。静静地,我坐在船舷的对面,看江风吹拂下的两鬓苍苍的皮杰老师,顿然觉得,他已经显得苍老的额头,依然是那样宽阔,他噙着泪花的眼睛里,仿佛又闪着我所熟悉的那种青春时候的光芒来。

《我们怎样学习语文》,北京出版社,2002年

诗美的探索者,美丽的灵魂

——怀念我所敬慕的诗人辛笛

去年初冬时节,11 月 1 日,在淮海路南鹰宾馆八楼多功能厅,参加上海作协等几个单位举办的“辛笛诗歌创作学术研讨会”。这天上午,辛笛先生特意带病前来与会,并作了简短的发言。我再次看到了自己很久未能见面而一直非常敬慕的诗人。大概是因为还在病中,先生面容显得有些苍老,憔悴,眼神也不像我过去看到的那样矍铄,发光。但是在我眼里,他还是那样的和善,可亲,那样沉思,宁静。从他那沙哑而平和的声音里,我仿佛依然感到了他对于中国新诗发展前程的深度关切,听到了一个美的探索者与创造者为诗而跳动的心。

辛笛先生只听了半天会。会场人多,也怕先生太疲倦,会间休息时,我走到他面前,表示祝贺,并寒暄几句,就离开了。连事先读诗中想要向他请教的问题,也没有来得及说一句。上午散会时,先生就离开了会场。我总以为,自己还会有来上海的机会,到那时候,再到先生家里拜访,与先生亲切交谈,虚心求教。

我目送先生离开时坐在轮椅上的背影,默默地在心里祝福他健康长寿。怎么也没有想到,两个月零八天之后,先生因病离开了人世。匆匆短暂的一见,竟成生死的永别。

因为做诗歌流派研究,特别是注重于象征派、现代派诗潮流的清理、研究、教学,诗人辛笛的名字,我是较早就熟悉的。但对于先生的诗的价值和意义的真正认识,还是 80 年代初开始的。

1981 年 7 月,江苏文艺出版社出版了《九叶集》。不久,我所尊敬的曹辛之先生,寄送了我一本崭新的赠书。书的扉页上,用隽秀刚劲的钢笔字写着:“玉石同志指正 1981 年 10 月”,时间落款的前面,还盖了一方他亲自镌刻的小小的印章："九叶"。他告诉我说，这是代表"九叶"全体送我的，当然也包括辛笛在内。随后，应《文艺报》编辑之约，我写了一篇文章，题为《带向绿色世界的歌——读〈九叶集〉》。文章发表后，曹辛之看了，还邀我到他帅府胡同一号的家里小坐，吃饺子，谈诗，谈对于我文章里批评他们诗中的断行脱离了民族审美习惯的不同意见，也谈他们八位诗人(穆旦已不在世)，为了诗集的出版，在北京他家里小聚的情形，当然也谈到了辛笛。他对于辛笛的诗，为人，辛笛在这个诗人群体的形成中的重要性，都十分称赞。他说，辛笛是他们中间的"老大哥"，他不仅在艺术探索上是一个带头人，在经济上也是一个坚强的后盾。辛笛实际上是"九叶"诗人群体的领军人物。没有他用在上海金城银行任职之方便的经济支持，甚至就不可能有 40 年代《诗创造》和《中国新诗》的出版，就没有"森林"、"星群"出版社出版的《灾难的岁月》、《手掌集》等一些著名的诗集。我获得了从书本、杂志、期刊等文字上不可能获得的理解和认识。我是在这样的认识的基础上，更多阅读和追踪辛笛诗美的探索和他的诗学思想的。这种诗歌美学追求上的"神交"，也是我后来特别想进一步理解辛笛本人和他的诗的一个根源和动力。

第一次访问辛笛先生家，已经是 80 年代后期了。那是在一个上午。按照电话约定，我准时来到南京西路辛笛先生家里。辛笛先生和徐文绮师母，在客厅里热情接待了我。先生居住的房间，比我想象的狭小。东西太多，书橱、桌子和写字台上，甚至墙边，地上，到处都堆满了书和稿子，使得并不宽敞的客厅兼工作室，显得十分拥挤。但我喜欢这样。它温馨而充满人情味。它使我感到屋子里充溢着一个前辈文人的浓郁书香气，甚至在光线很暗的烟尘里，也觉有这种古老与现代结合巧妙的书香气的弥漫，富有一种诗意的气氛。

我不习惯带着一堆问题提问，请先生回答，也不想摆一个录音机在先生面前。好像那样太功利了。我们边饮茶，边随意而谈。从《九叶集》的出版，到 40 年代上海的诗歌形势，从当时一些杂志报纸对于《中国新诗》杂志诗人群的批评漫骂，到他们的大胆回应和艺术坚守，从清华校园诗人的创作风尚，到对于林庚、金克木、杜南星等诗人的关切与问候，先生从头到尾的娓娓细谈，给了我很多的历史的知识与现实生活的启示，也使我近距离地感受了一个执著于艺术美的诗人，对于诗的爱，对于生活的热爱，对于晚辈的爱护和关切。

先生题赠我一本此前出版的诗集《印象·花束》。中午，文绮师母和先生一起，还请我到楼下附近的"梅龙镇"饭店，在走进去最靠右边角落里的一个清静的座位，边谈，边品尝上海风味的菜肴。

后来，有机会去上海开会，就一定抽空儿，到前辈师长和同辈友人家里拜访。施蛰存、辛笛先生家里，是首先要去的。98年7月4日，我自华东师大，到先生家访问，辛笛先生，师母文绮，女儿圣思，还是在那间温馨而拥挤的书房里，一起接待了我。辛笛老人身体比过去差了，膀胱带瘘，但还健康，夫人因骨质疏松，坐轮椅上。先生告诉我说，在清华，他晚于林庚先生一年，毕业后，教一年书，去英国读书，写诗。回国后为谋生，做了银行工作。弟弟辛谷，后来学工科，没有再写诗了。圣思为老三届，现在华东师大中文系外国文学教研室任教。……好像海阔天空地谈了很多。最后，留我午餐，让我品尝了圣思动手烧制的家乡菜。多次趋访中，先生和我的谈话，还说了些什么，现在都想不起来了；但先生的和蔼可亲，平实近人的风采，先生对于历史宽容的态度，对于诗歌艺术美的执著追求之心，却永远留在我的记忆里。

大约是1996年4月以后，从神户大学任教一年半归来不久，我接到辛笛先生为他主编的《20世纪中国新诗辞典》的约稿。除李金发的《琴的哀》，梁宗岱的《晚祷》两首诗外，先生还约我写关于他的诗作《姿》、《山中所见——一棵树》的理解与赏析的文字。

稿子写好后寄给了先生。经过先生的精心设计和严格把关，厚厚的一册《辞典》，很快于1997年由上海汉语大辞典出版社出版了。这本书里浸透着八五高龄的诗人辛笛的心血。其中我对于《山中所见——一棵树》的解释，也得到了辛笛先生的首肯。原诗是这样的：

你锥形的影子遮满了圆圆的井口
你独立，承受各方的风向
你在宇宙的安置中生长

因了月光的点染，你最美也不孤单

风霜锻炼你，雨露润泽你，
季节交替着，你一年就那么添了一轮
不管有意无情，你默默无言
听夏虫噪，秋虫鸣

我的解释中说，这首诗，用一连串的客观意象和主观推衍描绘呈现出“树的独立，树的美丽，树的坚忍”。前四行写树的独立品格，是借用语言构成的一幅印象派画的境界。画面的基调是飘洒的月光，中心图景是山中一座独立生长在井旁的大树，有水的滋润，作为生命之绿的源泉。它又以巨大的树冠遮蔽着井，庇护着人们的生命之根。这棵树是与大地母亲血脉相连的，它本身也是山之子，是大地及其精神的象征，所以它能承受八面来风，仍然那么宁静并且不感到孤独。后四行由现实的描述进入想象的推衍，更注意挖掘树的坚强个性。生活带来的是荣辱毁誉，是风霜雨露，是逆境顺境，一切置之度外，树都默默无言地承受；任凭“听夏虫噪，秋虫鸣”，树仍在坚忍中生长。“就时代讲，这是一个郁闷黑暗的季节，是一个考验人的精神品格的季节。就艺术讲，‘中国新诗’派诗人的现代主义探索受到狭窄理论的重压。作者是象征坚忍而独立的不可征服的民族精神？是暗示人们应该迎接种种考验完成坚贞不移的高尚品格？还是传达一种不顾纷扰而沿着自身品格坚忍生长的艺术自信的观念？实在说不清，也不必说清。我们在这首小诗里得到了美，也得到了悠然遐思去再造美的权利，得到了对于超群拔俗坚忍生长的生命的认同与赞赏的艺术思考……领略那里面蕴涵的思考人生的哲理意趣，面对各种风霜、各种鸣噪，我们生命仍然可以在美中得到强大的永久的力的启示。”

2003 年出版的王圣思所著，并经过辛笛审阅的《智慧是写在水上的——辛笛传》，里面，引述了这些讲解之后，传达了这样一个信息：“45 年后辛笛是颇赞赏孙玉石的分析的。”我很少关注别人如何评价我的文字，但读了这样的话，却有一种心有灵犀之感。我所努力的，是如何走进辛笛的这个小而广大的艺术世界。我在解释辛笛一首美丽的诗的多元理解空间,也在尝试触摸一个面对风雨吹淋勇于艺术坚守的诗歌流派所拥有的心灵史的隐秘。在诗的意趣和美学探索上,我们的心,走到一起了。

2000 年春节,我收到寄自上海的一枚红色的贺卡:是辛笛先生亲自书写的。我十分珍重先生送来的这份友情和祝愿。在贺卡“新春愉快　万事吉祥”字样的前面,是先生亲笔写的给我的名字,后面,是“辛笛、文绮暨小女圣思同拜 2000/1/20”。贺卡另页,也是辛笛先生亲笔写的一首七绝诗:

龙年新春试笔

龙腾虎跃入新年
矢志中兴五十弦
旖旎风光人意好
神州同庆艳阳天

这枚贺卡,我至今一直珍藏着。这里面,有先生对于一个晚辈的情谊,有先生与我们这个民族、这个国家一起跳动的心。

随着我与“九叶”诗人群的交往,以及对于一些历史文献的爬梳阅读,对于他们诗歌作品的熟悉体味,也越来越深地增加了对于他们的理解和敬意。对于长其他诗人最大八、九岁的辛笛,我更是钦敬有加。

与北京的几位诗人,如杭约赫、陈敬容、郑敏、袁可嘉、杜运燮,先后都有或多或少的见面机会。外地的三位诗人,辛笛、唐祈、唐湜,因距离远,见面难,记忆也就特别清晰些。他们的诗人与长辈友人的形象,我一生铭记于心。曹辛之先生,不仅与我谈诗,还为我精心篆刻的一枚印章,一直在我的案头。陈敬容送给我她的《选集》里,留有许多她认真改正印刷错误的笔迹。唐祈呕心沥血主编的《中国新诗名篇鉴赏辞典》,用了我许多稿子,有多封书信往来。他自兰州到北京来,我和他一起,到清华大学郑敏先生家里小聚,晚上离开时,路遇大雨,在寂寞无人的蓝旗营车站,我们站在同一片雨伞底下,长久地等车,谈诗,话别。

唐湜先生无数次自己或托友人赠书,他一次来北京访友,曾到我畅春园家小坐,谈他的诗和《意度集》。他看着我墙上挂的镜框里,有中山大学王季思先生为我们夫妇写的“录《苏堤曲》”墨宝,他告诉我们:“季思先生,是我的舅父。”由此我们更增加了一层亲切感。去年赴上海参加辛笛先生诗创作研讨会后,紧接着在温州有一个诗歌会议,可以去拜会病中的唐湜的,但为赴台湾一个会议,即离沪返京,失去了一个见面的极好机会。剩下的几片叶子,听说唐湜先生在病榻上。郑敏离我住处最近,与她谈得最多,现在还时得她的电话、赠书,也有机会在诗学术会议上见面。袁可嘉远在美国。辛笛先生又匆匆走了。九片叶子,一个一个凋零,只剩下三片了。

2001 年 8 月 7 日,在现代文学馆召开《九叶集》出版 20 周年暨九叶文库入库仪式的座谈会,辛笛因病未来参加,刘士杰代读了先生的发言稿。会上,我作了一个发言,题目是《一个富有悠久艺术魅力的诗歌流派》。在这里面,我引用了自己 20 年前《九叶集》出版时写给曹辛之先生,也写给所有“九叶”诗人的一首诗:

无　题

——致曹辛之暨“九叶”诸诗人

成熟的季节里有多少春意
九片叶子飘来九个天地
湿润的路闪着湿润的眼睛
最甜的歌酿自最初的蜜

你们的歌是一曲绿色的梦
流过黄昏,流过寒冷的记忆
古刹的尘土封不住盼望
金黄的稻束挂满静默的谷粒

这篇短文,这首不像诗的诗,在 12 月出版的《诗探索》上发表后,辛笛先生也许会读到,或许未读到。现在,将这不是诗的“诗”,抄在这里,算是为先生的匆匆离去,再一次话别吧。

与先生生前最后的神交,是通过与先生的女儿王圣思讨论解诗的通信完成的。上海辛笛诗研讨会的发言里,我分析了先生的诗美绝唱《月光》,解释了另一首诗《月夜之内外》。因为有些诗句内涵,不好把握,会议结束前,曾向王圣思请教。她说,自己的传记里,没有解释这首诗,回去的时候,与父亲商量后,再告诉我。不久,11 月 24 日,我接到王圣思的来信。

信是这样的:

玉石先生:

想来您已从台湾返京,此行有收获吧?

您在家父诗歌创作 70 周年研讨会上的发言录音,家父听了两三遍,认为很有见解。我问起他《月夜之内外》一诗的某些含义,他一时记不起当时写作的情景了。与他讨论了一下,是否可作如下解释:

月夜之内外

窗前的禾黍在星光里点头
静静的原野是白的
波来波去
听万年海的潮音。
碧玉盘中有绿色花果
我不敢再向镜中窥照
问是否有白骨在沙里笑
在风里舞。
夜之后来了黎明。

这首诗还是他惯常的作法,即以句号把全诗分成三部分。前四行为一段,是看到窗外的月夜景色而引起隐喻联想;从“碧玉盘中有绿色花果”以下四行是第二段,这句将视线转入“内”,展示屋里的静物,碧玉盘是指果盘,也为增加色彩感,而盘中的绿色花果与窗前的禾黍既有点题——月夜之内外,又有二者的暗暗呼应,然后就如您所解释的对生命的感悟。最后一句则单独为一部分,将前面的诗绪既收拢又放开去。

这些想法供您参考。即颂

冬安!

家父辛笛嘱笔问候!

王圣思 2003,11,17

这些说诗的话语里,有辛笛先生与我最后交流诗美意蕴的情思。这首诗里,蕴藏了诗人对于时间永恒与人生短促的生命哲学的思考。

12 月 11 日,我给圣思教授写信,感谢她来信回答关于辛笛诗问题,并问候辛笛先生的健康。新年假期里,好久没有去系里取信报。1 月 18 日,我接到上海王辛笛治丧委员会来函,内有讣告,告知:"诗人王辛笛已于 1 月 8 日因病逝世,17 日举行追悼会。"因信收晚,已无法表达哀思。只在心中感叹:羊年不吉,继施蛰存先生匆匆离去之后,老天又夺走了一位 30 年代老诗人的生命!刚刚在上海参加研讨辛笛的作品会上,与先生短暂晤面,即此永别,不禁黯然。当时我独自从系里,踽踽步行归家。长歌当哭,悲情无语。

过些时候,我动手给圣思写信,表示对先生仙逝的哀悼,但这苍白的文字,已经送得太迟了!后来,王圣思约我与她一起,为《上海文学》写以对话形式纪念辛笛先生的文章,接到她寄来的《深切缅怀王辛笛(馨迪)先生》哀思卡一枚,并辛笛著的《梦馀随笔》散文集一册,还有旧体诗集《听水吟集》。再后来,又约我写一点怀念先生的文字。

好多天里我无法排遣自己理不清的思绪。一个诗美的探索者,美丽的灵魂,不仅深深走进了我新诗研究的学术视野,也深深地融入了我渴望美也追求美的灵魂。

面对哀思卡上辛笛先生背靠书海悬笔欲走的清朗笑容,重读他彻悟人生之后写下的《听着小夜曲离去》的生命绝响,我仿佛又回到了大上海南京西路,又在那个拥挤不堪而满溢书香气的书房里,在"梅龙

镇"走进去最靠右边角落里的一个清静的座位上,与先生一起,静静的,静静的,品佳茗,絮说诗,听他用沙哑的声音,轻轻地吟诵:

你在宇宙的安置中生长
因了月光的点染,你最美也不孤单

2004 年 11 月 22 日

寒林凋尽经霜叶，却爱钟山不改青

——怀念友人叶子铭兄

去年的那些天里，心情一直很阴郁。

10 月 25 日凌晨，老岳母在京病逝，为完其生前魂归故里的遗愿，妻扶老人骨灰往南京。我一人独处家中，默然咀嚼着人生之艰辛与生命之脆弱的滋味，时而想起于老人谢世前，在京郊一老人公寓院内，于深秋的苍凉萧索中，吟下的那几句苦语："遥望北天雾沉沉，夕阳不见暮色昏。萧萧白杨叶落后，嫩红新绿待来春。"

四天之后的一个寂寞的上午，突然接到温儒敏自贵州来电话，告诉我说，叶子铭教授于昨日晨八时因病去世，并让我转告乐黛云先生。十时四十五分，给黛云先生打电话，因不在家，遂发电子邮件："黛云师台鉴：甫接儒敏自贵州来电话，告知一消息：老友南京大学叶子铭教授，因病于昨日上午八时不幸逝世。儒敏让我即转告您，打电话，你外出开会未在家，特用邮件告知，望收悉。临寒望多自珍摄！祝您暨汤先生一切均好！玉石匆拜"。晚上，接黛云邮件复言："Dear 老孙，多谢转告，子铭也是多年老友，他是一个好人！虽说'当尽便须尽，无复独多虑'，然而，谈何容易！"友人的遽然离去，"无复多虑"，在我们这个年纪的人，真是"谈何容易"！黛云先生的这一淡淡的感喟里，也道出了我当时的心境。

子铭兄是我心中早已景慕的一位学者。他读大学的时候，就写出了关于茅盾生平与创作道路系统研究的那本专著，闻名于世，他的年少才华与印在书本上的文字，让我们这些莘莘学子，羡慕不已。那时候，子铭就是我们这些青年学人心中的一个偶像。

第一次与子铭见面，是 1978 年春天。记得是江南遍地菜花金黄的季节里,我与袁良骏兄一起,马不停蹄地跑了南方的几个城市,征求对于红皮鲁迅《坟》注释本的意见,停留的第一站,就是南京大学。在那里,我们见到了心仪已久的陈瘦竹、赵瑞蕻、叶子铭、董健等各位先生,倾听了他们对于注释稿的意见。负责接待,并与我们交谈最多的,就是子铭。他清癯,瘦削,高高的个儿,有棱有角的脸上,那双眼睛永远那么炯炯有神。说话不急不躁,娓娓而谈,胸怀韬略,时有沉思,给我的印象,他是斯斯文文,温文尔雅,而又胸怀大略,指挥若定的一介江南书生。

之后,子铭的精进学术,倾心长系,参与校事,都充分展示了他这两个方面的才华。最使我大为感动而赞叹不已的,是子铭为南京大学中文系建设而投入的心神与精力,他所拥有的办学战略的眼光和嗜才如命的热忱。

这样一个几乎是尽人皆知的“传奇”,像是80年代里的一段神话一样,一直深深镌在我的记忆里:尚没有摘掉右派帽子的国学大师程千帆先生,在“四人帮”刚刚粉碎不久的武汉大学,还过着备受冷落的“边缘人”那种清苦寂寞的生活。子铭身负匡亚明校长的使命,星夜兼程,沿江西上,将两位年逾七旬的老人,亲自从黄鹤楼畔接往钟山古城,在南京大学中文系安家落户,不论政治,不要户口,不转关系,不计工资……后来,程千帆先生以他近二十年的晚年学术生涯,为南京大学学术的发展,人才的培育,撑起了一片璀璨的天空。今天,事实细节是否全然如此,子铭在此中的作用如何,已经不甚重要了。重要的是:南京大学这样“爱才如命”的辉煌一笔,南京大学中文系因为人才凝聚而跃居全国高校前沿,已经浓墨重彩地写入了历史,写入了上个世纪多少知识人的心!子铭就是以这页传奇历史的一个直接参与者,以他对南京大学中文系蓬勃发展的奉献,走入了我与其他友人的想象。

南京是妻的故土,清溪畔的四象桥和内桥王府园,曾居住着年迈的岳母。每逢旧历春节,我们夫妇便要回宁,呆上三五日,与老人家团聚过年。乘此机会,也常与几位熟悉的同窗、学生和友人灵年、国尧、寿桐、晓进、锡铨等,拜年叙旧,闲话小聚,享受一番“西楼望月几回圆”的快乐。我尽量不告诉子铭,怕给他带来过多的打扰。一次,大概他的学生寿桐，告诉了他，子铭便立即邀我们，与南大现代文学友人一聚。那是在南京大学对面一家有名的涮火锅店里。前来的，有子铭和夫人淑敏，志英，寿桐，丁帆等，每个人都坐在一个高脚的圆椅上，围在椭圆形餐桌的周围，一边无边闲聊，谈笑风生，一边品尝涮各样海鲜、江南青蔬的滋味。我们一起度过了一个热闹欢悦的中午时光。席间闲话中，我看到了子铭于谈学术，谈工作之外的另一面，在生活中，他很随和，亲切，言谈中，还不时露出轻松的机智和幽默。

一次，我们夫妇，谢冕夫妇，应邀赴南京师范大学中文系讲学。讲学之余的一个傍晚，子铭与淑敏，特意在夫子庙“秦淮人家”盛情设宴，我们一起品尝了花样纷繁的著名秦淮小吃。饭后，于七彩灯光闪耀的碧波之上，泛舟荡漾，披星夜话，谈学术，谈文学，谈国事，谈家乡，谈各自的往昔岁月，谈说不尽的秦淮沧桑。这个难忘的夜晚，使我们这般在朱自清、俞平伯先生散文光影下成长起来而今已渐进暮年的人，在忘记一切烦恼的欢歌笑语中，重温美丽文字构成的历史情境，着实过了一把“桨声灯影秦淮河”的瘾。那时候，子铭还是谈笑风生，精神焕发，身体没有一点问题。

子铭生病后，第一次见面，是在重庆北碚西南师范大学召开的一次关于现代文学的研讨会上。那是1999年7月下旬。会议仅一天，子铭说话不多，发言也显得有些迟滞，但看上去，精神还好。主办单位搞了一个“学者林”命名仪式，须与会学人爬一个低矮的小山坡，然后在一棵棵树挂好的牌子上，签上自己的名字。于此近于“做戏”的事，他也十分认真地参加了。会后，参观北碚抗战时林语堂、老舍的故居，游览九寨沟的神奇风光，子铭与淑敏，也都坚持参加了，而且玩得很愉快。自九寨沟归来的路上，他还在一个旅游点的藏药店里，让医生号了脉，买了很多包的草药，带了回去。我当时特别理解：一个生病的人对于明天的期望是什么。

大约过了两年之后吧，我去南京大学中文系参加博士学位论文答辩。答辩结束后，我到南大附近的博导楼里，去看望子铭。在楼上一个并不宽余的房间里，我见到的子铭，已经不是我所熟悉所想象的样子了。我近前问候他，他只微笑着向我致意，简单回答我的提问。他静静地端坐着,神情有些呆滞,很少说话。多是身旁的淑敏,向我谈了他的病情,和治疗的近况。一个充满活力和才华的人,一个倔强的生命,一旦被病魔击中,竟会变成这个样子。我当时心里很难受,有一种浓重的凄凉悲怆的感觉。因为有事,也不愿过多打扰,没呆多久,便告辞了。没想到,这次小楼里的短暂晤面,竟是与友人子铭的最后诀别。

五个多月前,噩耗传来的时候,我心神黯然,几乎成了一个失语者。

默然无语中,我想起的是1989年寒冷的冬天里,王瑶先生在上海猝然病逝的时候,于失落的悲痛中,北京几个单位的学生们,张罗着为先生出一本纪念集。我们发函恳请子铭撰稿,他立即答应了,并于不久后送来一篇深情纪念的文字,寄托了自己对于先生的哀思。题目是《人去风范在》。作为王瑶先生的学生和参与编辑者,我当时是很感动的。

那篇短文里,子铭兄讲到王瑶先生在最后十多年生涯中,对于现代文学事业以及茅盾研究等分支学科的热切关注和大力支持,讲到王瑶先生到南京大学讲演的内容与风采,讲到王瑶先生的一些幽默与风趣背后给人的辛酸与痛楚,讲到王瑶先生的晚年,精神焕发,不辞劳苦,主持与参加各种学术会议,风尘仆仆四出讲学,是出于为了培养后进,并使他为之献出大半辈子心血的中国现代文学学科能得到健康发展。特别是子铭讲述了苏州会议时,王瑶先生在苏州大学礼堂,给七百余青年同学的讲话中,再一次谈到切不可用"前不见古人,后不见来者"的态度来治现代文学这样对于后来者的临终遗言,更是让我永远铭记于心的。

翻读这篇悼念的文字,回想子铭一生治学的严谨精勤,在茅盾研究,现代小说研究,现代文学史研究等方面所做出的成绩,在现代文学学科建设方面所付出的诸多心血,他的最初开拓者姿态的播撒耕耘在后来者心中所产生的影响,他的处事不惊厚于待人的风度,用他纪念王瑶先生"人去风范在"里面这几个沉重的字,来祭奠他溘然离世已经五月有余的九泉之下的灵魂,是再贴切不过的了。

15年前,子铭用"激荡而悲凉"的心说:"曾几何时,我在苏州还见到他谈笑风生,行走自如,想不到病魔忽然夺去他的生命。王先生悄然无声而去，走得太突然，太匆忙了。”面对倏然远去的子铭，我们这些苟活于世的人，除了咀嚼同样的沉重，还能够说些什么呢？

写至此，我不由想起近人黄季刚书写南京的一首诗《鸡笼山晚坐》：“江上穷阴气杳冥，晚来无语倚危亭。寒林凋尽经霜叶，却爱钟山不改青。”由此我想到，人的生命，虽然是非常脆弱而有限的，然而在每一个人的短暂生命中，所作的那一点奉献，所拥有的那一点精神，人生追求的有益于人间世事那一点精魂，却会化为一种或深或淡的迹痕，汇入于永恒流淌的历史长青之中，诚如黄季刚诗所云：“寒林凋尽经霜叶，却爱钟山不改青。”

2006年4月11—14日写于京郊蓝旗营

载《别梦依稀——叶子铭教授纪念集》，南京大学出版社，2006年

谈林庚先生和他的诗

——为纪念林庚先生逝世给北大中文系学生的讲演

最近,走了整整一个世纪过程的著名诗人林庚先生离开我们而去了。他走得很宁静,走得很安详,从他感到自己不舒服,到溘然离去,仅十余分钟,没有一点痛苦,没有一点牵挂。像一首诗,一曲歌,一段令人荡气回肠的乐曲,甚至可以说,他用自己最独特的最后离去,给人们演绎了人的生命与死亡之间完美的一致性,它们之间最完美的自然与连续。他告诉我们,人的死亡也可以是一种美丽!

他的死的方式,给岁月,给人们的,是一种大气磅礴的无言之美!好像如给我的题辞里说的那样向人们无声作别:"那难忘的岁月,仿佛是无言之美!"

这里讲讲我眼中的林庚先生和他的诗,或者说,林庚先生对于我们的意义。主要想与人家读几首林庚先生的诗,通过这些作品,接近或了解他所拥有的那个诗的世界的某些侧面。

第一,讲讲林庚先生为人和学术的意义。

林庚先生提供了一个现代中国另一种知识分子的生命选择和典范。林庚(1910—2006)生活了差不多是一个世纪。林庚是中国1930年代出现的新一代知识分子,又是最后远去的一个文学界精神界的士大夫。他是一位最有个性,最富创造性和开拓型的诗人和学者。但最吸引我的,还是他的身上体现了一个中国历史转型期里中国传统士大夫与新型知识分子完美结合的风骨和魅力。他一生喜爱并研究屈原和李白,治史与做人一致的古代学术精神脉系,使屈原与李白的精神传统,深深融入了他自己的人格追求和艺术理想。他的学术,是他诗的情怀与眼光的理性体现,他的诗歌,是他生命人格与学术精神绝美的外化。他是真正将诗化了的人格，诗化了的学术，诗化了的人生融为一体的一个人。虽然可能不是唯一的，但也是最完美的代表之一。

朱自清1947年为林庚先生的《中国文学史》写的序里，特别讲了三点：1. 关注文艺的兴衰轮回，追逐起伏变幻的文艺发展主潮。他认为，产生伟人艺术的时代才是真正伟大的；文艺的创造与探讨，目的应该是"只要求那能产生伟人文艺的社会"。2. 反对模仿，力主创造和解放。他说，"模仿传统固然不好，模仿外国诗也不好"。"我们应当与世界上寻觅主潮的人士，共同投入寻觅主潮的行列中；我们不应当在人家还正在未可知的摸索着的时候，便已经开始模仿了。"他认为《诗经》代表"生活的艺术"，后来变为儒家经典，却形成一种束缚和规律。《楚辞》代表了"相反的浪漫的创造的精神"，所追求的是"一种异乡情调和惊异"，"一种解放的象征"。屈原是划时代的，是从屈原起，才开始了我们的自觉的诗的时代。3. 治史的诗人眼光。"著者用诗人的眼光看中国文学史，在许多节目上也有了新的发现，独到之见不少"，"他写的史，同时要是文学；要是著作也是创作"，让一般人读了，也是津津有味，不至于觉得干燥。

在屈原李白以及建安六朝至唐代的诗歌里，林庚发掘了几个精神观念的意义，并将之作了普遍性的升华，成为一种中国文学理想的艺术形象，与文人的诗化精神品格的典刑代表。这些林氏概念，概括起来，就是："建安风骨，盛唐气象，少年精神，布衣情怀。"（一）"建安风骨"，指魏晋建安时代诗歌的"骨气奇高，辞彩华茂"、"真骨凌霜，高风跨俗"，浪漫主义的高瞻远瞩，有理想而不同流俗，具有一种"英雄性格"。它给予林庚的，则是人格的自持和坚守，是坚持一种凛然不可犯的高尚的人格与不屈的意志。李白诗里说："蓬莱文章建安骨，中间小谢又清发。俱怀逸兴壮思飞，欲上青天揽明月"，这能不是属于浪漫主义的范畴吗？[①]（二）"盛唐气象"，是建安风骨的更为丰富的发展。蓬勃的朝气，青春的旋律，这就是"盛唐气象"与"盛唐之音"的本质。它包含着

① 林庚：《陈子昂与建安诗歌——中国古代诗歌的浪漫主义传统》，《文学评论》1960年12期。

一种强烈追求创造与解放,艺术的解放与个性解放的精神,它的突出特点就是永远新鲜而朝气蓬勃。青春的旋律,无限的展望,是盛唐诗歌的普遍特征。[①] (三)"少年精神",是林先生在论王维、李白诗歌中阐释出来的。"新丰美酒斗十千,咸阳游侠多少年。相逢意气为君饮,系马高楼垂杨边。"(王维《少年行》)即充满理想,永不满足,不断进取精神。(四)"布衣情怀"。林先生在李白诗歌反权贵主题中,发现了一种"寒士文学",这在李白诗歌中的表现,则是他"鲜明的布衣感和独立性"。他说,李白"蔑视权贵势力,保持了布衣寒士的独立和尊严","历代的诗歌中都有反庸俗的内容,因为真正的诗人是与庸俗不相容的,李白更是不能容忍一丝一毫的庸俗习气。他反对权贵,是为保持一个布衣寒士的骨气与节操"。[②]

林庚先生不仅以这些精神理想思考古代诗歌,也以这种精神理想塑造自己。如"文革"中林庚的独立不倚的品格。

这里讲一段旧事。"文革"中,"四人帮"调他到"梁校"写作班子,参与古典文献的注释,给他们,给江青讲汉代六朝的小赋。去讲几次之后,他即托辞夫人卧病在床,需要伺候,无法前往。到 1975 年国庆节,忽然给他发来一份请柬,邀他参加人民大会堂的招待会。他知道周恩来总理已经重病,要主持这次招待会。他虽然为二级教授,但还没有参加过这样规模的招待会,也没有近距离地见过周总理,很先去参加。但最后经过一番思索,还是拒绝了。因为如果去了,江青等人又可以说,你既然能出来开会,怎么不能出来讲课呢?他是研究古典文学的,他心里明白,给那些人讲课,是一种什么身份。那不是给上司当"御前伺读"吗?"四人帮"倒台之后,在白石桥的北京体育馆召开万人大会,在那个会上,让他上台,把他拉上台,当那么些群众,宣布对他的"解放",即落实政策,没有问题了。他回来之后,感到那是对他人格的一种极大的羞辱。他一生信奉的,就是李白的那句话:"安能摧眉折腰事权贵,使我不得开心颜。"

---

① 林庚:《盛唐气象》,《北京大学学报》1958 年第 2 期。

② 林庚:《唐代四大诗人》。

再讲先生的一首旧体诗。2005 年 4 月 21 日，读北大网上有林庚先生在厦门大学任教时的学生，福建文学研究所研究员蔡厚示写的《蓝天、大海、赤子心——记林庚先生》一文，记述了林庚先生在厦门大学任教时的一段学术与生活经历。其中讲到林庚先生"文革"结束之后所写的一首旧诗：

> 林庚早以新体诗著闻于时，教授北大有年。十年动乱之际……君不淫不屈，终无所染。丁巳秋，局定事解，予以诗奉酬云："讲堂静对北山云，中有高明异所闻。麻在蓬中原自直，鸿与燕雀岂同群。公言至竟能分晓，诗事从当理放纷。海淀花开今更好，莘莘鹊立庆还君。"君和答云：
>
> 十年人海变风云，浪里浮生默不闻。
> 德必有邻知所勉，心如虚室熟为群。
> 天公惜玉蓝田晓，海若藏珠碧水纷。
> 为读来诗增感慨，昨宵入梦又逢君。
>
> 所见唯此一首，气骨故自不凡。（见《荷塘诗话》第 112 页）

林庚先生写新诗之后，就决心不再作旧体诗词了。他对我说，所以这样，因为觉得新诗的生命不长，它代表了新文学的未来，成绩不是很大，压力也很多，他不愿意用旧诗，为那些反对新诗的人们帮忙。这是我看到林庚先生唯一一首不得不和学生的赠诗的旧体诗了。他一生始终有自己独立的新诗信念和艺术见解。他一生坚持，直至晚年也未改变这样的独立与反庸俗。他对于当代诗歌一直非常关注，精神生活追求完美与诗歌创作上反对庸俗的坚守，一直到他生命结束的时候。

再来读林先生曾给我的一封书信。1996 年 1 月，日本神户发生特大地震，我当时正在神户大学任教。地震过后不久，是中国的旧历新年。我们夫妇给林庚先生写了一封贺年信，并挑选了一个美丽日本风的贺卡寄上。很快，便于 1996 年 2 月，我们得到林庚先生的复信，他在信里这样写道：

玉石兄如晤：

获手书，山川道远，多蒙关注。神户地震之初曾多方打听那边消息，后知你们已移居东京，吉人天相，必有后福，可庆可贺！惠赠尺八女孩贺卡，极有风味，日本尚存唐代遗风又毕竟是异乡情调，因忆及苏曼殊诗“春雨楼头尺八箫，何时归看浙江潮；芒鞋破钵无人识，踏过樱花第几桥”。性灵之作乃能传之久远，今日之诗坛乃如过眼云烟，殊可感叹耳。相见匪遥乐何如之，匆复并颂

双好

菊玲君统此

林庚

九六年元月三日

在这封信里，我们可以见到林先生对于当下诗歌负面评价的看法，他说得很尖锐。他的推崇诗歌的“性灵”说，批评当今诗歌缺乏真实的性情与魂魄，感叹很多诗如“过眼云烟”，与他所举崇的“盛唐气象”，在精神上是完全相一致的，这是一贯坚守的诗人人格与诗学思想。

第二　讲讲林庚先生诗的意义。

关于林庚诗的情感与社会生活内涵，我曾写过一篇很长的论文，题为《论30年代林庚诗歌的精神世界》，发表在《中国诗歌研究》第1期（2002年，首都师大诗歌研究中心办，中华书局出版），这里就不重复那里已经讲过的了。这里讲讲他的诗歌创作，在接受西方艺术营养和吸收传统诗歌艺术资源之间如何将之熔为一炉方面所作的探索和贡献。

林庚先生出身于文化世家，父亲林志钧，20年代即为清华大学教授，1936年中华书局出版至今还在用的厚厚12大卷《饮冰室合集》，就是他编辑的。林庚有深厚的家学准备，有古典文学资源很深的造诣，有走进旧体诗词创作的实践。在读书期间就在《清华周刊》、清华《文学月刊》上发表二十余首诗词作品，又基于自觉创新要求，实现突围和艺术解放的巨大渴望与冲动，从物理系转入中文系，从写古典诗词转为写新诗。他在深厚古代文化素养的基础上走进了新诗创作。因此他就与五四时期“放大脚”的一代诗人不同，没有因袭的重担和尝味“放脚”

那种“血腥气”的痛苦,更多的是探索新诗创新之路的勇气和信心。他自 1931 年开始,由旧体诗词转向新诗创作。他说:“我写新诗是从自由诗开始的,自由诗使我从旧诗词中得到一种全新的解放。”“当我第一次写出《夜》那首诗来时,我的兴奋是无法比拟的,我觉得我是用最原始的语言捕捉了生活中最直接的感受。”(《问路集》自序)为此当时林庚还为自己写了这样一个“座右铭”:

星星之火可以燎原
太多的灰烬却是无用的
我要寻问那星星之火之所以燃烧
追寻那一切的开始之开始。

在 1933 年 9 月至 1936 年,不到 4 年的时间里,林庚先后出版了《夜》、《春野与窗》、《北平情歌》、《冬眠曲及其他》等四本诗集。他是清华大学中文系学生中唯一被朱自清先生批准以诗歌创作代替大学毕业论文的一个人。那时候他才 23 岁。

当时的老师友人和诗歌界,给予他的诗很高的评价。俞平伯在《夜》的序里,称赞林先生的诗,“他的诗自有他的独到所在,所谓‘前期白话诗’固不在话下,即在同辈的伙伴看来也是个异军突起。他不赞成词曲谣歌的老调,他不赞成削足适履去学西洋诗,于是他在诗的意境上,音律上,有过种种的尝试,成就一种清新的风裁。”(林庚《夜》序)戴望舒当时说:“在许多新诗人之间,林庚先生是一位有才能的诗人,《夜》和《春野与窗》曾给过我们一些远大的希望。”(《谈林庚的诗见和四行诗》)李长之也批评说:“林庚的诗的作风无疑地已经有了相当的影响。”(《春野与窗》)废名先生对林庚先生的诗,作了高度赞赏,并在北大课堂上,立专题进行讲授,他对于林庚先生的诗在新诗发展中的独特贡献,作了这样的论断:“在新诗当中,林庚的分量或者比任何人要重些”,他在新诗里,“很自然的,同时也是突然的,来一分晚唐的美丽”。“他的诗比我们的更新,而且更是中国的了。”(《谈新诗》)。即使是从意识形态方面对于《夜》进行严厉否定性批评的左翼诗人穆木天,也不能不这样承认:“象征主义的要素,在林庚的《夜》里,是占有着支配的地位”,而象征主义的诗歌,在当时中国新诗多样潮流共存的发展中,“总算是占有着相当的地位”的。(《林庚的〈夜〉》)

如何将传统诗歌艺术融合于现代诗的创作中来,并给新诗带来丰富多彩的新的境界与品格,始终是中国新诗发展中的一个未能很好解决的问题。胡适为了辩护和证明他倡导的白话新诗的历史合理性,反观历史的时候,便过分狭窄地提倡承传“元白”的明白畅晓的白话诗传统,主张“有什么话,说什么话,话怎么说,就怎么写”,给新诗带来了过于浅露直白,缺乏真正诗味的毛病,在后来者的一些年青诗人的反思中,他的诗被说成是“给散文穿上韵文的衣裳”,是“新诗的罪人”。相反的情形也存在着。自五四以后,面对白话新诗的过分直白,无诗味,就有人提出不同的主张,要求诗歌中应该更重视李商隐代表的朦胧隐藏的传统,并努力在这一传统中寻找与西方象征主义诗歌艺术内在的独特的联系。最早是1922年,梁启超在清华学校一篇题为“中国韵文里头所表现的情感”的长篇讲演里面,就以西方诗中的象征主义观念来观照中国古典诗歌,称赞其中一种“蕴藉的表情法”,说这种方法,虽然把情感本身照原样写出,却把所感的对象隐藏过去,另外拿一种事物来作象征。他认为到了中晚唐时,诗的国土,已经被盛唐大家占领殆尽,温飞卿李义山李长吉诸人,便想辟新蹊径。李义山确不失为一大家。平心而论,这派固然不能算诗的正宗,但就“唯美的”眼光看来,自有他的价值。如李义山近体中的《锦瑟》、《碧城》、《圣女祠》等篇,古体的《燕台》、《河内》等篇,“我敢说他能和中国文字同其运命”。就中如《碧城》三首的第一首:“碧城十二曲阑干,犀辟尘埃玉辟寒。阆苑有书多附鹤,女床无树不栖鸾。星沉海底当窗见,雨过河源隔座看。若使晓珠明又定,一生长对水晶盘。”“这些诗,他讲的什么事,我理会不着,拆开一句一句的叫我解释,我连文义也解不出来,但我觉得他美,读起来令我精神上得一种新鲜的愉快。须知,美是多方面的,美是含有神秘性的,我们若是承认美的价值,对于这种文学,是不容轻轻抹煞啊。”[1]

① 《饮冰室合集》第4册《文集》之37,第119—120页。

后来的周作人、朱光潜、钱锺书、梁宗岱等人,沿着这个思路,寻找西方现代诗歌与中国传统诗歌深层艺术表现方法的内在相似性。30 年代新诗人群体中所出现的"晚唐诗热"之风,根源即与此相关。林庚的创作实践所体现的"晚唐诗的美丽",则是最能体现这一艺术追求所获得实绩的一个代表了。

如何来理解废名说的林庚诗所拥有的"晚唐的美丽"呢?我试着讲一些自己的看法。

(1)林庚先生的诗,既有盛唐的明朗豪放的大家气象,又能在日常生活细微事物吟咏中,开辟更富有人情与哲理结合的新境界。如李商隐的一首七律诗《月》:"过水穿楼触处明,藏云带树远含清。初生欲缺虚惆怅,未必圆时即有情。"同样的写月色之景,却能突破了盛唐时一些咏月诗的直白,凸显了景色抒情的客观性,将景物赋予主观色彩和人格特征,超越单纯的抒情写意,进入了人生哲理传达的新境界。诗里暗示地告诉人们:人生事物都不必追求完满,有点遗憾残缺,同样可能是最有情的。林庚吸取古代晚唐诗这样的艺术追求,将它借物象征暗示传达的抒情传统,与西方象征主义抒情方法,融合起来,探索不单纯模仿西方,也不单纯模仿古代的一种现代象征隐藏的新的抒情方式。这方面的论述,我于那篇谈林庚诗的长文中,讲过了。这里就主要用一些作品例子,作些分析说明。

例 1,《风狂的春夜》:"风狂的春夜/记得一件什么最醉人的事/只好一个人独抽一支烟卷了/窗外的佛手香/与南方特有的竹子香/才想起自己是新来自远方的/无限的惊异/北地的胭脂/流入长江的碧涛中了/疯狂而且十分寂静的/拿什么来换悲哀呢/惊醒了广漠的荒凉梦。"

此诗写诗人自己一次短暂江南之行中的感受,是一首很有时代责任感的诗。诗集《夜》出版之后,别人批评他不关心政治,他很不平。前年林先生读了我的文章,给我的电话里,兴奋地告诉我说,"你的文章给我甄别了"。意思是说,别的人批评我的诗,不关心政治,其实完全没有读懂我一些诗的意思。我的理解,这首诗里,讲在一次"风狂的春夜"里,自己一个人,漂泊在江南时,在屋子里,记起一件"最醉人的事",这事是什么呢?作者诗里并没说,接受者也无法确定,只能由你自己去猜想与想象。50 年之后的 1984 年 6 月，北京大学出版社出版的《问路集》里，选入了这首诗，诗人自己才第一次为“北地的胭脂/流入长江的碧涛中了”一句诗，在“北地的胭脂”之末尾，特别加了一个注解，内容是：“《匈奴歌》：‘失我焉支山，令我妇女无颜色；失我祁连山，使我六畜不蕃息。’焉支即胭脂，原产北方，故有‘南朝金粉，北地胭脂’之语。这时北平已如边塞的荒凉，而到了南京上海一带却还犹如南朝那样繁华。这局面又能维持多久呢？”有了使用典故用意的这些说明，这样我们才明白了，诗人是在说，在一件最醉人事过后，暂得独自享受一时的宁静与清闲中，自己却勾起一片故国之思。窗外南国的佛手香与竹子香，使自己想起原是来自遥远北方的旅人。北方当时怎样呢？后面“北地的胭脂”的用典，暗示自己想起故土那边的北地荒凉与战事烽烟，从而惊异于南国那种“隔江犹唱后庭花”般“却还犹如南朝那样繁华”，激起自己内心深深的感叹与悲哀。一种爱国青年富有时代气息的深沉情感，被放在一种隐藏而委婉的诗境中传达，达到了更富美感也更加幽深的意境。没有多年后作者自己所加的那段注解文字，真是很难明白他诗里的真意的。

例 2，《春野》：“春天的蓝水奔流下山/河的两岸生出了青草/再没有人记起也没有人知道/冬天的风那里去了//仿佛傍午的一点钟声/柔和得像三月的风/随着无名的蝴蝶/飞入春日的田野。”

这首诗写的是另一种很富少年精神的感情的激荡，书写出了诗人自己对于春天的独特感觉：春水如蓝，奔流而下，两岸绿草发芽，冬天已经不知何时远去了。这时眼睛所见到的，仿佛傍午远处传来一点钟声，它是那样轻淡，宛如三月春风一样柔和，这声音飘然而来，又飘然而去，就如随无名蝴蝶，飞入宁静的春之田野里了。全诗完全以意象暗示一种赞美青春、生命、自由的情绪。没有主题，没有说教。文字节奏顿挫而明畅，情绪飞动而欢快，确然代表了林庚所说的那种盛唐诗中的“少年精神”。如李白的一些绝句，杜甫的《闻官军收河南河北》的明快，畅然，但却也带有晚唐诗的意在言外的朦胧。这是一种透明欢快而有余香回味的朦胧。如梁启超所说的，不像西方浓浓的咖啡还加上糖，而像龙井的淡淡清香而余味无穷。这里有如谢灵运“池塘生春草”的那种天然去雕饰。有如李商隐“沧海月明珠有泪,蓝田日暖玉生烟”那样一种品味无穷的朦胧美。

例3,《秋日的旋风》:“喜鹊静悄悄的/清旷的街巷/天蓝到不知什么的地方/秋日的旋风/如一座塔似的/走过每个孩子家的门前/到远远的地方去啊!//母亲的怀里冷落了/童心的小手伸出/一个落叶随着风打转/看它要到什么地方去哩?/旋风一座一座的从门前走过/到远远的地方去啊!/太阳越过千里的青山/与水流来/找他久已生疏了的熟人/自行车的皮轮游历着路上的树影/轻轻的/带起一线不高的灰尘/到街巷的尽头空场那边//天淡淡的说不出什么来/跑过一只野兔子/金环的耳朵/红眼睛/一个小尾巴翘动着逃到/极远的地方去/眼前再见不到什么了/白云漂泊着/旋风微黄的走过/每个街巷/每个孩子家的门前/一座一座的塔似的　写给冰心的Baby。”从诗末所缀“写给冰心的Baby”字样来看,这是1930年代初林庚先生写给冰心小孩子的一首诗。读了之后,感觉到诗里充满了童心、天真与爱。如西方有作家倡导的“无意思文学”一样,似乎并没有什么更为深蕴的含意,诗人完全是在客观地掵写秋天北京一个园内或街巷里所见的一些自然和人的景象。开始的七行诗纯写自然景物,从无声的喜鹊到纯净的蓝天,从清旷的街巷,到如塔似的秋日的旋风,写山了一个宁静中有飞旋动感的自然外在环境。秋日的旋风是主要的核心性的象征意象。接着的十余行诗里,似乎大人回答孩子关于旋吹下的落叶“看它要到什么地方去哩”的询问,又似乎是母亲对于孩子的疑问般的述说。通过这些描写,母亲怀抱孩子的爱,孩子伸出“童心的小手”的天真,以最富情感的细节,被抓住了,暗示性地刻画出来了。第二节里又是从“天淡淡”的自然风景开始,到掵写眼前出现跑过去的一只野兔子的可爱意象,与前面的孩子的意象相呼应,再回到“秋日的旋风”,从每个孩子家的门前,像一座一座塔似的走过。仅仅写了一个场景,一些自然现象,一个孩子的童心和欢乐,构成了一个清澈复杂而又寓意模糊的符号。诗的意思是什么?是赞美自然的生命?是描写孩子于母亲怀抱中的快乐?是自然现象给予人的一种吸引或呼唤?都很难说清楚。我问过先生,林先生没有回答我,只讲了他到冰心家里做客时,当时确实看到了这些情景。1932年,施蛰存在《现代》杂志上，发表一组随笔，其中之一题目是《无意思之书》。文中介绍了英国作家爱德华·李亚的《无意思之书》。这是专供儿童看的诗画集。对于小小的读者，作者“不想在这些诗歌故事中暗示什么意思”，他“并不训诲他们，也不指导他们”，而只是想通过这样一种“超乎狭隘现实的创造”，能够给孩子，也给成人，一种精神接受中“意想不到的乐园”。这些作品，不会用附会出来的一些“浅陋的道德教训”，去“生生地束缚住了儿童的活泼的幻想力”（《无相庵随笔》）。这首《秋日的旋风》，既然作者说是“写给冰心的 Baby”的，无妨也可以将这首诗当做“无意思文学”来读，我们可以任想象去理解，而不必去探究其深蕴的含意。这是一篇写给大人的“童话”。诗里的这种朦胧，也许正是诗人追求的一种美的本身。

（2）注意意象的唯美和暗示的朦胧。李商隐也写过不少概念化政治性很强的诗，如“历览前贤国与家，成由勤俭败由奢”等。但更多的也更为人所称赞的，还是《锦瑟》、《重过圣女祠》，及许多首《无题》等一类诗，它们开辟了盛唐李杜以外的另一种艺术风气。用梁启超、周作人、朱光潜等人的话讲，他是承袭古代诗经的“兴”和楚辞象征的传统，它们与西方象征主义艺术精神，有内在的一致和相通。自然意象，在诗里均被赋予深层的象征的色彩，让它承载更阔大更幽深的意义和情感。诗里的意象，与诗意义之间，有似是而非的联系。“沧海月明珠有泪，蓝天日暖玉生烟”，“一春梦雨长飘瓦，尽日灵风不满旗”，很朦胧，但很美。

例 4，《风雨之夕》：“濛濛的路灯下/看见雨丝的线条/今夜的海岸边/一只无名的小船漂去了//高楼的窗子里有人拿起帽子/独自/轻轻的脚步/纸伞上的声音……/雾水的水珠被风打散/拂上清寒的马鬃/今夜的海岸边/一只无名的小船漂去了。”这是林庚最早的新诗作品之一，很有尝试性和探索性。这里有实写，有想象。它提供了一种迷惘的“寻找”的情绪和心境。在一个淡淡风雨的傍晚，高楼上“有人”（也许就是诗人自己的象征）离开家，孤寂中独自出外，骑马远行。如想象中那远方大海边的一只无名小船，在茫茫大海里茫然地飘然而去了。是写诗人自己的孤独寂寞？是写人生命运的迷茫不定？还是诗人一种内心无所归依的漂泊感？这些既亲切真实而又朦胧象征的意象，被诗人赋予了蕴涵悠远的意义。它给读者的是一种想象的美，和怅惘，和忧郁。这无法说解清楚的怅惘忧郁，本身也许就是一种美吧。

例5，《无题》(一)："一盆清丽的脸水/映着天宇的白云万物/我俯下去洗脸了/肥皂泡沫浮满了灰蓝色的盆/在一个清晨或一个傍晚/光渐变得微弱了的时候/我穿的盥衣是一件国货/华丽的镶边与长穗的带子/一块湖滨新买来的面帕/漂在水上如白净的船篷/于是我想着一件似乎很怅惘的事/在把一盆脸水通通的倒完时。"这大约是一首爱情诗，完全是用日常的生活琐事作为诗的意象，写自己内心情感的凝思与驰想。诗里没有激烈的情感书写，没有核心意象的暗示，整首诗写得很朦胧，很自然，也很潇洒。一盆清丽的洗脸水，里面映着天宇的白云万物，那些生活物品的描绘和那件"似乎怅惘的事"的回想，纠结缠绕在一起，亦虚亦实，亦物亦情，构成书写爱情回想中的朦胧诗境。诗的传达有一种戏剧的进展性：这是一种最美的融合，最清澈的投入，但是它突然被改变了。当我失去了这一切的时候，我才感到一种真正的怅惘。这是失去爱的怅惘，失去美的怅惘。它很现代，也很古典。像一首晚唐的"无题"诗，但又没有晚唐无题诗模仿的痕迹，从意象选择，抒情方式，到语言运用，都是非常现代的。废名40年代在北大课堂上讲新诗的时候，专门讲过这首诗。他这样说："这首诗很见作者的豪放，但一点也不显得夸大，因为他的豪放是美丽，是幻想，都是自己的私事，旁人连懂也不懂得，何致于夸大呢？温飞卿的词每每是这种写法，由梳洗的私事说到天宇的白云万物了，不过温飞卿是约束，林庚的诗确是豪放。'于是我想着一件似乎很怅惘的事，在把一盆脸水通通的倒完时'，这种感情我最能了解，我从前写小说常有这种感情，林庚以之写诗来得非常之响亮，仿佛一盆脸水通通倒完了，豪放得很。而倒出去的都是诗人之幻想，所以美丽得很。这所谓'很怅惘的事'，一定是关于女子的事，故诗题作《无题》。"(《谈新诗·林庚朱英诞得新诗》)

(3)诗人往往去掉意象与意象之间的联系，在意象与句法上，作大幅度的省略与跳跃，由此而造成诗意的幽深朦胧与接受的陌生感。戴望舒、施蛰存等现代派诗人，也运用这种"省略"和"跳跃"的方法，但诗句诗行之间，意象与意象之间，联系既朦胧而又隐约可见，处于“隐藏自己”与“表现自己”之间，接受距离没有那么大。林庚的诗里，这种“省略”与“跳跃”，由于意象更为新颖，更为私人化，意义和情感也就更为朦胧了。他的诗属于“意象人潮”中的链条，却又别具另一番豪放与朦胧更为“幽深”的特色。

例6，《夜》：“夜走进孤寂之乡/遂有泪像酒//原始人熊熊的火光/在森林里燃烧起来/此时耳语吧？//墙外急碎的马蹄声/远去了/是一匹快马/我为祝福而歌。”说明林庚诗抒情方式的追求，这是一个非常典型的例子。几个段落，几个意象，它们之间，似乎没有任何联系。你读这些诗句，如走近孤立的山里人家。诗人的现代寂寞感，就在这三组意象里完成了诗意的传达。第一节三行，不说自己如何孤独寂寞，却说“夜”走进“孤寂之乡”，以致流下了痛苦的泪水。第二节三行，一下子由现代跳跃到似不相关的远古人类生活：看看“原始人”的生活吧，他们人与人之间，是多么的热烈而亲密，既群聚而居，围篝火而坐，火光熊熊，人们亲密“耳语”。诗人用这种原始人的亲密反衬现代人的寂寞。怎么办呢？第三节的四行诗，用一匹快马急促逃离的意象，并突兀地写了一句“我为祝福而歌”，实际传达了自己多么渴望逃离寂寞的心境。诗人没有直接告诉你什么，但却让陌生化的意象，大跨度的空白，内在隐形的紧密连接，告诉了自己所要抒发的全部情感。作为读者，你必须用自己的想象，搭起意象与意象，诗行与诗行，诗节与诗节之间所存在的诗人想象的桥梁和内在的感情逻辑联系，进行阅读的复原，才能理解体味这样一类诗的妙义。

例7，《寄故园友人》：“朝霞的明艳/照着人间的又一次不平/觉出妥协的可笑/与所能伤害于我的/总打不断这暂时沉默的傲笑吧！/此外，故乡与故友的可爱//狮身人面兽回首的雄姿/眉宇诚是好友/于此轩昂了！/如一朵白云的浮去/本不是人所能羁留的。”这首诗，因涉及个人自身往事和清华校园师友，写得就更隐晦一些。林庚毕业后，想留在学校，未能如愿。这里涉及当时朱自清先生对林庚的一些看法。与林先生的一次谈话中，我问到过这首诗的背景和意思，林庚先生讲述了当时的旧事和自己的心境，我才理解了这首诗的内涵。当时我写在一篇学术散文里,文章题目是《“相见匪遥　乐何如之”——林庚先生燕南园谈诗录》,刊载于《新文学史料》2005 年第 1 期上,也收于为庆祝林先生 90 寿辰时北京大学中文系编的《化雨集》(人民文学出版社,2005 年 3 月)那本书中了,大家可以参读。读朱自清日记,也看到一些新的材料,帮助我对于此诗的理解。如 1935 年 5 月 8 日日记:“林庚《诗五首》,由哈罗德·阿克顿(HaroldActon.)翻译,发表于《诗歌》杂志(一九三五年四月,卷四十六)。此固甚光彩之事。为此,林希望得到本校新诗习作讲师席位,俞王两君向予表达此意,当予谢绝。”5 月 15 日日记又记:“闻一多来访,他推荐林庚,谢绝之。”这首诗写于 1934 年里,与前述史实,似不尽吻合。但历史的影子,总是诗作的起源。诗里书写了自己曾经感受到的“阶级意识的分明”(收《问路集》时,改为“人间的又一次不平”),写了自己不得已的妥协,以及以“暂时的沉默”来守护自己的一点“轩昂”的傲气。对于故乡和校园的故友,抒发了依然如旧的深情。末尾两句“如一朵白云的浮去/本不是人所能羁留的”,更直接说出了自己所坚持的“不能羁留”的个性自由的精神追求。有时诗意象,诗句,不一定朦胧,而蕴涵本事无法得知,同样带来一种接受的隔膜。

例 8,再讲一首《时代》:“红叶在两岸渲染着/我直沉入深峡中了……/一夜的恶梦/日间人的警告/乃如此的不能忘掉吗?//我哭了一夜,我听见/额菲尔士峰上刻碑的声音了!/我唱出我久久不敢露出的一句话/当晓色划分出这个时代!/我看见平原之歌者/随风而走上绿草来//月明之夜/清醒的/白纸灯笼掉在地上燃着/如幽灵般走过/踏着欣欢之脚步。”一个很明白而富于概念色彩的题目里,如何传达自己所要抒发的情绪呢?主要的表现方法,还是意象连接之间的跳跃,感觉鲜明而意义模糊,造成接受者与诗的内容之间的距离感。这需要自我情感的隐藏,让被朦胧了的意象本身说话。这是一个怎样的时代呢?作者没有告诉你,你去猜想吧。开始是如此“一夜的恶梦”:自己梦见自己掉在深峡中了,两岸是如血一般渲染的红叶。而这恶梦的缘由,乃是无法忘掉的“日间人的警告”。是流血?是死亡?是无法应对的恐怖?诗人没说。但它带给诗人的,是一番永远不能摆脱的深深的沉压和痛苦。它的深度，它的幽远，在这样一句诗里，得到暗示："我哭了一夜，我听见额菲尔士峰上刻碑的声音了！"后半节的几行诗，便进一步接触了诗情的核心：当黑夜退去，黎明到来的时候，自己唱出了埋在心里久久不敢说出的声音，那就是一种对生命宁静自由的渴望的象征："我看见平原之歌者/随风而走上绿草来。"他告别夜的黑暗和恐怖，带给世界以新的欢欣。从外在，到内心，都是多么盼望黑夜恐怖永远过去，渴望美丽自由生活的到来。诗句之间，意象之间，看去似于无关联的呈现，实际以内在的情绪，将它们连在一起，构成一个朦胧而可以走近的富于想象空间的世界。

说林庚先生的诗，承传了中国诗的传统，包括晚唐诗在内，但绝不是因此而否定他新诗语言现代性的独特探索。有人说，"新诗诞生与写作以古典诗歌和古代汉语死亡为代价"，这样的论断，既不科学，也不符合实际。林庚的新诗，为了情绪的解放与传达的自由，所进行的汉语试验的大胆自如，古典与现代想象及语言融合的运用，无拘无束自由创造有时达到了令人惊叹的地步。这里最后再读一首《自然》，算是例9："星球日夜流转着/语吻如小儿/温馨如少女/在那里有远山的狮吼/回声如梦境/如僧院，如清醒/广博若深远，温柔如轻云/浓烈而勃郁/乳色的天日夜浮过/森林的耳语，有树的沉香/潮湿里腐朽的霉味，菌的气息/幽深而漫长，轻微而震荡/华丽如真实，奇境如幻想/月亮带着喇叭上升/抱着琵琶下去/独角鬼追逐着风，来去如寻找/吹过如留恋，如回想/如琴弦，弓响，悔恨/如处女肌肤的芬沁，如鸱鸺的叫唤/如浪子的笛声/如有恶力加入/如破坏，如完成。/在那里有日光落在上面的草原/呼吸如凝脂，滑润如绿意，如眼泪，如素心/如叹息，低吟如芬芳，柔弱如骄傲！/天的怀抱中鹰翅伸长/急掠弧线与回纹/如将沉醉于正午/于黄昏，于夜来/刚劲而柔韧/迷恋而无方。"这里许多诗句纯然是现代口语，但又运用了极多的古代汉语的实语和虚词。诗里比喻形象奇颖，长短句回旋自如，穿插相间，参差糅合，疏密并用，如一支千变万化的古筝曲，急骤舒缓，洒脱自如。这里已经难以区分现代与古典、文言和白话、口语和书面语，一连串的意象，被一些虚实之词连成一只诗语的珍珠。读之让人感到自然万汇的博大精彩，哲思深蕴，回味无穷。

林庚先生给我的一幅题字里说："人生的提纯，诗人因此也是一场修行。"林庚先生的人，的诗，本身就是一首读不完的诗卷，是一场修行最美的果实，是留给写诗和爱好诗歌的人一个永远的猜想和叩问。面对林庚先生的生命高度，我们应该怎样回答？

50年前，我和谢冕、洪子诚等，作为热爱新诗的学生，参与《红楼》杂志或创办或撰稿，林庚先生曾应邀为《红楼》杂志专门题诗，对青年寄予厚望。今天我愿意在这里，将先生的题诗转述给在座的北大新一代学子：

红　楼

红楼你响过五四的钟声
你啊是新诗摇篮旁的心
为什么今天不放声歌唱
让青年越过越觉得年青

最后，我再以朗读自己刚刚写成的《送别林庚先生》的悼诗，作为这场纪念讲座的结束，也作为我们几代中文系的学子们，为林庚先生作一次诗歌方式的送行。

送别林庚先生

此曲只应天上有
人间哪得几回闻
——杜甫《赠花卿》

一

你走过夜走过春野与窗
诗的国土留下一抹辉煌
为人间你写下最美的梦
无言之美中空间的驰想

二

最忆那玉树临风的课堂

娓娓话语升起盛唐气象
大漠孤烟织进长河落日
多少痴多少醉心中回响

三

曾无数次敲响你的小楼
走近你如走近诗的宇宙
笑声与箴言流进我心底
少年精神是如歌的春秋

四

几株笔直老树长向云边
青葱的竹林摇曳你窗前
历史将记住静穆的小院
火中的凤凰翱翔的蓝天

五

你走得宁静啊走得安详
不要哀曲也不奏响悲怆
留一掬微笑留一曲风骨
在难得一闻的人间荡漾

孙玉石　敬挽
2006年10月8日

写于深夜里的思念

——深切怀念丸山昇先生

11月27日上午，收到丸山昇先生病逝的噩耗，便放下手头的事情，几乎是麻木地坐在电脑前，一直沉默无语，什么话也不想说。从来没有一个外国朋友的离去这样牵动着我的心。在无言的悲痛中，我是流着泪，打完了代表北京大学中文系和诸位友人的唁电文字的。

得知丸山先生病重住院，一直关心着传来的信息。远东自东京归来，在电话里详细告诉我他四次往医院看丸山的情形，那时候，我还怀有先生病情好转的一点期望。11月26日晚上10点多的时候，接到了西野由希子刚从医院回水户家里发来的邮件，说丸山先生患的是肺炎，住在ICU(特别治疗房间)，很令他们担心。看后，我的心情，也异常沉重起来，即于零时六分，万籁寂静的深夜里，给西野复信说：看了你的来信，心情是很沉重的。我真心希望丸山昇先生经过治疗，能够度过这个难关，早一些摆脱肺炎发烧的情况，一切都能好起来。我们不能前往看望先生，只能在遥远的这里，为先生的健康祈祷！祈祷！再祈祷！此时我更加体会到什么叫远隔大海的意思了！

怎么也没有想到，就在这封邮件发出的一个多小时之前，丸山先生已经永远地离开我们了！我写去的一些话，他是怎么也听不到了！

四天后，西野告诉我，她与其他几位友人，和松子夫人一起，采取了一种先生生前所希望的方式，最后送走了丸山昇先生：没有灵前守夜，没有追悼仪式，仅几位学生与亲属一起，将先生的遗体火化了。

又是万籁寂静的深夜里，我心情宁静沉重而怅然若失。我用近乎冷酷的理性笔调，在给西野的复信里，说了这样一些话：这些选择与决定，符合丸山先生一生所坚执的信念与原则，从这里我也更感觉到一个真正洞彻人生的智者，一个用彻底的唯物主义思考世界和生命的人，所能拥有的最简朴也最永恒的思想的意义。你说“在我心中，丸山老师的存在一直没有变化，他还是跟我们在一起”。丸山先生离世之后的这几天里，我也与你有完全同样的感觉。记得有人说过，活着的人可以在活人的心中死去，死去的人可以在活人的心中活着。我相信，丸山先生是那种会于很长的时间里活在人们心中的一个人。

与丸山昇先生，近 23 年的相识相交，走近先生的精神世界，这是我一生学术生涯中最难以忘怀的获得与幸福。

最初是上个世纪 70 年代末，从一些介绍日本鲁迅研究的零星文字里，我开始知道丸山昇先生的名字，并且模糊地知道了，先生的学术研究，“丸山鲁迅”这个概念，在日本鲁迅研究史上的意义。那时因为尾崎文昭博士来北大，跟从王瑶先生研修，我们来往较多，外出学术访问时朝夕相处，由他那里，我也陆续了解了一些他的老师丸山先生的情况。那时候，我是以仰慕的心情，来想象这位大学者的。

与丸山先生的初次见面，是 1982 年的事。先生与出版社的人一起，来北京商议日译版《鲁迅全集》的事宜。应中文系的邀请，先生来北大作了一次讲演。那是在五院墙外东侧，一间由旧浴室改装的低矮简陋的教室里，先生讲的是鲁迅与中国现代文学在日本接受的情况。向景洁副系主任主持这次讲演，王瑶先生，严家炎先生，我以及现代文学教研室同人，还有研究生们，都前来听讲了。尾崎文昭担任中文翻译，为这个异常吃力的工作，又是直面自己老师的“考试”，他紧张得出了一头汗。从他的中文译述中，我们第一次知道了，丸山先生眼中的日本学者对于中国文学作品的热爱和理解，知道了鲁迅的小说、丁玲的《一颗未出膛的枪弹》、《青春之歌》、《红岩》等作品，是以怎样的感情和意绪，最早走进关注中国民族新生，也关注日本社会进步的日本学人和普通读者的精神世界的。

1983 年春天，我到东京大学文学部讲学，一年半的时间里，有幸与丸山先生朝夕共事，我们的接触更多了。先生的研究室，在文学部的楼上，我在楼下，每周我们都见面几次。先生对我的多方热情关照，有形的和无形的影响，自此建立起来的友情，让我一生里刻骨铭心。

永远忘不了4月5日初到东京那天晚上，我由伊藤漱平、伊藤敬一、平山久雄、传田章等几位名教授，亲自从成田机场，接到坐落在皇宫附近的竹桥会馆。在那里等我的，就有丸山昇先生和尾上兼英先生。那时正当东京樱花盛开的时节。在会馆一起晚餐后，别的友人离去了，丸山先生还亲自驾车，由平山先生陪我，绕皇苑周围的御沟，边走边谈，一路饱览那些璀璨灯光辉映之下的色彩缤纷的"夜樱"。路上不能停车，只平山先生一个人，带我多次下车，漫步观赏烂漫迷人的樱花，就这样围着皇宫御苑，整整绕了一大圈，丸山先生一直在车上，为我们开车，等候。后来我才知道，丸山先生这时候，因患肾病，每周要去血液透析，已经两年多了。

对我这个新来的客人，先生的热情，真诚，细心，常让我从心里感动。先生自己在东大校内外，每周都有十来节的课，加上别的一些学术活动，社会活动，著书，写文章，翻译东西，经常是非常紧张忙碌的，但他还是出于礼貌或是友情，每周都前来听我的关于"中国新诗流派"和鲁迅《野草》研究的两门课。我几次说，请先生不要参加了，他总是说："有很多是我过去不知道的，我的汉语听力不好，也是来再学习吧。"每次上课，他都是按时前来，坐在那里听讲，有时也参加讨论。

课后，有时我们一起吃饭，交谈。有次下了课，他与前来听课的芦田肇、近藤龙哉、小谷一郎等几位年青人，特意领着我，一起步行，到附近的上野公园，在路旁一家名为"莲玉庵"的老店里，吃正宗的日本荞麦面。原来这是先生为我"寻旧"情结的有意安排：郭沫若1955年末重来日本访问时，到过这个地方。饮酒谈话间，店里的主人，还应先生的要求，拿出了珍藏多年的郭老当时为他亲笔写的一方色纸，潇洒的毛笔字写着，自己多年后，重来这里，饮清酒几杯，吃荞麦面几屉……一次读书会后，在本乡的一家居酒屋小聚，经过马路对面一个卖羊羹的藤邨老铺，明治时代式样的矮屋与木栅栏，淡紫色的粗布门帘，先生告诉我：当年的鲁迅、周作人，常来这里，买他们最喜欢吃的栗子羊羹。说着，先生还带我进去参观，买了一块大的羊羹，送我品尝。后来，王元化、牟世金等友人的《文心雕龙》学术访问一行，在东京大学文学部中文研究室里进行座谈，我应邀参加，日本朋友以日本宇治的绿茶、藤邨老屋的羊羹招待，记得先生当时还特意从周遐寿的《鲁迅的故家》里，复印了一段有关回忆文字，送给大家留念。

我住的本乡西片町，就在东大对面，离鲁迅、周作人、许寿裳当年住的“伍舍”不远，仅七八分钟的路，先生一次曾领我走过那里，在紧闭的黄色木门外，眺望院里已经重新修葺过的房子。一切都是新建的了，大约只有屋前的一株老石榴树，可能是遗留的旧物。先生告诉我，夏目漱石曾在这里住过，前些年，他陪同唐弢先生来访问过，后来前来采访拍照的人太多，主人不堪其扰，索性翻盖了房子，“闭门谢客”了。从那里走出去，是一条不宽的街道，名为小石川，街道两侧，有很多印刷业的工场和商店，到处飘散着一股浓浓的油墨味道，先生告诉我：这就是日本进步作家德永直有名的小说里所写的那条“没有太阳的街”。那个电影，有许多地方，是在这里拍的。我在中国看过这个电影，走在那里，感到一种走进历史一样的亲切。西片町往东大上班的路上，与我的住处，仅隔一条马路，有一座年头久远木制的四层黑色旧楼，他告诉我说，茅盾大革命后流亡日本，在东京时，就住在这个公寓里。

后来的日子里，我在东大所在的文京区徜徉，去黄遵宪、鲁迅写过的上野公园觅旧，到东大小石川植物园休憩，造访隔一条马路的农学部朱舜水终焉之地纪念碑，参观森鸥外、夏目漱石的故居与纪念馆，在东大校园里夏目漱石小说写过的“三四郎池”畔漫步，经过一些与中国和日本现代作家相关的街道，名所，总是想起丸山先生多次盛情给我文化“导游”的情景。

先生身体不好，很多活动游览，不能亲自陪我，就让他的学生芦田肇、近藤龙哉等人，带我游览了许多地方。但很多学术活动，学者访问，还是先生自己来做的。1983 年 7 月暑假，他为我联系好了到仙台，访问东北大学和鲁迅留学生活的旧迹，亲自打出租车，把我送到上野车站；在仙台，我得到了阿部兼也、左竹保子等教授的热情接待，参观了鲁迅生活的许多遗迹，还游览了松岛迷人的海上风光。也是这个暑假里，先生带领我，往东京高田马场附近的日本很多皇家子弟就读的学习院大学，访问我所敬慕的高田淳教授。在被书山包围的研究室里，高田先生兴致勃勃地谈了他对于鲁迅和中国文化的兴趣，他与一些中国现代文人的交往,说到兴奋处,他打开了竖在地上很大的日本对折落地屏风,给我看上面裱糊精美的墨宝:周作人、俞平伯、沈尹默、沈兼士等人给他的几封亲笔书信。他签名送我自己研究鲁迅旧体诗的大作《鲁迅诗话》一册,最后,丸山先生还在外面请了我们一起午餐。这次访问中,长我四岁而且身体患病的丸山先生,不顾疲倦,一直陪我,与高田先生交谈,为我作中文的翻译。

日本研究中国现代文学的朋友,很仰慕王瑶先生。王瑶先生的《中国新文学史稿》,给他们很深的影响。一次小聚的时候,丸山先生和其他友人对我说,能不能请你的老师王瑶先生来日本访问?我说,可以由我来跟王瑶先生说,你们来想办法落实。后来,经过丸山先生和他的学生今西凯夫教授的努力,日本大学邀请王瑶先生夫妇进行访问讲学的事,终于 1984 年 10 月成行了。王瑶先生后来对我说,这是他一生中最愉快的时候。我那些日子忙于回国杂事,但很多时须作陪,担任王瑶先生山西话的"翻译"。丸山先生盛情邀王瑶先生夫妇,到自己的家里做客,亲手为他们擀荞麦面吃,请王瑶先生到东京大学讲演,还特意安排王瑶先生游览横滨,参观神奈川县的日本近代文学馆。那天,丸山先生亲自陪同前往,我幸运随行,参观前,刚好看见有日本作家井上靖在那里讲演的布告,经丸山先生联系,在讲演之前,王瑶先生、丸山先生,与井上靖在一个会客室里作了一次短暂的相晤。中国日本两位著名文学史家,与日本著名作家的这次"峰会",也许是王瑶先生留在自己一生最愉快时节里的一次值得纪念的记忆吧。

80 年代末以后,先生又特别关心中国知识分子精神世界深层的探索,发表了一些连续性文章。他写过萧乾,写过王瑶,写过乐黛云,他想通过这样一种精神类型的讨论,"找到更多层次、更立体地重新评价中国近、现代精神史的一条线索"。他论萧乾的文章里,详细叙述了 1948 年 4 月萧乾在《观察》杂志上发表的《拟 J. 玛萨里克遗书》,1979 年 5 月发表于《人民日报》上的《往事三瞥》,通过这些饱含生命痛苦感受的自我写照和自剖独白式的文字,深刻剖析了其中渗透的历经半殖民地时代中国知识分子所怀有的那种尝尽了苦头,却依然对祖国倾注深情的矛盾复杂的精神状态。80 年代末 90 年代初那段艰难的日子里,他在《赤旗报》上，连续发表了关于王瑶、乐黛云等先生的生命历程与精神世界思考的文章，深度关注中国知识分子的历史的和现实的多舛命运。他说，这样做，是在为中国现代文学研究、知识分子精神史研究，寻找一种如何使大环境下选择的思考，能够超越密封于“历史的必然”的局限，而更能彰显个人内心选择的契机及其样态的学术思路。他对萧乾、王瑶等人心灵世界的追踪与探索，为进入新时期以来对于中国知识分子“苦恋”心境的思考，提供了一份深刻的回答。读了先生那些精彩的分析，给予我的，往往是一种超越于学术之上的感动。先生在研究过程中，与萧乾、文洁若夫妇，建立了真挚的友情。去年来北京开会，在最繁忙的日程安排里，还特别抽出时间，从西郊邮电宾馆进城，去拜访文洁若女士。我总是想，大约在丸山先生的思考中，现代中国知识分子的精神史里，苦难也是一种属于人类的财富。

日本大学里，教授和学生，有个很好的习惯，就是一起组织各种名堂的读书会。中国30年代文学研究会，就是一个坚持了三十多年的师生读书会。丸山先生是这个读书会最早的发起者。在1978年暑假里，我应邀参加了在长野一家有温泉的春日旅馆里举行的30年代研究会每年一度的“合宿”。事先，我与芦田肇、近藤龙哉、小谷一郎、高岛俊男等先生，住到丸山先生长野八千穗学者村的别墅里，天气好的时候，往长野小诸的岛崎藤村旧居，信浓美术馆，八ヶ岳八岛高原，浅间山鬼押出火山遗迹等处，参观游览，下雨天，就在屋子里，或坐或趴，在“榻榻米”上，读陈建功的小说《飘逝的花头巾》，过着“晴游雨读”的日子。丸山先生来了以后，大家又一起，大扫除，战马蜂，看录像，在原始森林里散步，自己动手包饺子，做中国菜和日本料理吃。那个读书会上，进入新书评论，讨论的是伊藤虎丸先生新出的《鲁迅与日本人》。书评报告结束，开始自由发言的时候，丸山先生大概就伊藤先生“后记”中提出的战后议会斗争的胜利就是日本民主运动的失败这一观点，提出了异议，开展了争论。我听不懂日语，据朋友简单介绍，大约丸山先生是坚持日本的民主运动并没有失败的观点，而且坚持得很厉害。讨论会上，他们争论得面红耳赤，在学术上，却一直是最过心交心的诤友。听友人告诉我，丸山先生与关西的片山智行教授，为鲁迅研究中一个什么问题,在《野草》杂志上,进行了几年的往复论争。后来双方都觉得太疲倦了,才告停止。他们两人,都是东大毕业的,是很好的朋友。合宿中,我与丸山昇、伊藤虎丸、尾上兼英、木山英雄四位年纪大的教授,住在一个房间的榻榻米通铺上,我和伊藤、丸山先生早休息了,木山与尾上两人,喝酒聊天,直到天亮。早上泡温泉时,木山先生开玩笑地告诉我说,日本人有个说法,能在澡堂里赤裸相见的,才是真正的朋友。我真的为拥有了这样一些异国的真诚的朋友而感到高兴。

大概为了照顾我的学术兴趣吧,后来还一起组织了一个《汉园集》的读书会,丸山、伊藤、木山、尾崎、芦田、近藤等一些人,都参加了,地点就在离丸山家不远的一个地方,尾崎参与编辑出版日译本《鲁迅全集》的学研社办公室里。对于他们大多数人,诗并非是自己的喜好,但大家都非常认真。丸山先生跟大家一起,仔细阅读作品,准备报告材料,进行分析讨论。木山先生最富诗人气质,对于诗常有出人意料的理解,他还赠我自己珍藏多年的两本初版诗集《汉园集》和《西窗》。读书会结束后,随便走到一个餐馆里,或在街边的小摊上,晚餐,喝酒,继续谈学术和聊天。有一次,读了何其芳的《预言》之后,伊藤虎丸先生到西片町,来我的家里做客,见着从小生长在南京的张菊玲,一开口就是背诵何其芳《预言》里的诗句说:"你一定来自那温郁的南方!"我们听了以后,都笑起来了。丸山先生曾经告诉我,他们从老师小野忍、浅野直彬,学汉语,读作品,做研究,往往都是从读书会开始的。

1984 年 10 月初,我任期届满,离开日本前,丸山先生和 30 年代文学研究会的朋友们,在上野公园附近一个叫"土俵ャ"的居酒屋里,开个告别会,为我送行。在和式长形的榻榻米上,大家围桌席地而坐,丸山先生、德永淳子女士,在身边陪着我,大家一边品尝日本涮锅料理,一边交谈学术和世情,酒酣耳热后,还抑制不住激情或是友情,放声高歌起来,一起唱了很多中国的歌曲:《松花江上》,《渔光曲》,《太行山上》,《国际歌》,还有"大刀向鬼子们的头上砍去……"等等。丸山先生始终和我们一起放声歌唱。日本友人们超越民族国界的那份真挚的情意,他们与我这个中国朋友之间的那种心与心的交流,是为我终生难忘的。

归国一年多后，我突然接到80高龄的父亲病危的通知，急忙赶回东北，当料理丧事后匆匆赶回北京的时候，我接到了由和光大学釜屋修教授起草并书字的哀悼和慰问的传真唁函。上面一一亲笔签名的，就有丸山先生和他领导的30年代文学研究会，釜屋修和他领导的中国当代文学研究会的诸多友人们。我办理父亲丧事期间，几乎很少落泪，当我拿到这份来自大海彼岸的友人们亲笔签名的慰藉文字，读那些对于一个中国朋友似乎与其无关之事的关注的真诚的心，我止不住地流下了眼泪。当时我就想，这远隔大海超越国界的友情，给予我的，是几倍于抚平伤痛的亲情之上的难得的人间温馨。

丸山先生教书，为人，做学问，给我最突出的一个印象，是实在和认真。他是著名的学者，又参与日本共产党的一些活动，但向来很低调，只是默默地做事，从不声张，不宣扬。他的哥哥，是日本有名的推理小说作家，但我与他多年的接触中，从来没有听他说起过一次。他平时事情很多，十分紧张繁忙，他将每一件要做的事，都分秒不差地记在那本随身携带的手帐上，安排得有条不紊，从不丢三落四。即使已经做了多次的事，他还是像第一次做的时候那样认真。我听他在一些与中国朋友聚会的场合，多次唱过他非常喜欢的《渔光曲》，去年北大"左翼文学的时代"会结束的晚宴上，他还是那么认真，唱歌前，临时将歌词全都在纸片上写下来，带着别人一起，从头到尾，韵味十足地唱出来。他反对"文革"时政治和理论权威对于中国30年代左翼文学否定的评价，不赞成简单地说王明路线就是投降主义路线的思想，为了弄清这些问题，他下大功夫，大量细致地搜集历史资料，包括那些当时公开发表而后来为了某种需要，即使在日本也迫于压力从正式出版物中删去的文献材料，丝环相扣，证据确凿，层层剥笋一样进行分析，从而让被扭曲被遮蔽的历史，在自己的笔下显示了它的本来面目。1952年，因参与反对日美安保条约的学生运动，他身陷囹圄，在狱中完成了关于丁玲研究的大学毕业论文，在这种境遇中，他仍如饥似渴地搜读史料，他的哥哥，每三天，都要到狱中给他送一次书去。他这种求真理求科学，能如此地坚守如一，日本学者特有的自由的学术空间，当然是他拥有的一种优势，但更重要的，还是与他作为一个历史唯物主义者的理论勇气，始终坚持的实证精神和科学品格分不开的。他这一代人,自40年代末50年代初开始做鲁迅研究,都与思考日本民族和社会的命运紧密相连,倾注了自己很深的主观感情,但他都是严格尊重历史研究的客观性与实证性,不利用鲁迅,不扭曲史料,不为我所用。去年,先生在北京大学参加左翼文学研讨会,会上的发言,会下的交谈,对媒体采访的谈话,他始终如一,坦然表述自己真实的心境,他坚持到了21世纪鲁迅没有过时的看法,他不相信人类追求合理社会制度和平等生存环境的思潮已经失败的意见,表示要像鲁迅说的那样:“世界岂真不过如此而已么?我还要反抗,试他一试。”他用最朴实的语言,最平静的声音,表达的这些内心真率的声音,至今一回想起来,就抑制不住满眼湿润。

当时有位小女记者问他,作为一位有社会主义理想的知识分子你会怎么评价《国际歌》的旋律,丸山先生异常高兴地跟她说:“我很喜欢,《国际歌》的英文、中文、日文我都会唱,而且很喜欢唱。在当今这个世界上,弱者应该得到帮助,我想社会主义的理想对他们是会有所帮助的。虽然社会主义的实践在历史上出现过曲折,但是社会主义思想所提出的目标对人类依然具有重大意义。因此,作为代表这种人类理想的歌曲,我们不应该忘记《国际歌》的精神。”去年北大那次告别的宴会上,丸山先生夫妇,尾崎文昭等其他日本友人,和我们一起,又一次高唱起《国际歌》。这是我与先生的最后一次见面,当时先生那些发自肺腑的声音,如今已经成了留在我心里最高亢的一曲绝响。

丸山先生很严肃,但又很平易随和,与他近距离相处,常常会感到一种智者的诙谐和幽默。他常会将汉语的一些词汇或成语,拆开重新搭配,或赋予新意,说出来逗得大家开心地笑起来。前些年影片《末代皇帝》走红的时候,多年前先生翻译的日文版《我的前半生》,又得以大量重印,使他意外得了一批稿费。谈起此事,先生开玩笑地跟我们说:“是中国皇帝送给了我一辆汽车!”先生有一个“绝活”,就是模仿日本天皇在战败投降时发表讲话的声音,几次与学生或友人聚会的场合,他都被推着站起来,很严肃也很认真地,作一番表演,常弄得哄堂大笑,他自己却一点都不笑。先生最后一次来北京的时候,会议期间接受记者访谈,在轻松融洽的氛围中,时间很快过去了,辞别前,小记者祝先生健康、长寿,他没有像往常那样只是说声“谢谢”,先生的回答,再一次让记者和周围的人,感受到了他那种幽默的性情:“我期待着看到日中关系中不好的方面向好的方向转化,要不然,我可不能死。”说完这话,先生又一次开心地笑了。

丸山先生走了,但丸山先生的精神,学术,人格,和他的歌声、笑声一起,会永远活在我们和一切以顽强意志执著于自己信念与理想的人们的心里。

2006 年 12 月 5—9 日于京郊蓝旗营

他永远活在我们心里

——丸山昇先生逝世唁函

尊敬的丸山松子女士：

得知我们敬慕的丸山昇先生于11月26日夜里因病治疗无效不幸离世的消息，我们一直浸沉在悲痛中。我们是流着泪，写完了代表北京大学中文系和友人的唁电文字的。

前些日子，高远东老师自东京回来以后，在给我们的电话里，还详细地说明了丸山昇先生病情逐步恢复，日渐好转的情况，和他几次亲自往医院里去看望丸山昇先生的情形，我们有些放心了，也为先生的病情好转而高兴，并为先生默默祈祷，真诚地祝愿他能够早日康复！25日晚，西野由希子发来的邮件里，说丸山昇先生最近又发烧了，正住在医院里观察治疗，这很令我们很担心。26日上午，给西野小姐的复信里，我们还说，相信丸山昇先生一定能够战胜疾病，恢复健康，再能带领日本30年代研究会的学者们，到中国来，到北京大学来，再一起开会，讲演，聊天，唱歌……也盼望先生待身体恢复得更好一些之后，再来中国的时候，我们亲自陪他和松子夫人一起，实现他到中国历史古城西安去参观游览的多年宿愿。这天晚上近10时，又接到西野从医院回水户家后发来的电子邮件说，丸山昇先生患的是肺炎，住在ICU(特别治疗房间)，这是我们特别担心的。我们看了后，也更加担忧了，心情也异常沉重起来。没想到就在接到这封信的一个多小时后，丸山昇先生就永远地离开我们了！

丸山昇先生是上个世纪里日本现代汉学研究中具有世界影响的大学者。先生竭尽50年的生命精力，在中国现代文学和鲁迅研究方面所获得的成就，他以一个思想家的襟怀和眼光，透过思想与文学的视野，对于世界历史的发展走向，对日本、中国，乃至整个亚洲人民的命运与精神的思考和论述，不仅成为日本学术界最宝贵的精神财富，体现了日本一代有理想知识分子的精神与良知，也在中国学术界产生了极为深远的影响。

丸山昇先生坚守的理想信念，先生的顽强拼搏精神，先生的学术研究成就的意义，远远超出日本，在中国，在世界，都已经是一种闪光的财富。

丸山昇先生是中国现代文学界学人最尊敬的老朋友，也是我们两人二十多年来最真诚的日本朋友。他给予我们个人和很多中国学人的亲切关怀和深远影响，先生与我们的多年真诚无私的友谊，是为我们视为最珍贵的感情，一直被我们珍藏于心。在东京大学和神户大学讲学和生活的三年多的日子里，丸山昇先生所给予我们超越于民族界限和一般友谊之上的热忱关照，我们将永远铭记在心。

丸山昇先生是特殊材料制成的人。他多年里顽强战胜疾病，不辞辛劳，承担繁重的学术研究，教学，出席研究会，参加国内外学术会议和各种社会活动，作出了超越一个健康人所能达到的成就。先生超人的精神和毅力，是给我们生命激励的永远的精神榜样。

丸山昇先生的理想、事业与精神，将永远活在我们的心里。

望您和丸山先生的家属节哀！

孙玉石　张菊玲

2006 年 11 月 28 日于北京大学

依稀远去的笛声

——怀林焘先生

林焘先生不幸病逝的消息，我是过了几天之后，在远隔两千公里之外的厦门听说的。

去年11月2日晚，讲演下课后，厦门大学文学院友人在校园餐厅，为我与菊玲送行，小聚话别，同席的，有北大中文系1955级的同窗吴秋滨教授。闲谈间，我讲起林庚先生于10月初以97岁高龄宁静安详去世的情景，大家都感叹道：那是林庚先生一生修行得来的“正果”。怎么也没有想到，这时候，吴秋滨告诉我说：“据网上说，林焘先生于10月28日也去世了！”听后我非常愕然和震惊。我几乎不相信这是事实。当晚回宾馆，立即与剑福通话，剑福的回答，证实了令我更为沉重的消息：不仅林焘先生走了，褚斌杰先生也离我们而去了！

悲痛无言的静默中，想起林庚先生离世后第二天，我与新诗研究所诸人，一起到燕南园62号，向家属表示慰问。林庚先生的女儿，给我们讲了让我久久萦绕于心的这样一段故事：大约林庚先生去世之前的几天，中秋佳节到来的前夕，年逾八旬的吴同宝先生，特意从中关园家中，徒步走到燕南园，来看望林庚先生，等走到那里，忽然找不到林庚先生家了，于是他找到林焘先生家，结伴而行，一起到了林庚先生家里。年龄加起来有二百七十余岁的燕园三老，相聚一室，倾心交谈。这时，林庚先生望着窗外，深情地发问：“月亮怎么还不圆呢？”

我怎么也没有想到，就在这样月圆月缺不到一个月的时间里，两位林先生却先后离我们而去了。时光留给我的，竟是一份无法言说的哀思和沉重。

林焘先生给我上过课，内容是什么，已记不清了。我与先生交谈的机会，也不多。但在我的心目中，他却是一位素为我非常尊敬和仰慕的老师。

我非常尊敬林先生的精进学业，淡薄权利，不务虚名，踏踏实实做学术的精神，非常尊敬林先生的苛于律己，宽于待人，低调处事，坦诚平易，倾注心血栽培后进的高尚人格。林焘先生，和林庚先生一样，都不黏着于世俗，洁身自好，是20世纪知识分子中硕果仅存的一些“士人”。他们精神上存留有一份高风亮节、玉树临风的人格美。

上个世纪40年代中期，自燕大研究院毕业后，林先生始于专治古汉语，后来根据需要，转为现代汉语语音研究，在实验语音学研究、北京话形成演变的历史探源，以及北京方言的谱系考察和分支描述等方面，造诣至深，作出了很多富有开拓性的学术成果。令我感动的是，80年代初，先生已年近六旬前后，还与年青学生们一起，到条件颇为艰苦的京郊山区，去做方言调查。即使身边系内老师的“资源”，他也从不忘记充分“开发利用”。原来系办公室教务员冯世澄老先生，是位地道的“老北京”，他给我讲过，林焘先生怎样不间断地，一有空闲就找他，一句一字地问询，非常仔细地记录下他一口标准北京话的读音。先生关于北京话溯源及其形成历史的著名系列论文，其探索的开创性与永久的学术分量，是远在那些靠着新异理论和挥霍才情制造出的泡沫式鸿篇巨著之上的。

在学生面前，林焘先生没有一点教授架子。他从不扬才露己，不以名家自居，也不藏着掖着什么。为人透明，清澈，和蔼可亲，和他面对面交谈，聊天，哪怕仅是三言五语，也可以感到一种没有年龄差距的轻松，和朋友似的直率。

大约改革开放初时，林焘先生一天找我，说自己的一个子女，在四通公司工作，因为停工修整，职工培训，要我去给他们讲一次现代诗，我没任何犹豫，就答应了。汽车自北大往西，转来转去，把我拉到玉泉山脚下一个与村野相邻的车间里，我给那些几乎与文学没有任何关系的年轻工人们，讲了五四以来自象征派到朦胧诗的历程，和一些有名的作品，算是完成了任务。后来先生见到我，还特别客气地说：“真是谢谢你了，谢谢你了！”先生提供这次给工人讲诗的难得经历，我一直未忘。

我为系里服务的那几年里,曾与先生有更多来往,或闲谈,或正式,很多都是谈语音实验室的建设,谈语音学科接班人的设想,谈年轻人学风浮躁的忧虑,有时在五院,有时在路上,有时就在先生燕南园的家里边。遇这样的时候,先生总是很客气,一边说事儿,一边从沙发上起来,给我泡茶,倒水,待我像自己孩子一样。

记得在神户大学任教时,林先生到神户北的垂水作学术报告,晚上住大阪市,仅停留三天,日程很满,直至将往东京之前的晚上,先生才打电话给我,告诉他来日本的消息。先生一面很关切地问起我与菊玲阪神大地震时的经历,也给我简单讲了一些系里的情况。我说要去大阪看望先生,他怎么也不肯让我去,说时间太晚了,明天就去东京,不必老远的来回跑一趟。我知道,先生是不愿给我添麻烦,才最后给我打电话的。林焘先生一生,于公于私,就是这样一个"万事不求人",不到万不得已,决不给别人添麻烦的人。

林焘先生与朱德熙先生,可谓莫逆之交。他们出自传统文化熏染的世家,属于最后一代富有文化氤氲的"士人",又都喜欢昆曲和京戏。"文革"前,我做学生时,他们中关园的家里,差不多每个周末,都有一些昆曲京戏之友,前往聚会。我们班里喜欢艺术表演的几位才男才女,如吕薇芬、温小钰、李广才,也常前去参加。林先生吹得一手漂亮的笛子,也能唱一口字正腔圆的昆曲和京戏,属于深谙人生雅趣和富于艺术品位的"名士"教授之列,为学生所喜欢。两位先生的笃情厚谊,也在我们青年教师中传为佳话。当时我住的十九楼中文系青年教师里颇富盛名的"金宝斋",学京戏,听名角,刻印章,就是以朱林两位先生为楷模的。前两年,他与师母杜荣一起,在大讲堂看青春版《牡丹亭》的演出,我们见面,打了招呼,后来我问先生,对演出有什么看法,他摇摇头说:"原来唱腔的韵味,已经不那么足了!"

1992 年春天,我去美国洛杉矶开会。临行前,我往燕南园家里,看望先生,先生让我转达对朱德熙先生的问候。他还特别告诉我:"朱先生走的时候,还随身带了一支他最喜欢的笛子。"到旧金山后,我两次往斯坦福大学附近长满白色马蹄莲花的家里,看望于病痛折磨中的朱德熙先生,转达了林焘先生的盛情和全系师生的慰问,朱先生也跟我很愉快地谈起五六十年代那段难忘时光里的一些如烟的往事。

记得去年春节时,从燕南园 62 号的林庚先生家里拜年出来,我沿着那条熟悉而笔直的林间小路,往北一直走,到燕南园 52 号的小楼,给林焘先生和师母拜年。还没等我敲门,先生就开了门,出来迎我。他说:“陆俭明他们几位刚走。”林先生和杜荣师母,用名茶和糖果,热情招待我。先生还第一次给我讲了燕京大学的一些陈年旧事,讲当年燕大人流行的“奋斗二十年,住进燕南园”的校园谣谚,讲如今校园西北角的民主楼,就是当年燕京大学的神学院旧址,研究佛学的著名作家许地山,西语系教授、翻译家赵萝蕤的父亲、举世知名的基督教神学家赵紫宸先生,当时的神学院院长,都曾在那里任教上课,任职……

饶有兴味的闲谈中,特别映入我眼帘的,是先生客厅北面墙上,并列新挂的四个镶有镜框的条幅。正楷大字,墨笔酣畅,字迹苍劲,漂亮潇洒,且带着岁月抹上的微薄风霜。我好奇地问起来,先生淡淡告诉我:这是祖父写的字,他是前清举人,做过宫中的师傅,这几个条幅,后来不知怎么流传到外面来了,是家父将它们买回来的。先生还跟我说:“我过去很少挂过。”睹物思人,我更理解林焘先生那么喜欢吹笛子,嗜好昆曲和京戏的渊源了。

坐在条幅下面的沙发上,我看见正对面进门左侧深咖啡色的书柜里,横陈着一支修长的笛子。我猜想那一定是先生用过的。我问林先生:“现在还吹吗?”先生告诉我:“自从 1989 年朱先生走后,就不吹了。”听了之后,我默然很久。

如今,那支修长的笛子,一定依然静静躺在那里吧。可是,随朱德熙先生仙逝多年之后,另一位吹笛人林焘先生,也遽然离我们而去了。

渐行渐远的灵魂,在我心边流过的,如一湾溪水似的怅惘:我再也听不见那依稀远去的笛声,那一代富有文化氤氲的“士人”用自己的心和精魂吹奏出来的笛声了。

2007 年 1 月 28 日凌晨写毕,是为林焘先生离世三月祭日

原载《燕园远去的笛声》,商务印书馆,2007 年

五院内外一“芸叶”

——怀念冯钟芸先生

近年，五院永远离去的师友中，久未诉诸文字，而又一直萦念于心的，是我非常尊敬的冯钟芸先生。

2005年五月末尾一日的午后，我外出散步。路经蓝旗营小区往清华照澜园的小北门，遇见邻楼而居的周强兄。他匆匆从自行车上跳下来，告诉我一个消息：“冯钟芸先生，今天早上，因为突发心脏病，不幸逝世了。”说话时，他心情十分沉重，语调也十分沉重。说完，便登车回家了。带着一种突然袭来的哀伤心情，我独自缓步于冯钟芸先生曾经生活过的清华园内许多知名教授住过的林院平房区小路上。说不上是在排遣，或是在寻觅，仅仅麻木地彷徨于布满往昔沧桑的旧迹中，让缓缓的脚步，冲淡心中无法抹去的一缕哀思。

与冯钟芸先生最后一次晤面的情景，清晰浮上我的记忆。2005年4月21日下午，在勺园七号楼二楼会议厅里，为林庚先生九秩晋五诞辰祝寿的会上，冯钟芸先生与任继愈先生特意前来与会。因座位离得远些，不便前去叙谈。会议尚未结束，林庚先生小坐30分钟后，便与大家告别离会。随着，冯钟芸和任继愈先生一起，也起身告辞离去。我便匆忙上前，与冯先生告别，寒暄几句，问候身体情况，没有来得及更多交谈。记得前些日子查体的时候，冯先生告诉我，各项指标都还正常。周强那天也说，冯先生心脏、血压，都没有问题。早晨起来，还照例到院子里散步，突然自己觉得心脏不舒服，回到家中，呼唤复兴医院的救护车前来进行抢救，但已经来不及了。我怎么也没有想到，离林庚先生祝寿会告别仅过去不到40天，冯钟芸先生竟如此匆匆而去了。那次的短短相晤，竟成为与先生的永别。

记得大约那之前的两三年前，系里请外面医院的医生们前来五院，给全系教员检查身体。冯钟芸先生也从城里前来。五院门口，停一辆作胸透检查的医疗车。我上车检查完毕，走下车时，正好遇见从院里出来的冯钟芸先生。我便陪着冯先生，从五院门口，边走边送，漫步交谈。到了二体东门口，先生说：“你不用送了，我去堂妹家里，看看她。我们也很久没见了。”这里所说的堂妹，是“三松堂”主冯友兰之女，著名作家宗璞。我与冯先生便在燕南园北墙的小路口告别了。从冯钟芸先生口里，听到她亲口说到自己与冯友兰及宗璞家的关系，于我自己，这还是我第一次。一切在她，都是那么宁静，淡然。

当时听张剑福告诉我说，冯钟芸先生临走之前，没有经历什么痛苦折磨。她走得匆匆，也走得宁静，淡然，像她的一生那样。

冯钟芸先生是位才女，出身名门，是我们入学时为数不多的女教授。有时又可看见，她双指并拢，夹着烟卷抽烟，那个年代里，更别有一番“派”，进入北京大学中文系之后，给我们学生留下很深的印象。中学时候，在清华中文系教授为支援抗美援朝捐献稿酬出版的一本《祖国十二诗人》一书中，我读过先生的论文。在迎新会上，系主任杨晦先生向同学一一介绍台上坐满的教授中，就有冯钟芸先生在内。

在我的印象中，冯钟芸先生一直是一位严谨宁静而淡泊宽厚的人。1956 年秋，我们进入二年级下学期。按照学校的规定，需要写一篇学年论文，进入学术研究的训练。我们住在 32 斋的四层楼上。文学语言各个专业的老师出了一批论文题目，由系办公室的教务员抄在一张纸上，张贴于我们宿舍四层楼正对楼梯口房间外的墙上。我那时学习中国文学史课，非常喜欢屈原和杜甫，胡乱读了一些他们的作品。当时我便随意选了其中的一个题目：谈杜甫的《秋兴八首》。指导老师，就是冯钟芸先生。中文系办公的地方，那时在文史楼。记得在二楼一间文学史教研室的屋子里，为学年论文事，冯先生还约我谈过一次话。先生给我讲了论文题目的训练目的、要求、论文的写法，指定了几本必读的参考书和一些参考的学术文章。特别说，通过论文写作，要读一些原作、各家对于作品的注说，要注意体味作品的内容及历史背景等。更多具体的指导,已经记不清了。为此,我特意购了一套仇兆鳌的《杜诗详注》,硬着头皮,囫囵吞枣地啃读。我还将《秋兴八首》全诗,认真抄在一张纸上,贴在我二层床的床头,天天默记,背得烂熟。那时候,我喜欢新诗,像普希金、莱蒙托夫、聂鲁达等外国诗人的作品,业余常常耗费一些时间,乱涂几行不像诗的东西,一直疏于理论思维和学术研究的训练,很长时候,论文不知如何下笔。到了 1957 年夏天,突然"反右"风暴来了,搞起运动,课停了,学年论文写作的事,也被随风吹掉了。除了读了一些杜甫的诗作和密密麻麻的"双行小注"之外,此次学年论文写作,等于我向冯钟芸先生交了"白卷"。留下的唯一纪念,是我喜欢的那套《杜诗详注》,后来还被一中学同学、当时同住 29 楼的德语研究生,借去未还,留下了记忆中一份永远的遗憾。再后来,读到冯先生 1962 年发表的《杜甫〈秋兴八首〉的艺术特点》的万余字长文,才知道,她那时正在专门研究《秋兴八首》,自己当时没认真获得更多的指点,则感到是更大的遗憾了。

"反右"过去之后,学校又开始"复课"了。冯钟芸先生给我们讲授"中国文学史"第二段"魏晋南北朝文学"。上课的地点,在地学楼西头最大的阶梯教室里。我每周都可以按时听冯先生的讲课。冯先生讲课时,语调缓慢而有节奏,讲解作品条理清晰,有韵味,板书也写得工整漂亮。课间时候,她会站到教室外面去,一面与学生交谈,有时还会抽一根烟休息。这段文学史,是我喜欢的。魏晋南北朝作家的个性、风采,非常突出,经过冯先生讲授,增添了我的兴趣。这个时候,我由系团总支组织干事,被调到学校团委宣传部做宣传干事。虽然经常忙一些杂事,文字起草,会议准备,临时出海报等等,但冯先生的课,无论我怎么忙,也从来不缺席。不过,实在乱忙乎一气的时候,自己复习和读作品的时间就很少了。一次,进行期中考试,内中有一道关于谈魏晋南北朝民歌艺术特色的题目。那几天,因事正忙,我未及很好复习准备,很多作品记不住了,无法具体举例或分析,回答的文字过于简略,卷子发下来,成绩为"不及格"。我自己很惭愧,后悔已来不及了。冯先生没有找我进行一番批评,只安排了进行补考。我至今清晰记得,补考是在哲学楼一楼进门西面的一个教室里。负责补考的老师,是当时担任该课助教的袁行霈。打开补考卷子的题目,是“谈谈庾信诗的思想和艺术特色”。这几个月里,通过冯先生的讲授,我几乎迷上了庾子山的诗,对于他沦为北朝虏臣的不幸遭遇十分同情,我还找来四库全书本的《庾子山文集》,一边阅读,一边抄录,一些好诗,默熟于心。我一面答题,一面庆幸,匆匆写满了几张纸的卷子,甚至忘记自己是在“补考”了。补考结束后,冯先生给了我一个“四分”。多年后,我曾与冯钟芸和袁行霈先生,分别偶然谈起此事来,他们都已经完全没有任何印象了。而我,对于自己这个“耻辱”的“纪录”,却一生都刻骨铭心。

1958 年暑假里,我们五五级文学专业同学在“拔白旗,插红旗”的“学术批判”大气候下,组织起来,自己动手,编写两卷本的红皮本《中国文学史》。出版不久之后,又接着修订扩充,编写出了四卷本的黄皮《中国文学史》。我是第二卷隋唐五代文学组的召集人。当时,冯钟芸先生、陈贻焮先生不属于被错误批判的“资产阶级学术权威”,均参加了我们这个组,对我们进行指导,参加一些学术问题、此书初稿的讨论和审定的工作。冯先生对于学生自己动手写文学史的热情很是支持,对于我们有些过分简单化、评价偏颇的学术观点,也谨慎坦率地发表自己的不同看法,但都心平气和,很少进行激烈争论。小组最后统稿,除了重要诗人章节,冯先生看一遍,略作改动,其余都不怎么过问的。至于全书大组编委会定稿的时候,她参与意见没有,我就不得而知了。这个在当时错误思想路线和苏联极“左”文学理论的影响下,产生出来的一份错误的“成果”,被康生写信赞许为反击右倾机会主义者的“力证”,留下了说不尽的反思和教训,也留下了不断各抒己见,作进一步言说的空间。值得怀念的,倒是那些“挑灯夜战,争论不已”的学术苦战与各抒己见的师生之情,那些为学术问题争论得面红耳赤,而人们之间充满友情、和谐相处的峥嵘岁月,是曾经拥有而令人无法忘却的记忆。工作结束时,编写组同学往办公楼礼堂前拍照留念,我去请冯先生,她说:“我有事,就不参加了。”

直接在冯钟芸先生领导之下,让我至今不忘的一段共事的记忆,是1965 年暑假里,一起参加高考阅卷的短暂时光。那时候,我研究生刚毕业不久。语文课高考一结束，我便与冯钟芸先生及其他同事一起，开始紧张的阅卷工作。地点是在五道口北京地质学院的一座靠路边的红楼里。冯钟芸先生是语文阅卷组大组的领导。除参加具体阅卷之外，她还要作很多组织与决策的工作。她给我们讲话的时候，指挥若定，深思熟虑，考虑周密，要求不准一丝一毫的马虎，不能出一点点的纰漏。初次参加高考阅卷工作，冯先生那种严格认真精神，给我留下了很深的印象。休息的时候，她仍抽抽烟，与大家谈笑风生，开开玩笑。短暂时间里，让我感到冯钟芸先生的大家风度和平易亲切。那时候，虽然身处地院，冯先生却从没有告诉我，她的父亲，是在地质学院任教的名教授。"文革"期间，到地质学院看大字报，方知道她的父亲冯景兰教授，是全国著名地质学家。直到40年后的最近，我读了冯先生的散文《父亲》，才对这位中国近代地质采矿学的开创者，建国后第一批中国科学院学部委员的一生业绩和贡献，有了更多一些的了解。他18岁考入北京大学预科，随之被选送往美国留学，攻读地质采矿专业。1923年学成归国以后，先后担任过天津北洋大学、清华大学、西南联大等著名大学的采冶系和地质系主任，为国家的地质采矿事业、中国地质采矿学的发展，作出过巨大贡献。与冯钟芸先生接触几十年，我从未听她谈起过自己的父亲和家世。这种"曾经沧海难为水"的淡定低调，是别人所达不到的，是一种修炼，一种境界。

"文革"前，做研究生的时候，往中关园王瑶先生家里拜年，也顺便到冯先生家拜年小坐。那是在中关园东南角北面的一座平房，房子西面，有一条小溪，自东南向西北斜着流过。清澈的溪水里荡有绿绿的水草。当时周祖谟、王瑶、川岛等先生，都住在那附近。冯钟芸先生热情接待我们，与我们随便谈天。从那里，我们感到了一个书香学者家庭的亲切与温馨。

"文革"开始后，除初时参与一些系里活动之外，较长时间里，我都在学校宣传组，做一些打杂之事，与系里的先生来往较少。冯钟芸先生一向为慎于言行的人，她从不赞成那种随意上纲的过激言论。事情过去之后很久，一次谈起当时程贤策、华秀珠、向景洁、川岛等先生挨批判时，很多人说程为"九三学社"(上午九点下午三时上班)的书记，揭发华秀珠、川岛等一些莫须有之事,记得冯先生并无太多诉说,淡淡地说起"四人帮"和那时的一些文人,并引孔子说的"巧言令色,鲜矣仁"。她不愿意再去评论当年那些言行举动。冯先生后来搬至西城三里河南沙沟寓所后,见面机会就更少了。1989年春节,我曾代表系里教师,也代表我自己,前往那里,给冯钟芸先生拜年。只记得先生从复式二层楼的楼梯,慢慢走下来后,我们在客厅里,随便谈了问候的话,交流系里一些信息,并望先生多加保重等等,便很快告辞了。先生的亲切接待,娓娓细语,和立于门前挥别的情景,至今如在眼前。

冯钟芸先生文章里曾谈及,在西南联大中文系读书时,自己直接受业的老师有清华的朱自清、闻一多、陈寅恪,北大的罗常培、罗庸等。昆明读书时,复原回清华后,她与朱自清先生,更多有来往。读朱自清日记,见所记颇多。如1946年3月16日:"晚访冯钟芸,交文章三篇。"4月2日:"钟芸　冠英。"4月26日:"平伯　岱孙　黄大伯　圣陶　中英　千帆　钧石　斐云　冠英　钟芸　文光　芝生　梦家　世昌。"5月4日:"下午冯钟芸来访,颇拘束,共讨论官本杂剧及戏文,谈戏文时始稍活跃。别时借走《文学》。"5月14日:"钟芸　德熙　志能。"5月22日:"善周　钟芸。"5月24日:"钟芸　雪山。"6月14日朱先生离昆明抵成都后,6月24日:"采芷　钟芸……"7月8日:"学濂　云生　周屏山　陆树德　钟芸。"7月21日:"钟芸　骏斋　傅尚岩。"1947年5月10日:"向梅校长和雷伯伦提出晋升王瑶、季镇淮和冯钟芸的申请。"5月20日:"冯为我买米。"6月10日:"开聘任委员会,我所推荐三名晋升人员皆获通过。"12月9日:"梦生、羡林　芸子。"12月26日:"中行　周太太　潘志卿　德熙　兢耕　芸子。"1948年1月7日:"牛(文清)同芸来。"1月13日:"芸子。"冯钟芸先生回清华园后,居新西院,与王瑶、何善周、马汉麟先生为邻。1946年10月7日自重庆飞返清华后,朱自清即着手创办《新生报》副刊《语言与文学》周刊。冯钟芸先生在《语言与文学》上,自1947年2月起,曾先后发表有《未写成的诗》、《词字与造句》、《杜诗中的连系字》、《论"不患贫而患不均,不患寡而患不安"》、《言与意》、《论〈红楼梦〉第六十三回》、《论层次——句子在篇章中的结构问题》等数篇论文。这些学术论文,对于作品,体认深入,发微细腻。如《未完成的诗》,提出人们不仅要读一些写成的诗,更要读那些未写成的诗,这些未写成的诗,虽没有“诗体”,但却有“诗魂”,它“更是真实的,更有诗的意味,也是诗的源头”。在论《红楼梦》第63回的文章里,通过认真细读,发现了上半回“寿怡红群芳开夜宴”中,作者对于夜宴掷骰子16位人物的座位次序安排,有两个“小错误”,道出了过去别人所未道。仅此小例,也足见冯先生学术研究的细腻求深的特色。80年代初期,冯先生先后发表的《庄周》、《关汉卿》、《贯云石》三个长篇人物论,更显示出她搜寻史料的深厚功力与论述平易而新见迭出的大气风范。

与先生有关的往昔另一件小事,我还清楚记得:在“四人帮”文艺思想支配下,当时清华北大参与拍摄了一部电影,片名似为《反击》。写那个以交“白卷”的行动反抗“修正主义教育路线”的荒诞“故事”。电影里拍摄了一个“考教授”的镜头,考场上两位“被考”的教授之扮演者,一位是陈贻焮老师,一位就是冯钟芸教授。他们在那个场景里,一定要作出答不出题来时那种扶额搔首,十分无奈的神情。后来我们有时还与陈贻焮先生开玩笑谈起此事,陈先生总是幽默地说:“敝人三生有幸,也算过了一次电影明星的‘瘾’。”

冯钟芸先生,当时内心的无奈与伤痛,我们没有再去触动。我自己后来也从未与先生谈起过此事。近日读到冯先生《芸叶集》一书,发现先生在序言的末尾文字里,写了这样一段话:

> 芸是一种香草,叶片可用来防止蠹鱼。想想一辈子与书本打交道,钻书本太久,有似蠹鱼。读书是好事。只有“四人帮”时代,才把读书看成罪过。一个不读书的民族是可怜的,也是可悲的。但是读死书,不知尊重事实,“唯上、唯书”,也很可怕。古人早已指出:“尽信书不如无书”,是至理名言。读书是好事,钻进书中出不来,成了书蠹,就不好。芸叶有防蠹的作用,可用以防书蠹。既以书名,又以自警。弁此数言,与青年读者共勉。

冯钟芸先生当然不是一个健忘的人。读了此段序语,我内心似乎恍然有悟。在这段话里,实际上已经谈出了冯先生对于“四人帮”鼓吹的“读书无用”,甚至是“罪过”,所进行的历史的痛苦的反思。她从心底里发出了“一个不读书的民族是可怜的,也是可悲的”这样一个智者的真诚叹息。然而,她的这种叹息,没有停止于此。她超越于浅薄的谴责与愤怒,迈向更富睿思的自警:希望此后所有读书的人,不仅要读书,更应该不做一个“书蠹”,而是让自己书写的文字,作一片“防蠹”的“芸叶”,为后人留下一种永远的启迪。

冯钟芸先生的《芸叶集》里,留下的那些用心血浇灌的文字,她真诚实在而不喧哗躁动,低调谦逊而不巧言令色的一生,就是值得我们去不断深思和理解的,香飘五院内外的一片珍贵的“芸叶”。

2010年4月29—5月1日写于病院

2010年5月15日改毕于蓝旗营寓所

吾爱陈夫子

——怀念陈贻焮先生

在我心目中，1950年代初叶毕业的北大中文系“中生代”师辈，专治中国古典文学，尤其是唐诗中的杜甫、王维、孟浩然、李商隐等彪炳千秋的诗人，以及整个唐代文化历史和诗人交往的脉系，其学术造诣和治学风范，能够真正承袭诸多前辈国学大师之风习，以自己“硬学问”之诸多业绩，攀登上新的学术高峰，且自身质素天生拥有一种浓郁的传统文人情怀、才华与气质者，在当时中文系的老师里面，除陈贻焮先生之外，乃无出其右者。

陈贻焮先生历十余春秋，耗毕生精力，甚至可以说，是以自己整个生命心血写成的百余万字的大著《杜甫评传》，不仅是他自己一生的学术登顶之作，也是北大中文系近五十年来“中生代”学人丰茂连绵的学术成果中，突兀而立耀人眼目的一座珠穆朗玛峰。我也越来越相信，先生的人格魅力，先生的治学业绩，先生的学术成就，以及这一切所体现的属于现在也属于未来的价值和意义，也许还需要更长一些时间，才能够被人们所真正认识和理解。

记得先生离世之后，葛晓音教授在一篇怀念文章中曾经说及，时至晚年，陈先生自己甚为喜爱的性情之作诗词集，拟付梓出版，让葛晓音为之书序。晓音在序里，于评论先生的创作艺术，所言甚少，而用更多文字，描述她所了解的先生的人品和性情。当葛晓音把这篇序文念给陈先生听的时候，先生竟像孩子一样哭出声来。葛晓音由此感慨说：“先生心里的积郁，其实很深。”

这“心里的郁积”内涵是什么？这“积郁”的渊薮来自哪里？古人云：“江流天地外，山色有无中。”如今作为晚辈的我们，永远也听不见先生自己内心真实的倾诉了。甚至我想,也许是先生自己从来也不曾想过向别人尽情倾诉的罢。

我们1955年入学之后,似乎未直接听过先生的讲课。与先生开始较多的接触,是在1958年的暑假开始之后。那时侯,1955级文学专业的同学,在一种极端错误的政治路线和文学理论的影响支配下,不知"天高地厚",凭着"无知者无畏"的冲动,开始投入一种错误的批判"资产阶级学术权威"、"拔白旗,插红旗"的"学术"实践——自己动手来集体编写红皮本的《中国文学史》。我对于唐诗兴趣正浓,于是被分配参与隋唐五代文学小组的撰稿工作。当时系里的文学史教研室,还没有被列入"资产阶级学术权威"之列的冯钟芸、陈贻焮两位先生,应邀作为指导老师,参加了我们这个小组的一些活动。

记得文学史编写活动开始,为了"统一"思想,进行名为"解剖麻雀"的专题学术讨论。被"解剖"的"麻雀",均是当时学术界争论的两个热点:一个是涉及如何评价人道主义的戏曲《琵琶记》,一个是学术界争论纷纭的如何评价王维所代表的山水诗。记得是在地学楼一层西头的阶梯教室里,曾开了一次文学史全体编写人员参加的讨论会。受当时学术气氛的影响,加上我们自身的幼稚无知,会上发言中,占主流的意见,是将王维视为封建地主阶级文人的代表,他的山水诗,是这个阶级文人书写个人闲情逸致的文化产物。当然也有不少反对的意见,比较客观些。不同观点各自发表,激烈争论了一番,结果谁也没有说服谁,而落实到文学史的写作时,那时流行的苏联文学理论以及茅盾《夜读偶记》所鼓吹的"现实主义与反现实主义斗争"的思想,全盘否定王维山水诗的声音,还是得到落实,被写进了后来出版的红皮文学史里。我后来才知道,当时的陈贻焮先生,正在紧张进行《王维诗选》的编选注释工作,并已臻完成,不久后便于1959年由人民文学出版社出版了。对于学生们这种十分幼稚可笑,非学术甚至反学术的"极左"观点,他当然是不赞同的。今天此时我猜想,作为一个耿介直率而倾心学术的学者,当时陈贻焮先生的内心里,一定是非常之压抑和痛苦的。从文学的历史真实上,从个人的学术良知上,他用学术的清醒,用最难于做到的一个学人的沉默,维护了自己学术人格的坚守,也没有对我们这些年青学生的幼稚和无知,作出来自一个长辈的压力和伤害。后来,我与先生多次聊天中,从未谈起过我们那时幼稚而错误的“思想”和“劣迹”。说到那个年代类似这样一些闹剧一样的滑稽之事,包括与先生谈及学术大人物写的《李白与杜甫》一类的“大书”,他往往也是莞尔一笑,很淡然,很大度,胸怀阔大,不作愤激批评。他仅仅坦然地开玩笑说,列宁不是说过么,要允许青年人犯错误嘛。在那样的年代里,多少大人物,多少大学问家,不是也说过很多“昏话”吗?言谈中给我的印象,是一位师辈与朋友所拥有的那种宽容和理解的心。

回想与反思那个年月里所做的一些事,超越于那些是非与谬误层面之上,我似乎慢慢开始真的懂得了,在学术研究的历史天平上,什么是“过眼云烟”。多少如红皮《文学史》一类的“史无前例”的“壮举”、“盛业”,多少看似才气横溢得意创新的学术“高见”,如今不是大都成了历史的笑柄和反思的痛疖吗?而陈贻焮先生当年倾注心血完成,几乎与此同时或前后出版的《王维诗选》、《孟浩然诗选》等书,他那些用心血写成的《唐诗丛论》中的文字,时至今日,却以它永久性的学术价值,进入了后来者古典文学研究必读书的经典行列。学术生命这位“老人”,对于一切学术“成果”,就是这样的公正而无情。

反顾和沉思历史,如果说我直接从陈贻焮先生的足迹和成就里,得到的最珍贵之直接面教或无言启示,那就是:做历史性学科的学术研究,必须坚持历史性的原则,首先要做一个严格而虔敬的尊重历史的人。

陈贻焮先生为人非常随和,对于晚辈,平等,亲切,和气。在系里我们这辈学人中,大都习惯直率地称呼他为“大师兄”。我因读研究生,毕业晚,见了先生,还是以师礼相待,一直未敢直呼“大师兄”,依然很尊敬地称为“陈先生”。开始他住在镜春园另一所院子里,等吴组缃先生从镜春园82号搬走后,他便搬到那个比较幽静的小院里,住的是东面的厢房。书房兼客厅,卧室,厨房等,几间屋子,一长条的并列排开。狭窄的走道在东面。西面朝院子的窗前,有一片青翠的竹林。我自己,我们夫妇,曾多次去过那里拜访。陈先生和师母李大夫,待我们非常热情,每次都请我们品茶,有时还留我们一起吃饭。聊东扯西,非常随便。76级一个湖南籍学生,名叫刘佑平,是工农兵学员,与我个人关系很好。他与陈先生是大同乡,都是邵阳人。有时我们还一起去拜访陈先生。先生对我们,也是如自己熟悉的友人或小弟弟一样,热情招待,一起品茶,谈诗,谈文学,谈北大的诸多旧事。往往在一些不经意的聊天话旧中,流露出先生那种惊人的记忆和耿直的情怀。

湖南籍的大作家,先生入学读书时还是北大教授的沈从文先生,他后来的悲惨遭遇,也是我们之间常常谈及的话题之一。至于所谈内容,我大都未曾记住,付之烟云了,只有一次例外。这是于别处,不是在先生已迁至朗润园的家里。那时候,我已自燕东园搬至蔚秀园,离学校西门很近,饭后傍晚时分,常往未名湖边散步。一次散步时,在西门内草坪周围路边上,遇见了陈先生。我们便一面散步,一面聊天。我又提起沈从文先生当时的评价和在北大曾经的旧事来。陈先生依然很直率地说了自己的意见。归来,我曾非常简单地记在日记里。那是1986年1月4日。星期六。所记的文字是:"陈贻焮同志路上说:沈从文宣传过分了。原来人家要给诺贝尔奖金,我们反对。现在又拼命宣传,这是帮倒忙。沈在解放军进城前,很悲观,有恐惧感,与政策有关,也与他的表现有关。他甚至用刀片自杀未成。他被转出北大,到故宫博物院,是政治原因。当时在故宫博物院,相当于一个讲解员似的。我们五三年去参观,就是他领着讲解的。"谈话里没有我不甚知道的"秘密"。但从平静的叙述里,先生对于沈从文所受不公平的待遇的叙述,对于当时评价宣传的"过分"和可能会"帮倒忙"的分析,看得出先生的那种独立沉思,那种隐隐的不平,那种客观冷静的情感来。陈先生1946年开始就读于北京大学先修班,次年入中文系学习,中间一度因病休学,1950年重回北大复学。在大学学习期间,以及养病休学时,他喜爱现代文学和外国文学,自己喜欢写散文和小说,据说曾受到傅庚生、废名等前辈的称赏。他之得益于沈从文先生的影响和对于沈先生的感情,也是可想而知的了。

当时,我还告诉陈贻焮先生说,1979年夏天,由一位沈先生夫人张兆和在中央民族学院中文系工作的同事热心介绍和陪同，我曾经去家里拜访过沈从文先生。那时候沈先生的住处，还在小羊宜宾胡同。那是一个很狭窄，几乎站不了几个人的低矮小屋。沈从文就是在那里，完成了那部《中国古代服饰考》的学术巨著的。我去那天，帮助他完成该书部分图录的一位年青女助手，正在摆满图片的床上，协助进行挑选工作。我听沈先生随便谈了一些过去的事，问了一些问题，流露出想研究先生作品的意思。临走的时候，将我带去的自己多年保存的一本 1936 年良友初版的《沈从文小说习作选》，放在那里，请先生题字留念。过了一些时候，带我去访问的中央民族学院的老师乌日娜，将书还给了我。书里扉页，沈从文先生贴了一张白纸，上面用工整的毛笔行楷小字，给我抄了先生自己作的两首旧体诗。其中第一首是《宫墙柳》：

依依宫墙柳，默默识废兴。
不语明得失，摇落感秋深。
日月转双丸，倏忽万千巡。
盈亏寻常事，孤蓬徒自惊。

一九七二年由鄂返京经北海后门感事。沈从文

我给陈先生讲了这段旧事，说了诗的内容，我们似都共同理解了沈从文先生这首“咏物”的“感事”诗里所要传达的深埋在心底里的愤懑与不平。听了之后，陈先生短时间里默默无语。先生是个颇爱动感情的人。我知道这时他心里很难受，眼里也似乎有些湿润了。

至今我还非常清楚地记得，也是在那次散步中，陈先生对我说：“一个人作学问，很多想做的大事情，应该在 60 岁以前都做完。”那年我刚 51 岁。陈先生长我 11 年，是 62 岁。现在猜想，先生当时大概已经接近完成了他那三大部百余万字《杜甫评传》最后一册的写作。两年之后最后一卷就出版了。现在回想起来，这句话里，饱含了先生对于一个后辈的期待和催促。可惜我因穷于应付一些事务和杂活儿，心里一直怀有的学术梦想，却至今仍付之泡影。古人云：“用志不分，乃凝于神”，要达到此种境界也是一种修行。先生告诫我的那句发自一个

全身心忠于自己学术坚守的传统型学者的警语,至今于我仍是一个刻骨铭心而永远无法实现的梦。

陈贻焮先生是位性情中人。他性格豪爽,襟怀坦荡,任情率然,不藏不掖,特别富有人情味。1989 年春天,我开始承担系里的打杂事务之后,又多次去过他朗润园公寓一层东边那间书房拜访,谈天。有时为系事公务,有时属个人聊天闲谈,有时是陪同韩国客人趋访。无论何时去了,先生和师母,都是一样热情招待。

刚接下系里的担子,心里茫然得很。我便先去王瑶先生家,然后往陈贻焮先生家里,向他们请教。陈先生没有正经严肃的指导说教之言,而是兴致勃勃地与我谈起北京大学中文系历届头头,如何尊重老师们各自学术爱好和研究路数的传统,尽量给大家创造一个良好宽松的学术气氛,让人们八仙过海,各显其能。给大家创造条件,出成果,出人才,这是最最重要的事。

接学校人事处通知,1989 年里,系学术委员会需要调整换届,超过 60 岁的原有委员,都要退下来。为此事,我曾专程去家里拜访陈贻焮先生。到他家里,刚提起话题,先生便与我说:"走,咱们到外面,看看这里的风景,聊聊天。"我们来到我熟悉的离先生所住地方不远的路旁,我 1961 年参加编写《中国文学史》时候住过一年多的十三公寓前面的小湖边。对于我所谈的学校通知换届的意见,考虑让先生不再担任学术委员会主任一事,他很爽然接受了,而且谈了很多如何更注重人才,注重学科,注重出有分量的学术成果,注意博士研究生论文质量把关等等方面的意见。因为事先已经约好,要去附近八公寓吴组缃先生家里拜访,谈话余兴未尽,我便匆匆告辞了。

后来一次,我接到陈贻焮先生的电话,邀我去他家里聊天。我又赶到朗润园公寓那栋小楼前,看见先生门前那丛绿竹,青翠繁茂,潇洒依然。敲门进屋,先生走过来迎我。先生那天兴致很高,告诉我,他刚从湖南开会回来,老家的友人,送他一些当年的新茶,特意邀我前来,与他一起品尝。说完这话不一会儿,李大夫便推着一辆浅绿色塑料"小推车",将新泡的茶具,送到我们面前。陈先生说,这是湖南最好的"君山茶”,是茶树尖上的嫩叶,叫“雀舌”,刚带回来的,我们一起来品尝品尝。于是我们一起,边品尝先生家乡新茶的清香,边谈起唐诗研究的一些问题。我很喜欢李商隐的诗,读过苏雪林的《李商隐恋爱事迹考》,便问起来,近时的学界和先生自己怎样看法?我说周振甫注释的《李商隐选集》里,解释李商隐的诸多《无题》诗,完全用《梓州吟》“楚语含云俱有托”的自白,否定苏雪林等人的解释。陈先生说,他不完全赞同苏雪林考据论述的见解,很多考据过分主观随意了,但是也不能一概否认一些诗里含有这方面的内容。将诗里模糊朦胧的句子,都说绝对了,恐怕不太符合实际。陈先生说着,走到他工作的书桌上,取来一枚写好字的宣纸,对我说:“这次我去湖南,写了一些诗,其中有一首,抄录送给你吧!”我当时意外地得到先生所赠的一份诗作墨宝,真是高兴极了。那上面,写的是中楷行书,诗句中,还习惯地夹着书写了一些双行小字的注文。先生一边念给我听,一边还告诉我,他的诗作集子,很快将由北大出版社出版,“小妹”(在那里工作的先生的女儿)给他作封面设计。后来,我又谈起如何写旧体诗,想向先生请教。先生谈兴更高了。他告诉我说,他的一些旧体诗,都是兴来之作,不值一读的。等书出来,请我多多指教。我恭贺先生这个另一类的艺术成果的即将问世。我知道,先生除写旧体诗外,也写散文,写小说。他一次跟我说过,哪天的《晚报》上,又发了他的一篇小说,是写小妹他们故事的。先生多才多艺,获得多样尝试的快乐,但又知道怎样不过多旁骛。

陈贻焮先生作旧体诗的名声,系里的老辈先生们,都是熟知的。王瑶先生一次对我说,自己研究中古文学、陶渊明,却从来不会作旧体诗。“四人帮”粉碎后,外面一家报社约稿,让他写一首旧体诗,畅抒襟怀。他没办法了,便急中生智,向陈贻焮先生“求救”。陈先生自己,却从来未向我提起过此事。一直到王瑶先生病逝后,1980 年 8 月出版的《王瑶先生纪念集》后面所附师母杜琇所撰年表里,我才在 1980 年项下,读到这样记载的文字:

元旦题自作诗一首:“叹老嗟卑非我事,桑榆映照亦成霞。十年浩劫暑虚掷,四化宏图景可夸。佳音频传前途好,险阻宁畏道路赊。所期黾勉竭庸驽,不作空头文学家。

一九八年〇年元月昭琛自书"

再后来,师母杜琇去英国之前,将王瑶先生用毛笔书写的这首诗的条幅裱好了,到畅春园家里来,亲自送给我们夫妇,留作纪念。这首《王瑶文集》里唯一的旧体诗,是王瑶先生自己的亲自创作,还是出于陈先生的手笔?这个问题,对于两位远去了的老师,已经不复重要。让它就这样成为后来者一个无法回答的美丽猜想吧。

我与陈贻焮先生一起参与的一次国际学术研讨会,是1994年8月10日在北京大学召开的中韩两国"宋子学·儒学与文学研讨会"。这次会议,由韩国忠南大学和北京大学中文系一起举办。这是我辞去系主任工作之前,最后张罗的一次会议。陈先生的韩国朋友全英兰,为韩国大邱大学教授,台湾师范大学文学博士,因为专攻杜甫,我曾多次陪同她到过陈贻焮家里拜访。1993年夏天,我往韩国参加第一次宋子学研讨会,到过她大邱的家里小住数日。这次她前来与会,特别希望与陈先生能在会上相见。陈贻焮先生参加了此会,并担任了会议的学术评议人,和与会韩国代表们进行了愉快的学术交流。会后,韩国忠南大学宋子学研究财团、宋子研究所,出版了厚厚一大本《宋子学论丛》第二辑,书内前面,有在北大图书馆大楼前面全体出席会议者的合照、在电教内研讨会与会人员一起讨论的合照,这里面都留下了陈贻焮先生红颜白发、精神矍铄的身影。因我是忠南大学宋子研究所所长赵忠业教授的老朋友,曾应邀往大田市参加过第一次宋子学儒学与文学研讨会。这次会议由我出面筹备。北大方面,邀请了袁行霈、楼宇烈、褚斌杰、陈来、张少康、孙静、张鸣等许多教授前来与会。系主任费振刚主持会议。陈贻焮先生的与会和评议发言,给会议增添了学术亮色。赵忠业教授回国后,来信里还特别让我转达对于陈先生的百忙中抽暇与会,表示他自己和宋子研究所同仁们的深深谢意。

宋时烈为17世纪韩国李朝的著名大儒与诗人,他写有大量的汉诗作品。陈贻焮先生习于专心著述,淡于应酬。会前,我特别前往家中,邀请陈先生参加此次会议,先生非常痛快地答应了。陈先生是北大方面出席这次会议的学人中年纪最大的长者。

在这次会议的开幕致辞《儒学思想是亚洲文化圈共同的财富》里,我讲到韩国大儒宋时烈崇尚的“以一身任天下之重,纲常世道以为己忧,至于九死而不悔”的精神的时候,说了这样一段话:

> 他在文中表示了自己的“深忧”及与此精神的同感,于流放中,宋时烈在读邵雍的《击壤集》后写的一首诗里,这样说:七尺残躯病复侵,闲看物理是山林。
>
> 忙蜂都管一春事,老骥犹存千里心。
>
> 帝霸经纶金与铁,贤愚兴败古犹今。
>
> 时时说到无穷事,三复尧夫偶见吟。
>
> ——《观壤集偶吟》(《宋子大全》卷四,第一册,第155页)
>
> 宋时烈这种以天下为己任,以天下之忧为忧的儒家思想和精神,是中国和韩国历代知识分子留给我们后来者的最可宝贵的传统。……今天我们在这里与来访的韩国朋友一起举行的“宋子学·儒学与文学研讨会”,在进行学术研讨的同时,象征性地显示了中国的莘莘学子们一种内在的蓬勃的意愿:我们正在找回我们失掉的东西!

作为中国诗学领域里儒学精神和艺术传统执著的寻找者,发掘者,阐释者,也是承传者,陈贻焮先生离我们而去,已经整整十年了!为纪念陈贻焮先生远去的英魂,我带着一种钦敬和“还债”的心情,写下这些拉拉杂杂的文字,这些无法排遣的思念。

我总是在想:陈贻焮先生的研究中国古典诗歌,研究诗人杜甫、王维、孟浩然,研究浩如烟海的唐诗历史和艺术,他在自己反复阅读和落笔书写的过程中,内心里该会多少次含泪地涌动着前代诸多大儒和当今富有良知的莘莘学子们共同拥有的这样一种共同信念:“我们正在找回我们失掉的东西!”

这篇散乱思念文字写作过程中,总是想起我非常喜爱的李白那首

《赠孟浩然》诗来:“吾爱孟夫子,风流天下闻。红颜弃轩冕,白首卧松云。醉月频中圣,迷花不事君。高山安可仰,徒此揖清芬。”

为前述种种不能忘却的怀念,我要仿李太白的诗句,向陈贻焮先生远去的灵魂,发自心底地说一声:“吾爱陈夫子!”

2010 年 7 月—9 月 10 日于蓝旗营

一颗平静而跃动的智者之心

——怀念徐通锵先生

徐通锵先生，与我同月同日生，但长我四岁。我1955年入学后的第二年，他即毕业留校，从鼎鼎大名的高名凯教授，进行语言学理论研究。

清楚记得我们入大学后听的第一堂课，就是高名凯先生讲授的“语言学概论”。那是在西门内外文楼的103。一百多名如饥似渴的新生，挤满了那个长形的阶梯教室，兴致勃勃地听着高先生用浓重的福建口音讲课，所讲内容和许多名词，都觉得非常新鲜，但却大都不懂，什么契科巴娃，马尔，什么“语言是交通工具”，一堂课下来，感觉如堕五里雾中。当时前来跟我们一起听课的，就有石安石、徐通锵。石安石老师是我所在的55级二班的班主任，又担任高先生课的助教，给我们上辅导课，来往自然密切些。徐通锵那时是毕业班的学生，虽一起听课，并不熟悉。以后我读书，他做助教，所学专业不同，也就很少来往。

九年后，我研究生毕业留校，住进南校门内的19楼。那时中文系青年教师，大都住那里。“文革”前比较宽松自由的气氛下，中文系青年教师里不少人风华正茂，意气风发，兴趣多样。几位才情横溢多才多艺的人，常聚集于201室，赏刻金石书画，学唱京戏昆曲，跑城里，钻剧院，看漂亮的新角刘长瑜演的《卖水》，像今天的“粉丝”一样。那个房间，当时被称为“金宝斋”。还有赵齐平能吹宁静幽远的长箫，段宝林会唱动听的西藏民歌，石安石拉得一手漂亮的二胡……好像个个身怀绝技。徐通锵那时给我的印象，则是一个埋头读书做学问，不显山露水的一个人。即使在“文革”发生两派对立的时候，他也没有惯见的激昂慷慨，颇为心平气和，与我们这些毕业留校较晚幼稚好胜的“小字辈”，关系也一直不错。或许因为他为人处事,脾气很好,不愠不怒,总是笑眯眯的,不知何时起,大家都叫他"老头儿",这个亲切里见出他性格一些侧面的外号,一直叫到很久以后的后来。1987年,他搬进畅春园56号楼住,我们成为同院的邻居,碰面机会更多了。那时候,我还依然习惯地叫他"老头儿"。就这样,一直到他离开我们而去。

与徐通锵来往较多,是我1989年3月开始为系里服务以后。那时他是语言学教研室的主任,我较多考虑的是系里学科和梯队建设方面的问题。除了例行一起开会讨论的琐事外,我与他两个人,单独交谈最多的一个话题,就是语言学理论学科和教研室的建设。很长时间里,他一直为此而操心,盘算,兴奋,焦虑。他常给我介绍全国语言学理论学科发展的形势,如告诉我武汉一个工科大学,正努力朝麻省理工学院方向发展,语言学理论研究很超前等等,我们北大,应该有一种落后的危机感。言谈中,他总跟我讲这样一个思想:北大语言学理论教研室,规模不需要太大,没那么多课要上,人员必须个个精干,为此须注意这样两条:一个是人员上要队伍整齐,后继有人,一个是学术上要突破旧说,不断创新。一旦得到一个理想的后学人才,他竟如珍惜自己学术生命一样兴奋不已。他曾多次高兴地跟我谈起,王洪君老师硕士毕业后的加入梯队,她对于西方最新语言学理论的吸收和研究成果,在教研室与学科的建设中,是多么的重要。他毫不掩饰为此而感到的欣喜和自慰。

为了培养和留住看中的人才,他不仅有预见性和长远的思考,而且不惜花费很多时间和精力。有一件亲历的事,我永远不会忘记。徐通锵亲手培养的硕士研究生陈保亚,毕业后回云南民族大学任教。后来,完全是从教研室队伍建设的需要,没过两年,又将他作为博士研究生招了回来。陈保亚博士临毕业时,"老头儿"找到我,向我讲了自己"处心积虑"招他回来的过程,讲了陈保亚人才难得的情况,如何希望把他留下来。可那年系里留人名额已经满了。按照规定,自己系的学生,又不能在自己学科站点做博士后。我们一起商量怎么办。我找了几回学校,也没办法解决。无奈中我开玩笑地跟他说:"老头儿,这下子全靠你了!"没有想到,经过一番积极活动,他很快找我,兴奋地说:"办法找到了。"原来是这样:听到北大社会学系,当年有一位博士毕业生,要留在系里，也没有名额了，他马上找到社会学系主任潘乃穆，与她商量了一个两全其美“换工互助”的办法：将陈保亚招收为社会学系博士后，研究课题是社会语言学，社会学系的那位博士生，招收为中文系博士后，课题是语言社会学，实际上他们都仍各在各系，从事自己学科领域的研究和教学。在一次学校会上，我遇见潘乃穆主任，交换了这一意向，她说，就这么定了，学校方面，由她去谈。事情就这样圆满解决了。陈保亚进行博士后课题研究的同时，马上就开始给学生上课了。后来，从他那里我听说，为了他的家属从昆明调进北大，安排工作，徐通锵也是尽了不少心力的。如今，或引进，或培养，几位年轻有为的后来者，已经挑起了语言学教研室的教学研究和学科建设的大梁。我想，徐通锵二十多年里耿耿于怀的一番心愿，他为此付出的许多心血，已经可以使他离开的时候，没有任何遗憾之感了。

徐通锵为人处事，一向低调，学术上却孜孜以求，晚年所致，创获弥精。他力致于语言学理论密切联系汉语实际，展开以“字本位”理论为基础的语义句法弘深思考和谨严著述，不断攀越学术高峰，影响至于海内外；但于学术上，关于或别人的，或自己的，相关的批评争议，又能始终保有一种宽容豁达的襟怀。一次，在四教一间教室，举行“北大语言学讲座”的第一次开讲，请北师大的伍铁平教授作开篇演说，陆俭明邀我前往听讲。伍铁平先生在讲课中，用很多时间，批评了上海一位年青人发表的诸多语言学理论的非科学性。讲演后的讨论中，徐通锵发言直率地说了一个意思：“伍老，对于那个年青人的那些非科学的理论，您似乎大可不必花那么多精力去评论它。”那次讲演的内容，我多听不明白，听懂的一点点，也全忘了。但徐通锵发言中讲的这种态度，可能是在做学问的原则上，“与我心有戚戚焉”吧，也就一直记在心里了。后来，在网上，我又陆续读到伍铁平及其他一些先生，批评徐通锵探索语言学理论结合汉语实际的主张，与之商榷“字本位”的理论，他仿佛也都三缄其口，没有回答。我更感到他坚守的这种学术品格，与他的人生姿态与开阔襟怀之间，是怎样的一致。

去年十月初于悲痛中送走了林庚先生。十一月初我刚从南方讲学归来，再送别了刚刚远去的林焘先生、褚斌杰先生，没过多久又接到徐通锵匆匆离世的噩耗。面对老师和学长接二连三的不幸离去,我心里异常沉重和悲哀。畅春园里,五院内外,“老头儿”遇见我举手招呼,微笑相问的样子,仿佛依然在眼前。11 月 28 日,午睡不寐,不善书写挽联的我,却止不住将心里涌动的思绪,凝成两行沉重的文字,发给系里,以表达一点哀思与敬意:

倾神笃学视界博渊孜孜于著述篇篇宏文皆开语言学理论新境

尽心为师襟怀川海谆谆乎育人泱泱后进均承中文系人材栋梁

次日上午,走出五院寂静的告别室,在门外揭示板上诸多唁文前,我无言伫立。从一枚苍白的纸上,倏然读到徐通锵离世一月前写给几位友人的一封电子邮件,我沉重的心一下子被震撼了。信里,他清楚交代自己不能继续做完一些“丛书”审稿之事后,将近期查体得悉医生告之患胰腺癌症扩散的不幸消息,很平静地说给朋友们。他为自己无法完成一些后续任务而深感遗憾,也为自己将匆匆告别人生而凝想沉思。面对与自己生命充满眷恋的诀别,他是那样镇静与豁达:

“人总有‘走’的一天,早‘走’一天晚‘走’一天,没有什么大的区别。晚年能与诸公结识,共论‘字本位’问题,也是本人的一大幸事。希望还能在上海与诸公见一次面。我的心情很平静,诸公不必挂念,也不必回函,或转告他人,一切听其自然。”

这是一份生者走向死亡之前的令人灵魂震撼的自白!

有了为自己生之梦想作过坚韧博求的人,才会有面临死亡时所拥有的这般冷静和从容。

从这些极其平静的文字中,我读出了徐通锵先生那颗因洞彻生命意义的宁静而跃动的心,那颗超越于生死大义而“一切听其自然”的智者之心。

2007 年 2 月 11 日深夜于京郊蓝旗营

低调而闪光的人

——怀念吕德申先生

记得刚入大学初,我们1955级同学的"文艺学引论"课,开始是由当时西语系著名教授钱学熙给上的。听说他参加过朝鲜板门店谈判,是有名的翻译家。后来没过多久,就改为由吕德申先生给我们讲授了。

吕先生这时刚33岁。他参加的苏联专家毕达科夫主讲的马克思主义文学理论研究班,刚结束不久。他借鉴苏联文学概论的体系,给我们系统讲授了"文艺与生活"、"文艺与现实",以及现实主义、浪漫主义、自然主义等理论观念。时隔太久,讲授内容,没有给我留下什么太深的印象。只是他讲课中,经常提到或引述的别林斯基、杜勃罗留波夫、车尔尼雪夫斯基等的理论,颇激起了我的理论兴味。后来我非常喜欢别林斯基,特别是他对于果戈里小说和思想的精彩评论。我买了并认真阅读了满涛翻译的上海新文艺出版社出的两大厚册《别林斯基选集》,上面至今还存留有我和孙绍振写的批语。我从王府井外文书店里,还买到了厚厚的俄文版精装《别林斯基选集》,一边翻字典,一边半懂不懂地啃着那些艰难的文句。这册厚大的精装书,一直到我研究生毕业之后,1969年将要去江西干校劳动之前,才被我忍痛卖掉了。即使后来,别、车、杜尽管受到质疑,我仍然非常喜欢那些精湛的理论,他们革命的激情,眼光的犀利,思想的深刻,文采的漂亮。这些书,至今还保存在我的书架上,我时常从中吸取一些思想的光亮与火花。这些情感和偏爱,与吕德申先生的讲课,给予我最初的理论启蒙,是分不开的。

大学毕业后,我开始作王瑶先生指导的现代文学研究生。吕先生那时去中央党校参与文学概论教材的编写工作,后来还在系里兼职一些党的工作,我与吕先生的接触与联系,就很少了。我被调去参加编写

《中国文学史》教材那一年里，大约于党校的新年聚会上，与先生见过一面，也仅仅是礼貌的问候寒暄而已。在当时还是一个学生的眼里，吕先生是一个严肃而不大爱讲话的人，一位寡言认真的学者和老师。

读研究生之初，王瑶先生给我们开的"必读书目"，除了"鲁郭茅巴老曹"等几十位现代作家的全集、文集、选集和单本作品之外，还有五四以后二十余种重要文学期刊杂志。上海光复后，郑振铎、李健吾主编的当时影响极深的大型文学刊物《文艺复兴》杂志，也在其中。我翻读阅览《文艺复兴》的时候，偶然读到了吕德申的短篇小说《老祖母》，才忽然知道吕先生那时候还发表过小说作品。因为主要须看一些重要的作家作品和理论文章，当时我并没有去仔细读这篇小说，也不知道里面写得究竟怎样，而且以为是吕先生偶然为之，自己渐渐漠然忘记了，以后也从未曾向吕先生问起此事来。到了 80 年代末，我翻阅天津人民出版社出的《中国现代文学期刊目录汇编》，书末的作者"索引"里，连吕德申的名字也误成为"吕德甲"。我也未向吕先生谈起过这一令人啼笑皆非之小事。

2000 年前后，由方锡德老师指导的一位研究生，作硕士学位论文，题目是 1946—1948 年平津"新写作"青年作家群的研究，论文谈及这个在沈从文朱光潜关怀培养下的青年作家群的时候，所列举的作家名单中，提到了吕德申的名字，但是并没有论及吕先生小说创作的具体作品。后来这位学生在此基础上，由我指导完成的博士论文中，依然没有具体涉及吕德申的小说创作。我指导的另一份关于《文艺副刊与文学生产》研究的博士论文，后面附录的杨振声沈从文等主编的天津《益世报》等几份文艺副刊目录，里面有吕德申发表的《元宵节后》、《小学校教师》、《夏天》、《侏儒》等四篇小说。我读了这些之后，联想那篇《老祖母》，才唤起我对于吕德申先生从西南联大到北大的几年里，曾经作为一位青年作家发表过一些小说的经历，产生了一种好奇心。因为指导学生写论文的需要，前些年曾与吕先生谈及这个话题，记得先生只是淡淡地说，那是年青时候过去的事了，沈先生曾经说过，你这个人，太老实了，不调皮，不俏皮，这大概就是不太适合写小说的意思吧。后来也就不写了。当时我对于吕先生小说创作的才情与业绩，依然是不甚了了。

去年岁末，一个寒冷的上午，住在蓝旗营小区的老师，乘系里派来的一辆大巴，前往参加全系举行的新年聚会。我上车刚坐下，有老师告诉我说：吕德申先生于昨天下午去世了！我心里突然一震。失去老师的悲哀，人生无常的慨叹，让我一时陷于沉默。吕先生因病住院多年，备受折磨。这是亲人的生离死别，也是人生的一种解脱：沉默中我对自己的心这样说。在轻声交谈中，我告诉身边的友人：吕先生1946年在上海《文艺复兴》上，曾经发表了一篇很精彩的小说《老祖母》，最近我还重读了一遍，依然感觉写得非常好。他说："我们从来没有听说过此事，应该告诉李一华同志，她可能也是不知道的。"

可在那几天里，我没有将这篇自网上下载并连杂志封面目录都打印好的小说，告诉给李一华同志，更没有去送给她看。

因为这篇小说里，描写了一位备受磨难与孤独寂寞的八十多岁的老祖母，在丧失自己最后一个亲人儿媳的时候，怎样于极端悲苦中，向身边亲人，也向自己，不断发出这样的慨叹："都去了，人家都管自去了，就留下我！……"我不愿以这篇作品中描写的人生哀伤来勾起或触动刚刚失去亲人者们的悲恸。

吕德申先生走后，与他生前一样低调。遵先生生前及家属的嘱愿，没有开追悼会，没有举行遗体告别仪式，甚至没有开学生与亲友的追思会。过了几天以后，在北大中文系五院一楼东北角的一个不大的房间里，布置了供学生与亲友向先生进行深情告别与寄托哀思的纪念室。纪念室肃穆而宁静。正中的白墙上，挂有吕德申先生慈祥微笑的大幅照片。屋里放满了亲友学生送来的挽联、花圈、花篮与鲜花。入口处的桌子上，摆放着印好的《吕德申先生生平》纪念册页。之外，另放有一份悼念物：吕德申1946年在上海《文艺复兴》杂志上发表的一篇小说《老祖母》。这是由我当时提供，剑福立即让人去复制装订的。

由此，吕先生在马克思主义文学理论及中国古代文论方面的杰出研究成就声誉之外，作为1940年代出现的一位青年小说家的业绩和才华，才开始为系内外更多晚辈与亲友们所知晓。当时，我曾向李一华同志表达自己的悼念和慰问，并告诉她说，这个《老祖母》，可能是吕先生写得最好的一篇小说,另外还有发表于天津几份报纸文艺副刊上的几篇小说,待我复制后,再送给她。

就连我自己也感到出乎意料之外的是,经过我与李一华同志的多方寻找,搜阅刊物,最后竟获得吕先生发表的14个短篇小说。还有知道发表刊物,作品篇名,尚一时无法找到。我开始产生一个冲动,应该认真读一下这些小说,为离去的吕先生,写一点什么。

写作期间,有最令我兴奋的几件事:一是,除了《老祖母》和已经知道的天津几个报纸文艺副刊上发表的四篇小说之外,李一华同志又在西南联大办的《世界文艺季刊》上,找到了《孤独的老人》一篇重要的小说。接着她在杨振声主编的《经世日报·文学周刊》上,又找到了吕先生的四篇小说《黄昏》、《山羊胡子的公公》、《太医》、《一生》,这样众多作品的发现,给我思考先生作品,带来极大的兴奋。二是,在阅读发表《孤独的老人》这篇小说的《世界文艺季刊》第1卷第1期原始刊物时,我在接着翻阅的第4期上,又找到吕先生发表的另一篇小说《母子》。杨振声先生为撰写的"编者前言"里,还引述《世界学生》月刊第1卷第10期开设"文艺栏"时《几句关于文艺栏的话》中说的:"更为了这个月刊是供给青年的,我们尤其注意青年作家的作品。"由此我还得知,这个刊物前身,名为《世界学生》月刊,它的"文艺栏",也是由杨振声先生主持的。于是我试着去搜读已经出版的各期《世界学生》月刊,没有想到,竟意外地在那里发现了吕先生分别在1943年的3月和9月出版的两期刊物上,连续发表的两个短篇小说《花斑鱼》、《兄弟之间》;更令我兴奋的是,在两期刊物里,我还读到杨振声先生分别为两期刊物所写的《编后记》、《编者小言》,其中有对于小说作者汪曾祺、吕德申有这样评介的珍贵文字:"《唤车》作者汪曾祺君,《花斑鱼》作者吕德申君,都是西南联大国文系同学。汪君文笔幽深而清新,长于描写心理及烘染空气,近于诗。吕君文笔明畅而精炼,最能叙事。""《兄弟之间》的作者吕德申先生曾在本刊发表过《花斑鱼》,文字亲切流利,于不知不觉中把读者引入一个故事世界中……"三是,搜阅已经告一段落,我开始撰写关于介绍这些小说文章的时候,李一华同志又在电话里告诉我,她在1942年12月重庆《大公报·战线》第950期上,又找到了吕先生发表的小说《孩子》。这样，就把原来以为吕先生自1943年3月在《世界学生》月刊刊山的《花斑鱼》为最早发表小说的时间，又提前了三个月，即吕先生入西南联大读书刚上二年级初的时候，就开始发表小说创作了。这时候他刚满20岁。电脑里已经打出的文章开头，必须重新改写了。

这些不断追寻和发现的过程里，带给我对于吕先生的小说创作一番全新的认识，刺激我对于既有的一些文学史书写和学术论断进行重新思考，也激发了我对于吕德申先生这个人进行更深认知的渴望和如何进行更为接近实在的阐释书写的责任。

我曾追问自己：吕先生后来怎样放弃了文学创作而走上学术研究之路的呢？

驰骋文学创作的兴趣和才华，做一名小说家的荣耀，当时对于一个年青学生，何尝没有很大的诱惑性，但作为年青而理性的吕德申，毕竟他还有自己的另一番清醒。尽人皆知的是，在当时学术大家荟萃的最高学府里，走严肃坚硬的学术研究之路，是最尊严的人生选择。西南联大多名教授，如杨振声、闻一多、朱自清、冯至、李广田，都是由创作转而为学者的。而当时早已名声很大的小说家沈从文，西南联大学生心目中的偶像，讲课讲演也颇受学生的热烈欢迎，但在这里，却被另一番看待。1939年6月27日，国立西南联合大学常务委员会第111次会议才通过决议："聘沈从文为本校师范学院国文系副教授，月薪贰佰捌十元，自下学年聘起。"至1943年8月之后，大学常务委员会方正式改聘沈从文为教授。

吕德申先生作为一名聪慧老实而富有严肃人生追求的学生，要获得毕业资格，必须修满必需的学分，通过外语考试，而且要写作属于有学术坚硬性的学位论文。杨振声先生自1944年9月，赴美国进行学术研究，已经进入大学四年级的吕德申，撰写毕业论文的指导教授，就由朱自清先生担任。朱自清1945年6月24日《日记》载："下午……读《游仙诗研究》一册，其中提出游仙诗分神仙生活及长生两类。"6月26日《日记》又载："下午读完吕德申文章。"接着一天《日记》里还有"阅王彦铭毕业论文"。王彦铭是吕先生国文系同年毕业的同学。可知朱自清先生所阅的"《游仙诗研究》一册"，就是吕先生西南联大毕业的学位论文。李一华同志告诉我,过去她曾见过他用毛笔写在竖行稿纸上订成厚厚的一大册,题目就是游仙诗研究,我问:“后来保存下来了吗?”她说:“没有,这次整理遗物时没有发现。”吕先生毕业之后,先在昆华女子中学任国文教员半年。1946 年 9 月,随学校复员回北京大学中文系任助教,1947—1948 年兼作杨振声先生指导的研究生,研究的题目,是汉魏六朝文学。1954 年吕先生参与苏联专家毕达科夫主讲的文艺理论进修班。就这样,1948 年之后,他再没有继续文学创作,而走上了文学理论研究的坚实的学术之路。从这里,也首次使我理解了,吕先生晚年倾全副心血与精力,完成了《钟嵘诗品校释》这部传世之作,是与他自大学至研究生期间对于六朝文学研究的熟稔积累与学术功力密不可分的。

1946 年 8 月返归北平,吕先生继续与杨振声沈从文等先生共事,并得到他们的指导和培养。他这个时期里发表的九篇小说里,除几篇为在昆明期间写作完成之外,其他则写作于此期内,并多发表于沈从文杨振声等主编的几份京津报纸的文艺副刊上。

吕先生一直对于自己的老师,保持一种尊重和情谊。从朱自清简约的日记里,可以读到吕先生多次与朱自清先生晤面的文字。1947 年 3 月 7 日:“下午开聘委会,决定聘任广田。吕德申来访。”3 月 15 日:“在城内分配图书。访继愈、德申、人梗、从文、今甫。”3 月 19 日:“德申克家子书景泉。”4 月 2 日:“平伯朝华德申大圣。”4 月 19 日:“晚写信。”李一华同志近时告诉我,德申曾接到朱先生 4 月 19 日的来信。

在沈从文主编的天津《益世报 · 文学周刊》1948 年 2 月 7 日第 77 期上,吕德申发表的最后一篇五千余字的小说《侏儒》,写一个生理缺陷的乡镇教师,因为人间难得的一次爱的丧失,众人开始由无知的讥笑嘲弄,转而为肃穆的理解悲悯。我重新阅读,回味咀嚼,获得了别存一种玄远而幽深的体味。在一篇绝笔的世俗故事里,似乎藏着作者一颗不宁静的心。

此篇小说发表二十余天之后,沈从文先生就被革命作家们斥为“直接作为反动派的代言人”的“反动文人”,遭受猛烈批判。1949 年 8 月沈从文的北大教授被“辞退”,调往历史博物院任职。这件事,对吕德申先生,有怎样的影响,我不得而知。一次,在电梯里,遇到同楼的赵宝煦先生,我与他谈起吕先生西南联大写小说的事,他说:“吕德申先生西南联大时,是沈从文器重的学生,他后来过得很坎坷。”我没来得及问他关于吕先生“后来”的情况。似乎也没有再问的必要了。此后,吕先生与沈从文仍然保持师生间的联系,时往家中拜访,偶有书信往来。在《沈从文全集》第20卷里,我读到1957年沈从文给吕先生的一封信:

德申:

闻北大争鸣情形相当活跃,国文系想必也事件不少。昨天有个北大新闻系学生来访问我,介绍信十分离奇,一信中计有三个不相干的名字,除我外还有陈慎言和小翠花,给我一种痛苦的压力。这个介绍信真是不伦不类,可能是伪造的,望为查查。如果真是新闻系开来的,也证明新闻系办得有问题,大致学生只看王瑶教授《现代文学史》,习于相信一种混合谣言和诽谤的批评,而并未看过我的作品。访问我虽出于好意,也近于猎奇,并无基本认识。来的人还曾问过你,也许还上过你的课,我可是在不知向他说什么好。虽一再告他不要随便写什么访问记,或许当面说后,事后又写,胡乱写出。望你为向新闻系党组查查,来访问我的同学是谁,请他万莫随便写下我什么向上海投稿。他的好意和热忱都极可感谢,我可十分害怕这种无补于事的访问记。

龙珠已都是大人了,虎虎已在工厂作事。身体都好。

系中熟人望候好。解放七八年了,我还没有到过你们北大观过光。将来也许会来看看国文系,因为这几年我摸摸绸缎文物,略略有了些常识,知道不仅搞历史的必须学文物,教国文的也势必要赶快学文物。教《诗经》、《楚辞》、汉赋和乐府诗,直到《金瓶梅》、《红楼梦》,一涉及起居服用问题,单凭文字作注是永远弄不清楚的,只有从文物出发才明白具体。你们如有时间,得想办法,从系中把问题提出来,定预算,搞资料,不然会落空而误人。

从文顿首　六月二日

这封信里，我所关注的，不是昔日那些具体史实，而是沈先生与吕先生之间那种平实亲切的师生情谊，谈及家庭的情形，对系中熟人的问候，对北大的想念以及学习文物的建议，从文字中可见，沈先生那种直率耿直，甚至认真得过于“愚厚”的性格。听李一华同志说，吕先生后来，曾多次去沈先生家里看望，在小羊宜宾胡同那间简陋得不像样子的小屋里面叙谈。至今家里还保存有沈先生给吕先生的信函墨迹，工整的行草小楷，有些字难以辨清……

前年一个午后，吕先生因病，住在三院，突现危情，经抢救渐渐转好。稍显宁静，允许探视的时候，我与剑福一起，轻轻走进病房。这是靠北一个单人间，屋子虽然狭小些，但设备俱全，清静方便。刚进去，护理的阿姨说：“先生刚刚入睡。”我们没去打扰。便于先生身边，等了些时候。大约过 20 分钟左右，先生醒来了。脸很瘦削，棱角洁癯，两眼依然炯炯有神。他很快认出了我们。我们轻声问候先生，他微笑点头示意。与先生谈起系里西南联大清华及其他一些老师的年龄，谈及姚殿芳、朱德熙、彭兰、于效谦等几位先生，他虽然声音很轻，但都能一一说出，哪一位是哪个年级入学的，谁比他大一岁，谁比他小一岁……85 岁的老人，记忆力如此清晰，让我和剑福，都感到吃惊。走出病房，仍赞叹不已。

吕先生对年青时写小说的业绩，为什么一直缄默不语，即使在八九十年代以后，即使对自己亲近的人，也从未曾透过些许信息？归之记忆力原因，很难解释。吕先生是位严于律己的人。不扬才露己骛名求利的宁静淡泊，这应是一位低调而闪光的人的一种精神坚守吧。

2009 年 7 月 3 日写毕，10 月改于京郊蓝旗营

送上隔海的哀痛与思念

——悼丸山松子女史逝世唁函

西野由希子并转丸山松子家属：

今天晚上八点半，我看完电视新闻，和其他节目，刚坐到电脑前，怀着一种沉重的心情，将从网上下载来的刚去世不久的中国大翻译家杨宪益先生的一幅画像，配上十年前他为与自己一生同行的夫人戴乃迭去世时候写的一首诗，剪贴于一起，做成一枚白色纪念信纸，表示我自己对于这两位被认为几乎“翻译了整个中国”的伟大伉俪一种崇高敬慕和无名哀伤的心情。杨宪益写的那首悼念妻子的诗是：“早期比翼赴幽冥，不料中途失健翎。结发糟糠贫贱惯，陷身囹固死生轻。青春作伴多成鬼，白首同归我负卿。天若有情天亦老，从来银汉隔双星。”

就是在这个时候，我随手打开电子信箱，忽然读到你从东京发来的邮件，告诉我们一个令我更加震惊和悲哀的噩耗：我们非常尊敬的友人丸山昇先生的夫人丸山松子，于上个礼拜六因患肺炎突然病逝了！我自己一时有些惊呆了。张老师这时候在另一个房间里。我急忙向她高喊：“快过来看，西野发来的邮件！”她说：“怎么了？有什么事？”我说：“丸山昇先生夫人松子去世了！”“啊，这怎么可能呢？”我们俩人几乎都不相信这是真的！

我们已无心再继续做别的事情。无言沉默中，眼里被泪水湿润了。

丸山昇先生和松子夫人，从1983年春天，在东京他们的家里，我们与他们最初见面以来，至今已经过去26年了。从那时候起，他们成了我们最亲近也最尊敬的日本学者和朋友。无论在东京，还是在神户，在那些异国生活的日子里，我们都得到了他们两人最热情最细心的关照。特别是神户大地震的困难日子里，还有许多其他的时候，丸山昇先生和夫人松子为我们所做的一切,我们将终生难忘。丸山昇先生和松子夫人,多次来北京大学讲学,在燕园里未名湖畔小住,或来我们家里做客,都亲如一家人一样。我们在丸山昇先生和松子大人来北大开会送别的聚会上,还一起高唱《国际歌》、《渔光曲》……往日的很多事情,好像就发生在昨天,又好像留在我们心里的那片永远。

前时还听前来的友人说,松子夫人很多时间里,都用在整理丸山昇先生的《遗文集》事业上,且工作已经接近完成了。为此我们对于松子夫人,特别增添了一份敬佩的感情,并盼望她的辛劳,能早日结出丰硕的果实来。

怎么也没想到,竟会是普通的肺炎病,突然夺走了松子夫人的生命。此时此刻,我们含泪无言,只能在这大海西面这个寒冷的深夜里,用匆忙写成的这几行微弱无声的文字,向松子夫人远去的灵魂,向丸山昇先生和松子夫人的在天之灵,送上我们这份隔海而来的哀痛和思念了。

杨宪益老人诗里最后说:"天若有情天亦老,从来银汉隔双星。"愿丸山昇先生和松子伉俪不死的精魂,永远相聚于长天之上!

望丸山昇先生和松子夫人的家属珍重节哀!

孙玉石　张菊玲　发自北京大学蓝旗营

2009 年 12 月 3 日深夜

忠厚勤恳而富于探索精神的学者

——悼念丸尾常喜先生唁函

东京大学文学部　中国语中国文学研究室：

我们前时刚自南方开会归来，即突然获悉丸尾常喜先生遽然离世的噩耗，深感意外震惊和悲痛。多日里仍在沉重的思念中。

丸尾常喜先生是我们非常尊敬的一位日本学者和朋友。我们于1983年春天开始，到日本东京大学讲学一年半。从那时候起，我们就与丸尾常喜先生认识了。丸尾先生常自北海道大学来东京，或在大学作专题讲学，或参加相关学术会议，使我们得以相识，也逐渐了解了先生的学术成就和为人品格。1984年6月里，平山久雄先生带领我往北海道旅行，根据丸山昇先生的预先安排委托，我到札幌之后，就由丸尾先生陪同接待。先生热情领我参观了北海道大学美丽的校园，拜谒了札幌大道广场上有岛武郎"与幼者"的雕像，特意到小樽市参观了小林多喜二读书的商科学校，仔细参观了小林多喜二的纪念馆，以及那座打开的书本样式的高高矗立的纪念碑。那次丸尾常喜先生的盛情与好客，他质朴憨厚的性格，他谈论学术问题时的执著认真，都给我留下了非常深刻的印象。

1995年初，我们在神户大学讲学时，因阪神大地震，曾到东京小住一月。那时已在东京大学任教的丸尾先生，给予我们很多的关照。先生特别安排一次我们与东大中文科教授小聚的机会，因为我突然感冒发烧，只好取消，先生后来一直表示深以为憾。后来的时间里，先生多次来北京大学访问，或参加学术研讨会，或应邀作短期讲学，每次都与我们到过东京大学的同仁们，倾心交谈，像亲人朋友一样。有时还到我们家里小坐，畅叙情谊，饮茶交谈。先生每逢新年之际，都认真制作珍贵的贺年卡，印上他特意创作的散文诗，寄给我们，成为我们之间友情难得的纪念，至今为我们所珍存。前两年，先生访问我家的时候，看到我书柜里摆放的饰物，知道我们非常喜欢猫头鹰。直到此前不久的时候，在东京大学任教的钱志熙教授讲学归来，先生还特意购得北海道特有的一只木制阿依努人的猫头鹰雕像和一个猫头鹰小别针，托钱先生带来，赠给了我们。先生的笃情厚谊，深情细心，让我们非常感动。先生在夫人去世后，曾撰写了一篇深情怀念的文字，寄送给我们，我们读了之后，非常感动，不禁潸然泪下。

丸尾常喜先生喜欢中国和中国文学，对于中国现代文学，特别是对于鲁迅先生的精神和作品，怀有特别深厚的感情与兴趣。我在东京大学任教时，先生于 1983 年到东大作关于鲁迅《呐喊》、《彷徨》的特别讲义，当时听课的学生与我交谈中，对于先生的深湛新颖的见解，都交口称赞。丸尾常喜先生治学谨严，努力创新。先生力图将历史学、民俗学、人类学等学科的方法与资讯，引进对于鲁迅文学作品的显在的与潜在的意象、背景及人物的研究，于文本细读和阐释发微中，努力发掘更深的内涵，从全新的视角进行观照分析，拓展了透视鲁迅作品的视野和方法，被学界认为，能够在“竹内鲁迅”、“丸山鲁迅”之后，尝试着开辟出新的视点与思路，在 20 世纪日本学者的鲁迅研究中，作了别一番境界的新的探索。他的具有学术史意义的研究成果，得到了日本和中国学者的赞许和认同。

丸尾常喜先生为人正直忠厚，热忱诚实，和蔼可亲。在与先生的接触中，我们感受到了日本人民对于中国人民以及中国文化发自内心深处的真挚与真诚。丸尾先生的去世，是日本中国学界的一个无法弥补的损失，也使我们失去了一位能够真诚相待的朋友。我们谨以此数语表示对于先生的沉痛哀悼，诚愿先生的高尚人格与学术精神能够得到更大的更久远的发扬！

孙玉石　张菊玲

2008 年 5 月 25 日于北京大学

红楼明月在　洒泪向东瀛

——悼念伊藤漱平先生唁函

惊悉我们最尊敬的日本朋友伊藤漱平教授不幸逝世的噩耗，我们俩人感到十分震惊和悲痛，默默中，眼含热泪，无语良久。我们怀着无比沉重的心情，用这些发自心底的文字，向伊藤漱平先生远去的灵魂，寄上我们沉痛的哀思，也向悲痛中的先生家属，寄上我们诚挚的慰念。

自 1983 年春天，伊藤漱平先生亲自与丸山昇教授、平山久雄教授、伊藤敬一教授等先生们一起，到机场迎接我到东京大学文学部中国语中国文学研究室任外国人教师。从此至 1984 年 9 月的一年半时间里，我们先后在东京大学文学部和教养学部的任教工作，在西片町、弥生町住宿的异国生活里，都得到了伊藤漱平先生及其他各位教授先生无微不至的热情关怀和悉心照顾。为此我们此生第一次远离家乡的异国生活中，一直感到胜似亲人般的无比热情和温馨。

在东京大学文学部的研究室，在以先生翻译的《红楼梦》、《娇红记》命名的"两红轩"书斋，在九十九里滨高村智惠子《千鸟歌》诗碑前和幽雅的听涛阁，在水户的明朱舜水墓和古老美丽的梅花盛开的丛林，在茨城县潮来水乡湖面的小船上，在本乡三町目鲁迅常去光顾的藤邨羊羹老店，在台湾友人简先生开办的东方书店中，在东京大学赤门外的学士会馆……伊藤漱平先生始终以儒雅长者与亲密朋友的坦诚襟怀和不倦热忱，给我们的生活带来了许多新异欢乐的收获，温暖的交流，和日本学者对于中国晚辈学人的无法言说的深情厚谊。先生那些和蔼可敬的笑容，那些热情坦率的学术交谈，那些如亲人一样无微不至的关照，那些超越一般长者对于中国后学者的赤诚相见，将如纯洁悠久的富士山上的白雪一样，永远藏记于我们的心中。

伊藤漱平先生以他一生辉煌的学术成就，成为一位具有世界声望的卓越的老一代日本汉学家。他直接师承日本大汉学家增田涉的学术传统和治学风范，以极为广博的学识和深厚的功力，倾毕生之精力，两次高水平地翻译出版了中国古典文学巅峰性的名著《红楼梦》以及《娇红记》等小说、戏曲名著，成为20世纪最具世界声望的著名的"红学家"之一。伊藤漱平先生除古典文学研究成就之外，对于中国近现代和当代文学著名作品的研究和翻译，也有极深造诣和可喜成果。先生花费很多心血，完成了增田涉与鲁迅先生讨论《中国小说史略》翻译及其他学问的《鲁迅增田涉师弟答问集》一书的整理编辑，成为中日近代文化关系史一部珍贵的文献。我们在先生家里做客时，先生拿出自己《红楼梦》的珍藏本，使我们大饱眼福。他将自己收藏的一本署名"郭沫若"翻译的日本小说《草枕》，让我帮助稽考辨识它的真伪，先生这种收藏兴味和求真精神灼灼感人。那次在东京，带我从九十九里滨旅游归来，先生还将中国古诗平仄声律表复印一份送我，亲自教我怎样作旧体诗，让我试着与之唱和。伊藤先生对于中国古典诗歌悠深素养、浓厚兴味和待人接物的儒雅风度，总是唤起我们对于已经逐渐远去的一代中国大儒学者风范的记忆。

80年代，伊藤漱平先生和夫人一起，作为东京大学中国语中国文学研究室的第一位客人，应邀来北京大学短期讲学。他讲演的内容和风度，受到听讲友人与学生们的高度称赞。先生到外地作短暂旅游，还参观了故宫，游览了慕田峪长城。归国之后，先生将在那里拍的"驴小人大"的骑驴写真寄来，并诙谐地作古诗一首，书给我们，以志纪念。先生这次访问北京的时候，第一次与自己多年前翻译的小说《我们播种爱情》的作者徐怀中第一次晤面，与这位将军作家，进行倾心交谈。

短期讲学结束后，临行的前夜，先生还特别在北京饭店的日本料理餐厅，举行答谢，宴请中文系一些友人和老师，如今已故的冯钟芸教授，一些去过日本的友人，当时都应邀参加了。先生和身着和服的夫人，还以特别的礼节，站于饭店门口，一一迎接我们。那次向先生告别时，我们还将特意从北京荣宝斋购得的徐渭《驴背吟诗图》水印木刻画轴一幅，赠给先生，作为纪念。先生眯着眼睛，非常高兴地欣赏那幅名画时的情景,至今还清晰留在我们的记忆中。

这些年来,伊藤漱平先生几次寄来自己翻译的不同版本的《红楼梦》巨著和《娇红记》,寄来用毛笔写的书信和贺年卡,缕缕让我们更加仰慕先生勤谨的学术精神和热诚的友谊情怀。

在东京最晚一次见到伊藤漱平教授,是在先生 70 大寿的时候。1995 年 9 月初,我刚到神户大学任教,尚未开始上课,便匆匆赶往东京,参加日本中国学会的现代文学年会,同时在一个下午,到我熟悉的东京大学学士会馆,参加日本中国学会为伊藤漱平先生举行的庆祝七秩华诞的盛会。会上,我还作了简短的祝词,并把特意自北京带来的一尊寿星老人的雕像,亲自送给伊藤漱平先生,表达我们对于先生的深厚情谊和美好祝愿。那天先生依然眯缝着他笑眯眯的眼睛,向大家频频致谢意,也于匆忙中与我作了短暂交谈。我代表我们夫妇,也代表北京大学中文系的友人和师生,表达了祝贺先生健康长寿的美意。看到那里热闹的情景,我为先生在日本汉学界的崇高声望,为先生得到那么多友人和学生们的真诚爱戴,感到羡慕,也感到无限欣慰。那也许是我与先生最后一次的见面了。

一个月前,我往武汉大学参加纪念闻一多诞辰 110 周年及国际学术研讨会,会议期间遇到先生自东京大学退官后任教多年并最后退休的二松学舍大学前来与会的教授牧角悦子女史,休息时的谈话间,我向她问起伊藤漱平先生近时的病情和治疗的状况,并特别请她回到东京后,有机会与先生见面的时候,一定代我们转达对先生的问候和致意,真诚祝愿他能够早日康复。怎么也没有料到,刚刚过去一个多月的时间,先生竟如此突然永远地离我们而去了。

伊藤漱平先生的遽然逝去,让我们深感悲痛不已。生死茫茫,遥隔大海,不能前往吊唁,这里仅借古人诗句,吟成四语,聊抒我们对先生远去灵魂之无限痛悼与思念的心境:

红楼明月在,青史古人空。
斯人登假去,洒泪向东瀛!

这里谨向伊藤漱平先生的家属致以深切的慰问，并望能够多多珍重，节哀！

孙玉石　张菊玲

2009 年 12 月 24 日凌晨

“相见匪遥　乐何如之”

——林庚先生燕南园谈诗录

一　一封珍贵的谈诗的信

那是1996年1月9日，在神户大学附近六甲山坡大土坪公寓里，我接到林庚先生的来信。信的全文是这样写的：

玉石兄如晤：

获手书，山川道远，多蒙关注。神户地震之初曾多方打听那边消息，后知你们已移居东京，吉人天相，必有后福，可庆可贺！惠赠尺八女孩贺卡，极有风味，日本尚存唐代遗风又毕竟是异乡情调，因忆及苏曼殊诗“春雨楼头尺八箫，何时归看浙江潮；芒鞋破钵无人识，踏过樱花第几桥”。性灵之作乃能传之久远，今日之诗坛乃如过眼云烟，殊可感叹耳。相见匪遥乐何如之，匆复并颂

双好

菊玲君统此

林庚

九六年元月三日

1995年1月，神户发生大地震，我与妻菊玲，也经历了一次死里逃生的劫难。一周以后，东京真情热心的朋友，远道开车而来，把我们接到长野山里，后转东京的莲沼町，度过了一个月的“逃难”生活。回神户过新年的时候，我们给林庚先生发了一枚特意觅得的贺年卡：那是一

个身着和服的日本女孩画片，很典雅，很精致，也很朴素，如歌，如诗，如一片淡淡的樱花，流有一种古色古香的氤氲。林先生收到美丽的贺卡后，当即给我复了这封信。十年来我们一直将这封信，装在镜框里，挂在墙上。每次读它，都有一种说不出的情感在心里涌动。

信为一纸，钢笔竖写，笔力苍劲，行草书法，字迹漂亮。我拿着这封年已 86 岁老人的来信，感到先生的拳拳深情与诗人心境，尽在行云流水般的简短文字里。他力主性灵的诗学观点，他对当今诗坛的慨叹，都非常合我当时的心意。回国后，或节日，或平常，到燕南园 62 号的小园，更多地聆听了林庚先生与我谈诗，谈燕园，谈人生，谈家常，谈想说的一切。这里所记的，仅是林庚先生与我谈话的片断。

二 归来后的第一次简短谈话

1996 年 3 月 31 日，我自神户回国以后，两个多星期里，整天在瞎忙，一直没有抽空儿去看望林庚先生。4 月 20 日这天下午，送走了两位朋友后，约六点钟，自家步行，到燕南园 62 号林先生家趋访。这是一个星期六傍晚，正是初春时节。林先生开阔的小院里，几株大树，青葱挺拔，墙边的竹林，也是一片翠绿。

林先生身体很好，说话声音很洪亮，记忆力也好。我们谈神户地震，谈诗，谈过去与现在的知识分子待遇，谈经济大潮对于学术研究的影响。心有深忧，无言以畅怀。

他说，自己有一首《秋之色》的诗，但不知道收在哪里。当场，他随口念了五十多年前自己写的这首诗的最后两句：

你这时若打着口哨子去了
无边的颜料里将化为蝴蝶

我说，我读过这首诗，回去就可以找到。我赠先生日本精致漆盘一个，日本民间手作信纸两叠，八时告辞离开。回来后，忘记自己还没有吃晚饭，即查《闻一多全集》的《现代诗钞》，《秋之色》就在其中，且林庚先生只选了这一首，可见闻一多的眼光与标准，也是很严格与很现代的。

我当时正在作曹葆华主编的《北京晨报》学园附刊《诗与批评》的查阅和研究，其中发现了何其芳的一些重要集外佚诗和笔名，就此事和其他问题，我问及林庚先生，向他请教。

林先生告诉我说，当时在清华，曹葆华高他两班；北大的何其芳，低他一班。他没有给过曹葆华主编的《诗与批评》这个刊物稿子。谈到30年代施蛰存主编的《现代》杂志，他是很为称赞的。他说，那个刊物，吸收了各方面的人，办了很长时间。左联太霸道，人家同路人，是跟你同路的嘛，还不准许，非批判他们不可。后来文艺的左，跟这个有关。先生还说，解放前，大学教授每个月工资三百大洋，那时是银元。肉那时是两毛一斤，工资高于现在四十倍；现在肉涨到八元一斤，涨了四十倍，工资才八百元，整整下降了四十倍。世界上没有哪一个国家知识分子的待遇这么低。

三　谈他的诗《秋之色》是怎样写出来的

1996年4月23日，上午，陈晓兰来，请她代查林庚先生刊于1942年10月《文艺先锋》杂志上的《诗四首》，并复印给林先生的《秋之色》。下午晓兰来送复印件，并告之，《文艺先锋》杂志，北大图书馆旧期刊室无第1卷第1期，因而没法找到林庚先生其他几首诗。

傍晚六时，漫步至燕南园。满园开放着漫地的紫花地丁，路旁的白丁香树很多，满园的香气，浸人心脾。时间尚早，从容散步于宁静的燕园"圣地"，精神似也如注入了几多春的气息。六时半准时到林先生家。将复印的诗，交给林先生，并围绕《秋之色》一诗，同林先生作了畅怀的交谈。

我告诉并问林先生，这首《秋之色》，最初在《文艺先锋》发表时，题目为《诗四首》，他当时在福建，而《文艺先锋》在重庆，是怎样送到那里发表的？

林先生说：当时厦门大学，因为敌人轰炸，已经搬到闽西长汀。大概是一位大学里的讲师，要去重庆办什么事情，说可以把我的作品，带去一些发表，我就给了他几首当时写的格律诗。这个人叫什么名字，我已经记不起来了。他是中文系的一位讲师，当时不教别的课，只教大一国文。他去重庆，不到一个月就回来了。后来怎样，这些诗发表了没有，发表在什么杂志上，我一直不知道。我也从来没见过《文艺先锋》这个刊物。所以在前几年编《问路集》和《林庚诗选》的时候，我让钟元凯找过，但当时没有找到这首诗。

我说，这首诗，因为在闻一多的《现代诗钞》中，我以前读过，但我总以为是写北京的秋色，查看先生的《自传》，才知道先生那时候在长汀。这诗写的是长汀山区的秋色，是写的那时的情绪。背景弄错了，很难准确地了解这首诗。当即，我将诗读了一遍：

像海样的生出珊瑚树的枝
像橄榄的明净吐出青的果
秋天的熟人是门外的岁月
当宁静的原上有零星的火
清蓝的风色里早上的冻叶
高高的窗子前人忘了日夜
你这时若打着口哨子去了
无边的颜料里将化为蝴蝶

林先生说：厦大搬到长汀，那是个山区，山里的秋天，就是这样的色彩。当然，北京的秋天，也是这样的色彩，但跟山区那种感觉还是不一样。这诗只是通过景物，写一种情绪，说写哪都是一样的。不过山区的秋色，颜色更丰富多彩，天也格外的清爽罢了。

我问：先生对后两句诗“你这时若打着口哨子去了，/无边的颜料里将化为蝴蝶”，过了五十多年还能记得，这两句诗在全诗里最精彩，先生是怎样写出来的？

先生说：这两句诗完全是逼出来的。先写前面的六行，然后，诗到这里是水到渠成，完全是自然流出来的。这是格律诗对创作内容影响的一个证明,若不是有一个节奏的要求,就不会有这两句诗。看前面的诗中,自然有色彩感,就流出这两句来。我平时也不吹口哨,没有吹口哨的习惯,不知怎么就会流出这两句诗来。基本不是写出来的,是流出来的。真是流出来的,不是写出来的。格律诗的好处,就在这里,同样的节奏进行,它就有一种推动作用,平常说"长江后浪推前浪",这里就是前浪推后浪,看到秋天的颜色,看到窗外的一片"冻叶",有一种感觉,就变成"无边的颜料里将化为蝴蝶"那样的语言出来了。说是没有意识,也有;说是有意识,也是不完全的。读这两句诗,反正会感觉人溶化在颜色里了。我给你的信中说过,"性灵之作乃能传之久远",我举的苏曼殊的那首诗就是这样。他的前两句"春雨楼头尺八箫,何时归看浙江潮",还有点故国之思,变革的思想,后两句"芒鞋破钵无人识,踏过樱花第几桥",全是性灵之笔,就是自然流出来的。他当时已经出家了。这就是他当时的一种情绪的流露。诗要这样才是好诗,不是作出来的,须是很有境界的一种感情。

我问林先生:这两句诗,使得整首诗站起来了,活了,可以说是性灵之作的名句。那么,我猜测,是不是先有这两句诗,才写出全篇来的?

林先生马上说:完全相反。不是凑起来的,是从头来的。原是写秋天的树木的红色,像海中的珊瑚枝,写秋天的清朗,情绪的清爽透明,忽然有感秋天的颜色性,写着写着,就出来这个奇想,感到自己也被染成一种美的东西了,最后这两句诗就出来了。诗有的时候就完全是拈出来的。诗就像唱歌,按照格律诗的节奏,不知跟着拍子会写出什么曲调来。福建厦大那十年里,我写格律诗一直没有间断,但自己装好的一个手抄本,"文革"中抄家时丢掉了。

关于这首诗,我最后问,诗的第一句"像海样的生出珊瑚的枝",比喻较近,人们容易懂;第二句"像橄榄的明净吐出青的果",用的隐喻,离被比喻的事物较远,就比较难了。这句诗,讲的是秋天的天空吗?

林先生说:在福建,橄榄又叫青果,这句诗是写的自然,实际是写的情绪。就是当时内心所有的干净明朗的情绪。

林先生告诉我:他在厦大开设的课程主要是中国文学史、历代诗歌选、新诗习作,也开散文习作。林先生兴致很高地谈着,我边听,边在作笔记。他说,“你不要记了,随便谈嘛”。以后,谈话时,我就很少记笔记了。多是凭记忆,回来追记整理的。我怕林先生累着,赶紧告辞。离开林先生家的时候,是七点一刻。黄昏的燕南园,更加宁静芬芳。一路上,飘来的仍然是丁香的轻盈温软的馨香。

四　谈诗人杜运燮、《秋之色》诗及其他

1996 年 4 月 23 日下午,林庚先生与我谈话,内容很多。归来当天来不及全录。第二天下午,我又继续根据记忆,在电脑里补打了谈话的其他一些内容。

谈到后来的“九叶”诗人杜运燮,林先生说:我跟杜运燮的关系很深。我在厦门大学任教,他是那里的学生。他开始是读生物系的,后来转到英文系。他选听了我的课,大概是我散文习作课上的学生,一接触,我就知道他喜欢写诗了。因为写诗,接触便更多些了。后来,他想学文学,厦大的英文系只有语言,他想转考西南联大去,要我能不能推荐一下。我就给叶公超写了一封推荐信。叶公超当时是西南联大的教务长兼英文系主任。杜运燮没有直接到昆明,刚到贵州,就生了疟疾,等他病好了,带的钱也花光了,西南联大的考期已经过了。他没有办法,就带着我的那封信,去见叶公超。叶公超也没有办法,说我不能为你一个人单独举行考试。但林庚先生的信,说你很有前途,不是一个一般的学生,怎么办呢?他说,你就先跟班听两个月课,如果各门课的成绩都及格了,那就收下你。后来当然,他不是及格的问题,而是很突出,联大也就收下了。没有想到我的这封信,对他起了这么大的作用。

林先生说,1955 年的五月端午,是解放以后中国第一次诗人节。那次我去参加了,穆旦、杜运燮,也参加了。穆旦拉着杜运燮,还过来看我这个老师呢。80 年代以后,杜运燮还常来看望我。

谈到他的第一部诗集《夜》,林先生说:1933 年,我清华要毕业了。当时都要写毕业论文。我正在写我的第一部诗集《夜》,而且赶着这一年要出版。我当时想能不能不写毕业论文,就以我的诗集代替。于是

我去找当时的系主任朱自清先生。我说了我的看法,朱自清先生一向是很严格谨慎的,没想到他很快就答应了。但是他说:“你得找一个指导教师才行。”我在念书时,听过叶公超先生的《英美现代诗》的课,我又写诗,当时清华全校才有五百学生,听叶公超课的,也就十来个人,所以我跟他就算是谈得来的了。我找到他,说明请他当我的毕业论文的导师,他一口答应了。就这样,他就成了我的毕业论文的导师,而毕业论文就是我的第一个诗集《夜》。后来,清华派系很厉害,燕京的派系也很厉害,他在清华与一些人合不来,就到北大胡适的手下。他本来是新月派的人。

问起关于当时参与文学社团的事情,林先生说:当时,在清华,我与孙毓棠是同班,关系很好。我们曾经商量,加入什么文学社团。孙毓棠要我一起加入新月,我说,我不加入新月,而要加入《现代》。后来给《现代》杂志投稿,与施蛰存认识了,我就加入了《现代》。而他加入了新月。他是历史系的,研究的是世界史。我告诉林先生,孙毓棠的长诗《宝马》,和一些短诗一起,前几年由一个出版社出版了。他说不知道此事。

我们谈到城市诗与乡村味的诗的关系,林先生说:《秋之色》写的是山区的景色,与戴望舒的城市诗不同。我说:“林先生写的《沪雨之夜》,就是城市诗。”他说:“我很喜欢那首诗里面的现代人的寂寞感。废名先生也很喜欢这首诗。”

提起废名,我突然想起一个很久就想向先生请教的一个问题。我问道:“废名说您的诗突然的,也是自然的给新诗送来了一份晚唐的美丽。又说,您的诗与外国诗全无关系。在当时的清华读书的您,是不是这样的呢?”

林先生说:可以说是这样。当然,我写诗不是完全没有外国诗的影响。当时叶公超就开过《英美现代诗》,印了一本诗选。我选过他的这门课,而且真正的听课,又写诗的,可能只有我。我无意中,也会受外国现代诗的影响。但是,对于我写诗起作用的,还是中国传统诗歌,也包括晚唐李义山他们的一些诗。在这一点上,废名说的是对的。先生的这番话,破解了我心中多年的一个疑惑。

五　吐露看待燕园一草一木的诗人情怀

1998年1月29日，农历正月初二，下午往林庚先生家拜年。这天午后，燕南园十分清静，林先生家里人也很少。我们畅谈多时，因系拜年，似觉此时，不宜谈诗，故所谈，多别个话题；但这些谈话里，仍有诗人对于燕园的深情关切与爱美的眼光。

林庚先生谈到北大，感觉每况愈下，教师待遇低，学术水平下降，往日辉煌不再，如《红楼梦》的大厦已空，深含忧患。对图书馆占用前面草坪盖楼，颇有看法。他认为，那里原来的建筑，很和谐，中西谐调，局部匀称，如写诗，水到渠成，不能少一块，不能增一分，那里南有哲学楼，北有第一教室楼，可望见水塔，多绿树，地势高，是一处难得的风景，现在全破坏了，他为之惋惜。他认为，应该保留那块大草坪。他说，一至六院中，原来的四个院，那是燕京大学女生宿舍。当时的观念，瞧不起女生，修的是后宫的位置，形式也不如南北阁以北那样宫殿式的辉煌。房子也很拥挤。

先生年已88岁，谈及此事，竟这样激动，声音也很洪亮。我直至五时离开先生家，深深感到他诗人的情怀，他要求于生活和自然的，也如他的格律诗探索一样，一草一木，都追求一种真正和谐的美。

六　谈任教厦大和自己怎样开始写诗的

1998年3月24日下午，我往林庚先生家拜访。天渐渐暖和了，林先生午睡起来，为消消汗，外出散步，刚刚归来。先生见到我说：“今天走到塞万提斯草坪处，遇到了褚斌杰夫妇。”走进屋子后，我送先生一册刚出版的我的散文集《生命之路》。先生打开目录，见有祝贺先生80寿辰的文章，便感慨地说：“时间真快，一晃又过了八、九年了。”由此，开始了我们的谈话。

我问："先生是怎样到福建的？"

先生说：我清华毕业以后，主要接着写诗，连着出了四本诗集。1933年毕业以后，就没有找到固定的工作。父亲住在城里，我也在当时的国民学院和另一个大学兼课。后来成为批评家和诗人的李健吾、李白凤、朱英诞，都是那个学校的学生。不久前。"九·一八"事变爆发，古北口被占领，又有什么何梅协定，虽然北京没有被占领，但已成了边城。正好在"七·七"卢沟桥事变前夕，厦门大学成为国立大学，校长萨本栋聘请我到那里就职，我便前往任教。因敌人侵略，厦门大学搬到长汀。那里很穷，离江西瑞金只有50里。在那里待的时间很长，胜利后搬到厦门。从1937年到1947年，整整十年，我才回燕京大学任教。那时我教的是中国文学史，回北京还是教的文学史。到院系调整后，才改为只教魏晋南北朝隋唐部分。这是学习苏联一套，分得太细了，没有什么好处。

我问："先生是怎么开始写诗的？"

林先生说：自己生在北京，原来是在师大附中读书。那个学校，主要是教理化，重视理科，不重视文科。1928年，我考进清华大学，上的是物理系。后来我自己发现，我还是对于文学最感兴趣。到二年级时，就转到中国文学系了。开始写一些旧体诗，词，曲，但是越来越觉得，古典诗词，已经发展到那样高的地步，就是写得再怎么好，也不过怎样像古典诗词而已，不可能有你自己。于是就改写新的现代诗。加上当时民族矛盾很尖锐，也不可能沉醉于古典之中。我的发表在《现代》上的第一首诗《风沙之日》，就是出于对现实的一种不满，那里太荒凉，太死寂，实际上完全是个"边城"，感到压抑，那个苍白的太阳，是20世纪的眼睛的意象，就是这种现实的感觉，与那种脱离现实的现代诗是不一样的。这样我就开始写起新诗来，一发而不可收拾。

林先生说：我在北京，那种"边城"的感觉，很重，我的诗里多有表现。在人民文学出版社出的诗选里，我就用了这个概念。《现代》杂志，在当时文学发展中，起了很大的作用，当时那个刊物办得很好。我投稿，也就发表了。

我问："关于《破晓》的修改，您的文章里说的很有意思，能说说吗？”

先生说：那首诗，有了那些文字说明，现在看起来很有意思。不写的话，现在也就忘记了。但是后来没有再写这样的东西。写多了，也就没有意思了。

临走时，林先生送我到门口。园内的竹子，很多干枯了，正浇上很多的水。院里院外的几株老树，也显出春天的挺拔。南墙被开了一个小门。门口院内的一大片草地，家人用竹竿围起来了。先生说：“不然，人从这里走过，花草都踏坏了。”

七　谈诗人辛笛、《现代》杂志及其他

1998 年 12 月 30 日下午，中文系工会主席陈熙中教授，邀我同往林庚先生家，请先生参加 12 月 31 日举行的中文系除夕的团拜会。先生因身体关系，婉然推辞了。

我将辛笛寄赠先生的大作《螂环偶拾》，转送给他。先生翻了翻，对我们说道：辛笛是清华的，比我低两年级。开始写诗的时间差不多。30 年代就开始发表作品了。但是成名，还是 40 年代。他是“九叶”'诗人中年纪最大的一位。

谈到先生发表诗歌的《现代》杂志，他再次对我说：那个时候，国民党很厉害，一些刊物，只出一两期就停了。可是办《现代》的施蛰存，以同路人姿态出现，团结了很多作家。鲁迅太霸道，连人家作“同路人”都不可以，非要成为“左联”的不可，人家明明跟你是“同路”的嘛，怎么也不准许呢。

先生讲道：当时，周作人，废名，俞平伯，三个人常在一起，废名还把头发剃光，当和尚，真的信佛，读佛经，谈佛论禅了。那时，郑振铎来，在燕京大学教书，办了个刊物，作者主要是清华、燕大的人，巴金、靳以走了，回上海了，卞之琳办了个小刊物《水星》，一直到朱光潜回来，北京的文坛才又有一个中心。

八 谈第一次上海之行、访施蛰存及诗之不可缺少

2001 年 1 月 27 日，农历正月初四，下午我到林庚先生家拜年。林先生身体很好，我们又就诗的话题，散漫交谈。我谈起林先生 30 年代在上海写的一些诗，询问这些作品的背景。

林先生告诉我说，1934 年，清华毕业后，留校做助教时，去的上海。我问："为什么去上海，是找工作吗？"他说："不是。我一个哥哥，在上海法租界，是一个法医中心的创建者，他有房子，在他那里，吃住都不用费心，我就是去看看。"

我问："先生是第一次去南方吗？"先生说："是的，以前我没有到过南方。第一次到南方，在上海，南京，杭州，这个三角地方，看了看，觉得有一种新鲜感。"

我说："先生诗里，有不少是来南方时写的。"先生说："我的诗集《春野与窗》，后半部分，大都是在南方写的，或写南方的感受的。那时我第一次拜访了施蛰存。以前只是通过信，没有见过面。他办的《现代》杂志，很有特色。"

我说："《现代》杂志，对于诗的提倡很有功绩。"先生说："是的，《现代》虽然发表各种体裁的作品，但是还是诗歌的影响最大。它的主要成就在于新诗的提倡。中国是一个诗的国度，诗在人们的精神生活中，占着特殊的位置。不写新诗，就写旧体诗。人们没有拿小说作交往的。《现代》杂志的征稿启事里，说除了诗以外，发表后均付薄酬。当时一些读者就提出意见，改了，但看得出，当时对于诗，也是不重视的。诗在杂志中，不是中心，占的篇幅也很少，诗一直不如小说有那么多人看，写诗的，也很冷清，但很多人，还是用诗来满足某种精神生活的需要。无论社会怎样发达，物质怎样丰富，其他文类发展得怎样快，人们一定层次的精神生活对于诗的需要，总是有的。诗是人的精神生活不可缺少的东西。"

约四时许，告别了林庚先生家，先生兴致勃勃地送我到门口。

九　谈人与自然和对我关于他的诗之评论的看法

2003年2月2日,农历正月初二。早饭后,我到燕南园62号,给林庚先生拜年。送先生首都师范大学诗歌研究中心出的《中国诗歌研究》杂志一册,里面有我写的《论30年代林庚诗的精神世界》一篇长文,另《北京晚报》一份,上面刊有我的文章《完成自我与民族精神提升——关于当前诗歌现状的一点随想》,其中引录了在神户时林庚先生给我的那封信。送先生杜鹃花一盆。

林先生看着花,感慨说:大自然给人类以恩惠,人类才成为万物之灵。因之人应该感谢大自然,与大自然和谐相处,才能不断地繁衍生息。人类破坏了大自然,就会得到大自然的惩罚。看来“改造自然”这个说法值得考虑,应该是利用自然才对。因先生家有亲戚来,我稍坐,即很快离开。

3月10日,林庚先生给我家里打电话,我正在人民文学出版社参加《鲁迅全集》修订审稿会,是菊玲接的。她转告我说:林庚先生说,看了我写的评论他诗歌的文章,很高兴,想与你谈谈读了文章之后的一些想法。我当时就给林先生家打电话,没有人接。到第二天晚上,我在东城礼士宾馆与林先生通话,林先生很兴奋,在电话里与我谈了他的一些意见。

林先生说:我前些时候,一直给你打电话,但不是占线,就是没有人接。你写我的诗的文章,我看了,写得非常好。你替我甄别了一个问题:就是过去一直说的我写诗脱离政治。我是不关心政治,因为我不了解政治是怎么一回事。政治很复杂。但是我从来没有脱离社会生活。我生存在社会中,我了解社会生活,我也热爱社会生活。我的诗,涉及边城,涉及当时的国家命运,写的是我的经验,我所理解的社会生活。人们都说,文学来源于生活。社会生活也是一种政治,一种最大的艺术来源。关心和了解社会,我才能写出诗来。

我与林先生谈到他的诗《风狂的春夜》,诗是这样的:

风狂的春夜
记得一件什么最醉人的事
只好独抽一支烟卷了
窗外的佛手香
与南方特有的竹子香
才想起自己是新来自远方的
无限的惊异
北地的胭脂
流入长江的碧涛中了
风狂而十分寂静的
拿什么来换悲哀呢
惊醒了广漠的荒凉梦

人民文学出版社1985年出版的《林庚诗选》中，在“北地的胭脂，流入长江的碧涛中了”一句后，林庚先生加了这样的注解：“《匈奴歌》：‘失我焉支山，令我妇女无颜色；失我祁连山，使我六畜不蕃息。’焉支即胭脂，原产北方，故有‘南朝金粉，北地胭脂’之语。这时北平已如边疆的荒凉，而到了南京上海一带却犹如南朝那样繁华；这局面又能维持多久呢？”我告诉林先生，过去，我不知道诗里的一些句子的意思，读了这个注解之后，才让我了解了。

林先生说：那个注解，写长江碧涛，写北地的胭脂，暗指焉支，暗指一些人不顾国难江南如梦的生活，那些注释的话，是人民文学出版社的选本时才加上的。以前的人，都没有读懂这首诗。现在看，我这些写边城的诗，其实也是一种爱国之思的诗篇了。这也是一种关心政治。你的文章，提出和论述了我诗里的“边城”问题，青春与生命歌颂问题，知识分子寂寞问题，是对我的诗的不关心政治的一次甄别。林先生说：你的文章很长，有三万字，我身体不好，自从2001年生一场病以后，一直没有恢复过来，有时有小感冒，精力总不如以前了。读了一段，我的精力就不济了。整个文章，我是分五、六次才读完的。

我说，1930年代，《现代》杂志发表的穆木天《林庚的〈夜〉》评论文章，对于你的诗的评论，太简单化了。

林先生说：穆木天对我的批评文字，很左，那时他是左联的，不能不这样做，现在看起来，很好笑，但也是可以理解的。许多历史的事情，要过了一些时候，才能看得清楚。

林先生关心我的痛风病，告诉我，要注意保重身体，不要过累，特别是不要感染别的什么东西。我说：这是我写的上篇，讲的是诗的思想，社会内容，没有讲艺术，是留待下篇来讲的。林庚先生说：是没有讲艺术，但你讲的内容很好，给我的诗甄别了一个问题。

十　谈诗《寄故园友人》、风筝及其他

2004 年 2 月 22 日，农历大年正月初一。下午，往燕南园，给林庚先生拜年。与林先生谈诗，谈昨晚春节电视节目，谈朱自清日记朗诵会记载，谈对于他的一首《寄故园友人》的疑难。四时许，告别林先生，女儿送至门口，即电铃响了，是郭小聪来访。他是从给菊玲的电话里得知，我在林庚先生家，就从家里开车过来了。我们又一起与林先生继续谈话，至五时许，与小聪一起离开。

我拿着用电脑打好的稿子，先问及《寄故园友人》一诗的背景。林先生作了讲解与介绍。我将这首诗给林先生看：

朝霞的明艳
照着阶级意识的分明
觉出妥协的可笑
于所能伤害于我的
总打不断这暂时屈避的傲笑吧！
之外，故乡与友人之可爱

狮身人面兽回首的雄姿
眉宇诚是好友

于此轩昂了！
如一朵白云的浮去
本不是人所能羁留的

林先生记忆特别清晰，告诉我说：这是自己离开清华的时候写的。当时自己，离开了清华大学，没有被清华留下，心中颇有些不平。这首诗，写的就是自己这样的一种情绪。故园，指清华园；友人，指李长之、季羡林两个人，他们比我晚两班，我们是很好的朋友。我说："当时您们三人被称为清华三剑客。"先生笑了，"是的"。

他拿着诗，给我解释说："朝霞的明艳/照着阶级意思的分明"，这里的"阶级意思"，不是今天"阶级意识"的意思，而是指一个刚刚毕业的青年人，对于有地位的教授们的一种不满，反抗，挑战的意识。当时我想留在清华任教，但有些教授不同意，就没有留下。我年青气盛，很有些愤愤不平。我说，这句诗，后来在《问路集》（北京大学出版社，1984 年）里，改成了"照着了人间的又一次不平"，现在您讲了，意思也就更容易明白了。

他说：自己离开清华，别寻工作，总觉得对我的心理，是一种"伤害"，自己的服从，也算是一种"妥协"。因此，如诗里说的，是一种"暂时屈避"的"妥协"，自己颇有自信、自尊和抗争的心情。所以下面说："觉出妥协的可笑"，而面对"所能伤害于我的"的一切，我是以傲慢的微笑应之。"总打不断暂时屈避的傲笑吧！"这句诗所传达的，就是这种自尊自信的意思。除了这种自尊的"傲笑"之外，我诗里还说，对于我，最值得珍贵，值得留恋的，当然还有"故乡与友人之可爱"。

这首诗的第二段，是写自己离去"故园"后时的心境。林先生说，"狮身人面兽回首的雄姿/眉宇诚是好友/于此轩昂了"，这是一个比喻，也是暗喻自己，如古埃及的狮身人面兽，雄姿英发，眉宇轩昂。自己因此也得到了一种自由，如一朵无拘无束的白云一样，自由地来了，又自由地飘去。我追求自由无羁，这本来是白云的天性，所以诗里说，"它本不是人所能羁留的"。

我又问起《秋日的旋风》这首诗。我说，这是写冰心的小孩子的，当时的情景怎样？

林庚先生说：是的。当时冰心住在燕南园 54 号。出门的前边，是个大的体育场，那时根本是一片荒地。我看见那里忽然刮起一阵旋风，冰心怀里的小孩子，想要出去，妈妈不让她去，我当时就写了这首诗。诗里说的“母亲的怀里冷落了/童心的小手伸出/一个落叶随着风打转/看它要到什么地方去哩？/”就是当时的真实情景。我到了冰心家，小孩子都管我叫“舅舅”。我对林先生说，这首诗，写了一种青春与童心、母爱，写得很美。林庚先生说，可能是这样的。我自己，也很喜欢这首诗。

我说：“最近我读朱自清的日记，那里面，详细记载您对他讲风筝的事，很有意思。”

林先生说：我从小就喜欢放风筝，长大了也喜欢，当时还写了一篇关于风筝的文章，登在沈从文编的《大公报》文学副刊上。我跟朱自清先生讲的，就是我文章里的意思。我们家，住在城里宣南一带，是福建会馆，离鲁迅周作人住的绍兴会馆不太远，就七、八丈的路。从那儿再往南，有一片洼地，大家常在那放风筝。我最喜欢鹰的风筝。因为我喜欢天上的鹰。洼地有许多扔的死老鼠什么的，有些鹰，常在那里盘旋，有的时候，我一看，就一个小时过去了。鹰飞得很高，很矫健，两个翅膀伸展，向上，自由舒展，无拘无束，上面就是一片北京蓝色的天空。我年纪大了，还喜欢风筝，现在家里，还挂着风筝。他指给我，我才特别注意看到，在他写作台对面的墙上，就挂着一只彩色斑斓的风筝。他说：这只风筝，不是鹰，鹰的风筝，在另一个房间里。张鸣还送我一只风筝呢。

郭小聪进来后，我们又与林先生重新谈起对当代诗坛的看法。

林先生说：当前诗坛，作品，我读得很少，不了解情况。我认为，诗的一个重要功能，是传播。过去西方，先有叙事诗，诵读传唱的史诗，就是为了传播。诗的传播功能，主要靠节奏。有了节奏，才容易记忆，容易吟诵，容易传播开去。取消了节奏，也就没有传播的功能了。现在写的诗，都是给自己看的，给几个好友看的，不是给更多人看的，可以“藏之名山，传之后世”，但没有人读。过去武侠小说里面，有句行话，叫“河字风紧”，它的意思，只有他们圈里的人懂得，现在许多诗里说的，都是别的人不懂的“行话”。我是一个20世纪的人,我过去的诗,给20世纪,交了一份答卷,21世纪,我是个局外人了。

林先生还说,我不看电视节目,因为听不见。但是我爱看球。因为看球,不用听讲解,我看球的技术,懂得比赛的艺术,还可以自己去想象,得到一种兴奋和满足。听我说,施蛰存先生已经去世,先生感觉非常突然,做愕然状。谈辛笛先生一月八日逝世,他比较平常,他说,我与辛笛不熟悉,在清华读书时,他比我低两年级。

“我过去的诗,给20世纪,交了一份答卷。”林庚先生的这句话,一直响在我耳边。归来后,仿林庚先生格律诗,作绝句三首,录以志念:

无　题

一

爆竹声声里生命的欢乐
片刻闪亮唱出悠久沉默
月缺月圆说的平常故事
脉脉远山看似一缕清歌

二

翠绿的竹影贴在你窗前
高高古槐树抚摩着蓝天
老屋里说诗的话音依旧
芬芳的书桌上一颗水仙

三

你谈孩童时喜欢放风筝
爱看鹰隼爱看蔚蓝天空
是什么唤起你童心欢乐
车指墙上蝴蝶笑出了声

为恭贺林庚先生九五华诞作,2004年11月30日

旧事记忆钩沉

荏苒韶光每自惊
何堪重忆幼时情
——清·缪公恩《梦鹤轩诗钞·观儿童春戏感成长句》

一片无声而洁白的云

我对于自己出生的地方,及儿时最初几年生活的记忆,已如烟云。

如今我所能渺茫知道的一些,大都是后来听母亲告诉我的。我于1935年农历10月21日出生在南台镇,是年为甲子癸亥,属猪。南台是辽南的一个小城,时属海城县,从地图上看,在海城县东北,约十五里路左右的样子。

我的父亲,大约自1927年前后,在海城县税务局任职,后派至南台镇的分所里,做一个税务科长,或股长。我就是在那段期间里出生的。他的税务任职生涯,大约多限于辽南一带,海城和它的周边。在记忆里,爸爸后来曾对我讲过,除海城、南台之外,他还在营口、牛庄、辽中、耿庄子、小北河等地任过职。有一次,因为调任,举家乔迁,爸爸和母亲俩人,带着两个孩子,简单行李和随身物品,在宽阔的辽河上面,顶风乘船而行,一阵北方的大风刮来,将一床被子,吹到浩茫的河水里去了。看着落水的被子,一家人束手无策。庆幸的是,船上的全家人,没有出什么事儿。待我出生的时候,父亲已经是在这里任职的最后的四五年了。

我的父亲,名孙维福,字介堂,1906丙午年农历10月24日生,属马。他六岁的时候,由清朝进入民国。自民元至五四运动前夕,他曾在故乡新台子的乡村新旧学堂里,读过四年的私塾和小学。乡村没有完全小学,又因村里发大水,到十三四岁的时候,就辍学到外面做工,在别人开的店铺里,当伙计,站柜台,慢慢学会了记账,打算盘,遂开始做会计。后经人介绍推荐,约 21 岁的时候,进入海城税务局任职员,算是有了比较稳定的收入。1928 年农历一月,哥哥玉鼎出生,属兔;1933 年,姐姐玉珍出生,属鸡。那时候家里孩子尚少,只有哥哥和姐姐,靠父亲的那点儿薪水,日子过得还算殷实。记得多少年后,妈妈老是喜欢叨念那个时候的日子:父亲做事,算是勤劳,待人又十分宽厚,老实,人缘好,每当过年过节的时候,或同事友人,或熟识商家,送来许多礼物,槽子糕,蜜饯,点心,水果,太多吃不了,搁久了常常长了毛儿,被扔掉了,可惜了的云云。解放以后,听完妈妈这番"今不如昔"的感叹,我们就说:"妈,你别老是叨咕那些老老年的事了。"为了减轻妈妈的负担,这几年里,还从妈妈的家乡鞍山达道湾村,雇了一个姓赵的亲戚,帮着做做饭菜,带带孩子。爸爸的薪水,除了养活我们一家以外,还能攒下一些钱,汇给爷爷,在家里置了四五十亩的地。后来爸爸还把哥哥送往沈阳,寄宿在老叔家里,供他读书,直到高中毕业后,参加了工作。

我的母亲,名郭云兰,户籍簿上常写的是孙郭氏。1907 丁未年农历六月初八生,属羊,比爸爸小一岁。她是一位不识字的家庭妇女,辛劳聪慧,一辈子里生了八个孩子。哥哥和姐姐之间,还有两个孩子,生下来就夭折了。活下来的,是我们兄妹六个人,我兄妹排行老三,在四个弟兄中,则排行老二。

我们的名字,是祖父给定的,父亲自己定的,还是父亲的同事给起的,已经不得而知了。只是听大人说,是为了让孩子一个个都能够"命硬"些,好养活,凡男孩,都给起了个以坚硬的东西命名的名字。按照家谱既成的规矩,我们这一辈儿的男孩子,都犯"玉"字。我的哥哥,名玉鼎,我名玉石,两个弟弟,分别叫玉铁和玉钢,大约因为"钢"字,过于俗了,遂改为玉刚。我的姐姐和妹妹,与男孩一样排行,但不用硬的字,分别叫玉珍和玉蓉。或许因为那个时候,重男轻女思想很重,男孩子的命,比较金贵,女孩子则次之,早晚是别人家里的人,所以连起个名字,也不那么与男孩一样对待了。后来，人们往往以为我的名字，起得好，"玉石"乃珍贵之物，其实，拆穿了这个缘起的"西洋景"，才知道，是唯视其"硬"，不重其"珍"，碰大运，刚巧碰上了好听一点的，原来仅仅一块普普通通的石头而已。

唯因常在读过的书里，碰到这两个字，有时还与生活里别的词谐音，闹出笑话，自己也觉得好玩。一次，中学的开学初，新的语文课本刚发下来，我看到里面有周立波的《暴风骤雨》"分马"一节农民老孙头分马的一段故事，自己就一口气"先读为快"了。记得在小说里面，讲到这匹好马时，有"老孙头的玉石眼"的字样，后来在课堂上，我把中间的"头的"两个字，用小手工刀，整整齐齐地挖掉了，剩下"老孙玉石"的字样，名字见了铅字，自己觉得颇为得意，后来被老师发现了，瞪了我一眼，没有说什么，大概是想说我太淘气吧。

另一件因为名字而闹的笑话，则是为我后来所久久不能忘记的。

有一次上地理课，因为我平时喜欢涂涂画画，就一时没有认真听老师讲课，自己精神溜号，埋头用两只彩色蜡笔，在书上所印作业的一些空白地图上，分别涂上了自己喜欢的颜色。讲课的老师，是一个南方人，口音比较重，为了让学生听得清楚，说话时习惯将语调拉得长长的。当他讲到"随时随地"几个字的时候，将"随——时——"两个字，拖得又慢又长，这时候我正在走神儿，漫不经心中，忽然以为是老师在叫我的名字"孙——玉——石"，就马上站起来，大声地答应："到！"老师看我的样子，开始有些莫名其妙，等同学们都开始哈哈大笑的时候，他才明白过来是怎么回事了。当时老师没有当堂批评我，让我坐下，继续上课。下课以后，只随便对我说了一些类似的话："以后上课时候，可要认真听讲啊，再不要精神溜号啦。"我一直没有忘记那位老师的大度和宽容。这件小事儿，在以后的上课和学习中，也常给我以警觉和激励，给自己应该"认真"的鞭策。

曾经有一张在海城县时候仅存的旧照片，记得是父亲与税务局的一些同事们，在一个春节或是中秋节里的合影。前后有三、四排人，父亲母亲在前排中间偏左的地方坐着，我站在他们的前面。我那时大约两、三岁，穿着一身冬天里的小棉袍，倚着父母而立，一脸腼腆而羞怯的样子。这张唯一留着那段历史风烟的儿时的旧影像，于“文革”破四旧风头上，在一个寂寞的黄昏，被我自己在当时住处燕东园23号楼下的月亮门里，悄悄地烧掉了。

海城，南台，营口，牛庄，辽中，小北河……这些儿时生活记忆或足迹所至的符码，这些我幼时呼吸过的地方，没有在逝去的生命时光中，给我留下任何具象的记忆。后来，我也没有机会，再重新踏上这片生我养我的热土。但在我的想象中，它永远是纯洁的，难忘的，给予我许多美好的想象和憧憬，虽然那里会有过许多人世间的纷争和苦难，历史的悲怆与新生的微笑，但在我的生命里，它永远是漂流在梦中的一片无声而洁白的云！

腾鳌堡，梦中的小镇

我幼时能够留下最初记忆的地方，算是辽南一个无名的小镇腾鳌堡了。

大约是1939年前后，父亲辞去了海城县税务所的工作，为了生活，全家由牛庄迁至离自己故乡更近的腾鳌镇。

我那时刚四岁多。大弟玉铁1938年生于牛庄，小我三岁，属虎。二弟玉刚和妹妹玉蓉，则于1940年、1945年相继在腾鳌堡出生。父亲开始的几年里，自己开了一个小小的杂货铺子，店名叫“天增祥”，日子过得大体也还算可以。后来，他在腾鳌镇上一个征收农民公粮的“粮栈组合”里，找了一份职员的工作，仍任会计，开始靠微薄的薪水，养活一家两个大人和六个孩子。自此到日本投降，我们一直在这个镇里生活。

腾鳌镇，俗称腾鳌堡，属海城县，在海城县城北约45里，东离鞍山市30里，西距家乡新台子二十多里。这是一个充满浓郁东北生活气息的辽南小镇。一条来自著名千山的水蜿蜒而成的小河，有沙砾清澈可见的溪水，自镇里面缓缓流过，将这个不大的小城分成河东、河西两个部分。自“腾鳌”的名字上看，就知道过去这里的水，是怎样丰润如泽了。

小镇地面，方圆不大，而店铺较多、稍微热闹一点的石板铺成的街道，只有两条。因为这两条街道，像一条裤子的两条裤腿，由北向南，斜着延伸，到了镇子的南头，就如裤子的裤裆和裤腰一样，交叉汇合在一起了，所以，打从我能记事儿的时候起，就听见大人们管这两条街道，习惯地叫做“东裤腿儿”、“西裤腿儿”。在这个镇子上世代生活的子民们，就在这裤子一样的街衢里，穿梭来往，生息度日。一直到很久很久以后，我都觉得这个街道名字，如此俗气十足的称呼，是多么的单纯而智慧，质朴而好玩儿，一回想起来，心中就油然升起一种浓浓的东北乡土味的亲切与温馨之感。

在这个既不能说荒凉也谈不上繁华的小镇上，有唯一的一所腾鳌镇立中心完全小学。东北天寒地冻的时间长，大人多怕孩子小，天冷挨冻，被人欺负，所以当时这里的孩子，上学一般都比较晚。那时候的学校，实行日本的规矩，是春季始业。大约是1944年还没开春儿，我刚过了八周岁的时候，父亲把我送进这所小学里读书，算是开始了我正规的启蒙教育。

那时候的东北，属伪满洲国，被日本人统治着，学校里进行的是奴化教育。除语文、算术、图画、音乐之外，自一年级起，还必须上一门日语课。每天早晨到了学校，须先给天皇敬礼，用日语背诵“国民训”，每周星期一升旗仪式时，还要唱日本的“国歌”。中午放学，或上学在路上，无论是走到那里，遇见十二点整的时分，听见全镇拉响嗡嗡的汽笛声，无论大人小孩，都必须要自动止步，低头，无声地“默祷”一番，如果不这样做，被发现了，还要受到处罚。即使我们小学一年级的学生，也要每周都上军事体操课：肩荷木头制的假枪，唱着“铁炮扛在肩上”的日本军歌，练习走步，站操，步子如果迈的不正，腿稍不留神打一下弯儿，虎视眈眈神气十足的日本教官的“铁蹄”，就会猛然从后面踹在学生的腿上，使学生突然跌倒，或训上一顿，或在地上罚跪，用宽厚的军用皮带狠狠地抽。我亲眼看见过，在上操时候，有高年级的学生，被凶狠的“教官”猛然踹倒在地，残忍地鞭打，滚在地上挣扎呼号的惨状。

就连小学一二年级的语文课本，他们也都不肯放过对幼小心灵进行奴化教育的机会。我打开二年级语文课本的第一课，就读到了这样的题目:《小猴过桥》,课文里那些带有侮辱性的内容,教官们带着我们拉长声调背诵的情景,我还至今不忘:"一小猴过桥　一只老猴,背着小猴,过桥去上学。小猴说:'妈妈,我已经是二年级了。'"有一课文,题目叫《春天》,开头第一句话,就是:"春天来到了,我们去远足。""远足"虽说汉语古已有之,但后来很少用了,习惯称为"郊游",在日语里却一直保留此种用法。他们用日语的词汇,来代替汉语的说法,也是有意为之吧。从幼时生活里,能够留下的记忆的这一角里,也可以窥见日本殖民者,在东北大力施行奴役同化政策的用心了。更为可悲的是,因为害怕小孩子不懂事儿,万一说走了嘴,给大人惹来杀身之祸,大人从来就不告诉我们自己是"中国人",一直到 1945 年光复之前,我们只知道自己是"满洲国人"。当了"亡国奴",连自己的国家都不知道,这是失去祖国的孩子怎样的心灵的悲哀!

这里的童年,几乎没有多少快乐。那些恐怖艰难的岁月,留给我许多伤痛的记忆。

当时的日本侵略者,为了让他们已经陷于泥淖中的侵略军,能有必要的药材和饮品补给,连刚上小学的孩子们也不放过:一年级上到了暑假的时候,他们强令每个小学生,都要自己想办法,去打银杏树的叶子,摘野生的山扁豆秧和果实,晾干后,凑够规定的数量,开学后上交给学校,听说是作为日本军人用的中药和茶叶。我自幼在城镇里生活,活动空间很小,一时找不到这些东西,到开学的时候没法交上,又怕挨老师的打罚,就不敢去上学了,甚至为此想离家逃学。后来,我硬是哭着,被父亲找回来,送我回到学校里上课的。我家里的后院,住着一位满洲国的伪"警尉补"。他每天穿过堂屋出入,都要经过我家设在过道上的灶台和煮饭锅旁边。当时日伪政府规定,除了过年过节的几天之外,中国人是不准吃精米饭和白面的,只能吃高粱米饭,"黄金塔"(棒子面窝窝头),喝"建国粥"(玉米茬馇粥)。如果违反了,被他们发现,就一律要按"国事犯"处理。

我记忆里最恐怖的一次,是那个住在里院的警尉补家,不知犯了什么事儿,我们住的院子里,突然闯进来几个持枪荷弹的日本鬼子,枪端上着明晃晃的刺刀,气势汹汹地,在院子的前前后后,犄角旮旯里,在警尉补的家中，狂翻乱搜，还用刺刀向我们家的柴火堆上胡乱刺去。爸爸上班去了，胆小的妈妈，带着我们几个小孩，都被叫出来，在院子里站着，一声大气儿也不敢出。一个日本鬼子军官，还将明晃晃的刺刀，架在妈妈的脖子上，叽里咕噜地问些什么。我们几个不懂事的小孩，看着这样的情景，都吓得哇哇直哭，直到这伙凶恶的鬼子们撤走了，才算了事。

已经过去的一件悲惨事儿，直到日本投降以后，妈妈才敢告诉我们：住在离鞍山不远的达道湾村的我的三舅舅，刚刚二十多岁，被日本鬼子抓劳工给抓走，听说是拉到抚顺矿坑里去挖煤了。自打走后，就没有一点消息，家里也不敢去打听，一直到光复后，还音信皆无，活不见人，死不见尸。妈妈多次流着泪说："大概是被那些日本鬼子给折磨死了。"

1945 年的"八·一五"，日本鬼子一投降，我小学二年级下半学期还没有开学，就停学了。父亲失业了。在沈阳叔叔家借住读中学的哥哥，也辍学回到家里来。一家八口人，就靠着父亲变卖一点积蓄和作些小买卖过日子。这时候，一会儿是"国军"来，一会儿是"国军"走，学校虽时有活动，却没怎么正经地上过课。于无聊的闲暇中，我也第一次尝到了一回童年时"下海"的滋味。

爸爸和哥哥俩人，从外面买一些烤好的烟叶来，切成细细的烟丝，喷上些香料，自己动手，卷一些手工制的白条香烟，再用一个长长的小木匣子，锯成一摞摞整齐的香烟，分别仔细地码好，装在预先糊好的纸烟盒里，我们管它叫做"白条烟"。带上这些自己制作的白条烟卷，趁一大清早，赶到东西"裤腿儿"顶头的南大泡子附近的集市上去卖。可能是为了好玩儿罢，我也常常跟着他们去，边帮着看堆儿，边看看热闹。

有两回跟着哥哥早晨去经"商"的情景，至今我还清晰地记得。一次，我和哥哥俩人，去南大泡子早集卖烟卷。白条烟卷还没有卖出几盒，不知道什么时候，我忽然低头看见，哥哥的脚边，有一张一百元（折合后来的一元钱）的"绵羊票"，我用胳膊碰了一下哥哥，他看见之后，就轻轻挪挪脚，将那张票子踩在下面，等过了好长一会儿，见旁人不注意，俯身捡了起来，俩人烟卷也不卖了，就赶紧收摊儿回了家。此后的连续几天里，我跟哥哥俩人，都没有再去赶早集，生怕有个丢钱的人会找上来。而我自己，心里在暗暗“得意”，因为去卖几个早上的白条烟卷，我们俩也不一定能赚出一张绵羊票的！另一个早上，我们早早地赶到了集市，刚将烟卷摊儿在地上摆好不久，还没有人前来光顾生意，就听见集市土路对面，高台上的院墙边，“啪啪啪”地响起一阵枪声，有人高喊：“胡子来啦！胡子来啦！”只见市集一片大乱，人们纷纷奔逃。我和哥哥俩人，也匆匆卷起烟摊儿，气喘吁吁地一口气跑回家了。我童年里参与的这个摆摊儿卖白条烟的“下海”生涯，从此也就算告终了。

几度春秋的小镇生活，留在记忆里的，除苦涩之外，也还有些许童年的温馨。爸爸妈妈都很喜欢我们这几个孩子。爸爸忙完了一天的事务，有时候是在夜色里，下班自街上归来，会从大衣的口袋里，突然掏出几个江南运来的红红的桔子，东北圆圆的苹果，或举着几串还挂满冰碴的冰糖葫芦，递到我们一个个的小手上……于是那个夜深人静的小屋里，便充满了带给大人无比欣慰的喧闹和笑声。

妈妈是农村妇女，一辈子不识字儿，但却能够于炕上缝缝补补的时候，常给我们哼唱一些好听的歌，“小白菜，地里黄”啊，“苏武牧羊北海边”啊，“孟姜女哭长城”啊……妈妈给我们唱，我们跟着哼，后来慢慢也就会唱了。我后来特别喜欢唱歌，也许就是来自这幼年时候的滋育。

小镇的夜晚，屋外暗淡寂静的街道上，有很多的叫卖声。那个熟悉的卖烧鸡的小贩叫卖的声音，特别的高亢而诱人，他拉着很长尾声的音调，伸着脖子喊道，叫声由高向低：“烧鸡——”，我们几个淘气的孩子，便在屋里的炕上，冲着临街的北窗，怪声怪气地跟着高喊一声：“窝——脖儿——”，用烧鸡窝脖儿的形状，来嘲弄外面的叫卖者，大人听了，立即嗔我们：“不许淘气！”在东北话里，管别人说话被“噎”回去了，叫“烧鸡大窝脖”，有讥讽嘲弄别人的意思。

父亲有时候这样训我们，但是从来不打不骂。我和弟弟，有时到爸爸工作的收公粮的地方去玩儿，穿着矮腰儿的雨靴，从跳板爬上高高的粮食垛顶，然后再从粮垛上面，像小孩滑滑梯一样躺着滑下来，靴子筒里便会溜进来许多粮食粒儿，有时候我们还会偷偷带回家里来。当爸爸知道了，总是非常严厉地说我们一顿，然后叫我们，第二天一定把带回的粮食送回去。对于别人家的东西,这样不让我们贪小便宜,而对于我们的一些小小过失,他却总是宽宏对待。有一次,我大约是嘴馋了,偷偷从爸爸大衣的口袋里,拿了一张十元钱的纸币,到街上买了几个芝麻烧饼,和弟弟一起吃了。爸爸明明知道了,却装作什么也不知道,没有说我们什么,过了两天的一个晚上,他还买了几个芝麻烧饼回来,给我们吃。他看着我们一边吃,一边对我们说:"以后想吃点什么东西,可要告诉爸爸啊!"

腾鳌堡小镇平淡如水的生活中,有两件与"杀人"有关的事儿,总是留在我童年记忆里,挥之不去。

一件是私人家的事儿。在离我家河西住处不远的地方,有一个盖在高岗上的大富人家的高墙大院。那院子里面,住着好多房的几十口人。一次在全镇过旧历年气氛很浓的时候,大约是在大年除夕的夜里,大家族的那一房里的一个年青人,将住在大院里这个家族的好几口人给杀了,听说到了早上,院子里已经摆了几口白茬儿的大小棺材。据说,到了第二天中午,别人才发现了杀人的人,连夜逃到一个靠山的远村边,在一个亭子里,自己上吊死了。当时我幼小的心里,为此感觉很是恐怖,夜里都不敢出门解手,不敢到街上放过年的鞭炮了。多年以后,我读了许多描写现代社会巨富人家大家族生活的小说,当我读到旧社会里那些家族的几房人之间,父子兄弟叔侄之间,为争夺权利和财产,如何勾心斗角,互相倾轧的故事,这时候,那段童年生活里已经很是遥远的"黑色记忆",就会常常跳出来,如小说里的故事一样,教给我一种朦胧的憎恶,参与我对于人性里最丑恶一面的想象。

另一件是公家的事儿。"国军"进城,说是要到河西去"剿匪",学校组织我们小学生列队迎送。"国军"归来的时候,为夸耀他们的成功,将"剿匪"的战果——几个装在木笼子里的被杀者的人头,挂在镇子城门边的大树上"示众",于是城门底下,便会聚有许多如鲁迅所描写的站着仰头的"看客"。我那时才 11 岁,因为胆子小,未敢前去"观瞻"。但是有一次,刚刚进驻小镇后的解放军的"杀头"情景,我却跟着大伙儿,一起跑去看热闹了。那是在河东枯水时候一个开阔的沙滩地上,刚进城的解放军,要枪毙自己的一个"弟兄",据说他在进城的时候,违犯了军队的纪律,从一个妇女的手里,抢了一件毛衣,至于还有没有别的罪行,我却不得而知。记得当时前来围观的人很多。在众人的嘈杂声中,一个头头宣布了那个士兵犯下的罪行之后,一个执刑人走上前,对着犯人的头,开了一枪,那人就扑然倒地了。围观的镇民,也就慢慢星散。小镇上的人们,对于这件小事儿,可能早已忘却得无影无踪了。然而这看解放军自己枪毙自己弟兄的"示众"情景的一幕,在我幼小的心灵里,却影响极深,虽岁月久远,也无法抹去记忆的刻痕,而且似乎在我的心里,依稀种下了一种纯洁的信念:那时候解放军的纪律之严明,几乎到了近于苛刻的地步。看到后来发生的许多黑暗腐败事情的恶性发展,我常常想起这次在腾鳌小镇围观自己人枪毙自己人的情景,隐隐觉得:我所加入的我们现在的执政党,早已经不再是那个时候的解放军了!

1945 年 8 月 15 日光复以后,爸爸一时间找不到工作,无法解决全家那么多人的生计问题,挣扎着过了半年光景后,便于 1946 年初的冬天里,带领我们全家,告别了我所熟悉的梦中小镇腾鳌堡,搬回陌生而亲切的故乡新台子了。

月是故乡明

白腾鳌镇往西,走二十多里的土路,是新台子乡。

新台子,村子不大,那时候,大约只有百十来户人家。东西南北,各有一条主要的土路,交叉成一个十字,从村子的正中间穿过。东西向的那条稍宽一点的土路,是通马车汽车的官道,东自辽阳,鞍山,腾鳌堡,经过村子里唯一有几家铁匠铺杂货店的小街,往西再走五里多路,是一条高高的堤坝,堤坝的里面,是太子河的支流。河对岸的渡口的村子,叫小河口。我们都管自那里开始往西的地方,笼统地叫做"河西"。那时候,河的水面很宽,水流浑浊湍急,河上没有桥,来往的人们,都是乘着摆渡船过河。我们村子的北头,有一条小河,自东向西,缓缓流过,就汇入到这条大河里面了。

沿村子的大十字路口，往南走，到第二个路口，村里人叫"东沟儿"，自此上坡，再往西走不远的地方，是我的家。大概村里，茅草屋顶的房子比较多，我家与叔伯四大爷家，合住的五间南北房，是以灰瓦盖顶，村里的人，便习惯称我家为南头的"瓦房家"。爷爷孙宝龄，属村子里大约有点威望的长辈，排行第二，因之又称之为"宝二爷家"。到了村里，一问"宝二爷家"，人们便都会知道的。

回故乡后没多久，正赶上过旧历年。那时候乡下的小孩子，一年里头最高兴的时候，就是过年前后的日子了。其时的节日气氛，比在腾鳌堡的时候浓多了。从腊月二十三那天夜里放鞭炮过"小年"开始，一直到正月初五"破五"早晨放鞭炮迎神，好像都生活在一种异常热闹的气氛里。从妈妈那里学来的一个顺口溜，至今我还记得非常清楚："二十三，灶王爷上天（将供奉的旧灶王爷像烧掉送走，再供上新的），二十四，写大字（家家都写春联，贴春联），二十五，磨豆腐，二十六，杀猪肉，二十七，宰年鸡，二十八，白面发（发酵白面，黄米面，蒸很多很多的粘豆包儿，一笸箩一笸箩地放在外面冻起来，留过年时候或漫长的冬天里吃），二十九，糊香斗儿（烧香用的木斗，里面装上小米，或香灰，上面糊上大红纸，以作祭祀时候插香用），三十，走油儿（吃许多好吃的过年饭菜），初一，卡头儿（小辈儿的孩子，一个个给大人和亲戚长辈们磕头拜年，可以得到压岁钱）。"当然，那时的穷苦人家，就没有能力，享用这套讲究了。

那时候，最叫我感到新鲜而有趣的，还是在乡下头一回过腊月二十三"小年"的夜晚，热闹神秘的三十晚上的除夕，还在其次。

那一天里，家里显得很忙碌，气氛也非常的肃穆。大白天早早地，我们几个孩子，就自己动手，用秫秸秆的皮和里面的"格档"儿瓤，剥开，削好，切断，分别地放在一堆儿，然后按照自个儿的想象，仔细地将它们插起来，精心制作出各种各样的小马，小鸡，小狗，小兔；从后街的小铺子里，大人早已经买好了一些或细长而白净的或像一个个小扁瓜似的灶糖。晚饭过后，我们几个小孩子，就开始慢慢地等待，等待，直到妈妈认为到了一个正好的时辰，一个送灶王爷的庄严"祭祀"就开始了：妈妈将那些小马，小鸡，小狗，小兔，一一摆到正对灶王爷像下面的灶台中间，在灶王爷灶王奶奶的像前，点上几根红蜡烛，烧上几炷插好的香，摆上几小碗的五谷杂粮、清水、灶糖，再在烧火灶坑黑漆漆的灶门上，用手粘上两块黏黏的灶糖，仿佛这样做，就可以把在人间奉旨劳碌了一年的灶王爷的嘴给粘上了，以免他上天禀报人间诸事时会“胡说八道”。然后，我们跟着妈妈，一边给灶王爷像磕头，一边举着两炷香，口中反复轻轻叨念：“灶王爷，本姓张，骑大马，挎大枪，上天言好事，下界保平安。”之后，就将那张旧的灶王爷像，点上火烧掉，再换上一张预先已买好了的新灶王爷像粘好供上。一旦这样的“祭灶”事项结束，便是我们孩子开始迅速分吃那些早已眼巴巴看着的粘牙的灶糖了。至于灶王爷究竟吃没吃给他的那两块灶糖，他的嘴是不是真的给灶糖粘住了，他上天之后究竟“汇报”了一些什么样的好话和坏话，我们都已经完全忘在脑后了。

多年之后，我刚进北大读书过年的时候，与从南方来的同学的天南海北的闲聊中，谈起祭灶王爷的故事，才知道南方人家里供的，像上只有灶王爷一个人，没有灶王奶奶给他做伴儿，我们都很觉得新奇。大家开玩笑地猜想说：大概灶王爷这位小伙儿，原来还是个光棍儿，日子不怎么好过，后来去闯关东，到了东北开荒种地，家境渐渐变好了，就找了个对象结婚了。这已经是后来的笑谈了。

过年后不久，爸爸就带领我，到村北靠河边的小学校去上学，于是在乡村简陋破旧的教室里，我作了一个三年级的插班生。因为当时正处于“国军”与解放军“拉锯”的时候，学校办得极不稳定，时开时停，没个准儿，课本全由老师自行选择，或自己编写，教的课也只有语文、算数和珠算。老师虽说是由上面派下来的，但难有薪水发下来，解决的办法，是由学生交的一些粮食和柴火来代替。到开学或其他一定的时候，我从家里面，抱几捆高粱秸的柴火，或交上几升或一斗的高粱，给老师，就算是交了学费了。老师大概是个外村人，日子过得很艰难，也极简单，但是很忠于职守，没有一点怨言，上课教学生也非常认真。

这位似乎已经上了些年纪的乡村小学老师，待我们孩子很和气。只有几间破旧房子的小学校，离村北的那条小河很近，中间就隔一条大坝。无论什么时候，老师总有一条铁的纪律：绝对不允许任何一个孩子,在上学期间,或中午休息时候,去下河里玩水、游泳,但平时他却很少体罚学生的淘气。有的时候,大家下课了,在操场上玩耍,用先生领我们读过的《三字经》、《百家姓》的调子,高声念一些自己胡乱诌成的顺口溜,编排先生,自娱自乐,如说:“人之初,性本善,烟袋锅,搨鸡蛋,学生吃,先生馋……”,“赵钱孙李,先生偷米,周吴郑王,先生尿床……”,有的,是嘲笑有的小孩子掉牙的:“豁牙子,一道沟,拉屎放屁,往里抽……”等等,先生偶然听见了,并没有就此责骂申斥大家,只是笑了笑,对孩子们说:“别光会耍嘴皮子,你们有能耐,给大伙编点好听的,在课堂上大家一起念念。”

有一回,老师带领我们小学四年级生,到区里参加会考,我考了全乡第一名,在区上的名次,也列在前面,得了一个漂亮的铁文具盒。老师还在班上表扬了我,又奖励了我两根铅笔。一次开学后,要教学生写大字,描红模子,老师规定,大家自己去买毛笔、墨和红模子本。我回家里跟爷爷说了,爷爷回答:“眼下没钱。”我心里很着急,那天夜里,还做了这样一个梦:在我家的院子里玩耍,忽然发现地上,有一个鼓鼓的小土包,我好奇地用手往下刨,松松的土下面,是一个小坑儿,小坑儿里,竟然埋有好多好多的毛笔,我自己颇为高兴了一番。早晨醒来,带着梦过失望的惆怅,到了学校后,我懊丧地告诉了老师,老师没说什么,先借给我一只毛笔使用。后来爸爸从城里跑买卖回来,才给我买了好几只毛笔,还让我拿一只新笔,还给了老师。

还有一次,我放学回家吃午饭,回来上学的时候,顺着村里一些房子防洪水的高台墙根,一边玩儿,一边往回走,到学校就快到上课的时候了,这时我才发现,自己竟粗心地忘记了带书包,当然也忘记带语文课本了。回家去取,已经来不及了。自己心里十分惴惴不安,等着老师狠狠说我一顿。上课的时候,老师知道后,并没有狠赳我一顿,而是将自己手里的课本,借给我用,他却全凭着自己的记忆,背诵着领大家一句一句地念了全部课文,讲解了每一个生词。下课的时候,我把书还给老师,他只是轻轻地对我说了一句话:“以后上学,可不要再忘带书包了!”

离开自己的家乡新台子,已经 57 年了,那位教过我的普普通通的乡村小学老师,姓什么,长的什么样子,几乎一点印象也没有了。而这些细琐的几乎微不足道的小事儿,却久久留在我的心里,像刀刻的一样,镌在我记忆深处,让我永远感到那缕发自灵魂的温馨。

刚到村子小学的班里,感觉全是乡下陌生的孩子。他们看到我这个从市镇上转回来插班学生,开始很新奇,总有些距离。但很快就都混熟了,我还交了许多新的小朋友。

让我永远记得的一个孩子,个儿不高,挺聪明,但整天鼻涕拉哄的,说话鼻音很重,吐字也不清楚,发出来的声音,老是给人一种"嗡嗡嗡"的感觉,同学经常开他的玩笑,还给他起了个外号,叫"轰轰"。他的名字,我早忘记了,但这个外号,至今还清晰记得。有一次课间休息,"轰轰"在教室里乱跑,追赶一只苍蝇玩儿,等他用手抓住那只苍蝇后,就在它的屁股上,插上一个长长的细纸捻儿,想给大家看"放飞机":让拖着长尾巴的苍蝇,在教室里满屋子乱飞。这时候,有一个淘气的学生,忽然大喊一声:"轰轰,你敢把苍蝇吃下去吗?"为了当着大家的面,表示自己的"勇敢","轰轰"真的捏着那只苍蝇,立即放在嘴里,一闭眼睛就吞下去了。大家看着哈哈大笑,还叫喊道:"轰轰,够你的!"看了这个场景,我简直有些目瞪口呆。我当时的心里,感到很惊恐:真的害怕别的什么人,也忽然大喊一声,让我这个从外乡刚刚来的孩子,也像"轰轰"一样,当着大家的面,吃下一只苍蝇。

下课后,"轰轰"常带我去"操场"上玩儿。所谓"操场",就是用石头碾子粗粗碾压出来的一片坑坑洼洼的土地。这一次,他用预先搓好的细细的纸捻,往地上的一个小小土孔里,轻轻地伸插,然后对我说:"别吱声!"我们在旁边静静地等候,感觉很是神秘,等看到插在洞里的纸捻儿,微微地颤动了,他再用手捏着纸捻,先是轻轻地往上拉,然后猛地使劲一提,于是,就有一个还在蠕动的细细的白色小虫子,紧紧咬住纸捻儿,被从洞里吸上来了。他"嗡嗡"地告诉我:"你知道吗?这叫钓地猴。"我真的开始惊异于他的渊博,自己的无知了。我知道在城镇学校里的孩子,是完全不懂得这许多有趣的事的。

惊异之后,我跟他小声地说:"你干哈去吃苍蝇?听书上说,那样会生许多许多病的,厉害了,还会死的,以后可别再吃了。"他"嗡嗡"地答应了。

"轰轰"与其他同学,以后一直对我很好,教了我许多我不懂得的东西:如河边上洼地旁,有一种开着一穗穗红红的花的叫"狗尾(读 yi,读第三声)巴掉";一个个小红灯笼一样的"红姑娘"("娘"读第三声)和紫色绿色如星星一样的"天天儿"(后一个"天"字读轻声)是怎样的甜酸好吃:怎样才能在河边树丛里,捡拾到来那里觅食的水鸟"嘎嘎唧"和"白脖儿老等"下的蛋;挂在树枝上的毛毛虫躲进里面"睡觉"的小小"洋蜡子罐儿",冬天在火盆上烤了吃,怎样可以治咳嗽;小孩子掉了牙之后,要随便到娶新媳妇人家的门口去,让新媳妇进门时候摸一下你的豁牙,自己的新牙,就会长的特别快了,等等,等等。

我家的对面屋里,住的是四叔伯大爷的孩子,叫玉佩。他比我小两三岁,却会拉一手胡琴,会弹大正琴,也像"轰轰"一样,知道许多许多我所不知道的事情。他领我到他家的园子里墙边上,摘好多的"红姑娘",吃紫色的"天天儿";用铁钩子挂上个小布兜儿,去钩树上的桑葚吃,常常吃得嘴唇发绿,发紫;他带我到他家的地窖里,偷吃梨包里的山楂,糖梨,李子,和软软的大柿子;他教我如何用镰刀削光选好的榆树枝杈,做打鸟的弹弓;如何下大雪天在自家院子里,用扁扁的箩筐拉上绳子,再支好一根木棍"下压拍子",捕捉前来觅食的麻雀和鹌鹑;教我如何一边用两个手心,搓着弹弓用的泥弹儿,放在窗台上晾晒,一边嘴里叨咕这样一套车轱辘转似的儿歌:"泥弹儿泥弹儿搓,那里坐个哥;哥哥去买菜,那里坐个奶奶;奶奶去烧香,那里坐个姑娘;姑娘去梳头,那里坐个孙猴儿;孙猴儿去点灯,烧了鼻子眼睛大——窟——窿。"他还告诉我说,你念的次数越多,泥弹儿搓得就越圆,念到九九八十一遍,泥弹儿中间的芯儿里面,还会搓出一个小泥球呢。

当时在我的眼睛里,这些从未在城镇生活过的土里土气的乡下孩子,知道的东西真是太多了。他们好像给我的生活,打开了一个全新的世界。

依旧月是故乡明

回家乡那年开春的农历四月初八，是最近的邻村接官堡的关帝庙一年一度的庙会。那是左右邻近的村庄，一年里最盛大的节日。这一天，爸爸很早就起来了，领着我和弟弟，走五六里的路，赶到那里去逛庙会。

我仿佛记得，是在异常热闹的庙门前，爸爸请了一个庙里的和尚，给我作了名为“跳墙”的“法事”：先让我站在一个长条板凳的这一边，这长凳大概就是“墙”的象征了，先由和尚给我念念有词地颂了一番经，用手指沾几滴“法水”，撒在我头上，身上，再用他手里的拂尘（我们管它叫“蝇要子”），在我的头上，身上，前后左右，摇来摇去，挥舞一番，口中仍是念念有词，然后，用拂尘打了一下我的屁股，将我抱起来，从长条凳的这一边，高高提起，轻轻放在长条凳那一边的地上，“跳墙”的仪式，这样就算结束了。据说，这样做了，佛会保佑孩子好养活，长命的。可那时的我自已，只知道这件事很好玩，听凭和尚的摆布，一点也不知道和尚究竟叨念了些什么。

庙会很热闹，有很多更好玩，好吃的东西，如眼睛盯着地上的奖品套地圈儿，坐在长条凳子上对着一个小孔孔看拉洋片儿，在一个花花绿绿的盘子上拉木把打弹球抽小彩，看吹糖人儿的师傅怎样一会儿工夫就将手里的一块糖稀，吹出一个孙悟空或猪八戒来，还有一边看热闹一边慢慢吃着举在手里的又甜又白又圆胖的棉花糖，比起这些好玩的事儿，那件仿佛很庄严的“跳墙”的事儿，也就没能给我留下什么更为特别的印象了。

在家乡，多数时候，爸爸很少下地参加农活劳动。他大多是从小河口高坨子那边到鞍山，倒腾一些粮食卖，赚点钱，贴补家里的生活。爷爷是家里的主要劳力。农忙的时候，偶尔也雇个把短工。爷爷非常勤快，妈妈说爷爷：“成天里总是闲不着，扔下耙子，就是扫帚。”

爷爷治家非常严，也从小就按照农户家孩子的样子来要求我们。

我那时已经十二三岁，一到放暑假，或农忙不上学的时候，就要跟着爷爷一起，干各种农活。冬天早晨天还没亮，很早就爬起来，我会一个人背着粪筐，绕村前屋后去拣粪，回来将半筐冻得硬邦邦的粪块，倒在自家门口的粪坑里。夏秋时节，几乎是什么农活，都要学着去干：跟爷爷到地里耪地，除草，间苗，割麦子，捡麦穗，跟车，割高粱；田里收割完毕，在家里的场院里，上垛，抱麦捆，高粱捆，铺场，赶牲口用碌碡压场，学着用木锨扬场，捡拾迸到场院外边的一颗颗粮食粒儿。有时大夏天里，用锄头去耪草，间苗，拿着又长又大的锄头，长长的一根儿垅，要耪上大半天才到地头儿，累得我满头满身都是汗；有时候一不小心，锄板儿搂过劲儿了，把一棵好苗儿，给锄掉了，偷偷看看爷爷不在身边，赶紧将已经砍掉的死苗儿，重新栽好，用手培上土，“以死充活”。因为我特别害怕异常严厉的爷爷，发起脾气来剋我。小弟弟四孩子（玉刚的小名），那时才六、七岁，一次在场院边上，跟着打场，凑热闹，拿着一棵大高粱穗子，往地上乱摔，红红的高粱粒子，迸得远近都是。爷爷见了很生气，顺手操起地下一块木板，往弟弟屁股上狠狠揍了一下，弟弟痛得大哭不已。后来妈妈告诉我：“那块木板上，露着一个铁钉子的尖儿。”第二天，爷爷大概有点心软了，还偷偷地问我：“四孩子今儿个好点了没有？”

大热的夏天，在地里干活，半天下来，身子累得发软。到中午时分，妈妈就会走好远好远的路，送来她给我们做好的午饭：高粱米水饭，煮盐豆子，酱疙瘩丝，一小碗大酱，和从园子里刚刚摘下来的新鲜的黄瓜，生菜，大葱，干半天的活儿，饿极了，吃起来，真不亚于现在的一顿饭馆里的美餐。

夏天里最自由最快活的时候，是爷爷叫我去打柴火。午饭后，自己和邻居的几个小伙伴儿一起，背上一把早已磨得飞快的镰刀，用榆树杈子作的滑锔子，一条结实的绳子，到田边地头、大坝底下、坟茔地里，去砍青蒿。我们先是到一片高粱地里，坐在地头儿上，嚼上一顿甜干儿秸，打几个灰黑的窝米（读“霉”）吃，然后才去割青蒿柴火。到了坝底下的河边上，先是猛猛割上一大片青蒿，撂倒在地上，让太阳晒着。见着旁边别人早先已经割好晒在那里的，我们一根儿也不动，这是乡下孩子的“规矩”。有时候坐在大坝顶上，看一马平川的绿油油的田野，看坝顶上立着一排排的“豆蠹子”（一种专吃粮食的土拨鼠），在那里举着前腿“合十”似的拜太阳。我们丢一个土坷垃一吓唬，它们就像贼一样一溜烟地跑掉了。

割够了青蒿之后，便与伙伴们一起，脱光身子，跳到水里，尽情地游泳，洗澡，玩水，打狗刨，有时候上岸来，故意抹上一身的黄泥，一个个活像个泥人，然后从岸上一跃，往水里“跳泥猴”，再扎个长长的猛子钻出来，开心大笑一番。有的时候，在水边不深处的河崖，将手伸进一个个扁扁的泥洞里，摸螃蟹，谁摸出一个大螃蟹，便惊讶地向伙伴叫喊：“啊，又一个大个的，还是母的！”上岸后，穿好衣服，从附近不知是谁家的地里，抓几把青毛豆，弄来些干草，豆秸，和捉的螃蟹，小鱼，蚂蚱串，放在一起，用火烧了，美餐一顿。

太阳落西的时候了，将已经晒好，有些发蔫的青蒿，捆成一个“马架子”，立着撮在地上，低下脑袋脖子，往里面一钻，用双手撑着擎起来，沉甸甸地扛在肩上，低着头看路，一边说笑，一边扛着回家。辽南大平原上落日的余晖，或是天上初升的一弯月色，伴着一阵阵扑鼻的干草的香味，沐浴着四野吹来的缕缕清风，常常给我一种后来搬到城里生活以后再也无法找到的轻松与快乐。

到了家里，放下柴火，进屋以后，妈妈总是先要问：“今儿个下河洗澡没有？”我撒谎说：“没有。”妈妈不相信，将我的袖子撸起来，在我被太阳晒过的胳膊上，用指甲轻轻一划，如果皮肤上出现一条白色的道道，就狠狠说我一顿：“以后再要是下河洗澡，看我敢不敢叫爷爷往死里揍你！”我知道，大人总是为自己孩子的安全担心，那种下河玩出人命的事，乡下是常有的，但因下河洗澡摸鱼捉蟹那种乡野的生活，让一个乡下孩子所获得的快乐，实在诱人，我往往还是无法克制自己而偷偷地进行着。

乡村普普通通的生活里，我所看到的许多不起眼儿的小事儿，无论是好的，坏的，有些会让我一生里都永志不忘。有时和小友们出去砍柴，割草，走到村子西头一个丁字路口的拐弯的地方，见前面来了一辆大马车，明明知道车夫叫马向右拐的时候一定会喊什么，一群孩子里的一个愣头青，就会抢先大声地喊："王八谁？王八谁？"车夫紧接着就一定会举起鞭子，对着马大声地喊："我！我！我！"（这是东北乡下喊马向右拐弯时的"号令"），车夫知道自己挨骂，吃亏了，于是高高举起鞭子，狠狠朝着我们这群小孩子，"啪"的一声抽过来，可是等鞭子到了半空中，他又突然一抖，抽回去了。"臭小子们，往后多学点好的！"淳朴的车夫，对我们大声地喊着，却不愿意自己的鞭子真的伤害到这些淘气的小孩子们。

那时候，国民党军和解放军，展开拉锯战，河西是国军的地盘儿，河东这边就是解放军的天下了。有一次，我们一群小孩子，正在小河口这岸附近，离大坝底下不远的地方，砍柴玩耍，忽然看见两个骑着马的解放军士兵奔过来，一个兵刚刚登上大坝的顶上，大概是想侦察一下河对岸的情况，突然听见对岸的枪声响了，那个士兵立刻被打倒在坝上。亲眼看见一个不知名字的战士，一眨眼间，就这样突然地死去了。这件发生在我眼前的悲惨的真事儿，后来我怎么也忘不了。大学二年级的时候，我在发表于《红楼》杂志上的一组诗《露珠集》里，有一首小诗，就是根据这个真实的情景，留下了我自己难忘的记忆和景慕的情怀。诗的题目是《小河从我心上流过》：

我怀念北方一条无名的小河
一位无名的战士在那儿流尽了鲜血
一想起小河，我就想起那位死去的战士
想起战士，小河就轻轻地从我心上流过……

祖母的去世，让我似乎开始知道了一点人生快乐的另一面。

我家是满族。新台子村里，户数最多的是两个大姓，一姓高，一姓孙。姓孙的，都在旗，是满族，属正白旗，为舒穆禄氏，或写成舒穆鲁氏。记得后来看见，爷爷当时参与领头修的一份家谱里，最上面的一行，竖着写的就是："长白舒穆鲁氏。"我看到村东头的家庙，正中挂的匾额上，镌的几个大字，是"舒穆鲁氏宗祠"。哥哥那时读国高，喜欢自己玩刻图章，我见盖在他的书上的图章，有上下两枚就是："舒穆鲁氏"、"玉鼎”。大约解放以后，与爷爷闲聊天，他曾告诉过我说，我们早时的祖先，曾经进过关内，后来派到关外来，在辽南海城一带，作过盐税官，不知从什么时候起，就削职为民了，改姓为孙，定居在属于海城县新台子一带了。家里正房的西炕上，或节日时的堂屋中间，还供着祖宗的牌位。

我在旗的奶奶姓苏，东边的必官堡人，从来没有裹过脚，是大脚板儿。她一生抽大烟，不怎么下地干活。她穿过满族的衣饰，入了民国后，大概就不怎么穿了。她活着的时候，在她床前厚厚长长的大衣柜里，我还看到过好几双满族妇女穿的高桩花盆底鞋。

奶奶死的时候，全家人到村北头的土地庙里，烧纸报丧，披麻戴孝，哭送亡灵。听说按照满族的风俗，每个人穿件粗白布孝服，上面是用白布缠头，还将一个长长的白布带子，从脑袋后面，一直拖到脚跟后的地上。那天，大人们依序走在前面，边走边哭嚎，都很悲哀的样子，我却哭不出来，有时还觉得好玩儿，故意用脚尖儿，去踩哥哥身后拖在地上的白带子。他的头被拽得突然往后一仰一仰的，于是几次回过头来，用眼睛狠狠地嗔我。我那时还不甚懂得死亡的悲哀与恐惧。奶奶出殡前的几天里，遗体停在屋子中间，脚上捆着一根红线绳，我白天夜里都在她的身边跑来跑去，一点也没有害怕的感觉，直到后来一天，我才渐渐感到死亡带来的恐怖的味道。

那是奶奶死后四十九天的“七七”的夜里。那一晚，全家气氛很肃穆，很少有人大声说话。有时几乎是满院静寂，鸦雀无声。在奶奶的遗像前，供着几样食品，果物，爸爸妈妈都严肃地忙碌着。傍晚时分，爸爸妈妈将灶坑里烧柴的灰，用簸箕慢慢铲出来，细心地撒在从西下屋烟筒脚下到正房门前的路上，铺成一条一尺多宽的柴灰路，然后，他们带领全家人，在院子的西头，面朝西天，跪在地上，开始焚烧打好冥钱的烧纸。我隐约听见大人跟我们小孩子说：今儿个晚上，死去了的奶奶，会从阴间地府里，回到阳间来，站在西屋烟筒的“望乡台”上，看望自己家里的人，这叫做“望乡”；等到第二天早上起来的时候，会在外面地上铺好灶灰的路上，看到回家来的奶奶留下的脚印的……

我对于死亡的意义，并没有多少了解，听了这些话之后，我一方面是真想看到奶奶的脚印,希望奶奶会像活着时候一样回来看望我们;另一方面,又非常害怕第二天早上起来的时候,在铺有灶灰的地上,真的看到一些奶奶留下的脚印。当时的心里,十分矛盾而忐忑。现在分析起来,大概那个时候的我,在心里真的恐怖于自己愿望实现的时候会带给我怎样一种更大的恐怖了!

村北边高耸的大坝里,那条潺潺流过的小河,带给我不少快乐时光,也留给我许多忧伤的记忆。夏日傍晚,或是黄昏,村子里的男男女女,老人,青年,孩子,沿着一蹬一蹬的台阶,爬上高高的大坝,再沿着一蹬一蹬的台阶,下到坝底的河边;大家聚到这儿,在清澈的溪水里,洗澡,洗头,洗衣裳,摸鱼,捉小蟹,或在岸边乘凉,聊家长里短的闲话,处处一片笑语欢歌声。小河给故乡的小村子,带来无限的生机和欢乐。一到寒冷的冬天里,河水结上一层厚厚的冰,河面上白皑皑一片冻雪。不怕冷的孩子们,常到这里来玩,溜冰趟子,滑冰车,抽陀螺,打冰嘎儿,玩打雪仗,从凿开的冰窟窿里,敲下一两块透明闪亮的冰块儿,放在嘴里慢慢嚼碎,然后吞在肚里,一种透心的凉意于是浸满全身……他们在这里充分享受北方乡村孩子们冬天里特有的欢乐。

到了过年的时候,我会与弟弟玉铁一起,用一对木棍加铁钉做的扦子,两手杵着冰面,自己坐在冰车上,一撑一撑地,沿河床冰道,向西滑行,一直到十几里外的河西边的黄土坎村,去给自己的亲姑姑家里拜年。姑夫对我特别好。我每次去,他常跟我开玩笑,叫我的小名"唤柱"为"唤兔儿"。他坐在炕沿儿上喊:"唤兔儿啊,过来,让姑爷摸摸你的耳朵。"我走过去,摸了摸耳朵之后,他又说:"唤兔儿啊,你的耳朵根子太软了,将来长大了,是要怕老婆的。"屋子里于是有一片开心的笑声。我们常在姑姑家里,住上一两天,吃姑姑过年留给我们很多好吃的"嚼咕",看已经眉毛花白的姑奶奶吃斋念佛,给前来的村里人号脉看病,晚上给我们讲狐仙黄仙的故事;白天里,我们跟表弟,去村外冻得厚厚的湖面上,对着冰面下有许多白色泡泡的地方,耐心地凿开一个冰窟窿,再用长长的竹竿加一个双尖的铁叉子,伸进水底里去扎傻乎乎的活鱼;或早晨躺在不愿起来的热被窝里,听自远处湖面上断续传来的"铮铮铮"打冰夹鱼的声音,隐隐送来的或幽幽清脆或轰然作响的冰裂的声响。河西多水泡的农村的这番情景,是在我家乡新台子所看不到听不到的。

夏天里,村里如果多时干旱无雨,一片片庄稼枯萎蔫死,全村人就要来集体求雨。我们小孩子,也跟着大人们一起,头上戴柳枝编的绿色帽圈儿,到河北的龙王庙前,久久地跪在地上,默念一种单调而沉重的声音:“老天爷,下大雨,老天爷,下大雨!”虔诚地向老天爷求雨,那肃穆的情景,那浓重的气氛,让我这幼小的心里,第一次朦胧感到什么叫做农民的忧伤和悲壮。我在乡村的几年里,经历了1947年的大饥荒,大家吃树叶,树皮,草根,苋菜,灰菜叶子……用从地里挖出来的白色的“芙子苗”,洗净后,滚上一层薄薄的高粱米面蒸的菜团子,算是妈妈给我们做的最好吃的“点心”了。因为吃灰菜后中毒,全村人都闹浑身浮肿,有些人还因此死去了。村里闹土匪(东北叫“胡子”)的时候,夜里全村老幼一齐上阵,敲着响锣和铜盆,在村子周边的土围子上,一夜一夜地守候着。一年的春天,日本军队扔下的细菌弹,造成村里村外许多地方鼠疫流行,不知有多少人死去,仅用一领薄薄的破芦席一卷,就埋在村子西南头的“江大坑”边乱坟岗子里了。

我最害怕的,是村北的那条河夏天里发大水的情景。立在几乎被淹没的桥边眺望,浑黄如泥浆的大水,自上游滚滚而来,如虎似狼,在大坝里横冲直撞,洪水直达坝顶的边沿。水面飘浮着许多树木杂物,桌椅板凳,猪牛尸体,景象惨不忍睹。村子河北的地方,比河南地势低洼,几乎年年决堤,一片汪洋,多数成了不毛之地。终年高高矗立在河边的龙王庙,无论香火烧得怎样的旺,也无法保护这里可怜乡民的命运。一年夏天里,河南岸的我们村子里,也决堤淹水了,修在高处的房子,还算安然无事——想到这些的时候,我才明白,我们的村子为什么叫“新台子”了——好些时候,低洼的道路,房屋之间,须乘小舢板船往来,高台上的住房,成了水中的一个个孤岛。过了一段时间,洪水才慢慢退下去。

洪水下去之后,庄稼颗粒不收,村民纷纷逃难。爸爸先是参加土改工作队,做会计,后来他不算劳动力,家里成分由上中农改为富农,他就退出工作队了。土改过后,我家里多余的土地被分了,年头又不好,生活也过得更为窘困。“拉锯”打仗的形势紧张,孩子们的读书和童年的欢乐,也随之成了飘逝的梦想。好不容易挨到1948年二月初的冬天里,鞍山解放了,爸爸不久在那里找到了一份荣誉军人森林铁路建设公司的会计工作。为了几个孩子能够继续上学读书,第二年的九月初,爸爸回来接我们全家去鞍山。

除在沈阳高等学校毕业已在那里参加革命工作的哥哥外,一辆大马车,拉着我们阖家七口老小,告别祖父,告别家乡,告别村北边常流在我记忆的那条清澈的小河,太子河畔那一轮永远的明月,也告别了矗立在河边的小学校里那位令我尊敬的老师和许多熟悉的小友,在一个晴朗的日子里,走了大半天的路,来到了我眼里第一次见到的大城市鞍山。我也从此开始了寻求另一番梦想的生命之旅。

寻找另一番梦想

记得鞍山铁西区东西主干大路的南面,有个比较繁华的市场。在市场出口的马路对面,一个僻静狭窄的街道里,爸爸租下一间房子,安下了我们这个小家。他自己则每天走路,忙着到铁东的荣誉军人森林铁路建设公司里去上班。白天的家里,只有妈妈和我们兄妹几个人。

住下没多少日子,爸爸领着我和弟弟,到铁西区的新华中心小学,进行转学的插班生考试。第二天再去的时候,那个老师宣布:“你被录取了,开学后,就可以来上学了。”弟弟玉铁,则因年龄小,进了离家更近一点的铁西永乐小学。没过几天,待到小学开学的时候,我已经混迹于这些城市孩子们中间了,插在六年级的一个班里。

我这时候明显感觉到,自己的身份,好像起了某些微妙的变化:于家乡新台子,在我的眼睛里,那些村里的孩子是乡下人;而在这里,在城市同学的眼里,我又成了一个来自陌生地方的地地道道的乡下孩子了。爸爸一辈子深知自己没有多读点书的苦楚,他常常对我们说:“就是饿肚子,我也要供你们读书,你们谁有能耐念书,我就供谁。”

不久,学期的期中考试时,我好像考了班上成绩第二名,到期末考试成绩出来,也是名列前茅。这是连我自己也没有想到的。开始的时候,许多同学用异样的眼光,看我这个“乡下孩子”,有些人渐渐开始和我亲近起来。班上的老师,也把一些事情交给我做。

秋季的一个周末,老师们集体去著名的千山风景区旅行,语文老师突然让我去给一年级学生代一堂课,说就是领着学生,复习讲过的课文。我来不及做什么准备,自己也以为很容易,到时候就去了。上课的时候,我开始领学生念课文,记得是讲纺织工人的,我顺口将“线儿纺得细又匀”一句里的“匀”字,念成了“细又均”,这时有一个学生,马上举起手来,说:“老师,是念细又匀,不是细又均”,我知道自己的不是了,赶紧说:“这个同学说的对,刚才是我读错了。”我脸上虽然很镇静,心里却非常紧张,似乎惭愧得心里发窘,恨不得教室里有个地缝儿马上钻进去。我头一回感觉到,城里的小孩子,真的很厉害,这是像我这样一个乡下孩子所远远不及的。后来,让学生默写生词的时候,我自己没有什么事儿做,站在一个孩子的靠过道的书桌旁边,在书桌上他的一个空白纸边上,完全无心地随手画了一个小乌龟,这个学生看见后,又大声喊起来:“老师还画小王八!”我知道自己又错了,赶紧将那乱画的东西涂掉,心里更加发窘了。老师春游回来,我心里很害怕,将这些告诉了他,他没有批评我,只是说:“你真是个孩子!”还对我说:“你完成了任务,挺好的,以后记住,做什么事儿,都要细心点,别这样马马虎虎的了。”

可是小学时还有一件更为马虎的事,几乎让我一生里都刻骨铭心。那是期中的一次考试,政治常识课的考卷,我自己以为答得很好,准是满分,但是,等到卷子发下来,我愣了:被扣了整整15分。一查,原来是这样:一道问答题的题目为“什么是社会主义?”我一字不差地按照书上背的答对了,但到最后结束一句,我却顺手写成了意思完全相反的话:“这就是帝国主义。”这道题的分数,当然全被扣光了。当时没有像后来搞政治运动那样,追究我思想的“罪责”,还算幸事。但我自己多少天里,都不痛快,走在放学的路上,几次都狠狠咬着牙,忽然拳头紧紧攥着抖抖,我后悔自己的粗心大意,我的心像被狠狠抽了一鞭子一样难受。我暗暗下决心:自己一辈子要永远记住这个教训。

在乡下的时候，我从小就性格内向，不怎么爱说话。有时别的小朋友在外面玩，妈妈把我关在屋子里："不要老在外面疯，跟那些野孩子学坏了。"我只好把脸贴着窗子，看着别人玩儿，鼻子头儿都在玻璃窗上压扁了。在进城后半年多时间的小学的生活里，我的乡下孩子对于城里人的陌生感，我的喜欢独处内向而言语不多的性格，使我很少跟同学们交朋友，甚至平时在班上说话也很少。我好像还没有怎么融进这个集体，就匆匆毕业离开了，如今更是记不起几个同学的名字，记不起多少那时候生活的印象来了。1950 年初，学校就让我们提前考入初中。我最初进的是市立第二中学，后来又与几个班一起，被转入市立第三中学，集体参加自己动手的建校劳动。初中毕业后，考入了鞍山市立第一中学，直到 1955 年 7 月毕业离开鞍山。

约五年半的中学生活里，有几位老师，是为我所不能忘记的。

记得二中时教我们的语文老师，名字叫培英。他长的什么样子，已记不清了。印象最深的，是他讲课很认真，说话咬文嚼字，一板一眼，条理非常清晰，又爱用手势，我们都喜欢听他的课，他好像患有轻微抽搐的毛病，有时候正在上着课，站在教室前面黑板旁的一个角落里，他会突然犯起病来：拿着粉笔的半举起的右手，不落下来，好久说不出话来，教室里学生一片鸦雀无声，等一会儿，好了一些，他又开始给我们高声地讲起课文来了，就好像没有发生任何事一样。知道了这个毛病，我们都很理解他，更加尊敬他，听讲非常的认真，也从来不谈论他的病这件事。他的姓，很少遇到，"培英"这个名字，我也特别喜欢，这样，就和他讲课的印象一起，长久留在我的记忆中了。

我初中的时候，遇到的第一位班主任老师，名字叫张连级。他高高的个子，身板儿瘦瘦的，背微微有些驼，听口音，大约是东北人，他教我们历史，讲课很有吸引力，脸上也总带着笑容，说话声音很沉实，总是慢条斯理的。中国历史中一些枯燥的史迹，经过他的讲解，就都有鲜活了的感觉，大家特别喜欢上这门课，后来我对于历史的兴趣，是与这时候的启蒙教育很有关系的。张老师给人的感觉，特别的老实厚道。他待同学们很和蔼，对大家的学习、生活，关心得非常细致，对于每一个学生，真的像待自己的孩子一样。他的到学生家里家访，可能是那时候我认识的老师里面最多的了。记得入学后这一年的冬天里，我突然患感冒发烧了，躺在家里昏睡，没有去上学。一天下午，于朦朦胧胧中，妈妈把我喊醒，对我说："玉石，张老师来看你来了。"我睁开眼看，张老师正坐在炕沿上，轻轻拉着我的手。他没有说太多的话，只是让我放心，别着急上学的事儿，落下的功课，同学们都会帮助我补上的，临走的时候，还把他在街上买的几个红红的东北大冻柿子，悄悄地放在我的枕边。多少年后，妈妈还总是向我叨咕这件事，说："你的那位张老师真是个好人！"我离开二中，甚至到了读高中的时候，他还时常惦记着我们。

新建的三中，在鞍山南边的长店铺。那里原来是一片荒地，老师领着我们学生，自己动手建校，很快就成了一片崭新的校舍。因为家住铁西，离学校太远，走路需要一个多小时，每天来回走，会费去很多时间，爸妈也怕我太累，因此我从那时候起，就开始住校了。到了三中以后，学习时间比较长些，但至今我还能记得的，就是吴鹏和张奎辰两位老师了。

吴鹏老师微胖，中高个儿，长方脸，浓眉大眼的，用今天的话说，叫长得"很帅"，是个南方人，但说话不像其他一些南方来的老师那样口音重。他教我们的生物课。他又是全校的少先队大队辅导员，三中学生自己动手参加建校劳动任务完成后，我第一批加入了青年团，吴鹏老师和徐玉瑶老师，是我的介绍人。

吴鹏老师的讲课，给我们打开了一个富有魅力的知识世界。他带领我们，到鞍山"二一九"公园附近的山上，采集动植物标本，什么古化石时期的羊齿叶呀，什么三叶草呀，大的黑蝴蝶呀，翅膀像网络一样精致透明的蜻蜓呀……回来后，自己动手，做成标本，就算是作业。采标本的时候，我们一到了山上，总是偷空儿，乘吴鹏老师不注意，几个人一伙，钻进路边的树丛里，采摘野山里红、山榛子、野葡萄吃，他看见了，并不对我们发脾气。有时候少先队大队活动，学生们在操场上学跳集体舞，唱歌，他也总是与大家在一起，有说有唱，没有一点老师的架子。后来我离开三中了，特别是几年后离开了鞍山，就与他很少联系了。但我一直想念他，记得他的名字，和他让我永远记得的那张浓眉大眼的脸，他对我的引路、教育和培养，他给予我少年时代的精神影响，是我永远也不会忘记的。

语文老师张奎辰，在三中当时的老师中，算是属于年纪最大的一位了。那时他大约已经年逾五旬。他脸上似微微有些麻点，头发也已有些花白，站在课堂上，一看就像一个老实忠厚的长者。我总感觉，在他的身上，有父亲般的仁厚慈爱，有一个勤于师道的教师的严谨耐心，有一个传统文人的渊深沉稳。他教学经验非常丰富，讲课风趣而自如，对文字的讲究，更是一丝不苟。特别记得的是，他给我作文本的批改，不仅每一页里，都是用红色钢笔水写的勾勾画画，密密麻麻的字，改得十分细致，严格，认真，而且还常常在作文的后面，加上自己长长的批语，说上许多或是批评或是鼓励的话，读了之后，总使我觉得恰到好处，语重心长，跟老师的心贴得很近很近。在入团之后，我写了一篇作文，题目大约是《我成了青年团员之后》，讲我自己怎样从一个不懂事的乡下孩子，如何在抗美援朝运动和参与建校的过程中，懂得了自己个人生命与社会的联系，如何向英雄人物学习，实现自己人生的真正价值和意义。上语文课时，张奎辰老师在班上朗读了我的作文，下课后，还鼓励我说："要积极创造条件，争取将来加入党组织，做一个对社会，对人民有用的人。"

那时我还小，根本不懂什么是为共产主义事业奋斗。我是第一个从这一位并非是共产党员的老教师的嘴里，听到鼓励我将来一定要做一个共产党员的真诚声音。如今五十多年过去了，这声音对我还是那样的真诚，那样的宝贵，那样的无私而纯粹。因我的家，后来已不在鞍山，我离开那里以后，很多年里没有回去了。多年以前就听同学说，张奎辰老师已经离开了人世。如今我离开三中已经半个多世纪了，我自己的生命，也超过了先生教我时他的年龄二十余岁，完成了我自己的教学生涯而走进退食之年。想起这位在青春发轫时期，就对我寄予很大期望的老师，想起他的热心教诲，在我生命成长中的分量和意义，我心里总是涌动着一种无法理清的感激之情。我以同样深情的真诚与敬意，为他已经安息的灵魂祝福！

在我一生中，给我最深影响的，是高中时期里教我语文的皮杰老师。他在我生命成长中文学兴趣的养成，我后来走向文学研究生涯的寻梦之路中，用我个人心底里的话来说，可以说是一颗永远发亮的启明星。前些年里，我已经在《一缕温馨与痛楚的回忆》（见《我们怎样学语文》，王丽主编，作家出版社，2002 年 10 月出版）这篇散文里，写了我对于皮杰老师充满感激的发自心灵的声音。这里我还想说一些想说的话。

东北历来文化比较落后，为了支援鞍山的工业建设和人才培养，上个世纪 50 年代初，国家从南方各地抽调招聘了一大批有才华有专长的批知识分子和技术人才，去那里工作。当时光是鞍山一中，从校长到老师里面，就来了很多的南方人。皮杰老师，就是其中的一位。

他是湖北人，曾在武汉、上海读大学、工作，二十七八岁来到鞍山。他带着自己的憧憬和梦想，满怀奉献的精神，决心在鞍山一所最好的中学里，用自己充满活力的青春，自己的知识和才华，倾注全部热情和心血，培育自己的学生。他的辛劳，赢得了学生们的爱戴和尊敬。但是没过多久，他这样倾注热情和心血的日子，就匆匆结束了。1955 年发生的所谓肃清胡风反革命集团的运动，1957 年那场声势浩大的反右派斗争，这一连串跟踪而来的摧残人才摧残生命的灾难，都无缘无故地落在他这个热血青年的头上。后来，又来了“文化大革命”那样更深更长的磨难。他没有获得昭雪的冤谧，又在灾难的年代里被沉重地延长。由于这些原因，在很长的时期里，他不仅失去了自己实现美丽梦想的机遇，而且成了一个忍受沉重体力劳动重压和精神折磨蹂躏的“被侮辱与被损害的人”。漫长而无法想象的精神压力与肉体折磨，耗去了、吞噬了他宝贵的青春时光。等到了 80 年代初，他历经 20 年磨难，迎来一个找回自己真正“人”的尊严的时候，已经是年逾五旬的老人了。虽然他已经有一个幸福温馨的家庭，有一个自由舒畅而宁静安详的晚年，有如今也已多年近七旬的许多往日学生们的热情系念，但是，属于他自己的青春时光和美好梦想，却成为永远生命之痛的记忆，如尘如烟，深深地埋在他的心中。

上个世纪 80 年代初，因往大连开会，我曾在鞍山铁西皮杰老师的家里，与他 25 年分别后重逢小聚。90 年代中期，我与皮杰老师一起，为哈尔滨鞍山一中校友们盛情所邀，前往参加他们的聚会。在魂牵梦绕的松花江上，在美丽如歌的太阳岛上，我们重叙旧话，慷慨放歌。我没有深问皮杰老师受难的过去，也不愿再去触摸他已成往事的那些伤痛。

我总记着那天里，与许多一中的校友，与皮杰老师一起，在松花江的游船上，同声悲情地高歌《松花江上》的情景。歌曲里有一句："爹娘啊，爹娘啊，什么时候，才能够收回那无尽的宝藏"，使我很动情。我眼里含着泪水。我当时就这样想：我们的国家可以复兴，我们的民族可以再生，我们的宝藏可以收回，可是一个充满梦想的人，被夺去的宝贵的人生青春和生命时光，却永远不能重新获得了。

皮杰老师，和许多知识分子一样，是为爱国而来东北献身于教育事业的，可是他得到的回报，却是寻梦的破灭，是青春的葬送，是无法抹去的生命中永远的伤痛。"我爱咱们的国呀，可是谁爱我呢？"老舍先生50年代末就在《茶馆》里喊出的这一超越历史的声音，说出了后来多少知识分子内心里最大的隐痛和最深的叩问！

我的喜欢和尊敬皮杰老师，一个深层的原因，是他的对于诗的热爱和写诗的才华。他不仅在课堂上，对于课文里的诗歌和其他文学作品，分析得很细微而深入，有自己的感受，不那么拘泥地按照教案，隔靴搔痒式的干巴巴几个条条，而且推荐我去阅读很多中外文学名著，让自己在阅读中感悟体会文学艺术的美，培养自己欣赏作品深层韵味的能力，对于我尝试学习写诗的兴趣，则总是给予鼓励。

那是在一次课堂上，他拿着一本刚刚出版的《解放军文艺》杂志，那上面发表了他自己的一首诗，题目是《代表们请你们捎个信》，他用湖北腔的普通话，抑扬顿挫的调子，很有感情地朗诵给我们听。这首诗，我过去只依稀记得模糊的印象，近日到图书馆里，终于找到了，重读了一遍。诗发表在1954年4月号的《解放军文艺》上，这是一个诗专栏里面的一首，诗专栏的总题目，是《全国人民慰问人民解放军》，共发表七首诗，有彭泽民的《全国人民代表慰问人民解放军》、皮杰的《代表们请你们捎个信》、李克荣的《慰问我们的亲人》、顾工的《欢迎你毛主席派来的人》、星的《我举着鲜花赛跑》、苏策的《边疆战士的心愿》和许翰如的《海上歌声》。皮杰老师的这首诗，我特重录于此，也算是留个纪念吧：

代表们请你们捎个信

听说慰问解放军，
三更半夜合不上眼，
代表们，请你们捎个信，
工人的心啊，也要跟上你们去慰问。
我原是深山里的牧羊人，
白天黑夜在深山荒草里滚；
羊儿玩累了去休息，
放羊人日夜不能打盹。
我小心地给羊儿搔痒，
自己淋着雨水让它站在干地方。
一个难熬的冬夜，我只给羊儿添了一捆草，
地主却斜着眼骂我是狠心狼。
漆黑的羊栅有千万条缝，
我瞪着眼睛盼东方红。
炮声一响，我冲出了羊栅，
你们来了啊！我的亲弟兄。
今天我坐在机器旁，
电钮一扳到处响。
生产计划完成好，
回到家里满屋香。
孩子安静地躺在暖炕上，
幸福的日子有保障；
我们能在车间安心生产，
全亏你们辛勤地守卫在边疆。
听说慰问解放军，
三更半夜合不上眼，
代表们，请你捎个信，

我一定要做第二个王崇伦。

二月二十四日鞍山

皮杰老师懂得当时写诗的风尚，但又努力避免流行的毛病，他没有去抽象概念地歌颂，而是模拟一个工人自述自身经历的口气，写出在新旧两个社会里，这样一个最底层的劳动者的苦难遭遇和获得新生活的快乐，从而很自然地抒发了他对于解放军的深厚感情和自己的决心。诗完全用的自然口语，也吸收了陕北民歌的格调，这在1954年那个时候的诗风里，也是一种颇为“先锋”性的尝试。现在读起来，虽然很浅显，简单，也有些概念化的毛病，但仍然会给人一种鲜活具体自然亲切的感觉。在那个时候，自己所崇拜的身边的老师，能在全国知名的文学刊物上发表这样的成果，对于一个喜欢诗歌的中学生来说，是怎样一种刺激和激励啊！我后来沉溺于读诗，练习涂鸦写诗，当发现自己不是当诗人那块料之后，又贸然走进研究新诗艺术的路，这与皮杰老师当时给我的有形无形的影响，是分不开的。

皮杰老师给予我的东西很多，在文学上，在精神上。但比起他引领我读过的那些书来，比起他对于我的诗学兴趣的启示来，更为珍贵难得的，还是他通过自己的生命，通过引导我的阅读，激起了我生命中的一种为实现自己梦想与目标而奋斗的激情和力量。如果今天让我用一个适当的词语来概括的话，我可以说：那就是一个人生命中最宝贵的个人奋斗的激情和力量。在我所有阅读过的文学名著中，他让我读的罗曼·罗兰的《约翰·克利斯朵夫》，给予我的生命吸引和精神震撼，可以说是无法估量的。我曾以这样夸大的比喻想过：它是投在我青春期精神世界中的一颗原子弹。过去在学校时，囫囵吞枣地读过一些，但比较粗，在完成高考后的整个一个暑假里，我独自一人，从早到晚，钻在鞍山市立图书馆的阅览室里，一本接一本地借来，又从头到尾一口气读完了这部文学巨作。我还一边阅读，一边记些笔记，整整抄了厚厚一本，抄的内容，都是书中主人公约翰·克利斯朵夫的“语录”。傅雷漂亮流畅的译笔，罗曼·罗兰伟大人格和充满哲理与诗情的文字，约翰·克利斯朵夫不屈不挠的个人奋斗的精神力量，以至由此引起的我对于了解音乐巨人贝多芬的渴望与想象,都融入了我 19 岁生命的精神年轮,给予我长久的精神笼罩。

这个笔记本,一直到 1958 年检查自己“个人奋斗”思想的时候,我忍痛烧掉了。但是,约翰·克利斯朵夫的精神,却已经化成了我生命燃烧里的一部分灰烬,即使冷却了也会永远发光的灰烬!

在我成长期的精神系统中,有两本书和两个人物,对我影响最大:一本是《钢铁是怎样炼成的》和其中的保尔·柯察金(也包含与之同一精神系统的《普通一兵》中的马特洛索夫等),一本就是《约翰·克利斯朵夫》和其中的约翰·克利斯朵夫。

前者让我的精神选择中,有了正确的理想和为之奉献终身而无怨无悔的生命力量;后者让我的生命追求中,有了寻梦的目标与为之实现而无穷尽的精神源泉。这两种精神力量,看似矛盾却又不可分割地交缠于我的生命与灵魂中,起伏消涨,绵延不已,一直从青春时代伴我走进生命的迟暮。

就中学生活阶段来说,吴鹏老师,主要给予我的是前者;皮杰老师,则更多给予我的是后者。我因此也很早就失去了精神的单纯而成为一个复杂的综合体。我对于两者的存在,对于这种复杂,越到后来越视为我一生永不言弃的精神珍藏和坚守。

我毕业之前,文科理科各门的学习成绩都是优秀,教我们三角几何的班主任何永祥老师,曾劝我报考理科,我因不愿放弃自己的兴趣,还是报考了北大中文系。我高中时候一直担任班上的团支部书记,但因为出身不好,当时选拔留苏、留德等出国留学生时,都没有我的份儿。在帮助老师登录班上同学毕业鉴定文字的时候,我在档案里看到,一个班上学习最差,平时表现也很不怎么样的学生,就因为家里是工人,出身好,曾作为选拔留学生的对象被调查过,他的档案里还保留着拟选拔留学时的许多外调材料。我心里很惊讶,当时没有说什么。但这件事深深刺激了我。我这时已经意识到自己实现梦想与生命选择的艰难。我在那时的日记里,曾经半是发泄不平,半是自我安慰地写下了这样的话:“踏上美丽的远方并非我的奢望,考进北京大学才是我的真正梦想。”

依然记得非常清楚:鞍山一中学校发高考录取通知书的那天,我早早就来到学校那座熟悉的白楼的前面。在我的感觉里,那一天里,那座熟悉的小楼,忽然显得特别的高大。发放通知书的老师,从三楼上一个朝北的教室打开的窗子里,大声地喊着一个人一个人的名字,听到下面学生仰头答应的声音后,就将装有录取通知书的信封,从上面扔下来,真像童话里那一片翩翩而落带给我们渴望已久的幸福的大羽毛。当我将北京大学中文系的录取通知书,接到手里的时候,兴奋的泪水模糊了我的眼睛。五年半的时间里,或许是更长一些,自入小学的时候算起,社会的给予,父母的奉献,老师的教诲,精英的照耀,同窗的友情,个人的奋斗,都汇聚到一起,到这里,算是写下了自己寻求另一番梦想的生命之旅的尾声。

这是一个往昔寻梦的句号,也是一个未来寻梦的起点。

一幕幕鲜活的生活场景,刹时间都闪在眼前。最初自萧索的新台子农村,来到现代大城市鞍山,我还是一个纯然的乡下孩子。我就像家乡大坝上不敢见人的那些个拜日的土拨鼠。我以胆怯与陌生,面对一个全新的世界。

在铁西家里住处对面,一个小铁工厂传达室里,我给在公司里上班的爸爸头一次打电话,刚把号码拨通了,却特别害怕跟里面的人开口讲话,即使他是我的爸爸。我竟突然胆怯地把电话听筒撂下了。回家妈妈问我:“电话打了吗?”我说:“我没敢接,把电话撂下了。”

从离鞍山不远的乡下,来了舅舅家的几个同龄的孩子。我和他们一起,兴高采烈地赶到铁路边上,去看火车开来的时候是什么样子。等到真的火车开过来,汽笛“呜——”的猛吼一声,站在道口边上的我们,却吓得捂紧耳朵,撒腿就往后跑,跑得老远老远,也不敢回头。

进城之后,哥哥带着我和弟弟妹妹几个人,平生第一次到电影院去看电影《百万雄师下江南》。看见电影里面大炮的声声轰响,我们都害怕地闭上眼睛,捂上耳朵,不敢往下看。我完全不懂电影是怎么回事,乍看到银幕上的大炮,很多只露出半截的炮筒子,以为后面的炮身,可能隐在我看不到的银幕的里面,便猜想坐在电影院我对面的人,一定是会看到全部的炮身的,于是我就从后场的过道,悄悄绕到对面座位的旁边去,想探个究竟,却非常失望地发现:他们与我所看到的,原来都是一样的。后来才知道那时的自己是怎样的“傻冒”了。那次看完电影,刚五岁的妹妹,竟吓出一场病,在家里躺了好几天。

我上初中一年级,由走读刚刚改为住校的时候,非常想家。当时住校的学生中间流行一句自编的顺口溜:“有钱难买礼拜六,礼拜天一天玩儿个够,礼拜天晚上真难受。”星期六回家,我还是高高兴兴的,可是到了星期天晚饭后,要按时返回学校上晚自习,妈妈问:“想家不?”我嘴上说:“不想。”可是当妈妈默默送我到门口儿,我慢慢回头,看她进院子去了,这个时候,我会因为真的想家而禁不住偷偷流下眼泪来。

一个不谙世事的乡下孩子,经过几年的学习生活,我真的渐渐长大了。这证明之一,就是我完全可以离家而独立生活了。

高中最后一年半多的时候,因为爸爸工作调动,全家先是搬到北国遥远的森林小城伊春,后来因那里太冷,又搬回至松花江畔的哈尔滨市。为了不影响自己的学习和升学,我自己决定不转学,一个人独自继续留在鞍山读书。因为不想跟已经负担够重的爸爸,要回家来回的路费钱,两三个寒暑假里,虽然我从未去过的大兴安岭的原始森林,美丽的江城哈尔滨,都很是诱人,我还是没有舍得回家去看一看。

高考结束后的整个暑假里,别的同学都离校回家了。我几乎没有同学作伴儿,一个人孤寂地继续借住在偌大的学校宿舍里。我天天白天到市立图书馆里去读书,中午带着一点馒头,就着咸菜,简单充饥后,到对面的市游泳池里去游泳,下午再回到图书馆里继续看书,一直到闭馆。整个一个夏天,几乎天天如此。直到录取通知书下来后,我才只身一人,用一个用旧了的包袱皮,包着妈妈北迁之前为我缝制好的御寒的一条厚棉裤,她用自己旧时衣裳改做的一件小棉袄,几件常用的衣裳,在鞍钢工作的表哥表嫂送我的唯一像样的一块线毯,几本我自己喜欢的书,算是行李,从学校里暂时借了点路费,第一次登上了南下的火车。因为晕车呕吐,一路上大多站着,昼夜无眠,于一个明媚的早晨,来到了我久已向往的北京,来到了我梦魂萦绕的北京大学。

告别深深眷恋的辽南大地,在渐行渐远的车轮节奏的轰响声中,我一片迷茫的脑海里,混混沌沌中还不时会依稀想起,临毕业的时候,送给班上一个同窗挚友、考上了哈尔滨工业大学的关宝才同学的一张小照背面，自己写下的几个字："再见，在遥远的峰巅！"

2005 年 10 月 6 日深夜写就于京北栖美园
2005 年 11 月 1 日深夜改毕于京郊蓝旗营
并以此文纪念我的父亲母亲诞辰 100 周年

原载《孙玉石教授学术叙录》，北京大学二十世纪中国文化研究中心 2006 年 3 月编印

我的哥哥

明天是清明节。已辞世二十余年的哥哥的在天之灵，此时此刻，能听到生病术后刚刚出院的弟弟，这份用键盘缓缓敲击出来的零碎绵乱的思念吗？

哥哥孙毅，是一位标准而忠诚的国家公务员。三十余年一直就职于中国青年报社。1988年夏天，他刚退休不久，便紧跟着三个月前因病离世而去的中国少年报社编辑嫂嫂田淑舫，前后脚走了。

哥哥20岁参加革命，做过中国青年报社记者、报社记者部主任、报社党委纪委领导、报社机关党委书记。

他是一位廉洁奉公、恪尽职守的共产党员。他为党的事业奉献了一辈子。

他没有多享受一点晚年生活的幸福，没有多拿一点退职后的薪金，堪称是“一生清白，两袖清风”。

记得早年的一些琐事儿

哥哥名叫孙玉鼎。按家族里的大排行，属“玉”字辈，爸爸姐妹四人，男性排行第二，伯父母没有男孩，哥哥就是这一脉系家族的二房长孙了，因之在祖父的眼里，是很精贵的。生下来后，爸爸便请“通人”，给孩子占卦算命，说要“命硬”，好养活，便为他起了“玉鼎”这个名字。我和后面的两个弟弟，便也跟着，分别起名为玉石、玉铁、玉刚。哥哥后来上学念书，平时在家里，长辈人都叫他“玉鼎”，或称呼他的小名“大柱子”。1948 年参加革命后,他自己改名为孙毅。

哥哥生于 1928 年阳历 1 月 12 日,属兔。时值是年腊月岁末,没多少天,就过农历新年了。按老老年的习惯,生下时为一岁,过了年,又长一岁,那时叫做“赖岁”。哥哥长我七岁,他生于 1928 年初,我生于 1935 年尾,实际上大我七岁零十个月。伯父孙惠福,有两个女儿;老叔孙陛福,长男与我同岁;爸爸孙维福,虽行二,但在祖父眼里,哥哥这个二房长子,便格外受到重视了。

从小的时候,到中学读书,我从妈妈话旧时的断续言谈中,仿佛知道,哥哥是生在海城腾鳌堡这个小镇里。那时候,读到小学毕业的爸爸,在那里一家名为广丰达的杂货店里,当一名店员,一直到哥哥两岁多。

由店员出身的爸爸,学会了打算盘的手艺,后来离开腾鳌堡,先后到海城、南台、汤岗子、辽中等处,在几个小县城的税务所里任职,做过税务员、股长。那里的市镇都不大,一个小小的税务员,或巴掌大的“长”,加上人缘好,有固定的薪俸收入,不仅能自己养家糊口,还靠平日积蓄,在家乡新台子,为爷爷增治了三四十亩地。平常的日子,过得也还算宽裕。妈妈接连生了几个孩子,活儿做不过来,还从姥姥家乡雇了一个名叫赵百山的亲戚,来做“男帮工”,做饭,买菜,带孩子,干些个零碎活儿。自 1938 年 5 月,一直到 1941 年初,爸爸因病辞职,在鞍山为商,在一家名为《天增祥》的食品杂货铺里作雇员。后来日子过得窘困时,妈妈常常给我们絮絮叨念,在海城辽中南台当差那个时候,一到过年过节,或别的同事友人,或商铺店家掌柜的,送来的槽子糕、月饼、点心匣子、糖葫芦、水果……哥哥总是吃不完,点心往往长了毛,都丢掉了,很可惜了的,云云。我生在南台,只两三岁,还全不记事儿,到了今天,只能从记忆中抽出一点妈妈嘴里叨念过的这些曾经“阔气过”日子里的往事了。

“文革”中,横扫“四旧”风潮席卷北大校园的时候,我刚搬进北大燕东园 23 号。在楼下圆圆的砖墙月亮门后面,与中学以来的几本日记一起,我曾悄悄烧掉了保存很久的爸爸任职南台时的一枚“老照片”。大约那是一个过中秋节的日子。在税务所白色的砖房前面,许多大人们坐着,站着,成两排。爸爸妈妈坐在前排稍左。我站在爸爸妈妈前面,矮矮的,身着一身冬天的小棉袍。那时大约是爸爸1938年5月辞职之前吧。看样子,我大约是两岁多的样子。哥哥没有在那里面,那时哥哥已十岁多,他可能在读书,正好去上学了。

在腾鳌堡,在家乡新台子

能记得哥哥的一些事儿,是我已经八、九岁,住在离家乡新台子二十里地的腾鳌堡小镇上了。爸爸先是在小镇一个铺子里当雇员。两三年后,自1941到1945年8月,在腾鳌堡收公粮的"粮栈组合"里任一名会计。日本投降后,就没有工作了。哥哥在沈阳读书,学校放假时,才回家来。爸爸、哥哥,和我,一起自己动手卷白条烟卷,早上到市场上摆地摊去卖,糊口过日子。哥哥从1934到1945年,一直在伪满洲国学校里读书。他常给我讲,在日本鬼子办的学校里念书时,总是受气。经常要出去实习,名为"勤劳奉仕",给他们修铁路,下工厂,吃的是"黄金塔"(棒子面窝窝头),喝的是"建国粥"(高粱米岔子粥)。那些凶狠的日本"教官",动不动还会用教鞭,狠狠抽打学生,用带钉子的马靴,踢踹学生。日本投降后,他常高兴地说:"这回,再也不要受亡国奴的苦了。"

哥哥这时已经16岁。后来又往沈阳,住老叔的家里,上的是"国高"。他性格沉稳,有主意,脾气好,敢坚持己见,为此有时也很倔犟。记得一次,他放假回家来的时候,为了一件什么小事儿,与爸爸争执起来,不断顶嘴,且升级,气得爸爸拿起一把斧子吓唬他,爸爸在屋子一个隔壁墙的外面,他躲在隔壁墙里面,互相争吵着,无论爸爸怎么发狠,哥哥就是不肯屈服。后来,还是爸爸先软下来,哥哥也认了错,才算结束这场"风波"。

日本投降不久,我随爸爸妈妈,搬回腾鳌堡西20里的新台子村老家。哥哥继续独自到沈阳去读书。路远花钱,交通不便,平时从不回家来,只能是寒暑假里,我们才得相见。

放暑假回来，哥哥多是闷头看书，很少下地干农活。对农村里的活儿，他不会，也不熟。记得一次，我们两个人跟着爷爷，一起赶拉着碌碡的毛驴，在场院里压麦子。兜在毛驴屁股后面的半圆形皮套，应该叫“后丘”，他叫不出名来，看见它掉下来了，他便对爷爷高喊：“爷爷爷爷，毛驴屁股后面的那个玉带，掉了！”爷爷听了，又气又笑：“尽是胡说八道，什么蟒袍玉带的，那叫后丘。”因为长年在外读书，每年都要交学费、书本费、生活费，有时候，须得卖点地，爷爷很是心疼，不情愿他继续读下去，总是发牢骚说：“你读那个书，有啥用？连毛驴子的后丘玉带，都分不清楚，还不如回家来，学着干点农活儿好。”哥哥跟爷爷从不争持。只等爷爷忙别的事去了，才轻声对我们发句牢骚说：“真是近视眼！”

说起“近视眼”，想起一个“故事”。哥哥自己，大概从小读书读的，很早就是个“大近视眼”。那么大点的年龄，就戴上了深度的近视眼镜。至今还记得他给我和弟弟们多次讲过的那段故事：一个深度近视眼的人，一天看见墙上有个小黑点，以为是一个钉子，便用手去挂东西时，“钉子”竟突然飞走了，东西掉在了地上。原来那是一只苍蝇。一天，他又看见墙上，有个小黑点，以为这回该是个苍蝇了，口中念念有词，“该死的苍蝇，这回看你往哪里跑！”便悄悄走近，使劲用手掌，狠狠一拍，马上痛得自己哇哇大叫起来：“我的妈呀，原来这是一个钉子。”哥哥读书很多，却很少给我们讲故事。或者讲过一点狐仙之类的故事，早被我忘光了。他讲的这个“近视眼”的故事，却成了一段我总也不能忘却的记忆。

因为年龄差别大，又在大城市里呆久了，哥哥很少跟我们这般小他八九岁的孩子们一起玩。他有自己的乐趣，除了闷头读书外，就是去大河里钓鱼。从新台子村往西，约走五里地的路，是一座高高的大坝，大坝后面，就是太子河的支流。河面很宽阔，浑黄的河水，川流不息，河上无桥，此地人习惯称之为“小河口”。当时要到河西不远的高沱子镇去赶集，或者到河西黄土坎村的姑姑家里过年，串门，来回均须乘河面来回的大大的摆渡船。或者冬天结冰时，自己撑冰车，滑着过去。我们村子后面的那条小河，也清澈见底，一直汇流到这条宽阔浑黄的太子河支流里。那时候,还没有从鞍钢流下来的废水污染,河里的鱼虾螃蟹很多。我常和小伙伴们一起,下河摸螃蟹,游泳,捞小鱼,自己很少到大河里钓鱼。哥哥最喜欢的,就是到那条大河里去钓鱼。一次,我很高兴地跟着哥哥,带着渔杆钓弦,用香油和的面、挖好的蚯蚓等鱼饵,一起去太子河边钓鱼。在河边上,哥哥举着钓鱼杆,将长长的鱼弦,用力向大河流水里,甩了很远很远,然后是坐在岸边,凝神无语,紧盯鱼漂,耐心等待。过了很长时间,突然觉得有大鱼咬钩了,他便紧紧握住鱼竿,拼命往上拉,却怎么也拉不上来,最终,还是让那条大鱼将钓鱼弦挣断,跑掉了。虽然此行也小有收获,但归来路上,想着那条跑掉的大鱼,连同挣断的长长鱼弦,俩人均颇有些怅惘。

过完暑假,哥哥回沈阳,留下一些不需带走的书,往往成了我的“稀罕儿”。那时我刚读完小学三年级,识字不多。几册线装的《聊斋志异》,里面的许多字,很多还读不出来,别说哥哥讲过的里面一些狐鬼仙魅故事了,只翻了翻,我就放下了。薄薄的两三册诗集,小说,有满洲国时代作家写的,也有萧红等人写的,磕磕巴巴,能念上几句,也多莫名其妙。倒是一两册很大本子的画报,翻开来,颇有看头。我记得在那里面,我有生以来头一次看到西藏人,带着牛头马面鬼脸的傩面舞蹈,南方各地诸多美丽的山水风物,吸引了我的兴趣,让我至今不忘。

新台子村里,所住百十多户居民,多为两个大姓,一半姓高,一半姓孙。姓孙的,都是在旗的满族人。我曾看到,从爷爷手里传下来的、一直存留至今、爷爷孙宝龄参与修订的孙姓族群的一张家谱里,最顶上开始者,清楚记载着:祖先“长白舒穆鲁氏”。那时候村子东头,尚有座孙姓家庙,庙门上楣,挂的是一块“舒穆鲁宗祠”的匾额。爷爷为满族,自离鞍山不远的苏家沱嫁过来的奶奶苏氏,也是满族。记得奶奶抽大烟,她 1945 年死去的时候,我看见屋子里一个很大地柜里,装有她的很多旗袍衣服,好几双满族妇女高桩花盆底鞋。哥哥念书时,喜欢自己刻图章。我看到他书上盖的章里,就有“舒穆鲁氏”、“舒穆鲁玉鼎”的字样。祖母去世时,哥哥回家服丧、送葬。到村北大坝下土地庙报丧的家族人群,都穿的白色孝服,按着满族习俗,头上缠着特别样式的白色包头,后面还拖着一根长长的白色“尾巴”。我那时还不满十岁,不知道啥叫死亡的悲哀、跟着哥哥后面走、边走边看热闹。大人们都呜咽嚎哭，哥哥是长孙，也要作出悲痛的样子。我小，不知啥叫悲痛，总是盯着哥哥头上拖下来的那条长尾巴，不时用脚去踩上一下。我踩一下，他的头就被拽得突然向后仰一下。这时他便频频回头，用也没有泪水的眼睛，无声地狠狠瞪一下我。于大人们的呜咽悲哀中，我侥幸逃脱了哥哥的怒目申斥。

在抚顺和沈阳，几首讽刺诗作

大约1947年，哥哥在沈阳国高毕业了。因家里经济实力有限，无力支持他再念大学。毕业后，他便在抚顺一个政府机关里，找了一份职员工作。那时候，已经接近国民党政府垮台，东北解放前夕。他一边就职糊口，一边参加地下党外围组织的活动，从事一些群众思想启蒙和某些隐形的工作。

直到后来很久了我才知道，这个时候，哥哥也是很喜欢读诗和写诗的。大约是受了风行一时的马凡陀山歌和当时一些政治讽刺诗的影响，他针对国民党统治的黑暗现象，化用别的笔名，在抚顺或沈阳的报纸上，发表过讽刺诗。从他自己一直保存着，去世后由侄子收藏，最近转给我的一册装订整齐的黑色硬皮剪报本里，我才读到哥哥那时候发表过的几首诗作。

为了纪念哥哥远去的灵魂，些微了解他那时候的一些精神迹痕，特抄录如次：

逃去了

孙凡农

飞来的是你，
飞去的也是你，
临走时，
你把沙发钢床，

通通卖去，
就剩半面袋子大米，
还说是留给——
楼下黄秘书喂小孩的，
你条子满腰，
洋钱一皮包，
老耗子似的逃走了！
可是我问你：
你！在东北说(娶)的太太
(不是有月子吗?)
为什么不带去？

(1948)

狮子巴儿

孙凡农

你本是南山脚下一块青石头，
全凭着磨工的心灵手巧
雕成了你无有灵魂的兽
如今却怎来给人当看家的狗！

你仗着你主人的德性，
你大兜着你主人的威风
你瞪着眼睛蹲在街口
别人还得绕着弯儿走！

你认识你主人的汽车，
就看不见车夫和脚夫？
你在你主人楼头的电灯光下，
就分不出黑天和白天？
你就懂得?，狐朋狗友可以走小道，

你也不给粗手大脚的
庄稼汉打算打算?

你光想到你自己的威严
可想到有那么一天:
就连你主人的儿子
也要把你推翻!
他说他甘心去作祖宗的逆叛,
好给后代的儿孙人类,
开辟一条路,新的路。

人事异动

凡　农

肠先生!
胃先生!
诸位同仁!
诸位先生!
现在,
因为,
高先生粱米!
棒先生子面,
和黄先生豆
已到他处,
另谋高就!
本公司,
惟恐,
业务停滞,
所以!
特请:
糠先生皮

豆先生饼
和穷小姐民菜，
来担任
过去，
高，黄，棒，
三位先生之职
我想，
对本公司
业务效率上
一定
有很大贡献
好！现在
请诸位不要吵
马上给你们
一一介绍！

这位是豆先生！

敝姓豆，
叫豆饼，
原来是和
前黄先生同宗，
早先年，
喂！
曾供职于驴马圈，
喂！
诸位同仁！
别笑我瘦，
因为我，
小时候就贫血！

此次
蒙肚经理抬爱
到这儿来
很觉得痛快:
敝人
真是学疏才薄
请!
诸位同仁
多加关照!
关照!(鼓掌)

这位是糠先生!

侬姓糠,
名皮,
黑土地人
家母本贵族,
侬本
猪食职业学校
出身,
因天年不稳,
肥猪绝种,
到处裁员,
侬亦跟着失业,
终年流浪在外,
这回!
幸得肚经理,
不弃提拔,
担任过去
高先生之职,

真是小才大用，
冒昧得很，
以后，
希望诸位！
不客气指教！
完了！（鼓掌）

方才介绍的，
是糠先生，
和豆先生，
从此以后，
希望同仁大家！
要互助互爱！
团结！励行！
对工作，
有啥不明了，
就共同研究！
一块儿讨论！
最好！
千万！
不要闹意见！
纠纷！
免得本公司
破产！
倒闭！
倒闭是！
本公司的不幸！
也是
诸位同仁的
不幸！

不幸！

至于，
穷民菜小姐
今天没到，
等改天，
再给，
大家介绍

（《东北公报》）

这三首，都是讽刺诗。剪报的纸页，已旧得发黄。诗的剪报上，没有标明发表的具体时间和报纸名。仅第一首诗剪报页底，用钢笔写有（1948），第三首诗末，写有“《东北公报》”字样。沈阳是于 1948 年 11 月 2 日正式解放的。由此推算，这三首诗，可能先后都发表于沈阳解放前夕的 1948 年《东北公报》上。这份小报，究竟是在抚顺出的，还是在沈阳办的，尚不清楚。

那时候，正值东北解放前夕，众多的国民党接收大员，各级大小官僚们，搜刮钱财，纷纷南逃。老百姓因多年战乱、饥荒，过着极端贫困的生活。诗里面，或用讽刺的语调，直写官员们的狼狈逃窜，讥讽“看家狗”们的威严与末日，或于轻松调侃中，写出底层老百姓饥馑无粮、吃糠咽菜的困苦境遇。讥刺中透着真实，愤怒里隐有希望。《狮子巴儿》诗里后面说：“你光想到你自己的威严/可想到有那么一天：/就连你主人的儿子/也要把你推翻！/他说他甘心去作祖宗的逆叛，/好给后代的儿孙人类，/开辟一条路，新的路。”他的这份清醒，这份辛辣，这份“开辟一条新路”的信念，在一个刚刚 20 岁的青年，是很理性清晰而难能可贵的。

第三首诗里面，写的“穷民菜小姐”，说的是东北农村穷苦人用来尝鲜和充饥的野菜，俗名为“青（读‘侵’）门（苗）菜”。每逢春天来的时候，田野里遍地皆生。常有穷人家的孩子，除自己采食外，还挖了之后，用水冲洗干净，拎在小筐里，于清晨时分，来到邻近的小镇上，走街串巷,拉长了调子叫卖:“青门菜呀!——”“青门菜呀!——”那番至今如在眼前的生活情景,我熟悉,哥哥当然也是很熟悉的。他用乡村土语的“谐音”,故意称之为“穷民菜小姐”,与米糠、豆饼二位“先生”一块儿,写进了诗里,增添了一些幽默感和生活趣味。

现在推算起来,冒着政治与生命风险,发表这些讽刺诗的时候,哥哥还是个刚满20岁的高中毕业生,一个已经立志投身革命怀抱的“小青年”。

从他所用的笔名“孙凡农”、“凡农”,也可以看得出,这个来自辽南普通农村,而永不忘怀于养育自己的农民和土地的年轻人的心。

从青年干部学校,走进记者队伍

沈阳刚一解放,哥哥很快就被选送,进入了沈阳的东北青年政治干部学校,进行文化学习,思想政治培训。那是党为了快速培养青年,给各个工作岗位输送干部的一个基地。对哥哥那时候学习的情形,我至今一无所知。他也从未与我谈过。但有一件说小也不算太小的“小事儿”,与当时家里我亲身经历的处境变化有关,至今我还记得。

早于沈阳解放之前,1948年2月19日,人民解放军解放了鞍山。我们所住的新台子小村,离鞍山西四十里地,解放的时间更早一些。大约于1947年末,村里就开始“打土豪分田地”的土地改革了。我们家里,有60亩地,爷爷、父亲,算两个劳动力,长年里自食其力,从不雇工,最初定的是上中农,即富裕中农。那时的爸爸,在家务农一段时间,从鞍山裕丰粮栈当雇员回来,也下地干活,算是个知书识字的人,还被拉去参加了土改工作队,当一名会计,到邻村里去参加土改工作。家里的两间半房子,村里住得算大些的,有时还腾出地方,住着解放军的干部或战士。

等到沈阳解放的1948年底,农村的土地改革,据说原来搞“右”了,要进行“纠偏”。这个时候,贫下中农协会突然宣布说,爸爸在家劳动的时间很短,多数是在外面当职员,做买卖,不能算是一个劳动力。

家里仅爷爷一个人劳动力,有六十来亩地,于是成分就由“富裕中农”,一夜之间,被“纠偏”纠成“富农”了。

爸爸退出了土改工作队。多余的土地,要分,家里的衣物、浮财,也要分。分出去的地还好,自己眼睛看不见。分财物的时候,一大群贫下中农,到家里来,其势汹汹,翻箱倒柜,乱找一通,最后拿走了一大包妈妈跟父亲在外作事时购置而已不用的衣服,用过的首饰、之类。爸爸不在家里,爷爷沉默无声。只有妈妈一个人,坐在屋里炕上,呜呜嚎哭。我们这些完全不懂事的小孩子,对于自己家里是什么成分,拿走什么东西,全不在意,还跟着别人家的孩子一起,在外面跑来跑去,查路条,站岗,放哨,到小学校已经乱哄哄的操场上,看热闹:满怀复仇情绪的贫下中农,怎样用牛皮鞭子,抽打土豪,斗争地主、恶霸,给他们戴上纸扎的高帽子,像对待牲口一样,骑在他们身上,往死里抽鞭子,让他们在地上爬,口里还得说:“我是恶霸地主,我是坏蛋……”。

这时候,像是很有些沮丧、沉闷不语的爸爸,曾给在沈阳青年政治干校学习的哥哥,写了一封信。爸爸告诉他家里被“纠偏”成富农,土地、衣物被分的情形。自己回乡几年里,一直在种地,干农活,却不算劳动力,家里又没有雇过工,没有剥削,这个做法,不太合理。希望那时已经“在”革命里的哥哥,能否为家里面想些办法。望他能够“火速回音”。

很快,爸爸接到哥哥寄来的回信。信很短。听爸爸说的,里面大意是:现在我正在干校学习,每天时间都很紧张。我已经算是一个参加革命的人了。家里成分改变的事,信里说的情形,都知道了。一切应该听贫下中农协会的决定,按照政府土改法制定的政策和章程办,自己不便参与意见,也提不出什么办法,不能帮上家里的忙。希望爸爸妈妈,一定能够理解这一点。

当时,我年龄还小,也不知道这个“富农”成分,对于自己的当时和将来,会有什么样的影响。虽然对于哥哥说的“帮不上什么忙”,也觉得不满意,但是并无什么抱怨之心。后来长大了,我才渐渐理解,哥哥那时的做法,是完全对的。这对于一个20岁的年青人,也是一个很不容易的选择。对于刚参加革命的哥哥,那是个大是大非的“立场”问题。如果那个时候,他不这样做,就不是当时的哥哥了。就是这样,因为家庭成分、社会关系等诸多牵连,哥哥自1948年参加革命,后来算是国家定的“17级干部”,但一直到1954年之后,他才入党的。

干校学习结束之后,哥哥被分配到沈阳的东北青年报社工作。以后又调到中国青年报社。从此,开始了他一生与团中央的报纸结下的不解之缘。

从沈阳到北京:记者生涯中的一些记忆

我再次见到哥哥的时候,已经是三、四年之后了。

1948年2月19日,鞍山解放了。不久,爸爸在那里的东北荣誉军人工程公司里找到了一份工作,我们全家,爸爸妈妈,姐姐妹妹,我和两个弟弟,随着也从新台子搬到了鞍山。在那里,我读完小学,上初中、高中,继续读书。

哥哥于东北青年政治干部学校毕业后,被分配到《生活知识报》社工作。那是东北局团委的机关报,创办于1949年8月。1951年10月1日,更名为《东北青年报》。哥哥在那里做一名记者。1952年底,《东北青年报》停办后,哥哥被调往北京,在中国青年报社,继续当记者,为一名经常驻沈阳和鞍山记者站(组)的记者。为了报道鞍山钢铁生产和工人们的先进事迹,哥哥有时来鞍山采访。

鞍山解放不久的1949年初冬,我们家搬到鞍山后,先是住在铁西区北八道街46号一个小院的平房里。不久,哥哥所在报社,为了加强整个东北工业报道,成立了鞍山记者站,所住地点,在靠鞍山东面山边一座新盖的东台町一座小楼里。我们几个弟弟妹妹,头一次到他工作的地方去玩。一段时间里,我们家,还到那里的空余房间住过一段时间。我住学校里,假日时,有时也会看见哥哥。那里,有时来往的几位青年报社记者,如记者穆珊、丁刚、朱农,画家裘沙,照相记者铁矛,经哥哥的介绍,也都先后见面认识。报社一位绘画记者,是裘沙,还是别人,我忘记了,还给七八岁的妹妹玉蓉画过一张头像。画完后,他很客气但也很专业地说了一句:“画得不好,抓不准特点,因为玉蓉小妹的脸,很少小孩子的特征。”别的话,早忘记了,这句话,我至今还记得。我到北京后,往报社里、宿舍区的家里看望哥哥时,还碰到过丁刚和穆珊。因为研究鲁迅,和后来专画鲁迅的著名画家裘沙、王伟君夫妇,更加熟了,我还带着在东京时认识的研究鲁迅的日本朋友丸山昇夫妇,到他在三里屯的非常狭窄但艺术气味极浓厚的家里做客。

1954 年,爸爸带着妈妈、姐姐、玉刚、妹妹全家一起,随公司调往哈尔滨工作,后来又搬到森林小城伊春。我因读高中二年级,玉铁弟弟正念“高职”,没有跟去,仍继续留在鞍山读书。有时在记者站看到哥哥。后来哥哥回北京了,直到 1955 年我到北京,才与哥哥再次见面。

1955 年 8 月,我考上北京大学,独自从鞍山乘火车前往北京。学校还没开学,没设接待站。提前到达北京后,我从前门车站,乘一辆三轮车,到了海运仓的青年报社,先看望哥哥。哥哥那时正在报社里,紧张地参加反胡风和肃反运动,我们仅仅在报社传达室里,匆匆见了一面,就告别前往学校去报到了。

从哥哥留下的剪报簿里,我才知道,那几年里,他在东北青年报和中国青年报期间,来往于鞍山、沈阳、哈尔滨之间,进行频繁的采访活动,日夜赶写稿件,写过许多通讯报道和其他文章。

他用本报记者、记者孙毅、毅等名字,最早报道了沈阳市郊区军民“抢险救灾,战胜洪水”,吉林夏令营里朝鲜族学生的快乐生活,沈阳市举行首次无轨电车通行典礼,哈尔滨市机械十厂周德昌小组十月份增产五百万多吨粮食,哈尔滨市青年职工积极展开挖潜力运动,出现许多先进青年小组和青年模范……他还化名“庆怡”,发表了关于苏联电影的短评《不断往前进——“明朗的夏天”观后》。也在报道中,批评一些单位,一些团组织的官僚主义,署名发表了《这里团的工作无人负责!》、《高高在上的团委会》这样一类的评论。以“本报记者纪云龙孙毅”一起署名合写了《友谊之夜——记北京市各界青年同各国青年联欢》的友好活动报道。他还用“孙诚”的笔名,以给小朋友讲故事的语气,在少年的刊物上,叙述了哈尔滨全国建筑业劳动模范的事迹《苏长有盖房子的故事》。有趣味的是,过了几年之后,“孙诚”竟成了他给自己 1961 年生的儿子所起的真名字了。

东北青年报时期，哥哥参与的一篇最有名的报道，是《平顶山惨案！抚顺市民血泪的控诉》。平顶山是抚顺南约八里路的一个小山村。“九·一八”事变前，全村有四百余户人家，三千多口人。那里的农民，过着劳动宁静的日子。日本侵略东三省之后，给人民带来了无穷的灾难。人民组织了“大刀队”，进行英勇的抗日斗争。1932 年中秋节晚上，“大刀队”进村，烧了日本鬼子的“卖店”，杀死了残害百姓最甚的所长渡边。第二天，日本鬼子开进村，以给老百姓“照相”为名，用刺刀将全村男女老幼赶上山岗，到了山上，黑布蒙着的，不是什么照相机，而是一挺挺机关枪。鬼子疯狂用机枪扫射，刺刀补杀，一次屠杀了平顶山三千多手无寸铁的百姓，从七八十岁的白发老人，到母亲怀里抱着的婴儿，有的一家八口人，只剩下一个女孩，压在爷爷身底下保全了性命。另有一个人外出到姐姐家串门，回来的时候，全家十一口人，一个也没剩，全都惨死在鬼子的枪弹和刺刀下了。屠杀完了，日本鬼子还一把火烧了整个平顶山村。文章里叙述了很多撕裂人心的真实细节，很有现场感。这一惨案的报道，在敌人妄图复活日本军国主义，疯狂发动侵略朝鲜战争，全国人民奋起抗美援朝的时候，激起了人民的愤怒烈火和抗敌热情。文章不算很长，却许多人参与调查、报道，末尾署名有：孙毅、谢新生、陈钊、王喜茂、俞一贯、王东贤。领衔的哥哥孙毅，显然是此篇报道的主要执笔者。

在中国青年报工作期间他为东北工业的发展和劳动模范先进事迹的宣扬，做了很多工作。剪报中，至今保留有 1953 年 12 月 18 日发表的署名“本报记者孙毅、穆珊”的《韦玉玺和王崇伦的会见》、《鞍山市开大会推广王崇伦经验 王崇伦获得鞍山市特等劳动模范的称号》、《王崇伦按月实现增产节约计划 九月份超额完成百分之三十七点七》等文章。为此，他与劳动模范王崇伦等成了好朋友，多年里一直交往未断。直到后来，王崇伦做了北京市副市长，哥哥还给我看他与王崇伦过年时候相聚拜年时拍下的彩色照片。

后来他调回北京，成为报社的记者部主任，心里却一直装着工人和农民。在剪报簿子里面，我头一次读到一个非常薄非常小的小册子。

这是一套十本“农民通俗读物”中的一本。书名为《英雄奋战低产田》，封面署名作者是孙毅、严灿南，由广西僮族自治区人民出版社出版的，开本只有小 32 开书的一半，里面有插图，有难字注音。《编书人的话》里说：“我们希望这套书能够为刚‘脱盲’、小学程度的农民兄弟看得懂。”里面讲的是罗城县长安公社一个名为何起林的生产小队，不怕艰苦，奋战低产田的英雄事迹。摩挲那本像小人书一样的册子，花一点时间读了那里讲述的僮族青年农民的故事，不知为甚什么，我作为一个孜孜追求高深学问的大学老师，对于自己的哥哥，内心却不由得升起一番敬意和感动，眼睛已为浮起的泪水而湿润模糊了。自然事物不能进行简单的类比。但此时我想说的，是这样的话：在 1961 年 3 月那个人为错误和自然灾害造成的极端困难时期里，在此前与此后的人生道路的精神追求里，我所书写下的几百万的文字，与哥哥写的这个可能为人不屑一顾的小册子相比，其精神的份量，应该是一样的，甚至这本更薄的小册子，比那些很厚的书本来，更让我尊敬和珍视。

我刚进入北京大学之后，住在十三斋的集体宿舍里，于热闹宁静的校园里作着“成名成家”的美梦。一次哥哥到北大来作什么采访，顺便来宿舍看我，并赠给我一本刚刚出版的苏联小说《勇敢》。我感谢自大学二年级起，哥哥嫂嫂每月给我 10 元的生活费，直到毕业，这一支持我读书的亲情和热忱，将让我永生铭记于心。但我那个时候，仍继续沉醉于《约翰·克利斯托夫》、普希金、莱蒙托夫、希克梅特、聂鲁达、梅里美等作家的精神世界里，当然也读《钢铁是怎样炼成的》、《普通一兵》、《卓娅和舒拉的故事》、《绞刑架下的报告》等一些书。从精神上，我愿意接受后者的熏染，从事业上，我更仰慕前者的声名。他送我的那本小说《勇敢》，很快被我放在一边，甚至没有兴趣去翻读一遍。回想起来，我那时还不理解自己与哥哥之间的精神距离，带给我的将是什么。

哥哥最初发表的诗，署笔名“孙凡农”，参加革命后，将“孙玉鼎”改为“孙毅”，到 50 年代，使用“孙诚”的笔名，写给孩子阅读的故事，再到将自己 1959 年生的女儿起名“孙红”，1961 年出生的儿子起名为“孙诚”。触摸哥哥的精神世界，重新进行一番再认识之后，我开始渐渐读出了他为广大的人民群众，为最底层的工人农民，怀有怎样的一颗永远赤诚的心，老实忠诚的心，一颗普通而又普通但却是一个真正的共产党员的心。

“文革”前后的一些“故事”碎片

“文革”前，哥哥结婚后，第一个像样的家，是在东四十条42号一个几进的大四合院里。那是中国青年报的职工宿舍。他开始住在东侧的一间小屋，后来搬进正房东面的大屋。屋子朝南，很温馨。

哥哥大约是1958年结的婚。我是他在北京唯一的亲人。那时我很“呆”，对北京东城不熟悉。哥哥结婚前，将简单的仪式时间、地点，告诉我了。大约是在东直门内海运仓的一个宿舍里，离报社不远。我傍晚乘车，到了那里，下车后，绕了几圈没找到地方，又乘公共汽车回学校了。那个晚上，在北京唯一的亲弟弟，成了结婚仪式唯一的缺席者。我心里很懊丧。后来在电话里告诉哥哥嫂嫂，他们也笑我：“太书呆子了。”

后来他们好不容易有了一个小屋子。后来又有了第一个小孩。我有时去那里看望。困难时期的时候，大家都没有粮食吃，更别说肉和点心。每月半斤的点心票，就算很精贵的了。一个星期六，我约好去家里看看两岁多的侄女孙红。上车之前，买了半斤点心票的最便宜的北京酥皮点心。坐在车上，肚子饿得难受，实在忍不住了，便将点心全吃了。不好意思空着手去看孩子，便在平安里车下了车，返回了学校。后来撒谎说：“临时有事儿，去不了啦。”过了多年后，我讲这个“故事”给哥哥嫂嫂和孩子们听，他们都笑。又一起讲了很多困难时期好玩的“饿”的故事。如嫂嫂怎样被报社派去撸树叶，做“小球藻”，说可以当肉吃的。如人们饿得没有别的办法，聚在一起时，总是轮流讲自己家乡的特色“美食”，讲的人津津有味，听的人直流口水，不断往肚里咽吐沫，名之曰“精神会餐”。

1961年春节，我趁寒假回沈阳与爸爸妈妈一起过年。哥哥将自己票证上分得的一点带鱼、海带，商店里买的肥肉、猪油，装了一大包东西,让我全都带给爸爸妈妈他们。家里人见了非常高兴。爸爸还舍不得做红烧带鱼吃,先将一条带鱼,剁得稀烂如泥,和上一点面,碎菜末,绞成丸子,做烧鱼丸吃。为了照顾家里,哥哥不仅平时每月按时给爸爸汇钱,还经常往家里捎东西。困难时期过去之后,四弟玉刚,在湖南石油炼建公司工作,还没有结婚,每年都回家过年。他路过北京,我和哥哥两家,都是买了很多的肥猪肉,用开水"紧"一下,给他带回家中。

"文革"开始不久,哥哥全家随报社同事,到了河南潢川"五七干校"。两个孩子孙红、孙诚,与他们一起,过着"劳动锻炼"的日子。侄子孙诚,才只八九岁,就赶着牛拉水车给队里拉水,还成了人人夸奖的小"劳模"。一次开会,让他上台(饭桌)"讲用",等到喊他名字时候,人却不见了,大家找来找去才发现,他钻到桌子底下去了。直到最近网上,有当时"干校"的"战友"写的回忆文章里,还提到这位当时人们都喜欢的不到十岁的小"孙师傅"呢。

大约是1969年过春节的时候,干校大队人马回北京过年。嫂嫂因被错误认为有"历史问题",不让离开。哥哥陪她一起留下。两个孩子,是托报社的同事带回来的。我们到北京站去接,报社同事、哥哥的友人柯在铄受哥哥的委托,将两个孩子交给了我们。假日里,我们特意带两个孩子,穿着带补丁的衣服、裤子,在天安门前拿着"语录本",照了一枚小小的黑白照片,算是这次过年的"永久纪念"。这枚"补丁孩子"的照片,至今还保存着,每次看后,我都想流泪。我们当时没多余布票,没有舍得花钱给两个孩子买件新的衣服!哥哥捎回的信中,没有说一句嫂子受"审查"的事,也没有讲干校生活的艰苦,只是问候,托付,让孩子们能在北京过个好年。另外,受刘宾雁的委托,哥哥信里,让我替刘宾雁买一套北京大学东语系新编的日语教材。刘宾雁在报社工作,家也住三里屯报社宿舍,与哥哥家在一层楼,就住对门,过去我去哥哥家见过面的。他俄语很好。我读过他翻译的苏联报告文学作品,现在在干校,他又自学日语,我是由此代购书事才知道的。过完春节,我们又将两个孩子带到北京站,交给了柯在铄。看报社带着大包小包的人群,看远去的两个孩子的背影,想哥哥嫂嫂不能回北京过年,在那里度过寂寞的节日,心里很不是滋味。

与我们一起到车站送行的，还有女儿孙清。她是经过一番“逃学”的“抗争”，才获得这个与自己哥哥姐姐告别的机会。临行前夜，我们与孙红、孙诚商量，第二天一早，我先送孙清到学校朗润园的红旗托儿所，然后上燕南园上班处打个招呼。张菊玲带他们到粮店，去买点红小豆等一些食品，最后再送他们往火车站。孙清要一起去火车站送自己的哥哥姐姐。我事先没有向托儿所请假，没答应她。早上将孙清送上托儿所后，我刚到燕南园 66 号上班。下午，正与同事聊天，突然接到托儿所打来的电话，告诉我说：“你的孩子不见了。我们正在找呢。”我急忙骑车，赶回燕东园 23 号的家里，没见到人。又赶到附近的成府街粮店，看到菊玲正带哥哥两个孩子，买粮回来，说了孙清丢了的事，便一起急忙赶回家中。这时才发现，原来她一个人，没有钥匙，进不了屋，正在家门口等我们呢。她说了事情的过程：送托儿所后，乘老师没注意，她就溜了出来。因为昨晚听我们商量说，第二天先到粮店买红小豆，后上车站，她逃出学校的小东门，便沿成府街，先到粮店找，没看见人，就赶回家里。当她听到托儿所老师来家里寻找人的声音，怕被老师发现，便急中生智，钻进一楼进门处一间装煤的小房里，关上了门，静静等候，等托儿所老师走了之后，才出来。孙清和我们一起上火车站，送走自己的哥哥姐姐，也便是自然的结局了。当时孙清四岁多。这个“逃学”送亲人的“事迹”，后来也成为回想那个年月里哥哥干校生活“外传”的一段佳话了。

涉及哥哥，后来孙清还有一段“独创”的戏剧性佳话。1983 年春，我往东京大学讲学，菊玲送孙清上大学后，秋天也来东京，在文京区西片町一起小住。一天里，哥哥忽然来电话告诉我们，他随中国青年代表团来日本访问，住在新桥饭店里。我们感到分外的高兴。很快约定时间，赶到饭店住处，和哥哥见面了。哥哥告诉我们，带领他们的团长，是团中央书记刘延东。日程安排得很满，没有离团上街时间，只好打个电话，在这里见一面。哥哥从 1934 年读小学开始，到 1945 年日本投降前读高中，都在伪满洲国读书，学了十多年的日语。他说，这次到日本来，看一看人家的情况，对于日本人的生活，日本的现代化，既熟悉，又吃惊，心里总是想，“我们什么时候才能赶上人家这个样子呢？”他还开玩笑地告诉我们,过去学的那些日语,忘的差不多了,没想到了这里,又派上了用场。翻译不在的时候,他就成了团里的“翻译助理”了。问哥哥需要买些什么东西,他说什么也不要,按照规定的纪律,很严格,也没有买“大件”的指标。送哥哥一点小纪念品,我们就告别了。后来我们在电话里问孙清:“怎么不事先告诉我们一声?”她说:“想给你们一个意外的惊喜。”哥哥嫂嫂,为爸爸妈妈全家,为我读大学,付出的很多很多。滴水之恩,虽情为手足,也当回报。哥哥在世时,我的心里,总有这样一种潜在的思绪。讲学回国,哥哥得到从香港工作归来的玉华大姐送的一个日立牌冰箱。我将购置一个冰箱的钱八万日元,给了哥哥,算是一点微薄心意。不是还情,但不能无义,亲哥哥嫂嫂的那份手足情,是还不了的,只是想办法,略尽一点心意而已。

80 年代之后,改革开放了,哥哥有他的坚守。对于一些事,一些腐败现象,他看不惯,有不满,有牢骚,但也期盼人民生活能过得更好一些。他自己还想做些事情。退休前后,他还从日本儿童读物里,给孩子们翻译一些童话故事,刊登在《中国少年报》等刊物上。他在读日语,想做些自己喜欢的事。他喜欢钓鱼,很喜欢孩子送给自己的进口钓鱼杆,想多找回一些往时的生活乐趣。但生命给予他的时间,太短了,很多事,没有来得及做就告别了人世。

哥哥和嫂子,很喜欢两个孩子。记得在 42 号院住的时候,哥哥第一个孩子孙红,刚刚上托儿所。一次,我与哥哥一起去送她。哥哥到街上,先是哄着孩子,上了一趟公共汽车,“我们坐汽车,上公园”,他骗孩子说。乘了一站车,就下来了,去的还是托儿所。孩子发现了,哇哇大哭起来。老师迅速将孩子接抱了过去,关上托儿所的大门,哭声被关在了门里。我看哥哥将耳朵紧紧贴在大门外,静静地谛听孩子的哭声,听着,听着,听着,不肯即走,直到老师抱孩子进了屋里,哭声听不到了,我们才离开。那时候,我看到了人间一种伟大的情感,一颗为父母的心。

后来,两个孩子都长大了,工作了,生活好起来了。我们的生活,也一年一年好起来了。到了哥哥嫂嫂可以享些晚年清福的时候,他们却很快就都走了。

拉拉杂杂,就写这些吧。

又是一年春草绿,又清明时节了,哥哥,嫂嫂,在那个寂静无声的世界里,你们能听到于生病手术出院之后,我用电脑缓缓敲出的这些苍白无力的声音吗?

2010 年 4 月 4—10 日于京郊蓝旗营作

我的姐姐

昨晚，侄子孙诚来电话，问候我下周手术安排事宜，顺便告诉我说，前些日子，去沈阳出差，抽空专程去大姑住过的敬老院探望，问询结果，知道她已经“不在”了，并说将这消息，电话里告诉了我的弟弟玉铁、玉刚。我听后，颇觉黯然。夜深人静，万籁肃然，今日又经医生确定，我下周即须住进医院，进行颈部“腺瘤”切除手术，心里便更多了一分沉重。至凌晨一时许睡觉前，一直默然无语。

孙诚所说的“大姑”，是我的亲姐姐，名叫孙玉珍。1933 年生的，属鸡，长我两岁。我们自幼生长在一起。从海城县腾鳌堡小镇河东的那间窄屋，新台子故乡里自家的两间半瓦房，到鞍山铁西临街那间长长低矮的平房，从小学，一直到初中，我们一直在一起上学，读书，游戏，下地拔草，洗涮劳动，帮助妈妈干家务活儿。妈妈一辈子生了八个小孩，哥哥为老大，他和姐姐之间的两个，生下来之后，不久便因病夭折了。所以，哥哥之后，就属她最大了。我后面，还有两个弟弟，一个妹妹。从我记事起，哥哥很早就离开家，在鞍山，在沈阳，在“国高”读书，只有春节过年，或放暑假，才能回来。爸爸整天忙着上班，或经营生意。在这个家里面，帮助妈妈干些活儿，照顾比自己更小的弟弟妹妹的，只有姐姐一个人了。

姐姐自小聪慧，长的清秀。读书很用功，成绩也多属于班上名列前茅的。那时候叫常常“考第一”的。从我记事时候起，家已经住在腾鳌堡了。那时候的腾鳌堡小镇，一条沙河，隔开东西两区。河西属于闹市，但从南到北，只有两条长长的石板铺成的街道，街道是斜长斜长的，延伸到全镇南头，就交汇一起了。大约是按照人们的想象，这斜而又长的街,很像人们穿在身上的两条长长的裤腿儿,而南头的两街的汇合部,很像裤子的裤裆和裤腰,住在小镇里祖祖辈辈的人们,便管那两条斜街,习惯地叫作“东裤腿儿”、“西裤腿儿”。这街里有不少各样的店铺,也有一家当时算是时髦的照相馆。姐姐读小学的时候,常常喜欢与自己爱漂亮的同班小姐妹们,到那里去照相,留作纪念。后来过很久了,从家里留存的像本里,我还可以看到姐姐与那些小姐妹们的身影。其中有的小姐妹,后来又成了我读初中高中时候的同学。

1948 年冬天,我们家从乡下的新台子村,搬到了 40 里以外的钢铁大城市鞍山。我先是读小学,姐姐念初中。等我升入初中的时候,我们已经是在同一个学校里读书了。姐姐比我高两班。1950 年秋天,朝鲜战争爆发后,美国飞机偶来轰炸,那时常响起真实的或演习的空袭警报声。不久,鞍山也像全国一样,掀起了“抗美援朝”运动高潮。学校里动员学生,为了“保家卫国”,参加志愿军。我和姐姐俩人,都满腔热情地报了名。等学校宣布的时候,只批准了姐姐一人。我去问老师,回答的理由有二:一、我那时才 15 岁,姐姐比我大两岁。二、一个家里如兄弟或姐妹两人,都报名了,只批准一人。我很有些失落,姐姐那时却非常高兴。可是当妈妈的,怕女儿去当兵打仗,万一“牺牲”了,怎么办?便坚决不同意。妈妈的劝说,没办法阻拦姐姐的决心。为此姐姐跟妈妈还吵了好几次嘴,气得两个人都哭了。妈妈生气,不管她走所须做的事,姐姐就自己一个人,在那里默默准备被褥行装,并偷偷溜出家里,到了学校。一直到已经登上送行的卡车那天,妈妈还是大声哭啼着,硬是把姐姐从卡车上拉了下来,没有让姐姐实现自己“保家卫国”的愿望。我站在送行学生的队伍里,看到这番情景,也是满眼流泪。我懂得姐姐的热情,也更理解妈妈的心。姐姐因为此,之后精神非常抑郁,渐渐没有了过去那样少女的天真与欢乐,时常独自默然,自言自语,从此也种下了她后来一生悲剧的种子。

姐姐很快初中毕业了,成绩很优秀,为家庭生活计,爸爸妈妈没有让她继续升学。她被分配到鞍山市政府里,当了一名秘书。她依然总是郁郁寡欢,常常想着回学校里念书的事儿。下班回到家里,有时会念念有词地说:“我的那本记分册呢?”“我的那些新发的书本呢?”因为

“抗美援朝”遇阻的强烈刺激，因为喜欢读书而没有继续升学的打击，工作两年多，姐姐生病，便辞去了工作，一直在父母身边过活，由严重的精神抑郁转而为一个终生的精神病患者。

爸爸因森林铁路工业管理局的工作性质，流动性很大。自鞍山，到伊春，到哈尔滨，最后调回沈阳师范学院，算是在沈阳安居。姐姐一直没有工作，随着他们一起生活。家搬往伊春后，我独自留在鞍山读书，待考到北京之后，寒暑假里，有时候回家，还见到已经生病的姐姐。她看到我，似乎颇为高兴，但说话很少。妹妹玉蓉，由于受姐姐的影响，又因个人感情挫折，也犯了精神抑郁症，无法继续工作，呆在家里。读研究生的时候，我还很为姐姐的病担忧过。一次在郊区参加集体劳动锻炼，我给在《中国青年报》工作的哥哥，写过一封信，讲到自己这种为姐姐的病担忧难过的心情，天真地希望哥哥能够想点办法，找到好药，帮助爸爸，帮姐姐治好姐姐的病。哥哥那次没有复信给我。我后来才渐渐理解了哥哥没复信的原因：这是一件非常难解决的事。研究生毕业后，爸爸让我在北京购得同仁堂名贵的“安宫牛黄丸”，给姐姐服用。姐姐病稍好，曾出嫁过，但家庭生活并不理想，受孩子虐待。菊玲回沈阳时，还去她家里看望过她。后来，她自己不如意，离了婚，又回到爸爸妈妈身边了。

1982年左右，爸爸来信，说家里的房子要翻修，公家集中给施工，各家自己出钱。家里一时没那么多钱，要我们帮忙。我的第一本书《〈野草〉研究》刚刚出版，拿到一笔稿费，加上平时的一点积蓄，我和菊玲商量，很快给家里寄去了2000元钱。爸爸收到之后，来信激动地说，没有想到，你们寄来这么多钱，我和妈妈都非常感动。你姐姐玉珍也说，不知道怎么感谢玉石他们才好呢。此后，姐姐一直在爸爸妈妈照顾下，过着安宁的日子。

最后一次看到爸爸和姐姐，是1985年。我和哥哥，同时收到家里发来的电报，说：“爸爸病危，望速归。”我们心里知道，电报里的这几个字，意味着什么。当夜登上火车，第二天，我和哥哥，带着孙诚，迅速赶回沈阳家里。我们看到的是，爸爸已经紧闭双目宁静地安睡在医院一个冰冷的长匣子里了。爸爸为了这个家，为了子女的成长，为了妈妈、姐姐和妹妹,辛苦奔波,不停操劳了整整一生。他活了 80 岁,晚年没有享过一天清福。1964 年,我们和哥哥嫂嫂请爸爸来北京小住半月,那时我们曾说,把妈妈和玉珍,接到北京来,我们两家分担一些事儿。爸爸说:"你们工作都忙,我反正就退休了,还是我一个人来承担吧。"患精神病的姐姐和妹妹,和妈妈一起,就这样,一直在爸爸一个人的照顾下生活。

奔丧到家时,姐姐和妈妈告诉我们说,那天爸爸还正在厨房里炒菜,忽然回到屋子里来,跟妈妈说:我的头怎么这么难受;说着,就在妈妈枕头边上躺下,马上就完全不省人事了,就这样走了。当时的姐姐,对我讲述时,好像头脑非常清醒,说话也很清晰,眼里流着泪水,看上去,心里充满了难以言说的痛苦,也充满了无所归依的怅惘。

当时哥哥就与我商议决定,将妈妈接到北京,住在他家,由他和嫂嫂照顾,他们认为我还有更大发展,不要给我增添太多麻烦。至于玉珍和玉蓉,我老叔的孩子孙玉波,在附近的于洪区民政局里工作,托他给安排在一个养老院里。具体如何送去,以后如何就近关照,就更多拜托在抚顺工作的弟弟玉铁了。

因为我那时正在给首届作家班上课,哥哥也忙于报社里的工作,与沈阳师范学院的人一起,向爸爸遗体告别,进行火化后,我们即与玉铁、玉刚、姐姐、妹妹告别,返回北京了。临别之前,刚刚失去了爸爸,又告别妈妈,姐姐、妹妹从她们依坐的屋内墙角床上,走到屋子小院的门口,向我们那种无言告别的眼神,我一生都永远印记在自己的脑海里。从那眼神里,我体味出什么叫作"生离死别"。

1986 年,妈妈在哥哥嫂嫂,以及他们两个孩子的精心照料下,刚过了一年,就随爸爸的灵魂而去了。1988 年,嫂嫂和哥哥,先后不过三个月里,也相继走完了自己饱经磨难而勤勤恳恳为人民事业无私奉献的一生。过去玉铁弟来京时,给我电话里曾说,妹妹玉蓉,前些年已经去世了。我心里有时还惦记着姐姐。前些日子,春节刚过,大学同窗张毓茂,从沈阳来电话聊天,还问起什么时候回家乡看看,沈阳这边还有哪些亲人?我还告诉他说:一个弟弟,在抚顺,现在退休了,生活很好;一个老姐姐,大我两岁,原来住在一个养老院里,如今不知道怎么样了。

如有机会回去时,想去看看。从昨天孙诚打来的电话里,我得到姐姐已经“不在”了这样或许是意想之中的结果,也使得我今天放下一切事情,按捺不住,动手一口气写下这些既悲哀又怅惘的无用的文字来。

姐姐已经“不在”了!

一颗没有发光、普通而美丽的蜡烛,就这样默默燃烧,最终无声无息地熄灭了!

面对姐姐远去的灵魂,我还是想提到让我不能忘记的这样一番情景:李何林先生在世的时候,每当过年的初一或初二,我总同友人张恩和一起,相约前往史家胡同,看望李先生,并给先生拜年。我看到在李先生与我们谈话的客厅里面,在一张大床上,好像躺着一位老者,有时发出低沉的呻吟声,有时李先生还过去看望一下。告别李先生,出门之后,我问起此事来,恩和告诉我说,那是李何林先生的一位亲哥哥,长期卧病在床,一直与李先生同住,受到先生的照顾。李先生一生非常革命,但又非常恪尽孝道,这是为一般人所做不到的。我听了之后,非常感动,对比之下,也自觉惭然。我因此想起鲁迅在小说《一件小事》里,将自己的卑微的心思,和人力车夫搀扶被撞老妇人的精神,对比起来之后说的那一段话来:

> 我这时突然感到一种异样的感觉,觉得他满身灰尘的后面,刹时高大了,而且愈走愈高大,须仰视才见。而且他对于我,渐渐的又几乎变成一种威压,甚至于要榨出皮袍下面藏着的“小”来。

2010年3月20日于病中匆匆草就